Gabriela Gantenbein
Ereignishorizont

Gabriela Gantenbein

Ereignishorizont

Roman

Die erste Elegie

Wer, wenn ich schriee, hörte mich denn aus der Engel
Ordnungen? und gesetzt selbst, es nähme
einer mich plötzlich ans Herz: ich verginge von seinem
stärkeren Dasein. Denn das Schöne ist nichts
als des Schrecklichen Anfang, den wir noch grade ertragen,
und wir bewundern es so, weil es gelassen verschmäht,
uns zu zerstören. Ein jeder Engel ist schrecklich.

Und so verhalt ich mich denn und verschlucke den Lockruf
dunkelen Schluchzens. Ach, wen vermögen
wir denn zu brauchen? Engel nicht, Menschen nicht,
und die findigen Tiere merken es schon,
dass wir nicht sehr verlässlich zu Haus sind
in der gedeuteten Welt. Es bleibt uns vielleicht
irgend ein Baum an dem Abhang, dass wir ihn täglich
wiedersähen; es bleibt uns die Straße von gestern
und das verzogene Treusein einer Gewohnheit,
der es bei uns gefiel, und so blieb sie und ging nicht.

O und die Nacht, die Nacht, wenn der Wind voller Weltraum
uns am Angesicht zehrt –, wem bliebe sie nicht, die ersehnte,
sanft enttäuschende, welche dem einzelnen Herzen
mühsam bevorsteht. Ist sie den Liebenden leichter?
Ach, sie verdecken sich nur mit einander ihr Los.
Weißt du's *noch* nicht? Wirf aus den Armen die Leere
zu den Räumen hinzu, die wir atmen; vielleicht da die Vögel
die erweiterte Luft fühlen mit innigerm Flug.

Ja, die Frühlinge brauchten dich wohl. Es muteten manche
Sterne dir zu, dass du sie spürtest. Es hob
sich eine Woge heran im Vergangenen, oder
da du vorüberkamst am geöffneten Fenster,
gab eine Geige sich hin. Das alles war Auftrag.
Aber bewältigtest du's? Warst du nicht immer
noch von Erwartung zerstreut, als kündigte alles
eine Geliebte dir an? (Wo willst du sie bergen,
da doch die großen fremden Gedanken bei dir

aus und ein gehn und öfters bleiben bei Nacht.)
Sehnt es dich aber, so singe die Liebenden; lange
noch nicht unsterblich genug ist ihr berühmtes Gefühl.
Jene, du neidest sie fast, Verlassenen, die du
so viel liebender fandst als die Gestillten. Beginn
immer von neuem die nie zu erreichende Preisung;
denk: es erhält sich der Held, selbst der Untergang war ihm
nur ein Vorwand, zu sein: seine letzte Geburt.
Aber die Liebenden nimmt die erschöpfte Natur
in sich zurück, als wären nicht zweimal die Kräfte,
dieses zu leisten. Hast du der Gaspara Stampa
denn genügend gedacht, dass irgend ein Mädchen,
dem der Geliebte entging, am gesteigerten Beispiel
dieser Liebenden fühlt: dass ich würde wie sie?
Sollen nicht endlich uns diese ältesten Schmerzen
fruchtbarer werden? Ist es nicht Zeit, dass wir liebend
uns vom Geliebten befrein und es bebend bestehn:
wie der Pfeil die Sehne besteht, um gesammelt im Absprung
mehr zu sein als er selbst. Denn Bleiben ist nirgends.

Stimmen, Stimmen. Höre, mein Herz, wie sonst nur
Heilige hörten: dass sie der riesige Ruf
aufhob vom Boden; sie aber knieten,
Unmögliche, weiter und achtetens nicht:
So waren sie hörend. Nicht, dass du *Gottes* ertrügest
die Stimme, bei weitem. Aber das Wehende höre,
die ununterbrochene Nachricht, die aus Stille sich bildet.
Es rauscht jetzt von jenen jungen Toten zu dir.
Wo immer du eintratest, redete nicht in Kirchen
zu Rom und Neapel ruhig ihr Schicksal dich an?
Oder es trug eine Inschrift sich erhaben dir auf,
wie neulich die Tafel in Santa Maria Formosa.
Was sie mir wollen? leise soll ich des Unrechts
Anschein abtun, der ihrer Geister
reine Bewegung manchmal ein wenig behindert.

Freilich ist es seltsam, die Erde nicht mehr zu bewohnen,
kaum erlernte Gebräuche nicht mehr zu üben,
Rosen, und andern eigens versprechenden Dingen
nicht die Bedeutung menschlicher Zukunft zu geben;

das, was man war in unendlich ängstlichen Händen,
nicht mehr zu sein, und selbst den eigenen Namen
wegzulassen wie ein zerbrochenes Spielzeug.
Seltsam, die Wünsche nicht weiterzuwünschen. Seltsam,
alles, was sich bezog, so lose im Raume
flattern zu sehen. Und das Totsein ist mühsam
und voller Nachholn, dass man allmählich ein wenig
Ewigkeit spürt. – Aber Lebendige machen
alle den Fehler, dass sie zu stark unterscheiden.
Engel (sagt man) wüssten oft nicht, ob sie unter
Lebenden gehn oder Toten. Die ewige Strömung
reißt durch beide Bereiche alle Alter
immer mit sich und übertönt sie in beiden.

Schließlich brauchen sie uns nicht mehr, die Früheentrückten,
man entwöhnt sich des Irdischen sanft, wie man den Brüsten
milde der Mutter entwächst. Aber wir, die so große
Geheimnisse brauchen, denen aus Trauer so oft
seliger Fortschritt entspringt –: *könnten* wir sein ohne sie?
Ist die Sage umsonst, dass einst in der Klage um Linos
wagende erste Musik dürre Erstarrung durchdrang;
dass erst im erschrockenen Raum, dem ein beinah göttlicher Jüngling
plötzlich für immer enttrat, das Leere in jene
Schwingung geriet, die uns jetzt hinreißt und tröstet und hilft.

Rainer Maria Rilke

Einojuhani Rautavaara
Die Erste Elegie

Eric Ericson
Eric Ericson Chamber Choir

1

Regentropfen klopfen an die Scheiben und verschwinden augenblicklich wieder. Immer aufs Neue. Klopfen, Verschwinden, Klopfen, Verschwinden. Der Wind rüttelt an den Bäumen, gelbes Laub tanzt in der Luft, ballt sich zusammen und fällt in dicken Schlieren zu Boden, verteilt sich über Wiesen und Häuserdächer, liegt in glitschiger Konsistenz auf der asphaltierten Straße.

Die Scheibenwischer des Autos sind auf höchste Stufe geschaltet und werfen Laub, Fichtennadeln und Samenplättchen seitlich auf den Straßenrand, wo sie durchnässt und zusammengeschoben liegenbleiben. Das Thermometer im Auto zeigt 18 Grad Außentemperatur, die Anzeige für die Straßenhaftung blinkt in kurzen Abständen rot auf, kein Signal für Aquaplaning, das Steuerrad bebt leicht. Die Fahrgeschwindigkeit liegt konstant bei neunzig Stundenkilometern.

In einer leichten Rechtskurve zieht sich die Straße den Berg hinauf, dessen Spitze hinter einem dicken Vorhang von Regen kaum mehr sichtbar ist und dessen Vegetation sich betrinkt an dem Wasser, das im Überfluss aus den schwarzen Wolken strömt. Schon fangen die grünen Sträucher am Straßenrand an, sich tief auf die Erde zu drücken, so vollgefüllt sind ihre Blätter und Zweige mit diesem Nass, das alles durchdringt, bis hinab in die weitverzweigten Wurzeln, deren Wasserspeicher bereits übervoll sind. Einzelne Äste liegen überall auf dem Boden verstreut. Sie stellen sich auf, wenn der Wind Anlauf nimmt, und fallen zurück, wenn er von Neuem Atem holt, um noch tiefer in ihr Blattwerk zu gelangen, sie noch weiter fortzutreiben, ihre vom Regen geschwächte innere Struktur zu zerlegen.

Der Wagen erreicht eine Kehre, die steil nach links führt, reduziert das Tempo auf fünfzig Stundenkilometer und beschleunigt kurz danach wieder auf das vorherige Tempo, ohne die Bodenhaftung zu verlieren, als ein Fahrzeug entgegenkommt, das, innen voll ausgeleuchtet, immer weiter auf die Gegenfahrbahn gerät. Der Mittelstreifen, der von Laub und Schmutz bedeckt ist, ist nicht mehr sichtbar. Im Wagen ertönt eine Hupe, die nach drei Sekunden verstummt, bevor sie mit ohrenbetäubender Lautstärke aufs Neue einen dissonanten Akkord ausstößt, der sich über einen auf der Außenhaut des Wagens angebrachten Lautsprecher mit dem Prasseln der dicken Regentropfen vermischt und sich laut in die Landschaft ergießt.

Der Fahrer des entgegenkommenden Autos reißt das Steuer nach rechts und lenkt seinen Wagen mit einem leichten Schlingern zurück auf seine Spur. Im Wageninneren sind drei blasse angespannte Gesichter zu sehen, die erschrocken nach draußen sehen, ohne irgendetwas anderes als einen großen schwarzen Wagen mit getönten Scheiben zu erkennen, der an ihnen vorbeizieht. Die zwei Frauen und der Fahrer sitzen wie erstarrt. Verängstigt und zugleich erleichtert schauen sie hinaus in diesen dunklen regnerischen Spätnachmittag.

Auf den Knien der Beifahrerin leuchtet ein iPad. Die Frau auf dem Rücksitz hält ein kleines Notizbuch in ihrer linken Hand, das mit handschriftlichen Notizen, blauen und schwarzen Hervorhebungen sowie einzelnen eingeknickten Seiten vollgeschrieben ist. In ihrer rechten Hand liegt ein blauer Kugelschreiber, bereit, einzelne Gedanken, die ihr in die Finger geflossen sind, zu übernehmen und als blaue Schrift auf das leicht gelbliche Papier der leeren Seite strömen zu lassen.

Der Fahrer, der mit beiden Händen das Lenkrad festhält, dreht sich langsam zur Beifahrerin und sucht ihren Blick, der, von weit draußen kommend, zu ihm zurückkehrt, noch überrascht, aber sich wiederfindend.

Er fährt sich mit der linken Hand durch das volle Haar, bevor er sie leise zitternd wieder auf das Lenkrad legt. Mit seiner rechten berührt er das Knie der Frau, die neben ihm sitzt. Sie schüttelt die Hand mit einer Bewegung ihres Beines ab, sodass sie wie ein kleiner Vogel aus seinem Nest ins Leere fällt und direkt auf den Schalthebel landet, der dadurch nach vorne in den kleineren Gang gedrückt wird. Das Fahrzeug heult auf, ruckt und bebt.

Die Beifahrerin, die sich gerade in den Fußraum hinabbeugt, um in ihrer Tasche nach einem Taschentuch zu suchen, schlägt mit dem Kopf gegen die Vorderlade aus Plastik, kommt mit Schrecken und Schmerz im Blick nach oben und blickt hinaus – auf neues Ungemach gefasst. Der jungen Frau auf dem Rücksitz fällt das schwarze Buch aus den Händen unter den Fahrersitz, in eine kleine schmutzige Wasserlache, die sich auf der schwarzen Gummimatte befindet und ihre Ursache in ihren nassen Schuhen hat. Der Blick des Fahrers wandert über den Rückspiegel nach hinten, wo er eine leere, mit grünschwarz kariertem Stoff bezogene Rückbank und erst nach einem zweiten Blick die Oberfläche eines Rückens sieht, der tief in den Fußraum hinter ihm gebeugt ist.

«Suchst du etwas?», fragt er in den Rückspiegel hinein.

«Schau lieber aus dem Fenster und produziere nicht ständig irgendwelche Bremsaktionen, die hier alles durcheinanderwerfen – inklusive Lilly und mich», antwortet die Frau, die Julia heißt, vom Beifahrersitz aus.

«Ich habe mein Heft gefunden», sagt Lilly von hinten und schiebt sich aus dem Fußraum wieder auf den Rücksitz. Sie hält das nasse und schmutzige Buch in der Hand und putzt es mit einem gelblich-braunen Papiertaschentuch ab, das sich bereits dunkelbraun einfärbt. «Es ist gut, dass ich einen Einband über mein Notizbuch gespannt habe», fährt sie fort und blättert darin herum. «Innen hat es keine Beschädigungen davongetragen. Was für ein Glück, wo es doch schon so alt und fragil ist. Den Einband kann ich ersetzen, er war nicht teuer, und ich habe noch einige in den unterschiedlichsten Farben zu Hause im Schrank aufbewahrt. Mach dir keine Sorgen, Gregor, mein Buch ist heil geblieben». Sie entfernt den Umschlag, verstaut das Buch vorsichtig in ihrer Handtasche und schlingt den Tragegurt um ihre Hand. «Das Wetter ist so schlecht, und sicher ist es sehr schwierig für dich, unter diesen Bedingungen zu fahren. Leider kann ich dich nicht ablösen, weil ich bei Regen so schlecht sehe. Das tut mir leid».

«Okay, kein Thema» antwortet Gregor und schaut hinaus in die Landschaft, die gerade hinter einer Nebelwand verschwunden ist, «ist hart heute, aber es dauert nicht mehr lange, bis wir hinkommen.»

«Bis wir ankommen, meinst du», sagt seine Beifahrerin und sieht ihn von der Seite an. «Ankommen, nicht hinkommen. Neben der Frage, ob wir ankommen, wäre dann noch die Frage, wie wir ankommen. Möglich wäre zum Beispiel müde, verschwitzt, verletzt und so weiter. Oder die Frage, wann wir ankommen. Möglich wäre in einer Stunde, in fünf Stunden, in einem Tag. Oder die Frage, wer oder was ankommt. Du, Lilly, ich, mein Koffer, Lillys Notizbuch, mein iPad, dein Auto.»

Julia wendet sich Lilly zu, die unbeweglich dasitzt und angestrengt aus dem Seitenfenster schaut. Mit einem Seufzer dreht sie sich zurück, klappt das iPad zu, lehnt ihren Kopf an die Kopfstütze und schließt die Augen. Gregor konzentriert sich auf die Straße und denkt, während er eine konstante Geschwindigkeit von fünfzig Stundenkilometern einhält, darüber nach, wie er Julias Tirade kontern soll, bleibt jedoch in einer Gedankenschleife von Schimpfwörtern hängen, die er unterdrückt und die sich so in einem abstoßenden Ausdruck seines Gesichts verfangen, bis er sie in sein Inneres hinein ausstößt.

§

Was ihn neben ihrer ständigen Nörgelei an seinen Formulierungen aggressiv macht – seinen Freunden gegenüber beschreibt er ihre Kritik als tussiges Rumreden – ist ihre Sprache, die ihn an seine alten Lehrer erinnert.

Keiner seiner Freunde spricht wie sie, keiner seiner Kollegen gebraucht diesen Wortschatz. Er erinnert ihn an das umständliche und zugleich aufwendige Formulieren von Aufsätzen in der Schule, Aufsätze, für deren Themen sich niemand in der Klasse wirklich interessiert hat. Manchmal verschließt er einfach die Ohren vor ihren komplizierten Satzkonstruktionen. Sie rufen Gespräche mit seiner Großmutter müttterlicherseits wach, einer, wie seine Mutter immer betont hat, sehr gebildeten Frau, zu der er damals schon keine Beziehung aufbauen hatte wollen. Sein Vater bezeichnete die Familie seiner Mutter nach ihrer Scheidung als *überkopft* und *spießig*, was jedenfalls dazu geführt hatte, dass er seine Großmutter im Alter von acht Jahren zum letzten Mal besucht hatte. Er glaubt sich zu erinnern, dass dieser Entscheidung ein Wochenende mit seinem Vater vorausging, in dem er «die Alte», wie er die Großmutter immer nannte, als unerträglich bezeichnete und bemerkte, dass man Frauen wie sie früher verbrannt hätte, da sie durch ihr oberschlaues Rumgerede andere und vor allem Männer fertig hätten machen wollen. Der Grund dafür sei, dass sie schon so lange keinen Sex mehr gehabt hätten. Gregor kannte die bösen Hexen aus den Märchen und wollte sich keinesfalls in deren Nähe aufhalten.

Schon vor der Scheidung waren die Eltern seiner Mutter Gesprächsthema in der Familie gewesen: «Dein Vater hat freiwillig die Segel gestrichen. So weit kriegst du mich nicht», betonte Gregors Vater wiederholt seiner Mutter gegenüber, wenn sie sich darüber beschwerte, dass er wieder einmal weit nach Mitternacht heimgekommen war. Als positives Beispiel führte er dann jedes Mal seine eigene Mutter an, die, wie er sagte, ruhig und unauffällig ihre täglichen Arbeiten als Hausfrau erledigt und seinem Vater ein angenehmes Leben bereitet habe – ohne viel Gequatsche, wie er nicht müde wurde zu betonen. «Den Ton gibt der an, der das Geld nach Hause bringt. Was nützt die ganze Arbeit, wenn man sich nicht am Leben freuen darf», schrie er dann Gregors Mutter an, die ihn nach kurzem Schweigen daran erinnerte, dass auch sie Geld nach Hause bringe, und zwar deutlich mehr als er selbst.

Gregors Vater war seiner Frau intellektuell deutlich unterlegen. Dass er sich irgendwann von ihr trennen musste, sei jedem völlig klar gewesen, behauptete er später, schon weil sie wenig Verständnis für das Ausleben seiner überdurchschnittlich ausgeprägten Männlichkeit gezeigt habe. Für jeden auch noch so kleinen sexuellen Ausrutscher habe sie ein Gespräch mit ihrer Psychotherapeutin eingefordert, was für ihn irgendwann nicht mehr machbar gewesen sei, weil Letztere ohnehin gegen ihn gewesen sei. «Nimm dir eine Frau, die bodenständig ist, mein Junge», hatte er Gregor mit auf den Weg gegeben, «keine, die abends Bücher lesen oder reden will.»

Ich hätte an diesen Satz denken sollen, als ich Julia über die Agentur kennengelernt habe, geht es ihm jetzt nicht zum ersten Mal durch den Kopf. Diese Frau ist wie mein Auto: Es macht viel Lärm, nichts funktioniert wirklich gut, und es sieht auch nur durchschnittlich gut aus. Wenn in ein paar Monaten alle Boni ausbezahlt sind, werde ich mir einen neuen Wagen kaufen – nicht so ein Superteil, wie ich es gerade fast gerammt hätte, aber ein wirklich geiles Gerät, in dem ich auch angetrunken sitzen kann, weil es alles selber macht. Mit 35 wird es Zeit, etwas Besseres zu haben, ein besseres Auto, eine bessere Freundin ... Wenn sie nicht aufhört, sich so superschlau aufzuführen, dann breche ich die Sache sowieso schnell ab. Ich werde mir andere Vorschläge machen lassen, schließlich habe ich eine Menge Geld dafür bezahlt, dass sie mir gute Frauen vorstellen ... Das ist jetzt schon die Dritte, mit der es nicht klappt! Irgendwas läuft dort gewaltig schief mit den Programmierern. Wenn ich wieder auf eine mit Gequatsche komme, werde ich mein Geld zurückfordern. Diese Beziehung ist anstrengend, sie nimmt mir Zeit für meine Freunde, die Frau liegt mir ständig mit irgendwelchen gemeinsamen Sachen in den Ohren, will dorthin, dahin, mindestens einmal pro Woche Sex ... So geht das nicht. Ich brauche Zeit für meine Jobs, komme privat schon kaum mehr ins Netz um zu spielen. Es ist einfach zu stressig mit ihr.

Er drückt das Gaspedal durch. Julia streckt die angezogenen Beine aus, öffnet die Augen und schaut durch die Windschutzscheibe auf die Scheibenwischer, die sich im schnellen Rhythmus von links nach rechts bewegen, um die herabströmenden Wassermassen wegzuschleudern. Hin, her, hin, her. «Tatatatatatata tarata tarata taratаa, lieber, lieber Mälzel, tatatatatatatata, lebt wohl, sehr wohl, tatatatatatatata, großes, großes Metronom, großes Metronom, tarata taratatatatatatatata, tarata ...», fängt sie zu singen an. Lilly stimmt ein, und beide singen im Takt der Scheibenwischer das Lied des Metronoms und seines Erfinders, immer lauter werdend, immer fröhlicher intonierend, dreimal, viermal, bis sie nach einem Zeichen von Julia in einem lang liegenden Akkord enden. Sie sehen sich an, prusten vor Lachen und wischen sich Freudentränen aus den Augenwinkeln.

«Lie-ber, lie-ber Mäl-zel, flüstert Julia und wird plötzlich von einer unbeschreiblichen Sehnsucht nach ihrer Familie, vor allem nach ihrer geliebten Großmutter erfüllt. Sie erinnert sich an die Zeit sonntäglicher Kirchgänge mit ihren Großeltern, die sich kurz nach dem Betreten der Kirche trennten, um sich in ihre jeweilige Bankreihe zu setzen. Es hat mir fast ein wenig Angst gemacht, wenn Opa nicht mehr zu sehen war, denkt sie. Es war ihr verboten, sich nach ihm umzusehen, weil das in einer Kirche ungehörig sei, wie ihre Großmutter Ida sagte. Meist tauchte er aber bald wieder in der durch den Mittelgang getrennten Bank ihnen gegenüber auf, was sie beruhigte, auch wenn er ihren Blick nicht erwiderte. Manchmal saß mein Großvater auf der Bank hinter uns, fiel ihr ein, von wo er mich ab und zu leicht an der Schulter berührte. Das war schön. Ich habe dann meiner geliebten Oma fest die Hand gedrückt, um ihr zu signalisieren, dass wir wieder zu dritt waren. Sie selbst hatte in der Zwischenzeit schon längst die bereits in der Bank Sitzenden mit einem leichten Kopfnicken begrüßt, was diese mit einem geflüsterten Gruß erwiderten, mit Ausnahme einer sehr alten, immer schwarz gekleideten Frau, die ihr laut zurief «Endlich bist du auch da», worauf Oma lächelnd nickte und ihr ein Gebetbuch reichte.

Wie schön und elegant sie war, denkt Julia, und auch streng, weil sie mir jedes Sprechen oder Flüstern untersagt hat, selbst wenn ich ihr nur sagen wollte, dass mir vom langen Stehen die Beine wehtaten oder dass mich fror, weil die Heizung der Kirche wieder einmal ausgefallen war. Sie akzeptierte keine Disziplinlosigkeit. Wenn sie mich mit ihren schönen grauen Augen ansah, sah ich darin immer ihr Lachen, ihre Liebe, und wusste, dass sie mir irgendwie dabei half, die kleinen Widrigkeiten, wie sie es nannte, auszuhalten.

Sie saß ganz still da und wartete auf den Pfarrer, der durch den Klang eines Glöckchens angekündigt wurde, das die Besucher zum Aufstehen rief. Er wurde von vier oder mehr Ministranten begleitet und schritt durch den Mittelgang nach vorne. Vor dem Altar verbeugte sich die Gruppe tief. Der Altar glänzte golden. Er wurde im Sommer von den aus den Seitenfenstern einfallenden Sonnenstrahlen beleuchtet und war mit einer weißgolden bestickten Damastdecke, weißen Kerzen und farbigen, der Jahreszeit folgenden Blumenbouquets geschmückt. Der Pfarrer und die Ministranten nahmen auf Stühlen unterschiedlicher Größe und Form Platz, er auf einem mit rotem Samt bezogenen Sessel mit gebogenen Armlehnen, der in der Mitte platziert war, sie auf kleinen grün bezogenen Hockern. Meist wurde dieser feierliche Einzug vom Klang der großen Orgel und dem Gesang der Kirchenbesucher begleitet, die zumeist einen Ton zu spät einsetzten. Nur meine Oma war taktgenau, erinnert sich Julia, die das *Großer Gott wir loben dich* noch immer im Ohr hat. Nur sie war immer im Gleichklang mit dem Instrument. Nur sie war in der Lage, gemeinsam mit der Orgel zu musizieren, nur sie – und natürlich der Organist – wussten, in welchem Abstand der nächste Ton folgte. Selbst wenn die Kirche an hohen Feiertagen bis auf den letzten Platz gefüllt war, war sie die beste Sängerin, die Meisterin der Töne im Duett mit der Orgel, die von ihrem guten Freund gespielt wurde.

Julia muss unvermittelt lächeln. Sie denkt daran, dass ihr Großvater immer gesagt hatte, dass jener Freund zwar ein sehr guter Organist, dafür aber ein sehr schlechter Sänger gewesen sei, was ihre Oma, die niemals über irgendeinen Menschen etwas Schlechtes gesagt hatte, unwidersprochen ließ. Ihr Großvater selbst hatte einen Bariton. Man konnte seine Stimme aus allen anderen Stimmen leicht heraushören. Einmal hatte er Julia erzählt, dass er Gesang hatte studieren wollen. Es war ihr nie einsichtig gewesen, warum er diese Idee nicht umgesetzt hatte. Sie vermutete, dass er seine Mutter nicht mit ihrem Schwiegervater allein in dem großen Familienhaus zurücklassen wollte. Sein eigener Vater war fast fünfzigjährig in den Krieg geschickt worden – und nicht mehr zurückgekehrt –, sein Bruder war im Internat, und dass seine Schwester bald heiraten würde, war abzusehen. Für ihn blieb nicht viel mehr übrig als der zweijährige Besuch einer Handelsakademie in einer anderen Stadt, die einzigen beiden Jahre seiner Jugend, die unbeschwert gewesen waren, bevor er wieder nach Hause musste, um mit seinem Großvater die Geschäfte zu führen.

Im Zuge seiner Erzählungen fand sie heraus, dass er damals zum Ballett gegangen war. Das hatte sie als Kind wochenlang beschäftigt. Sie konnte sich ihren Großvater beim besten Willen nicht als Balletttänzer vorstellen, und sie verstand auch nicht, was ihn dazu bewogen hatte. Warum machte ein junger Mann von kaum zwanzig Jahren eine Ausbildung als Balletttänzer, in einer zerbombten Stadt, die zum Teil noch in Trümmern lag, in der Kinder und Frauen Steine für den Wiederaufbau ihrer Häuser und Wohnungen schleppten und darauf warteten, dass ihre ausgehungerten oder sonst wie verletzten Männern aus der Kriegsgefangenschaft zurückkehrten? Wie war er darauf gekommen? Er, ein junger Mann aus der Provinz? Wie konnte er tanzen, während sein Vater als Kriegsgefangener in einem russischen Lager ums Überleben kämpfte. Wie sich später herausstellen sollte, war er damals tatsächlich schwer an Cholera erkrankt. Niemals hatte sie ihren Großvater danach gefragt, obwohl diese Fragen in ihrem Herzen brannten. Sie erklärte es sich damit, dass es in der Familie nicht üblich war, über unangenehme Dinge zu sprechen. Vielleicht soll ich Oma danach fragen, fällt ihr plötzlich ein. Sie hat mir immer so viel erzählt, Erfundenes, Wunderbares und Seltsames, und ich habe alles geglaubt, weil es so schön war. Ob sie mir auch etwas Wahres über Opas Leben erzählt? Ich weiß es nicht.

Julia sieht wieder hinaus in den Regen und denkt an den Kanon des lieben Mälzel. Als sie mit Ida einmal von der Kirche nach Hause gegangen war, gestand ihr Julia, dass es ihr größter Wunsch sei, auch einmal so mit der Orgel singen zu können, wie sie es tat. Ida bat sie schon am selben Nachmittag ins Klavierzimmer, nahm das Metronom, erzählte ihr seine Geschichte und erklärte, dass sie zukünftig mit diesem Gerät musizieren solle, damit sich ihr das Gefühl für Takt einpräge. Am besten sei es, Kanons zu singen, weil sie auf diese Weise den genauen Einsatz lernen und gleichzeitig auf die anderen Stimmen hören müsse.

Wie schön diese Erinnerungen sind, denkt sie glücklich, während sie ihre Beine lang in den Fußraum ausstreckt. Dass Omas Erzählungen und vor allem diejenigen über ihre Zeit in der Klosterschule so lange in meinem Gedächtnis haftengeblieben sind, hat sicher mit ihrer Stimme zu tun, die ihr schon damals im Internat gewisse Vorteile verschafft hatte, wie zum Beispiel den, ab und an von den Klosterschwestern zu einem klassischen Konzert mitgenommen zu werden, was sie jedes Mal aus der Eintönigkeit des Schullebens befreite. Ihr Singen war es, das die Schwestern und die Äbtissin bezauberte und in ihnen die Überzeugung wachrief, dass sie eine Art göttlichen Klang in sich trug, der die Menschen hinwende auf ein höheres Ich. Meine geliebte Oma... Julia lächelt wieder.

Göttlich war meine Stimme nicht, sagte Ida einmal lachend zu Julia, mein Gesang war Ausdruck meiner Freude am Leben, obwohl die Tagesabläufe im Kloster für ein junges Mädchen ziemlich langweilig waren: aufstehen, Messe, Frühstück, Schule, Mittagessen, lernen, singen, spielen, Abendessen, ins Bett gehen, aufstehen, Messe, Frühstück und ewig so weiter, fünf Tage in der Woche. Samstags gab es einen gemeinsamen Spaziergang entlang der Donau. Die Mädchen im Gefolge von zwei Klosterschwestern, in Reihen zu jeweils drei, mit ihren langen Röcken und weißen Blusen. Während der kalten Jahreszeit trugen sie ein Cape darüber, dazu einen Schal, eine Mütze und Handschuhe, alles in dunkelblauer Farbe. Auf diese Beschreibung folgte zumeist die für Julia interessanteste Stelle der Geschichte. Sie wartete immer schon darauf, um sie Wort für Wort im Stillen mit ihr gemeinsam zu erzählen: «Wir promenierten am Uferweg der Donau entlang, vorbei an einer Milchbar, aus der Rock 'n' Roll erklang und an deren Eingang Mädchen mit Hosen und Männerhemden mit hochgekrempelten Ärmeln herumstanden oder mit jungen Männern scherzend einen Milchshake tranken. Wie schämten wir uns in unseren langen

Röcken und dicken Zöpfen vor diesen modernen jungen Leuten! Wir steckten die Köpfe zusammen, um nicht gesehen zu werden, und wünschten uns zurück ins Kloster, um uns hinter seinen dicken Mauern verstecken zu können. Zugleich waren wir gierig darauf, das Leben unserer Altersgenossen, wenn auch nur für einen Augenblick, einzusaugen. Ein Leben, das keine Verbote, keine Gebote zu kennen schien. Wie gerne hätten wir Hosen getragen und einen Milchshake getrunken! Wie verführerisch leuchtete die Erdbeermilch im Glas! Wie schmal war die Taille der Mädchen in den engen Dreiviertelhosen, wie interessant ihr Kurzhaarschnitt! Besonders aufregend war diese amerikanische Musik, nach der sich alle in der Milchbar bewegten! Sogar beim Sitzen zuckten ihre Oberkörper, Köpfe und Beine hin und her, auf und ab, nach vorne und nach hinten! Einige der Mädchen rauchten am Tisch sitzend oder im Stehen. Die Jungs standen in einer unbeschreiblichen Lässigkeit, die Hände tief in den Taschen ihrer weiten Hosen, auf dem Gehweg zwischen den kleinen Tischchen, die allesamt besetzt waren. Da das Sprechen während des Spaziergangs verboten war, konnten wir uns nur durch Blicke auf Neuigkeiten aufmerksam machen: ein platinblonder Schopf, hellblaue Ballerinas, ein gutaussehender Junge, der die Gruppe anstarrte und lachend seinen Freund in die Rippen stieß. Was für ein aufregendes Leben mussten sie führen, so modern und so jung! Wenn wir wieder im Kloster waren, besprachen wir nach dem gemeinsamen Abendessen, das wieder im Silentium eingenommen werden musste, das Gesehene in allen Einzelheiten. Dazu trafen wir uns heimlich in einem der Schlafzimmer, die für jeweils zwei Mädchen vorgesehen waren, und spielten die Nachmittagsszenen nach.

Meine Großmutter hat sich dabei besonders hervorgetan, denkt Julia und lächelt, als sie den zerknirschten Gesichtsausdruck ihrer Oma Ida bei diesem Eingeständnis vor sich sieht. Weil sie die jungen Leute vor der Milchbar in ihrer Bewegung, ihrem Lachen oder ihrem Sprechen so gut nachahmen konnte, setzten sich ihre Mitschülerinnen oft im Kreis um sie herum. Ida schlüpfte in die Rolle eines der Milchbarmädchen und ließ sie irgendwelche Geschichten erzählen, die sie ihr in den Mund legte. Sie erdachte sich Tagesabläufe anderer, von denen sie weder gehört noch gelesen, ja nicht einmal geträumt hatte. Ohne dass sie wusste warum, kamen sie ihr in den Sinn, als wären es ihre eigenen. Immer wieder passierte es, dass sie von einer ihrer Mitschülerinnen nach einem solchen Auftritt gefragt wurde, wann sie das alles erlebt habe, sie sei doch Tag für Tag zusammen mit ihnen im Internat eingesperrt. Oft verließen die Mädchen dann still den Raum, ein wenig traurig und nachdenklich, weil sie sich ausmalten, wie es ihnen gelingen könne, selbst auch so ein aufregendes Leben zu führen. Wie gerne wären sie Teil dieser Clique geworden und hätten wenigstens einmal einen Milchshake in dieser Bar getrunken. Sie durften nicht einmal Hosen anziehen. Selbst wenn es ihnen gelingen sollte, aus dem Kloster vorübergehend auszubrechen, etwa unter dem Vorwand eines unaufschiebbaren Arztbesuches, hätten sie doch nicht in die Milchbar gehen können mit ihren langen Röcken. Sie hätten sich nur lächerlich gemacht. Ihnen blieben lediglich die fantasievollen Geschichten meiner Großmutter, die sie für eine kurze Stunde die Enge des Klosters sprengen ließ.

§

«Ich lach mich krank», sagt Gregor und starrt mit todernster Miene aus dem linken Seitenfenster, «ich habe die Ausfahrt verpasst. Scheiß GPS, alles hier ist alt, nichts funktioniert. Ich hab das so satt. Hey, wie geht's jetzt weiter, Alex?» Im Wageninneren ist es ruhig, keiner spricht, nur die Scheibenwischer bewegen sich von links nach rechts, ta ta ta ta ta, Lilly hustet auf dem Rücksitz, der Motor brummt leise. «Bin ich hier der Idiot, oder was? Antworte endlich mal!» Er schlägt mit seiner rechten Hand auf das GPS. «Antworte endlich, du Tussi». Stille im Wageninneren, bis endlich eine weibliche Stimme ertönt: «In fünf Kilometern bitte wenden.»

«Tussi, Weiber, morgen reiß ich dich raus» schimpft Gregor. Er drückt auf eine Taste des GPS, und eine männliche Stimme fragt: «Was ist dein Problem, Gregor?»

«Hi, kannst du die Tussi auswechseln, die macht mich echt fertig.»

«Solange du im Fahrmodus bist, ist kein Wechsel möglich. Du kannst anhalten und drei Minuten warten, dann können wir den Austausch vornehmen.»

«Was kostet das?» fragt Gregor.

«Fünf Euro.»

«Okay. Und was bekomm ich dann? Wieder so eine?»

«Wir geben dir Angela.»

«Okay. Kapiert die besser, was ich will?»

«Sie kennt dein Programm und war mit dir letztes Jahr schon in Schweden. Du hast ihr eine Bewertung vier gegeben.»

«Okay. Und wie viele Likes hat sie in der Zwischenzeit bekommen?»

«3680 Likes, Durchschnitt, 4,4.»

«Gibt's noch eine Bessere?»

«Gina. Aber so, wie du heute drauf bist, Gregor, bist du nichts für sie. Sie braucht ruhige Partner, dann ist sie topclass, acht Euro. Für dich ist das heute nicht erreichbar.»

«Ey Mann, gib mir Gina. Ich brauch das jetzt!»

«Gina ist für dich heute nicht erreichbar, Gregor. Angela ist verfügbar. Was willst du?» «Scheiße, ich will Angela.»

«Drück auf Okay und bestätige die Abbuchung von fünf Euro.»

Gregor führt das Gesagte aus.

«Setze den rechten Blinker und versuche rechts anzuhalten», fährt die Stimme fort «Halte auf keinen Fall an, wenn das Fahrzeug in die Fahrbahn ragt. Das ist zu gefährlich, weil es Nebel hat. Gefährde keinesfalls dich oder andere. In drei Kilometern erreichst du eine Abzweigung in einen kleinen Schotterweg, in den du 300 Meter hineinfahren kannst, um dann in einer Kehre zu wenden. Denke immer daran, dass es bei dieser Wetterlage grundsätzlich gefährlich ist, zu fahren oder zu halten. Bleib ruhig.»

«Das macht mich echt fertig. Es geht wirklich alles daneben», murmelt Gregor.

«Beruhige dich. Wenn du nicht ruhiger wirst, werde ich dir Angela nicht geben. Ich übernehme keine Verantwortung», ertönt die Maschine wieder.

«Ey, ich habe bezahlt» schreit Gregor.

«Fahrer außer Kontrolle haben keine Rechte. Die Zahlung wird einbehalten. Die Kommunikation wird in dreißig Sekunden eingestellt, wenn der Stimmenabgleich negativ ist.»

«Ich bin ruhig», presst Gregor hervor.

«Negativ», sagt die Stimme aus dem Gerät.

«Er wird ruhig», ruft Julia, «gib ihm noch ein wenig Zeit, bitte.»

«Negativ», wiederholt der Automat. «Stimme nicht registriert, Sprecherin unbekannt. Noch zehn Sekunden, dann wird die Kommunikation für die nächsten dreißig Minuten eingestellt.» «Sei einmal still, Julia», zischt Gregor. «Kapierst du nicht, dass du hier nichts zu melden hast. Du hast keine Ahnung, wie das hier läuft.»

«Kommunikation eingestellt. Fünf Euro auf Konto 3245679812 gebucht. Highspeed übernimmt keine Verantwortung für die Strecke oder das Fahrzeug. Eine weitere Kontaktaufnahme innerhalb der nächsten dreißig Minuten ist nur über Highspeed II möglich.» Die Automatenstimme sagt nichts mehr. Es ist ruhig im Wagen. Ta ta ta ta ta – die Scheibenwischer bewegen sich von links nach rechts und wieder zurück. Der Motor brummt leise. Gregor sieht angestrengt auf die Straße, die fast im Nebel verschwindet. Dann schlägt er plötzlich mit der rechten Hand heftig auf das Lenkrad.

Lilly flüstert: «Bitte, Julia, unternimm doch etwas. Er ist ja völlig irre. In dem Zustand baut er noch einen Unfall. Schau nur, wie schmal die Straße ist und wie dunkel es wird. Wir sind in all dem Regen und Nebel wie gefangen. Wir sitzen in einem Autokäfig fest, der von einem Fahrer außer Kontrolle gelenkt wird. Ich habe Angst, Julia. Bitte versuche ihn zu beruhigen. Du bist doch seine Freundin. Versprich ihm einfach irgendetwas, falls er sich beruhigt. Ich kann mich auch an etwaigen Kosten beteiligen, aber bitte sprich mit ihm!» Julia sieht aus dem rechten Seitenfenster und versucht etwas zu erkennen. Der angekündigte Seitenweg müsste jeden Augenblick auftauchen. Es kann sich nur noch um ein paar hundert Meter handeln, denkt sie. Ich darf diesen Weg nicht verpassen, damit wir umkehren können.

Gregor schlägt noch immer mit seiner rechten Hand auf das Lenkrad ein. Julia fällt auf, dass er das nicht im Takt der Scheibenwischer, sondern vielmehr in unregelmäßigen, schweren langsamen Hieben tut. Der dumpfe Ton, der von den Schlägen ausgeht, erinnert sie an eine Hummel, die in einem Glassturz gefangen ist und immer wieder daran stößt. Bom, bom, bom, bom ... Der Unterschied: Die Hummel führt einen Todeskampf. Gregor ist lediglich undiszipliniert. Wie primitiv er doch ist, ohne Respekt für andere, und zudem ohne jedes Gefühl für Rhythmus ... Niemals könnte ich meiner Großmutter diesen Mann vorstellen. Ach, ihre geliebte Oma Ida. Sie findet das Leben noch immer aufregend. Sie lässt sich von Tante Patricia wieder und immer wieder erzählen, warum die neuesten Erkenntnisse der Astrophysik die Aussagen der Religionen zur Ewigkeit und zum Jenseits, ja selbst zu den Paralleluniversen stützen. Sicherheit gebe es natürlich keine, schließt Patricia ihre Ausführungen stets ab, ohne auf das hohe Alter ihrer Mutter Rücksicht zu nehmen. «Aber du bist doch gläubig, oder?», fügt sie dem noch hinzu. «Ja», antwortet Ida dann zumeist nach längerem Nachdenken, «aber die Religion ist doch auch eine große Geschichte, die einmal geschrieben worden ist. Und die Menschen, die sie geschrieben haben, die kenne ich nicht persönlich. Sie haben lange Zeit vor mir gelebt. Damit will ich nicht sagen, dass sie sich das alles ausgedacht haben.»

«So wie du das immer tust, liebe Mama, um Menschen etwas zu erzählen, das sie ihr Leben leichter ertragen lässt», antwortet meine Tante dann oft darauf. Ich weiß, dass sie dabei an Omas Geschichten aus dem Internat denkt. Geschichten, die ihren Freundinnen ein bisschen junges Leben schenken wollten. Geschichten, in denen sie ihren Mitschülerinnen diejenigen vor Augen führte, die das wirkliche Leben lebten, ein Leben, das auch sie selbst nur aus ihrer Fantasie kannte. Und jedes Mal nach diesem Satz meiner Tante strahlt Oma, weil es besser ist, an ein Weiterleben in welcher Form auch immer zu glauben. Es ist beruhigend, sich in der Obhut eines gütigen Gottes zu wissen. Es ist tröstlich, mit einer Hoffnung zu leben und zu sterben. Sie streichelt dann die Wange ihrer Tochter, sagt ihr, wie glücklich sie sei, ein so intelligentes Mädchen zu haben, das Wissenschaft und Religion zusammenspinnen könne. Sie selbst aber brauche keine Beweise irgendwelcher Art für ein Weiterleben nach dem Tod, weil sie spüre, dass der Tod einen Anfang in sich trage, dass sich danach irgendein anderes Universum öffnen werde. Bis dahin würde sie sich jedenfalls an jungen, aufgeschlossenen Menschen freuen, die das Leben lieben und vom Leben geliebt werden. Menschen, die neue Milchshakes ausprobieren, sich in Bars treffen, sich fantastische Geschichten erzählen, die den Rhythmus der Musik mit jeder Faser ihres Körpers aufsaugen, einander berühren, flirten oder einander einfach in die Augen sehen, einander anlächeln und eine Zigarette rauchen.

Julia erinnert sich plötzlich an noch eine Geschichte ihrer Großmutter, die ihr sehr eigenartig vorkommt. Sie hatte sie ihr, als sie noch klein war, ein paarmal zum Einschlafen erzählt und dabei immer Tränen in den Augen gehabt. Als sie sie als Schulkind danach fragte, behauptete sie, das sei aus einem Film gewesen, dessen Titel sie nicht mehr wisse, oder vielleicht sei es auch einer ihrer vielen Träume gewesen – wer weiß das schon, es sei ja schon so lange her. Und manchmal, so sagte sie nach kurzem Nachdenken, vermische man in Geschichten ja alles ein bisschen: Traum und Wirklichkeit, Fremdes und Bekanntes, Gegenwart und Vergangenheit.

Die Erzählung begann damit, dass sie einmal einen der jungen Männer aus der Milchbar vom Fenster ihres Zimmers aus beobachtete. Er ging schnellen Schritts mit einem dunkelbraunen, kleinen Lederkoffer Richtung Fluss, bestieg ein Schiff und fuhr damit, wic sic später herausfand, nach Wien. Dort stieg er in einen Zug Richtung Süden um, nicht ohne zuvor seinen dicken grauen Wolljanker und die graue Wollhose gegen einen leichten blauen Flanellanzug einzutauschen. Im warmen Süden, so erklärte sie, wäre er mit seinem schweren alpenländischen Anzug nicht angemessen gekleidet gewesen, nicht nur der wärmeren Temperatur, sondern auch der provinziellen Ausstrahlung wegen. Im Zug teilte er ein Sechserabteil der zweiten Klasse mit einem freundlichen älteren Ehepaar. Er schaute stundenlang, ohne müde zu werden, aus dem vom Regen der letzten Nacht verschmutzten Fenster in die Landschaft, die sich ihm in den herrlichsten Farben und Formen zeigte, las in einem Reiseführer über die Côte d’Azur und beschloss, nachdem der Zug Triest verlassen hatte, im ersten französischen Seebad an der Riviera auszusteigen. Er stellte es sich als Stadt mit großzügigen Plätzen, eleganten Palästen und einer Promenade vor, auf der nach der neuesten Mode gekleidete Menschen aus aller Welt vor der prachtvollen Kulisse einladender Art déco-Hotels kurz vor Sonnenuntergang spazieren gingen. Er würde das elegante Grand Hotel auswählen, ein weitläufiges helles Zimmer mit Blick auf das Meer beziehen und den nachmittäglichen Tanztee besuchen. An der Bar stehend, einen Cocktail trinkend, eine Zigarette rauchend, die Gesellschaft betrachtend, würde er schließlich ein schönes Mädchen, das ihr, Ida, selbst sehr ähnlich sah, zum Tanz auffordern.

Sein kleiner Mund lächelt das schöne Mädchen an, sein leicht gedrungener Körper verbeugt sich vor ihr, seine Ohren röten sich, als sie mit ihm zur Tanzfläche schreitet. Welch elegante Führung! Was für ein wunderbar seidiger Anzugstoff! Welch elegante Haltung! Aufrecht, ohne überheblich zu wirken. Und was für schöne Hände, sanft und verführerisch. Es ist eine angenehme Wärme, die von diesem Körper ausgeht. Es sind wunderschöne, oval geformte Augen, die in mich hineinschauen, ohne mich anzustarren. Sie sind wie Lichter, die in mich eindringen und mein Inneres wärmen.

Dieser schöne junge Mensch in dem Tanzsaal des Grand Hotels der Jahrhundertwende – eine Drehung, noch eine Drehung – bringt alles um sich herum in Schwingung. Die Wände ziehen sich zusammen und weiten sich. Die weißschwarzen Marmorsäulen nähern sich einander an und ziehen sich wieder zurück. Die azurblauen kreisrunden Ornamente des Frieses werden zu einer Girlande von Smaragden und dann zu einem funkelnden blauen Band, das die beiden Tänzer in einen anderen Raum führt. Einen Raum, in den sie hineingleiten, um sich wiederum hinauszudrehen. Sie tauchen in einen nächsten ein, der diesmal ein sonnenblumengelbes Band mitführt, das sich über seine hohen Wände hinauf auf die Decke zieht. In ihrem Zentrum wird eine Malerei mit Dutzenden verschiedenfarbiger Figuren sichtbar, die in die Ecken des Raumes zu streben scheinen. Wie schön dieses leichte Schwindelgefühl ist, das sich durch unser ausgelassenes Tanzen einstellt. Wie transparent doch diese eigenartigen Schlieren im Raum sind, die sich immer wieder aufs Neue zu bilden scheinen, uns umkreisen und auch wieder loslassen. Die kleinen Tischchen an den Rändern des Raumes lösen sich ebenso auf wie all die Stühle, Tassen und Teller. Die Menschen um uns herum erscheinen als Farbfelder, die sich übereinanderlegen, entmischen, Farbspuren hinter sich her schleifen, sich durch den Saal bewegen, aufleuchten, um sich dann wieder zu entfernen. Sie stehlen sich hinaus in eine andere Welt, als deren Vorboten sie uns erschienen sind. Ein rauschender Flug durch gebauten Raum mit einer Ahnung von unendlichem Glück, das wir als Versprechen in uns tragen und das uns trägt bis wir ...

Miles Davis
Time After Time

Miles Davis, Kenny Garrett, Foley McCreary

«Hier ist der Weg, da vorne rechts! Bitte fahr langsamer! Du kannst hier wenden, schnell!», ruft Julia. Gregor schaltet einen Gang zurück, der Motor heult auf, er fährt rechts in einen geschotterten Weg hinein und würgt den Motor ab. «Da ist nichts geteert! Ich kann da nicht hineinfahren. Ich seh einfach nichts! Spinnst du?» schreit er, öffnet die Fahrertür und steigt aus. «Wäre ich bloß nie mit euch Weibern weggefahren! Ich hätte von Anfang an auf Robert hören sollen. Er hat mich gewarnt und gesagt, dass es nur Ärger mit solchen Feministinnen wie euch gibt. Ich halte das alles nicht mehr aus. Highspeed I funktioniert die nächsten 25 Minuten nicht, Highspeed II ist zu teuer. Wir werden nie in diesem Kaff ankommen.»

Im strömenden Regen zieht er sein Handy aus der Tasche und drückt die Lost-Taste.

«Hi, Gregor, wie kann ich dir helfen?», fragt eine weiblich klingende Maschinenstimme.

«Eh, endlich ein vertrauter Sound. Hi Rosi, ich steck hier fest!»

«Wie kann ich dir helfen, Gregor?»

«Keine Ahnung, wollte nur deine Stimme hören. Ich komm hier nicht mehr weg.»

«Kann ich etwas für dich tun, Gregor?»

«Ich hab Geld für Highspeed abgedrückt, und die lassen mich hängen. Kannst du mich hier rausholen?»

«Ich habe kein GPS, Gregor.»

«Könntest du dich nicht mit einem GPS verlinken und mich nach Cassis bringen?»

«Ich habe kein GPS, Gregor.»

«Hörst du nicht zu, oder was ist los mit dir, Rosi? Ich will von hier nach Cassis. Du bist meine persönliche Assistentin! Tu etwas für mich. Ich zahle schließlich jeden Monat dafür!»

«Im nächsten Ort kannst du Weingummi kaufen. Der Ort heißt La Ricamarie und ist 4,2 Kilometer entfernt. Dort gibt es einen Supermarkt in der Rue des Frênes. Er führt Weingummi der Marke Lutti Arlequin. Das ist nicht die Marke, die du normalerweise kaufst, aber die Geschmacksrichtungen sind ähnlich. Der Preis für die Hundert-Gramm-Packung ist 1 Euro 89. Wenn du Haribo worldmix willst, musst du in die Rue de lilas fahren. Der Preis für die 120-Gramm-Packung ist 1 Euro 59.»

«Ich will keinen Weingummi, ich will nach Cassis».

«In Cassis gibt es Weingummi in drei Supermärkten.»

«Ich will keinen Weingummi. Ich will wissen, wie ich dorthin komme. Rede ich Chinesisch, oder was?»

«Ich habe kein GPS, Gregor.»

«Warum nicht? Du kannst doch Highspeed anwählen!»

«Highspeed ist für dich die nächsten zwanzig Minuten gesperrt, Gregor.»

«Dann wählst du eben eine andere an, Goofy oder Smash. Egal, ich will hier weg.»

«Du bist wegen aggressiven Verhaltens gesperrt, Gregor. Keine andere GPS wird dich annehmen. Du kannst es mit Highspeed II versuchen. Der Preis für das GPS bis nach Cassis beträgt 20 Euro 40. Oder du wartest 19 Minuten 30 Sekunden. Dann kannst du dich wieder in Highspeed I einloggen.»

«Was soll ich die nächsten 19 Minuten hier machen? Ich weiß nicht, wo ich bin, ich habe keine Sicht, weil es in Strömen regnet, ich bin total nass.»

«Setz dich ins Auto, Gregor. Du könntest Master spielen, oder Robot.»

«Kenn ich nicht. Was ist das?»

«Ich habe dir die Spielanleitungen runtergeladen. Die Spiele entsprechen deinem Niveau und sind auf 15 Minuten ausgelegt. Der Preis für Master beträgt 1 Euro 20, der für Robot 70 Cent.»

Gregor, dessen Kleidung inzwischen völlig durchnässt ist, steigt wieder in den Wagen und prüft, ob die Spiele schon auf seinem Handy sind.

«Ist alles in Ordnung, Gregor»?, fragt Lilly. «Wir haben uns Sorgen gemacht, du könntest dich in dem strömenden Regen erkälten. Brauchst du ein Tuch, um dir die Haare trocken zu rubbeln? Ich kann dir mein Shirt leihen. Ich habe noch eines in meiner Tasche. Es ist frisch gewaschen. Schließlich bist du ja so nett und fährst uns bei diesem schlechten Wetter nach Cassis und ...»

«Wenn wir nur schon dort wären», seufzt Julia leise.

«... wir möchten auf keinen Fall, dass du krank wirst», beendet Lilly den Satz.

«Lass es», stößt Gregor böse heraus.

Lilly nimmt das Shirt, das sie erst letzte Woche gekauft hat, aus ihrer Tasche und hält es über die Mittelkonsole nach vorne «Schau, wie angenehm weich es ist, so flauschig und warm. Der Regen hat dich komplett durchnässt. Du kannst mein Shirt auch gerne anziehen, wenn du magst ... Es ist vielleicht ein bisschen eng, aber das macht ja nichts, oder? Mit deinem Pulli kannst du dir dann auch die Haare trocknen.»

«Kannst du nicht einfach mal normal mit mir reden? Lass mich einfach in Ruhe! Ich will dein Shirt nicht! Siehst du nicht, dass es viel zu klein ist? Es ist mein Auto, und ich kann es nass machen, wie ich will, okay?»

Er wählt das Master-Spiel.

«Ey, Gregor, good decision, 1 Euro 20. Go, Gregor, you're great, have fun.»

Wenn das hier die englische Version ist, dann gebe ich mir die Kugel, denkt er und drückt die Taste *Go*. Lilly lehnt sich zurück und packt das Shirt wieder in ihre Tasche. Wie soll ich morgen Abend nur das Konzert über die Bühne bringen?, fragt sie sich. Sollten wir heute Nacht noch ankommen, dann bin ich morgen sicher so ausgelaugt, dass ich nicht gut spielen werde können. Tatsächlich hat sie das Bach-Konzert noch nie zusammen mit dem kleinen Barockensemble in Cassis geprobt. Überhaupt war es das erste Mal, dass sie in so einer Formation spielen sollte. Sie kannte nur Ives, der sie auch zu diesem gemeinsamen Konzert überredet hatte. Er konnte leicht reden: Er kannte sämtliche Beteiligten und würde wohl keine Fehler machen. Dieses Konzert zu spielen, eröffnete ihr auf der anderen Seite wieder die Möglichkeit, im Ausland zu musizieren.

Frankreich, Lilly schaut aus dem Fenster, wunderbares Frankreich, berühmt für seine herrlichen Landschaften, seinen enormen kulturellen Reichtum und seine große musikalische Vielfalt ... Sie seufzt leise.

Der Regen fällt in dicken Tropfen und lässt die Landschaft hinter einem undurchsichtigen grauen Schleier verschwinden, der sich rund um das Auto zu legen scheint. Die Dunkelheit färbt ihn nach und nach schwarz, und Lilly kommt es so vor, als krieche er in das Auto hinein, dessen Innenraum von Gregors Handy erleuchtet ist. Das Master-Spiel wirft kaltes weißes Licht auf die hellgraue Verkleidung des Innendachs, bevor es abwechselnd rote und neongrüne Punkte hineinstreut, kurz und schnell, ein Staccato an Farbtönen, die so schnell auftauchen, wie sie wieder verschwinden. Grün, rot, grün, rot, gelegentlich auch ein weiß-schwarzes Blinken – es ist einfach nervtötend. Die kleinen Farbkreise erscheinen am Autohimmel oberhalb des Fahrersitzes, wandern von dort aus zu den Seitenfenstern, auf denen sie sich zu einer verschwommenen, ausgefransten Fläche ausdehnen, bevor sie im Nichts verschwinden und das kalte Licht den Innenraum wieder grell weiß einfärbt. Begleitet werden diese Farberscheinungen von Tönen, die an eine schrille Kindertröte, ein durchdringendes Weckerläuten oder das Bildrauschen eines alten Fernsehgeräts erinnern. Die Kindertröte blinkt grün, das Weckerläuten rot, das Bildrauschen schwarz-weiß. Die tonlosen Spielpausen verströmen ein kaltes weißes Licht, das die Gesichter der Insassen leichenblass einfärbt.

Das Prasseln der Regentropfen wird stärker und hinterfängt als akustischer Hintergrund die immer gleichen, dafür aber lauter werdenden Tonfolgen aus Gregors Telefon, als plötzlich aus Julias iPad die ersten Takte aus Mendelssohns vierter Symphonie erschallen.

«Bist du krank?», schreit Gregor. «Ich bin gerade im Wasserfall, ich kann mich nicht mehr halten, wenn ich das ...» Ein lautes Tröten ertönt, gefolgt von einem glucksenden Geräusch, das immer schwächer wird und nach einem leisen Blubbern verklingt.

«Boot nicht mehr auffindbar. Du hast deinen Status verloren. Rückkehr unmöglich. Verlust irreversibel. Dreißig Sekunden Wartezeit, bis neue Boote bereitgestellt werden», vermeldet eine Stimme aus dem Smartphone.

«Das war notwendig, oder? Musst du mit dieser Musik meinen Flow stören? Ich habe dafür bezahlt, und jetzt hat es abgebrochen, und du bist schuld. Ich muss noch zwanzig Sekunden warten und dann wieder von vorne beginnen. Das heißt, ich kann es wahrscheinlich überhaupt nicht mehr zu Ende spielen, weil meine Zeit in fünf Minuten vorbei ist.»

«Du hast ja genügend Guthaben auf deinem Spielerkonto» antwortet Julia mit etwas Sarkasmus in der Stimme. «Du kannst dir also noch ein paar Minuten dazu holen, was aber eigentlich nicht nötig sein dürfte, weil die meisten Boote doch jetzt schon innerhalb der Kaimauer stehen müssten. Wenn du das bis jetzt nicht geschafft hast, nutzt dir auch eine Verlängerung nichts mehr. Sie werden untergehen. Übrigens, Lilly, sie drehte sich zu ihrer Freundin um, kennst du die Studie, in der nachgewiesen wird, dass die vierte Symphonie von Mendelssohn motivierend wirkt? Also motivierend in dem Sinne, dass bei fast neunzig Prozent der Hörerinnen und Hörer eine Beschleunigung der Reaktionszeit beziehungsweise eine stärkere Agilität bestimmter Gehirnareale beobachtet werden konnte?»

«Nein, das habe ich nicht gewusst. Das finde ich aber total spannend.» Lilly beugt sich ein wenig nach vorne. «Gilt das nur für die Italienische oder wurden noch andere Symphonien eingespielt? Und wer hat die Studie gemacht?»

«Ich glaube, es war ein Auftrag der Juilliard School of Music an die Harvard University, und sie scheint aufgrund der großen Anzahl an Probandinnen und Probanden und der Studiendauer, die doch für fünf Jahre veranschlagt war, repräsentativ zu sein. Sie haben das an unterschiedlichen Symphonien getestet. Ich erinnere mich nicht mehr an alle, aber ich weiß, dass auch Mahlers Fünfte und die Vierte von Bruckner dabei waren.»

«Ich gehe mal davon aus, dass Bruckner nicht von Celibidache dirigiert worden ist, sonst hätten die Reaktionszeiten wahrscheinlich eher nachgelassen, als dass sie sich beschleunigt hätten», wirft Lilly ein und beginnt den Dirigenten nachzuahmen: «Nicht so impressionistisch die Posaunen! Lassen Sie sich nicht treiben von den Mittelstimmen ...»

Beide lachen, und Lilly fährt fort: «Celibidaches Konzertaufnahmen sind doch eher für einen Test im Schlaflabor geeignet!»

«Frei nach dem Motto: Wie gelingt das Einschlafen, obwohl man noch auf den nächsten Ton wartet.» Julia lacht und fügt dann seufzend hinzu: «Ich wäre sehr gerne bei diesem Einschlaftest dabei. Ich bin überzeugt, ich wäre am längsten wach.»

«Ich weiß», sagt Lilly weich. «Wie schade, dass wir nicht fünfzig Jahre früher gelebt haben, nur um einmal Celibidache live gesehen oder vielmehr gehört zu haben. Nur um ihn einmal mit den Münchner Philharmonikern in St. Florian erlebt zu haben, wenn er Bruckners Messe Nr. 3 dirigiert. Ich hätte gerne einmal sein perfektes, zeitlupenhaftes Dirigat beobachtet und mich einfangen lassen von dem Mysterium seiner Klangwelt.» Sie verstummt für einen kurzen Moment, fährt dann jedoch fort: «Kennst du das Video mit der Romantischen von 1983 aus dem Herkulessaal in München?»

«Ja, natürlich», antwortet Julia sanft, «er war damals schon um die siebzig, seine Leidenschaftlichkeit war ihm in sein schönes, markantes, intelligentes Gesicht geschrieben. Welche Eleganz in seinen langsamen Dirigierbewegungen, die ...» Sie bricht den Satz ab, weil aufs Neue eine Kakophonie an toten Maschinentönen aus Gregors Telefon ertönt, in deren Gefolge wiederum bunte Kreise das Autoinnere durchqueren. Sie wendet sich Gregor zu, und ihr Blick fällt auf seine überdurchschnittlich große rechte Hand mit den knochigen kurzen Fingern, die ruckartig auf dem kleinen Display des Mobiltelefons auf- und abfährt und abrupt stoppt, während sein Daumen nervös auf die glatte Oberfläche drückt, bevor er wieder abrutscht und sein Zeigefinger schnell nach oben wischt. Sein linker Arm ist angewinkelt, die Muskeln angespannt, die Hand hält das Telefon wie einen Schraubenschlüssel fest umklammert. Die Lippen zusammengepresst, die Backenmuskeln hochgezogen, erscheint der gesamte Kieferbereich bewegungslos, festgezurrt, wie eine Grimasse. Julia fragt sich, wie er wohl in dreißig Jahren aussehen wird.

«Verdammt! Nein! So ein Mist!» Gregor schimpft, hält immer wieder die Luft an, um sie dann wieder auszupressen. Gelegentlich ein kurzes, enttäuschtes Auflachen. Sein Blick ist auf die Bedienfläche des Smartphones gerichtet, seine Augen sind zu Schlitzen verengt, sein schwerer Körper zittert leise.

Julia hatte Gregor vor sechs Monaten über eine Dating Plattform mit dem vielversprechenden Namen *Myway* kennengelernt. Sie war erst seit Kurzem auf dem deutschen Markt und hatte mit ihrem digitalen Test- und Auswahlverfahren für Schlagzeilen in den Medien gesorgt. Julias Übereinstimmung mit Gregor lag nach diversen Tests bei über fünfzig Prozent, was sie damals optimistisch gestimmt hatte. Sarah, ihren Avatar im sogenannten Face to Face-Gespräch, das nach Abschluss aller Auswertungen stattfand, hatte diesen Eindruck bestätigt, schon weil ein dem Auswahlverfahren vorgeschalteter Charaktertest hohe Übereinstimmungswerte ergab, was die Eigenschaften, die jeweils vom Partner erwartet wurden, anging. Sarah hatte diesen Zusatztest ausdrücklich empfohlen, weil Julias Vorstellungen von männlichen heterosexuellen Menschen, wie sie es formulierte, einem Ideal entsprachen, das nur von einer Minderheit der Frauen gesucht wurde. Ein Faktum, das nicht nur die Anzahl der zur Auswahl stehenden Kandidaten reduzierte, sondern auch der Agentur den Einsatz standardisierter Nutzerprofile erschwerte.

Zu den Aufgaben der Agentur gehörte es, Nutzerprofile in einem aufwendigen Verfahren zu erstellen. Sie bestanden in der Regel aus einer Liste charakterlicher Eigenschaften und wurden alle sechs Monate auf den neuesten Stand gebracht, der wiederum aktuellen Trends folgte. In Julias Fall erwies sich der Kriterienkatalog als nicht ausreichend. Deshalb war der zusätzliche Charaktertest laut Sarah eine notwendige Voraussetzung für eine erfolgreiche Partnerfindung. Der Test würde Julia zudem Aufschlüsse über ihre eigene Persönlichkeit bringen und eventuell könne er auch aufzeigen, weshalb sie derart antiquierte Vorstellungen von heterosexuellen Männern mit sich herumtrug.

Nach umfangreichen Studien mit herausragenden Psychotherapeuten war man bei *Myway* zu dem Schluss gekommen, dass vor allem die Kenntnis eigener, bislang unbekannter Persönlichkeitsdefizite die Voraussetzung für eine erfolgreiche Partnerwahl war. Was *Myway* zudem von etwaigen Konkurrenzunternehmen unterschied, war die Menge an Nutzerdaten, aus denen die Rankingliste der Partner erstellt wurde. Das Auswahlverfahren, das laut Pressetext der Agentur durch langjährige Entwicklung eines komplexen digitalen Systems mit Hilfe hochqualifizierter Programmierer perfektioniert worden war, erhöhte die Erfolgsquote erfolgreicher Partnerschaften signifikant und war in seiner Durchschlagskraft einzigartig auf dem internationalen Markt. Finanziert wurde das junge Unternehmen durch einen der weltweit größten amerikanisch/arabischen Fonds, der nun nach einigen harschen Rückschlägen die Früchte seiner hohen Risikobereitschaft erntete und für *Myway* den Börsengang vorbereitete.

Anfänglich hatte die groß angelegte Sammlung sensibler Daten und insbesondere der vorgeschaltete Charakterbogen viele Interessierte davon abgehalten, sich als Nutzer registrieren zu lassen. Befürchtet wurde vor allem die Weitergabe der Daten an Psychologen, Therapeuten, Arbeitgeber oder politische Parteien. Um dagegen anzugehen, verwies *Myway* auf die strengen Datenschutzbestimmungen und die Rechte der Arbeitnehmer. Ferner gab die Agentur zu bedenken, dass psychische Schäden aufgrund von Einsamkeit mit Sicherheit schwerer wogen als die Auslagerung von Daten an eine objektive Instanz. Unterstützt wurde das Start up bei Markteintritt von zwei großen international agierenden Werbeagenturen, die sogenannte Expertenvideos produzierten. Darin erklärten einige Prominente, dass es für ein erfolgreiches Leben wichtig sei, seine psychische Entwicklungsstufe zu kennen, weil nur so Partnerwünsche bewusst formuliert werden könnten. Nur dieses Wissen schütze vor einer lebenslangen inneren Einsamkeit, die in achtzig Prozent der Beziehungen mit dem falschen Partner zu erwarten sei.

In kurzen Videos sah man mehr oder weniger bekannte Schauspielerinnen und Schauspieler auf einer Terrasse oder in einem mit zeitgenössischen Möbeln ausgestatteten Appartement nachdenklich vor einem Laptop sitzen, den ernsten Blick auf dessen Bildschirm gerichtet. Bereits kurze Zeit später, wohl unmittelbar nach dem erfolgreichen Einloggen in *Myway*, sah man sie fröhlich und angeregt mit ihrem Avatar kommunizieren. Sie lachten, gestikulierten lebhaft und erschienen völlig verändert. Dann durchflutete mit einem Mal ein strahlendes Licht den Raum. In ihm war eine überaus sympathische und ausnehmend schöne Person zu sehen, die mit offenen Armen auf die staunenden Prominenten zuging. Wie von einer unsichtbaren Macht gesteuert, standen diese ungläubig um sich blickend auf und nahmen die Person bei der Hand. Nach einem schnellen Kamerawechsel standen sie dann eng umschlungen auf einer bunten Blumenwiese, aus der große Schmetterlinge aufflogen und das lachende Paar wie ein bunter Schleier mäandernd umrundeten. Nach wenigen Takten einer romantischen Melodie zog sich ein Vorhang von rotschimmernder Seide über die Szenerie. Die Schmetterlinge flogen zuerst aufgeregt vor ihm hin und her und formierten sich dann zu dem Schriftzug *And this is Myway*.

Die mediale Reaktion auf diese Kampagne war überwältigend. Die Agentur erzielte in den darauffolgenden Monaten halbjährlich neue Umsatzrekorde, die Investitionen in weitere interessante, personenkonzentrierte Geschäftsfelder wie zum Beispiel Seitensprung- oder Loyalitätsprüfungsdateien erlaubten, und expandierte noch im selben Jahr in weitere europäische Länder. In einer Analyse zu den Ursachen für das unerwartet starke Interesse der Nutzer an der neuen digitalen Agentur wurde festgestellt, dass die persönlichen Avatare so vieler Menschen, die von *Myway* ausgearbeiteten Charaktertests und die Interviews als sinnvoll bewertet wurden, weil man so aus den in dem virtuellen Echoraum aufgefangenen Charaktereigenschaften wichtige Hinweise für tägliche Gespräche ziehen konnte. Außerdem könne man lernen, an sich schwer zu interpretierende Reaktionen eines Gegenübers besser einzuschätzen. In jedem Fall wurde der Informationspool der Maschine durch die ständig neu hinzukommenden Daten gefüllt, sodass die Interaktion zwischen Mensch und Maschine kontinuierlich verbessert werden konnte. Persönliche Probleme konnten auf Basis dieser erweiterten Datenlage direkt angesprochen und Lösungen für emotionale Überreaktionen oder psychische Probleme schneller gefunden werden. Alle Daten, die von den Nutzern den unterschiedlichen Unternehmen, Initiativen, Projekten und Institutionen überlassen wurden, durften – nach mehreren aufsehenerregenden Klagen über die datenschutzrechtliche Zulässigkeit dieses Vorgangs – zusammengeführt und von der Agentur übernommen werden, was von den Avataren euphorisch begrüßt und von der Mehrheit der Menschen positiv aufgenommen wurde, zumal sich herausstellte, dass die Gebühren für diese umfassenden Dienste bereits im Jahresbeitrag der Partnersuche enthalten waren. In diversen Foren wurden die Themen *Charakter* und *Psychologische Entwicklung bei Erwachsenen* diskutiert. Das führte dazu, dass sich selbst Menschen ohne Partnerwunsch bei *Myway* anmeldeten, lediglich um die Charaktertests zu absolvieren. Viele konnten die Auswertung kaum erwarten und verbreiteten in den sozialen Medien, dass sie vor Aufregung schlecht schliefen und damit anfingen, ihren Avataren Geschichten aus ihrer Kindheit zu erzählen, die ohne ihr Zutun an die Oberfläche ihres Bewusstseins getreten waren. Sie gestanden freimütig und öffentlich, dass sie bis zu diesem Zeitpunkt kaum einen Gedanken an ihren Charakter verschwendet hatten, entweder weil sie ihn noch nie als potentielles Problemfeld betrachtet hatten oder weil sie gar nicht so genau beantworten konnten, was *Charakter* im Eigentlichen bedeutete und ob ein Wissen darüber für das moderne Leben überhaupt relevant sei. Seit der öffentlich geführten Diskussion über die Sammlung dieser Daten war man sich allerdings einig, dass Charaktereigenschaften eine ähnlich wichtige Bedeutung wie Algorithmen hatten und daher eine lebensbestimmende Rolle für jeden Einzelnen einnahmen. Man kam zu dem Schluss, dass die Zuschreibung von menschlichen Eigenschaften auf eine wissenschaftlich fundierte Basis gestellt werden konnte, wodurch sie – von jedem negativen Beiklang befreit – den Raum für eine generationenübergreifende Begrifflichkeit gewinnen sollte. Psychologen lobten das Engagement von *Myway* für die persönliche Entwicklung und rieten ihren Patienten, sich für die Tests zu öffnen, um sich ihres Charakterprofils bewusst zu werden. Letzteres konnte man dann gemeinsam über die nächsten Jahre hinweg einer Korrektur unterziehen, was für den Aufbau eines neuen selbstbestimmten Lebens als wichtig erachtet wurde.

Die Erstellung des Nutzerprofils war mehr oder weniger das *Asset* der Agentur. So wurde es zumindest in den Investorenunterlagen bezeichnet. Intern sprach man von der *digitalen Menschenkartei*. Sie wurde in einen vom Unternehmen detailliert ausgearbeiteten Kriterienkatalog eingespeist und extern mit dem Begriff des *Persönlichkeitsregisters* belegt, das sich nach und nach zum umfassenden Nachschlagewerk für definierte zahlende Nutzer entwickelte und etwa ein Drittel des Unternehmensgewinns einbrachte. Zum Dank an die ihre Daten großzügig zur Verfügung stellenden Nutzer revanchierte sich *Myway* mit Rabatten für Sexspielzeug oder Nahrungsergänzungsmittel, Gratis-Zusatzleistungen wie Gespräche mit Psychologenbots, Hilfestellung bei Fragen zur Medikation von psychischen Problemen, Gratiseinlass für ausgewählte Veranstaltungen, um nur einige zu nennen.

§

Julia hatte sich nur wenige Jahre nach der Gründung von *Myway* zu einem Charaktertest angemeldet. Nachdem man ihr unter anderem Fragen zu ihrer Persönlichkeit, etwaigen Eigenheiten, verdrängten Problemen gestellt hatte, bat sie ihr Avatar, ihre Auffassung von dem Begriff *Person* genauer zu definieren. Handle es sich dabei um einen Menschen, der spontan in der Gebärmutter einer Frau entstanden sei? Um einen Menschen, der in vitro gezeugt und in den Körper einer Frau eingepflanzt worden sei? Einen Menschen, der im Reagenzglas gezeugt und als Embryo außerhalb eines menschlichen Körpers herangewachsen sei? Um einen Cyborg? Und wie hoch dürfe im letzten Fall der künstliche Anteil sein, um den Status einer Person nicht zu gefährden? Falls der Anteil bei über fünfzig Prozent liege, würden dann auch Robots als Personen durchgehen? Julia fand die Beantwortung dieser Fragen vor allem deshalb schwierig, weil sie sie für ihr eigenes Leben immer verdrängt hatte. Sie kannte die politischen und gesellschaftlichen Diskussionen zu diesem Thema und wusste, dass es dazu viele unterschiedliche Meinungen gab: Naturwissenschaftler argumentierten gegen Juristen, Politiker gegen Religionsvertreter. Alle waren sich nur in dem Punkt einig, dass ein von der zuständigen Behörde ausgestelltes lückenloses Abstammungsbuch als anerkannter Nachweis für den Status eines Menschen als Person galt. Die in den Medien ausgetragenen und zum Teil heftig geführten Debatten führten dazu, dass Wesen ohne oder mit einem lückenhaften Abstammungsbuch immer mehr verunsichert wurden, weil sie nicht wussten, ob sie natürliche Personen mit allen Rechten und Pflichten der Gesetze waren, oder – falls das nicht so sein sollte – was sie tun mussten, um eine solche zu werden oder zumindest doch mit solchen gleichgestellt zu werden. So besaßen Hunderttausende außereuropäische Einwanderer kein Abstammungsbuch, weil es in ihren Ländern entweder keine gab oder sie sie im Zuge ihrer Einreise verloren oder vernichtet hatten. Einige der Experten waren sich sicher, dass zumindest Asylanten und Migranten, die vom afrikanischen Kontinent abstammten, Personen im Sinne des Abstammungsbuches waren, weil ihre Abstammungsländer keine oder allenfalls marginal entwickelte technischen Möglichkeiten zur Reproduktion hatten, aber keinesfalls zur Implementierung einer Maschine in den menschlichen Körper. Andere meinten wiederum, dass die *Digital Industries* sich eben genau dieser Menschen in Entwicklungsländern bedient hätten, um Experimente mit künstlicher Intelligenz durchzuführen. Sie bezogen sich auf den Fall *Kira Balewa*, ein geklontes Mädchen aus Nigeria, das nach Europa verschleppt worden war. Auch unter Europäern selbst gab es immer wieder Probleme wegen lückenhafter Abstammungsbücher. Gelegentlich waren die leiblichen Eltern oder Elternteile nicht eingetragen, weil sie das Kind entweder weggelegt oder sonst wie verlassen hatten oder schlicht nicht in der Urkunde aufscheinen wollten. Im Sinne der *Political Correctness* war es nun nicht erlaubt, nach den leiblichen Eltern oder Stiefeltern zu fragen, weil dies einem Angriff auf ihre persönliche Entscheidungsfreihcit gleichkam, einem Übergriff auf ihre persönliche Integrität. Grundsätzlich war es jedoch der allgemeine Konsens, dass die Entscheidung, ein Kind anders als durch die biologische Vereinigung von Mann und Frau entstehen zu lassen, keiner Erklärung bedurfte. Niemandem gegenüber. Weiter war man sich einig, dass es im Sinne der Gleichbehandlung aller Menschen, unabhängig von Nationalität, Geschlecht, Rasse und Religion keine Rolle spielen durfte, wie und wo die Erzeugung stattgefunden hatte und wer daran beteiligt gewesen war. Ob Mann, Frau, Transgender, eine Eispenderin, eine Leihmutter, ein Samenspender, eine unbeteiligte Wissenschaftlerin irgendwo in einem Schlafzimmer in Oslo, in einer Fertilitätsklinik in Bratislava oder in einem Labor in Delhi – niemand musste dafür Verantwortung übernehmen.

Julia hatte sich immer wieder Gedanken über eine künstliche Befruchtung und die Auswahl des für sie infrage kommenden Samenspenders gemacht. Sie tendierte zu einem hohen Grad von Anonymität. Sie wollte weder den Namen des Spenders kennen, noch wissen, wie oft er seine Spermien schon verkauft hatte. Ausschlaggebend war ihrer Ansicht nach nur seine genetische Disposition. Es sei schließlich keine große Herausforderung, in einem kleinen Zimmer oder auf einer Toilette mithilfe von Sexjournalen oder auf das Handy geladenen Lieblingspornos seinen Samen in einen Glasbehälter zu spritzen, dachte sie. Das ging wohl bei den meisten recht schnell, machte vielleicht sogar Spaß und war wahrscheinlich – je nach genetischer Ausstattung – gut bezahlt. Wenn man schön, gesund und intelligent war, brachte es sicher ein gutes Nebeneinkommen, und hatte man einmal das Auswahlverfahren durchlaufen und war fleißig, konnte man davon sicher einen Teil der Miete oder des Studiums bezahlen und vielleicht sogar etwas für schlechte Zeiten zur Seite legen. Bei Eispenderinnen gestaltete sich das Ganze schon schwieriger, überlegte sie. Das Punktieren der Follikel, die Qualität der Eier, die monatliche hormonelle Belastung ... Das war kein Spaß, sondern harte Arbeit, die Frauen auf sich nahmen, um ihre Finanzen aufzubessern oder ihre Nächstenliebe zu zeigen. Man wusste natürlich auch bei ihnen nicht, wie viele Eier überhaupt befruchtet wurden, wie viele Frauen in den Genuss der fremden Eier kamen und wie viele Kinder daraus entstehen würden. Und was passierte schließlich mit all den Kindern, die ihre Geschwister nicht kannten, ja nicht einmal wussten, dass sie Geschwister hatten? Machte es für die Leihmütter einen Unterschied, ob das Ei der späteren Mutter oder das einer Spenderin in ihre Gebärmutter eingepflanzt wurde? Verhielt sie sich gegenüber den fremden Embryonen in ihrem Bauch genauso fürsorglich wie gegenüber den eigenen? Wie erklärte sie ihren Kindern, die den Bauch der Mutter wachsen sahen, dass das Neugeborene nicht zu ihrer Familie gehörte? Wie sei ihr emotionaler Zustand, wenn es ihr Ei war, das sie als Leihmutter für eine fremde Frau austrug und nach der Geburt an die Auftraggeber abgab? Und was passierte, wenn diese nicht mehr Eltern werden wollen, weil das Kind nicht so aussah, wie sie es sich vorgestellt hatten oder es womöglich war? Konnten sie es dann wegen schlechter Ausführung oder mangelhafter Vertragserfüllung durch die Leihmutter zurückweisen? Wer kümmerte sich dann um dieses Leben: die Leihmutter, die Eispenderin, der Samenspender, die Fertilitätsklinik oder die vermittelnde Agentur, die ihren Auftrag mit der Geburt und anschließender Übergabebereitschaft der unter Vertrag stehenden Leihmutter als abgeschlossen sieht?

Julia fand all diese Fragen sehr belastend. Vor Kurzem hatte sie gelesen, dass kinderlose, heterosexuelle Paare eine Initiative bei der europäischen Kommission einbringen wollten, die ihnen ein Vorrecht in der Zuweisung von Waisen einräumte, was zu einem Shitstorm in den sozialen Medien führte, der vor allem von Eltern mit Kindern ohne Abstammungsbuch angeführt wurde. Ihre Argumente lauteten dahingehend, dass kinderlose Eltern zuerst alle Reproduktionsmöglichkeiten nachweisen sollten, bevor sie das Privileg eines bereits fertigen Kindes in Anspruch nehmen durften, für das sie im übrigen keinerlei Expertise hätten.

Julia dachte bei der Lektüre dieses Artikels sofort an Lilly, die kein Abstammungsbuch hatte und von einer Frau aufgezogen worden war, die nicht ihre leibliche Mutter war. Fragen nach den leiblichen Eltern, so erzählte ihr Lilly, riefen jeweils ein unkontrolliertes, heftiges Schluchzen der Ziehmutter hervor, das gelegentlich von Halbsätzen wie *Ich habe mich doch immer bemüht* oder *Bin ich dir denn nicht gut genug* oder *Wenn ich nicht gewesen wäre* unterbrochen wurden. Das Schluchzen hörte erst auf, wenn sie von Lilly, die sich natürlich sehr undankbar vorkam, tröstend umarmt wurde. Man sollte als adoptiertes Kind nicht nach den leiblichen Eltern fragen, so die verbreitete Meinung von Psychologen, weil allein die Frage an sich die Intimsphäre eines empathischen, Verantwortung übernehmenden Menschen unangenehm berühre. Sie intendiere gewisse negative Vorurteile, die nicht nur als unfair empfunden werden, sondern mitunter auch existenzielle Krisen hervorrufen könnten.

Lilly hatte sich schließlich einem Internetforum angeschlossen, das nicht nur Ratschläge für den Umgang mit einer Lebenssituation ohne Abstammungsbuch gab, sondern auch über den neuesten Stand der Elternforschung informierte. Sie trat aus, als sie Angebote für in vitro-Behandlungen und Partnersuche bekam und ein Teilnehmer ihres Forums mitteilte, dass ihm der Personalchef seiner Firma nahegelegt hatte, die *Indiskretionen* über das Forum einzustellen. Es sei nicht Stil der Firma, die Entscheidungsfindung freier Menschen nachzuvollziehen. Daraus könne im schlimmsten Fall eine Klage wegen Diskriminierung entstehen, die – mit Recht – zu hohen Schadensersatzzahlungen führen würde. Als Mitarbeiter solle man stets sein eigenes, auch persönliches Handeln an den moralischen Standards der Firma messen, die, und so viel konnte der Personalchef mit gutem Gewissen sagen, sich auf international höchstem ethischem Niveau befanden. Der Teilnehmer verließ daraufhin das Forum und unterließ ab sofort jede Frage zu seiner Herkunft.

Julia erinnerte sich an eine Talkshow aus dem letzten Herbst, in der ein Cyborg namens Robert vorgestellt wurde, der im Reagenzglas gezeugt und als Embryo in ein Fruchtwassergefäß verbracht worden war. Die Nabelschnur war an eine Maschine angeschlossen worden und dort bis zur Geburt verblieben. Er teilte dem erstaunten Publikum mit, dass er bis zu seinem 15. Lebensjahr keine Empathie verspürt hatte. Seine Eltern, die als Lehrerin und Krankenpfleger arbeiteten, hätten jahrelang unter Beiziehung einer Psychotherapeutin versucht, eine Erklärung für dieses Phänomen zu finden, bis er selbst eines Tages verkündete, er habe sich verliebt. Die Freude über die vorgebliche Heilung hielt allerdings nur so lange, bis er die Angebetete seinen Eltern vorstellte: Rena war zu neunzig Prozent ein Cyborg, dessen verbleibende zehnprozentige biologische Masse für zwei Leidenschaften, nämlich für das Surfen und ein Kartenspiel namens Jasser fast komplett aufgebraucht wurde. Roberts Verliebtheit definierte er selbst als ein «ungewöhnlich lang andauerndes Interesse an Renas Fähigkeit, in kürzester Zeit Gedächtnisspiele zu beherrschen, die mit Bewegung zu tun hatten». Er selbst war seit seiner Kindheit vor allem an digitalen Sportspielen interessiert gewesen und hatte mit fünfzehn die Idee geboren, eine Fußball-App zu entwickeln. Mit ihr sollte man in Zukunft analoge Fußballspiele mit lebendigen menschlichen Spielern und hoch emotionalen menschlichen Zuschauern durch ein digitales Fußballereignis ersetzen können. Die Zuschauer würden das Spiel über ihr Smartphone wie in einem realen Stadion aus unterschiedlichen Perspektiven je nach Höhe der bezahlten Gebühr verfolgen können, und während der ersten dreißig Minuten die Möglichkeit haben, auf das Spielergebnis zu setzen, was bei richtiger Vorhersage den Gewinn eines Freitickets für das nächste Spiel nach sich zog. Als Ersatz für das unmittelbare Erlebnis Fußball bot seine App zusätzlich eine virtuelle Kommunikationsmöglichkeit zu den eingeloggten Fans an: So konnten sich Nutzer während des Spiels wie auf den Zuschauerrängen miteinander unterhalten, während über Kopfhörer der originale Sound eines vollbesetzten Stadions zugespielt wurde. Seine Freundin Rena, so informierte er das Publikum emotionslos, sei wegen ihres Expertenwissens die perfekte Ergänzung zur Realisierung dieser Idee gewesen. Dies sei der eigentliche Grund gewesen, weshalb er sich in sie verliebt habe. Er betonte ausdrücklich, dass er sich in jede biologische oder künstliche Substanz verlieben könne, die ihm nützlich erschien, seine Vorstellungen und Ideen unterstütze und keine eigenen Ansprüche stelle. Nach diesem Auftritt recherchierte ein Journalistenteam Roberts Geschichte. Es stieß dabei auf diverse bis dato auch den Eltern unbekannte Dateien in seiner Geburtsklinik, aus denen hervorging, dass Roberts Gehirn bereits kurz nach seiner Geburt durch den Einsatz eines Chips manipuliert worden war, der sein Empathiezentrum außer Kraft gesetzt hatte. Er war damit zu einem Cyborg geworden, der nach den derzeit geltenden Gesetzen nicht als natürliche Person galt. Es stellte sich nun die Frage, ob man ihm sein Abstammungsbuch, das die leiblichen Eltern nachwies, wegnehmen konnte. Als Krankenpfleger war sich sein nicht leiblicher Vater damals der gesetzlichen Abstammungsproblematik bewusst gewesen und hatte daher auf die Preisgabe der Identität der Ei-und Samenspender bestanden, wofür ihm von der Fertilitätsklinik ein hoher Aufschlag verrechnet worden war. Konnte der Vater nun auf Rückgabe des Geldes klagen? Und konnte Robert auf Körperverletzung klagen, wenn er ungewollt zum Cyborg geworden war?

Julia erinnerten diese Diskussionen an Seminare im Zuge ihres Philosophiestudiums. Unweigerlich musste sie an Ciceros *Alter Idem* denken, das *Zweiten Selbst*, das angeblich ein wahrer Freund war, und des Weiteren an das *Alter Ego* animistischer Glaubensvorstellungen, das den Menschen als geistiger Doppelgänger und als persönlicher Schutzgeist erschien. Mit ihm fühlten sie sich ihr Leben lang verbunden – bis zu ihrem Tod und darüber hinaus. Das *Alter Ego* galt als Gefährte in der so gefürchteten Einsamkeit danach, als Retter vor dem Absturz in die Leere menschlicher Existenz.

Lebte ein Cyborg, der mit dem Geist eines anderen Menschen infiziert war und dessen geistige Substanz durch einen brutalen Schnitt in seinen Körper vergrößert, verändert, unterdrückt wurde, nicht den Traum von einem Leben zu zweit, das wir uns alle so sehr wünschten, hatte sich Julia schaudernd gefragt, als sie im Fragebogen der Agentur vermerkte, dass sie sich am meisten zu ihrer Großmutter väterlicherseits hingezogen fühlte. Dieses Andere, dieses Alter Ego war doch auch in gewisser Weise selbstständig. Es konnte das ihm einprogrammierte Werk ohne Zwiesprache mit seinem Wirt vollziehen, zu dessen Ego es geworden war. Und es konnte mit all den Daten über seinen Wirt aus dessen Gehirn und Körper herausgelöst werden und – sie wagte diese Schlussfolgerung kaum zu Ende zu denken – in einen neuen Körper eingeschleust werden. So konnten Menschen in ihrem Denken und Fühlen gleichgeschaltet werden. Sie konnten zu Maschinen gemacht werden. Alles war möglich.

Bei der Gelegenheit fiel ihr ihr Sexrobot Julian ein, der – offline – im Besenschrank ihrer Wohnung stand. Seit einer Panikattacke vor drei Wochen gebrauchte sie ihn nicht mehr. Sogar sein Anblick erschreckte sie. Sie hatte ihn sich vor zwei Jahren gekauft, nachdem ihre letzte Affäre mit einem Mann bereits ein Jahr zurücklag. Regelmäßiges Onanieren kam ihr pubertär vor. Sie schämte sich, dass es zu ihrer einzigen sexuellen Aktivität geworden war. Mit seinen Idealmaßen, seinem schönen ebenmäßigen Gesicht mit den hohen Wangenknochen und den großen Lippen, seiner weißen Haut ohne Körperbehaarung und der tiefen, manchmal ein wenig rau, sexy klingenden Stimme, verkörperte Julian das, was sie sich unter einem attraktiven Mann vorstellte. Wenn er sprach, hatte er einen leichten französischen Akzent, und wenn er erregt war, kam ein kleines, kaum hörbares Lispeln durch, das ihn noch anziehender machte. Er wusste, immer was sie wollte, weil er sie zu lesen gelernt hatte. Er lächelte, wenn sie seine Nase leicht berührte und seufzte, wenn sie sein Ohrläppchen streichelte. Er legte seinen Kopf auf ihren Schoss, wenn sie seinen Hals zärtlich küsste, und erigierte seinen Penis, wenn sie in seinen Oberschenkel zwickte. Was Julia als besonders angenehm an ihm empfand, war sein großes Wissen über Musik, das er entsprechend den verschiedenen Stufen ihrer Erregung einsetzte, um Stücke abzuspielen, die sie langsam oder schnell – ganz wie sie es wollte – zum Höhepunkt brachten. Er stellte keine Ansprüche, er funktioniert perfekt und befriedigte sie zuverlässig. Auf einen sanften Druck auf seine Schläfe hin zog er sich wieder zurück. Alles war so herrlich einfach. Nach ihrem Orgasmus verströmte er den Geruch der Provence im Juni und ließ je nach Dauer des vollzogenen sexuellen Akts entspannende, romantische Musik aus der Tiefe seines Maschinenkörpers erklingen, die jedes Mal dann nach fünfzehn Minuten in Symphonien von Mahler, Julias Lieblingskomponisten, hinüberglitten.

Für Julia waren die Stunden mit Julian Reisen in die Tiefen ihres Körpers. Sie war fünfzehn gewesen, als sie zum ersten Mal von im Rhythmus von Musik zuckenden Körpern erregt wurde. Tante Patricia, die jede Art von Musik liebte und lebte, hatte ihr ein altes Video von James Brown, *Godfather of Soul*, vorgespielt. Die zuckenden Körper der Männer, ihre schrillen Schreie, das Drängen zur körperlichen Explosion im Rhythmus des Schlagwerks –diese Bilder waren seit diesem Tag in ihrem Kopf.

Es hatte Julia Monate gekostet, ihre sexuellen Wünsche zusammen mit einer Psychologin aus sich herauszuschälen und sie mithilfe einer innovativen Firma für Sexspielzeug in einen Roboter zu implementieren. Sie hatte dafür ursprünglich eine Programmiererin haben wollen, weil ihrer Überzeugung nach Frauen ihre eigenen Vorstellungen von Liebe besser nachvollziehen konnten. Frauen waren jedoch über Monate hinweg ausgebucht, also entschied sie sich nach kurzer Überlegung für eine intergeschlechtliche Programmierer:in, die auch bereits nach kurzer Zeit ihr Vertrauen erwerben und sie im Laufe des Projekts davon überzeugen konnte, dass der Kauf einer Zusatzausstattung für die Umwandlung in eine weibliche Sexmaschine wegen ihrer ausgeprägten weiblichen Sensibilität sehr sinnvoll sei. Julia nahm das Angebot an, das ihr unter Gewährung eines kleinen Rabatts verkauft wurde.

Die Programmierer:in hatte es verstanden, sehr feinfühlig ihre geheimsten Wünsche zu erfragen und in männliches Agieren umzumodeln. Sie erschuf eine Maschine, die nicht nur auf Julias Körper, sondern auch auf ihre Stimmungen, Launen und Gefühle einging. Julian, wie sie ihn nannte, strahlte nicht nur Eigenschaften wie Anteilnahme, Loyalität und Kraft aus, sondern war auch immer verfügbar, tagsüber und nachts zu Sex bereit, ohne dabei eigene Ansprüche zu haben. Er war ausschließlich auf Julias Wünsche fokussiert. Sie stellte sich vor, dass er ein Teil ihrer selbst werden würde – so wie der von einer rumänischen Künstlerin gezeichnete Vogel, deren Werk sie im nächsten Semester ihren Studenten vorstellen wollte: die Künstlerin hatte ihn als ihr *Alter Ego* bezeichnet und ihn mit ihren eigenen Charaktereigenschaften und Wünschen gespeist. In unterschiedlichen Lebenssituationen entwarf sie ihn immer wieder aufs Neue und hauchte ihm mit Hilfe ihrer Hand Leben ein, um sich selbst im Spiel mit den immer selben Formen des Lebens zu erfahren. Die Lebendigkeit ihres künstlerischen Selbst versetzte sie bis in ihr hohes Alter in ein kindliches Erstaunen und erfüllte sie tief in ihrem Inneren, ihrem schöpferischen Kraftzentrum, das zugleich das Feld ihrer größten Verletzlichkeit war. Ungefähr so, stellte sich Julia vor, seien ihre sexuellen Fantasien in dem Sexroboter materialisiert, der sie mit ihrem eigenen Repertoire an Gefühlen nicht nur in Erregung versetzen, sondern auch innerlich befriedigen sollte. Er war ihre Kreation und zugleich ihr *Alter Ego*. Julian würde ihr Sexzentrum im Gehirn durch die nach ihren Wünschen programmierte Stimulation aktivieren, Körper und Geist öffnen, sie von dem Druck einer intimen Beziehung befreien. Was sie nicht bedacht hatte, war, dass sich ihre Sinne nicht täuschen ließen und ihr Körper schließlich die Maschine ablehnen würde. So machte sie sich auf die Suche nach einem menschlichen Partner und an die Stelle von Julian trat Gregor ...

Julia betrachtet Gregors schweren Körper, der hinter dem Steuer in den Fahrersitz gequetscht ist. Ich habe meinen Sexroboter weggesperrt, weil er weder Leben, noch Seele oder Geist hat, und bin eine Beziehung zu einem Mann eingegangen, der völlig fantasielos ist und ohne jede Empathie. Was nützt mir das Bewusstsein darüber, dass er lebendig ist, wenn ich seine Seele nicht finden kann, wenn ich ihn nicht lieben kann. Julia schließt die Augen. Sie sieht ihre Großmutter vor sich, die ihr mit samtweicher Hand eine Strähne blonden Haares aus dem Gesicht streift. Sie glaubt fast, den sanften Hauch ihres leichten Atems auf ihrer Stirn zu spüren.

2

Kevin und Rosa hatten sich bei einem privaten Abendessen in Frankfurt kennengelernt und nur wenige Monate danach beschlossen, eine Partnerschaftsagentur zu gründen: *Myway*.

Kevin stammte aus Liverpool und hatte seine Kindheit und Jugend zusammen mit seiner älteren Schwester in einer kleinen Wohnung eines großen Mietshauses nahe dem Hafen verbracht. Seine Mutter arbeitete als Lehramtsassistentin, sein Vater als Metzger. Seine Schwester und er besuchten eine staatliche Ganztagsschule in ihrem Viertel.

Er hatte schon früh einzuschätzen gelernt, wer ihm von Nutzen sein konnte, und so wählte er seine wenigen Freunde in der Schule nach dem sozialen Status ihrer Eltern. Um keine Fehler in der Anbahnungsphase dieser Freundschaften zu machen, erstellte er eine Liste, in die er sämtliche ihm bekannten Daten seiner potenziellen Freunde eintrug, um daraus ein Best-off-Ranking zu erstellen, das er immer wieder auf den neuesten Stand brachte. Der Listung entsprechend, investierte er Zeit, Energie und Freundlichkeit in die Anbahnung oder den Erhalt von Freundschaften. Bald schon konnte er seiner Mutter berichten, dass er nur mit Mitschülern aus den sogenannten besseren Familien verkehrte. Er passte sich dem Tagesablauf der erst gereihten Jungen in einem solchen Ausmaß an, dass er nicht selten eine Deckungsgleichheit von fast vierzig Prozent in der Auswahl der täglichen Aktivitäten erreichen konnte, und das machte ihn sehr stolz. Der Wehrmutstropfen: Einen wahren Freund fand er auf diese Weise nicht. Kevin war ein einsamer Junge.

Er verbrachte schlaflose Nächte damit, seine Liste mit den Eigenschaften seiner angebeteten Favoriten auswendig zu lernen und darüber nachzudenken, wie und wo er das Geld auftreiben konnte, um sich auch ihre Hobbys und ihre modischen Klamotten leisten zu können. Er dachte an eine Art persönlichen Zuschuss – von welcher Seite auch immer –, fand allerdings kaum schlagende Argumente dafür, da er weder eine herausragende musische oder sportliche Begabung besaß, noch überdurchschnittlich gut aussah oder intellektuell hervorstach. Er musste also dringend etwas finden, das er seinen potenziellen Sponsoren anbieten konnte: etwas Besonderes, Einzigartiges, vielleicht sogar etwas Verbotenes oder zumindest doch etwas, das einem gut gehüteten Geheimnis gleichkam.

Die Frage, was das genau sein sollte und wer als möglicher Sponsor infrage kam, quälte den damals Dreizehnjährigen: Ihm war durchaus bewusst, dass seine Eltern oder andere nahe Verwandten mangels des entsprechenden Vermögens ebenso ausfielen wie die Eltern seiner potenziellen reichen Freunde. Er kannte einfach niemanden, dem er ein entsprechendes Angebot unterbreiten konnte. Nach ein wenig nachdenken kam er zu dem Schluss, dass ein möglicher Investor auch gar nicht aus Liverpool selbst kommen durfte, da sich, wie er auf den digitalen Prominentenseiten erfuhr, sämtliche Reiche einer Stadt kannten und es naheliegend war, dass sie bei einem ihrer zahlreichen Treffen auf Kevins Dienste zu sprechen kommen konnten, was in jedem Fall abträglich sein würde und im schlimmsten Fall dazu führen konnte, dass er das Geld zurückzahlen musste.

Als er vierzehn Jahre alt war und gerade etwas verspätet in die Pubertät gekommen war, stieß er während einer seiner Internetrecherchen zufällig auf den Begriff *Sugar-Daddy.* Er fand heraus, dass es Agenturen gab, die Sugar-Daddys und Sugar-Babes gegen eine geringe Nutzergebühr zusammenführten. Nachdem er in diversen Blogs begeisterte Kommentare von Sugar-Babes über die Großzügigkeit ihrer Daddys gelesen hatte, war er wie elektrisiert von der Vorstellung, sich einem solchen anzubieten. Das schien ihm die Lösung all seiner Sorgen zu sein: viel Geld, um sich seine Wünsche erfüllen zu können, und zwar ohne großen Aufwand und ohne die Gefahr, dass seine Familie oder Freunde etwas davon erfahren könnten, weil – so hatte er es gelesen – alles in absoluter Diskretion ablief.
Da er noch minderjährig war und sich nicht in einer Agentur registrieren lassen konnte, suchte er im Darknet nach einem Sugar-Daddy und kam schließlich über den Umweg eines digitalen Forums zur gewünschten Webseite.

Hier eröffnete sich für ihn eine neue Welt: Männer in allen Altersstufen suchten nach minderjährigen weiblichen oder männlichen Sugar-Babys unterschiedlicher Hautfarben und Körperformen und boten an, für ihre Wunschkinder monatlich bis zu fünftausend Pfund zu zahlen, Kleidung, Reisen und Geschenke extra. Kevin war schier überwältigt und sicher, an sein Ziel gekommen zu sein. Was er hier las, kam ihm geradezu paradiesisch vor. Er musste nichts anderes tun, als seinen Körper anzubieten, und er fand schnell heraus, dass er wegen seines jungen Alters und seiner Unerfahrenheit sehr begehrt war. Er würde in kurzer Zeit genügend Geld verdienen, um in die Liga der auf seiner Liste erstgereihten Jungen aufsteigen zu können. Dann würde er endlich in ihre Welt eintauchen können, mit ihnen Tennis spielen und Reiten gehen, Reisen unternehmen, für ihn unerreichbare Mädchen treffen, ein Mofa fahren, mit einem Wort endlich wirkliche Freunde haben. Geld würde ihm dazu verhelfen und ihn glücklich machen.

Kevin trug in einer Liste interessierte Sugar-Daddys aus Liverpool, Manchester und Sheffield ein. Er ordnete sie nach Entfernung, Alter und angebotenem monatlichem Unterhalt, kam zu dem Schluss, dass eine Bezahlung von viertausend Pfund plus Spesen und kleinere Geschenke bis zu einem Betrag von 200 Pfund monatlich erzielbar sein müssten, und wählte einen Daddy aus der Altersklasse der über Fünfzigjährigen.

Kurz nach seiner ersten Bewerbung kam es zu einem Treffen in Sheffield, und zwar in einem unscheinbaren Mietshaus aus den Sechzigerjahren in der Nähe der Sheffield Midland Station. Die Jalousien vor den Fenstern der etwas heruntergekommenen Wohnung waren heruntergelassen, in mehreren Zimmern lagen dicke Teppiche. Der Wohnungseigentümer, ein ungefähr sechzigjähriger kleingewachsener und stark untersetzter Mann, hatte ihm die Tür geöffnete, ihn mit beiden Armen an seine Brust gedrückt – und noch im Flur auf einem der nach Mottenpulver stinkenden Teppichen missbraucht. Weil er nicht wusste, wie er sich verhalten sollte, nachdem sich Bob – so hieß der Mann – von ihm gewälzt hatte, blieb er still liegen und flüsterte: «Daddy, mein lieber Daddy». Das waren die Worte eines Mädchens in ungefähr seinem Alter aus einem Pornofilm, die er eingeübt hatte. Sie hatte sie nach ihrer Entjungferung gerufen, für die sie ein schmales goldenes Kettchen bekommen hatte.

Kevin spürte, er hatte jetzt auch so einen Daddy, einen reichen, der ihm die Welt eröffnen würde.

Eine Maschine hatte ihn auf diese erste Begegnung vorbereitet, ihm diverse Körperstellungen und lustvolles Stöhnen beigebracht, was sie ihm als die wichtigsten Kriterien für die erfolgreiche Befriedigung des Daddy-Kunden beschrieb. Sie hatte ihn jedoch nicht auf die Schmerzen vorbereitet, die er empfunden hatte, als sein Daddy in ihn eingedrungen war, nicht auf den Ekel hingewiesen, der in ihm hochgekommen war, als er seine weiße fettige Haut gespürt und den ranzigen Geruch eingeatmet hatte, der aus seinen Poren gedrungen war. Und am schlimmsten von allem war das tierische Keuchen des Mannes gewesen.

Kevin weinte still.

Er begann zu begreifen, dass künstliche Intelligenz zwar Lösungen anbot, nicht aber ein Problem in seiner menschlichen Dimension erfasste. Er hatte sie gerufen, sie hatte geantwortet, er hatte ein Problem, sie hatte einen Ausweg, er hatte Träume, sie hatte Fakten. Er hatte den Zugang zu ihrer Dunkelkammer gefunden und aus ihrer Finsternis monströse Fantasien von Männern herausgelöst, die seither wie Meteoriten in seinem Körper umherschwirrten: Unbekannt, kalt, schwer und abgründig kreisten sie in seinen Nervenbahnen, angezogen von dem Dunkel des menschlichen Bösen.

Henry Purcell
What Power Art Thou

Klaus Nomi
London Symphony Orchestra

Kevin war ganze drei Jahre lang Bobs Sugar-Babe. Sie trafen einander wöchentlich für vier Stunden in der Wohnung in Sheffield, spielten gemeinsam Videogames, sahen sich Filme an und probierten Sexspielzeug aus. Mindestens einmal missbrauchte Bob den Jungen auf einem der kratzenden Teppiche. Am Monatsende drückte er ihm die vereinbarte Summe von 4000 Pfund in die Hand, die er durch die Anlage des Geldes aus der Erbschaft seines Schwiegervaters für sich erwirtschaften konnte.

«Mein Schwiegervater hatte immer teure Hobbys, und ich führe das in seinem Sinne weiter», sagte er des Öfteren stolz zu Kevin. «Schließlich bist du ein wirklich luxuriöser Zeitvertreib, der einem erfolgreichen Mann wie mir gut zu Gesicht steht. Nur schade, dass meine Freunde nichts davon wissen! Es würde mir wirklich Spaß machen, ihnen zu sagen, was ich monatlich für dich ausgebe. Dann hören sie vielleicht endlich damit auf, mir von ihren exklusiven Golfclubs oder teuren Nutten zu erzählen. Alles Schnäppchen gegen die Summe, die du mich monatlich kostest – und ich spreche noch nicht einmal von deinen Extras.»

Jedes Mal, wenn Bob so sprach, erstarrte Kevin vor Angst, er würde wirklich einmal von ihm erzählen und einer der Zuhörer würde einen Freund oder Verwandten in Liverpool haben, der vielleicht ein Freund seiner Freunde wäre – und dann? Sein Leben würde aus den Fugen geraten, niemand würde mehr mit ihm zu tun haben wollen, seine Eltern würden womöglich ihre Arbeit verlieren. Müsste er dann in ein Heim? Solche und ähnliche Gedanken kreisten in seinem Kopf, während er zugleich versuchte, Bobs hohe Kinderstimme auszublenden, um sich nicht weiter verunsichern zu lassen.

«Ich denke, wir hätten beide Spaß, wenn alle Bescheid wüssten», hörte er ihn gerade wieder sagen, «wir könnten dann richtig gute Restaurants besuchen, in Hotels übernachten, in Swinger Clubs gehen, nach Tahiti fliegen ... Es wäre schön für mich, mich mit dir zu zeigen, einem so schönen Jungen. Alle würden mich beneiden!» Dann seufzte er theatralisch: «Aber solange du minderjährig bist, geht das eben nicht! Schließlich muss dich Daddy ja früh zu Bett bringen, damit du am nächsten Morgen fit für die Schule bist, nicht wahr, mein Großer?» Damit zog er ihn ins Schlafzimmer. «Und die schönsten Freuden sind doch immer noch die, von denen niemand weiß!», fuhr er fort. «Das schmiedet uns so richtig zusammen! Das macht unsere Liebe aus!» Da wusste Kevin, dass Bob niemals irgendwem auch nur das Geringste über ihn erzählen würde, und er bot sich ihm dankbar an. Immerhin ermöglichte er ihm ein sorgenfreies und aufregendes Leben mit seinen reichen Freunden. Der Gedanke trieb ihm Tränen der Dankbarkeit in die Augen, was wiederum Bob zu immer neuen

Orgasmen verhalf. Schließlich bestärkten die Tränen ihn in seiner Auffassung, dass er mit der Wahl des Jungen das Richtige getan hatte und mit seiner männlichen Verführungskraft auf dem Höhepunkt seines Daseins angekommen war: Er hatte Geld, einen Abteilungsleiterjob in einer renommierten Bank, wohlhabende Freunde – und ein Sugar-Babe!

Kevin lernte von Bob, dass Vereinbarungen in einer Beziehung nur dann von Dauer waren, wenn jeder eine gewisse Flexibilität mitbrachte und mit Freude auf die Wünsche des Partners einging. Wie er sich eingestand, setzte er das jedoch nicht immer um, was er seiner Unterschichtserziehung zurechnete. Er war es, der auf die mit zärtlich wispernder Stimme vorgebrachten Wünsche gelegentlich ablehnend, unangebracht oder sogar undankbar reagierte. Er war es, der ohne Worte der Zuneigung die schmutzigen Einfälle seines Sugar-Daddys nur widerwillig über sich ergehen ließ und seinen Körper wie ein beleidigtes Kind hingab. Wenn er einmal wirklich erfolgreich sein wollte, musste er in großzügigeren Dimensionen denken. Er musste sich besser anpassen. So begann er damit, Bob zu beobachten, ja ihn regelrecht zu studieren, seine Essgewohnheiten, seine Geschichten, die Art, wie er ihn berührte, seine Liebesbekundungen, die Dauer seiner Erektionen ... All das notierte er sorgfältig auf seinen Zugfahrten zurück nach Liverpool. Auch hierfür hatte er eine Tabelle, deren Spalten er mit *Dankbar* und *Undankbar* überschrieb. Auf diese Weise wollte er jeweils die Konsequenzen, die sich aus einer Dankbarkeit oder Undankbarkeit ergaben, für sich sichtbar machen, um daraus Strategien abzuleiten. Bald schon fand er heraus, dass Dankbarkeit Bob beruhigte: Es reduzierte seine Fäkalsprache, wenn er das Verhalten seiner Kollegen oder die Angebereien seiner Freunde kommentierte, verminderte die Brutalität beim Eindringen in Kevins Körper und sein weinerliches Beklagen über das vermeintliche Unglück, nicht mit all den herrlichen Menschen auf Tahiti leben zu können, worüber Kevin besonders erleichtert war, weil er ahnte, dass es in diesen Fantasien nur um Sexspiele mit Kindern ging, die jünger waren als er selbst.

Leider, so stellte er fest, gab es auch negative Konsequenzen als Folge einer demonstrativ gezeigten Dankbarkeit wie zum Beispiel die, dass sich Bobs Erektionen verlängerten, die Anzahl der intimen Berührungen anstieg und gesabberte Liebeserklärungen häufiger in sein Ohr einträufelten. So versuchte er, seinen Ausdruck von Dankbarkeit fein zu dosieren. Zeigte er sich undankbar, kam es jedoch nicht nur zu langen vorwurfsvollen Vorträgen über die Dummheit der britischen Unterschicht und Kevins eingeschränkter Intelligenz, sondern auch zu einem minutenlangen harten Einbohren von Bobs Zunge in sein Ohr und, je nach dessen Stresssituation in der Bank, zu einer Bestrafung, die in einem Knien auf dem grauen Laminatboden der engen Diele bestand. Diese Strafe, die Kevin vollkommen nackt antreten musste, konnte zwischen wenigen Minuten bis zu einer Stunde dauern. Bob blätterte inzwischen in Zeitschriften mit Luxusimmobilien und knickte diejenigen Seiten ein, die Fotos von Villen an südlichen Stränden zeigten. Das Knien empfand Kevin als nicht so schlimm, weil es bezahlte Zeit war, die kein Wort, keine Berührung, keinen Blick verlangte. Zudem konnte er von einem kleinen Fenster in die Küche des gegenüberliegenden Mietshauses schauen, wo er gelegentlich eine Frau mit ihren beiden Kindern beobachtete.

Ab und zu, vor allem im Sommer, wenn das Fenster weit offen war, hörte er den Jungen, der wohl in seinem Alter war, mit seiner Schwester lachen oder auch streiten. Das erinnerte ihn stets an seine eigene Schwester Harriet, die er eigentlich nie besonders gemocht hatte. Er stellte sich vor, wie sie mit einer ihrer gutaussehenden Freundinnen ausging, tanzte und lachte, und war froh, nicht mit ihnen in einer heruntergekommenen Bar stehen zu müssen, mit einem Drink für weniger als zwei Pfund in der schweißnassen Hand, eingezwängt zwischen adrenalingetränkten jungen Menschen in billigen Kleidern, die den DJ wie einen Heilsbringer fixierten. Dass dieser tagsüber bei Starbucks arbeitete, weil er ansonsten die Miete seines kleinen Zimmers nicht bezahlen konnte, wussten sie schließlich nicht. Alles minderwertig, dachte er dann, alles untere Mittelklasse ohne Aussicht auf einen sozialen Aufstieg. Harriets Freundin stellte er sich allerdings verführerisch vor: Mit braunem gelocktem Haar, langen Beinen, vollen Brüsten, Grübchen in den Wangen, großen wippenden Hüften und einer fast durchscheinend wirkenden weißen Haut stand sie vor seinem inneren Auge und versetzte ihn in Erregung. Auch wenn sie die Blicke auf sich zog und die Männer allein durch ein Blinzeln ihrer Augen verrückt machte, wartete sie in Kevins Vorstellung nur auf ihn, den Unerreichbaren, Undurchschaubaren, natürlich ohne Chance auf die Erfüllung ihres sehnsuchtsvollen Wartens. Das löste in ihm jedes Mal ein unbeschreiblich warmes, helles und überwältigendes Glücksgefühl aus. Er war nicht mehr greifbar für Ihresgleichen, und das hatte er Bob zu verdanken. «Ich bin so glücklich, dich zu haben, Bob», rutsche ihm in solchen Momenten über die Lippen, «ich kann dir gar nicht sagen, wie dankbar ich dir bin.» Kleine salzige Tränen liefen dann über seine Wangen, was ihm ganz gelegen kam, weil sie seine Dankbarkeit wirkungsvoll in Szene setzten. Er wartete, bis Bob zu ihm kam, sich zu ihm kniete und fest an sich drückte. Er tröstete ihn, sprach von ihrer so ungewöhnlichen Liebe und der Kunst des Verzeihens – und missbrauchte ihn dann auf dem schwitzenden Boden.

Nach wenigen Monaten änderte Kevin seine Strategie behutsam, um mehr Zeit zu gewinnen. Er gewöhnte sich daran, länger zu knien, bevor er zu weinen anfing, und heftiger zu schluchzen, bevor er sich wieder fasste. Gelegentlich erzählte er auch Anekdoten aus seiner unglücklichen Kindheit, die er in größter Armut schilderte. Die meisten waren erfunden. Kevin entwickelte eine solche Meisterschaft darin, dass solche Auftritte damit endeten, dass sie beide weinend auf dem Boden saßen und sich an den Händen hielten, bis Kevin zum Zug musste.

Was er ihm hoch anrechnete, war, dass Bob in den drei Jahren ihrer Beziehung immer regelmäßig zahlte, und zwar den vollen Peis, auch wenn er wiederholt damit drohte, die vereinbarte Summe zu kürzen. Mit dem Auslaufen der Pubertät wuchsen nicht nur seine Ausgaben stetig, sondern verringerte sich auch das Familieneinkommen, weil sein Vater seinen Job im Supermarkt verloren hatte. Da auch sein ohnehin karges Taschengeld auf ein Minimum reduziert wurde und so seine Aktivitäten nicht einmal mehr mit Zuschüssen durch die Schule oder durch Freunde begründet werden konnten, erzählte er seiner Mutter, dass er Nachhilfeunterricht gebe und dabei gut verdiene. Sie nahm es mit einem Kopfnicken zur Kenntnis.

Kevin verachtete seinen Vater, seit dem Zeitpunkt, als er ihn zum ersten Mal bei *Safeway* hinter der Wursttheke stehen gesehen hatte. Er war damals acht Jahre alt gewesen. Sein Vater hatte einen weißen Arbeitsmantel getragen, der für seinen schmalen Körper viel zu weit war, dünne weiße Gummihandschuhe und eine weiße Kappe, deren Ränder leicht gelb gefärbt waren. Sein Gesicht war weiß wie die Wand hinter ihm, auf die in der Mitte ein rotes Ferkel mit runden, fröhlich blitzenden Augen in einem bunten Blumenkranz gemalt war. Auf seinen Wangen und seiner Stirn tanzten kleine Flecken im selben Ferkelrot. Als Kevin vor der Theke stand, befragte sein Vater mit nervöser Stimme gerade eine Kundin. Nachdem er sie freundlich verabschiedet hatte, wandte er sich seiner Mutter und ihm zu und schnitt, ohne zu fragen, für Kevin ein Stück rote, mit dicken Fettstücken durchzogene Wurst ab, die er ihm mit den Worten «ein kleines Stück feinste Salami für meinen großen braven Jungen» mit ausladender Geste überreichte und darauf wartete, dass er sie dankbar in den Mund schob. Obwohl schon der Anblick des Fleischs in den gummibehandschuhten Händen seines Vaters ein inneres Würgen in Kevin ausgelöst hatte, kam er der Aufforderung seines Vaters nach und behielt die Wurst so lange im Mund, bis er sie bei nächster Gelegenheit in einen Abfalleimer spucken konnte, natürlich ohne dass sein Vater das mitbekam. Er schämte sich, an der Hand dieses Mannes, der ihnen sämtliche Standbesitzer vorstellte, durch die Markthalle gehen zu müssen. Erst im hinteren Teil des Supermarktes durfte er die Hand endlich loslassen.

Dort füllte ein Freund seines Vaters gerade die Kühlregale mit frisch geliefertem tiefgefrorenem Gemüse aus Spanien, als ein weiterer Kollege dazukam, der Kevin mit eiskalter Hand plötzlich von hinten packte, ihn hochhob, den Deckel einer riesigen Kühltruhe öffnete, die mit gefrorenen Hähnchenschenkeln gefüllt war, ihn hineinsetzte und mit dröhnendem Lachen vorgab, den Deckel schließen zu wollen, wogegen Kevins Mutter heftig zu protestieren vorgab. Sein Vater klopfte sich lachend auf die Schenkel. Kevin hatte das Gefühl, ohnmächtig zu werden, als ihn der Kollege wieder aus der Truhe zog. An seiner Hose klebten drei Hühnerschenkel fest, die er ihm, wie er sagte, für das Abendessen überlassen würde. «Aber aufteilen! Mama, Papa, du, und an der Kasse bezahlen, aber mit Skonto!», brüllte er so laut, dass sich die Frau an der Kasse umdrehte und ihnen lachend zuwinkte, wobei sie ihre langen blau lackierten Fingernägel weit auseinanderhielt, ganz so, als wäre der Lack noch nicht trocken.

Während Kevins Vater Robert weiter mit seinem Kollegen scherzte, wobei er ihn immer wieder freundschaftlich in die Seite seines dicken aufgeblasenen Bauches stieß, entfernte Dorothee die Hähnchenteile von Kevins Hose, lobte ihren tapferen Jungen, stopfte ihm ein Bonbon mit Himbeergeschmack in den Mund und führte ihn aus der Gruppe von Menschen, die sich zwischenzeitlich um sie gebildet hatte, in Richtung der Kuchenabteilung, um für ihren Mann noch die Butterkekse zu besorgen, die er am liebsten aß.

Kevin hörte die sich überschlagende Stimme seines Vaters sich theatralisch an die das Spektakel genießenden Kunden wenden. Wie ein Marktschreier warnte er sie vor dem Verbleiben in der Abteilung Tiefkühlkost, solange der mordlustige Kollege, der seinen Sohn einfrieren wollte, nicht in die Abteilung Gemüsekonserven versetzt worden sei, und lud sie ein, stattdessen zur Wursttheke zu kommen, um die hervorragende, nur heute besonders preisgünstige englische Salami zu kaufen.

«Dein Vater ist ein hervorragender Unterhalter», sagte Dorothee. «Alle lieben seine Witze! Die Kollegen, die Kunden und auch die Geschäftsleitung. Er ist immer bester Laune, obwohl ihm die Arbeit doch auch manchmal etwas zu viel wird, weil er immer mehr Aufgaben der gekündigten Kollegen übernimmt. Morgens muss er früher kommen, um das Fleisch in das Kühlhaus zu bringen und an der Wursttheke die kranke Kollegin ersetzen, bei der er abends vorbeigeht, um ihr die übrig gebliebene Wurst mitzubringen, die für Mitarbeiter umsonst ist. Papa bringt diese Köstlichkeit für uns mit nach Hause, und sie schmeckt wirklich gut, nicht wahr mein Junge?», sagte sie, während sie ihm übers Gesicht strich.

Kevin nickte und Dorothee nahm die Kekse und brachte sie zu Robert, der zwischenzeitlich an die Wursttheke zurückgekehrt war. Sie nahm den Korb Esswaren, den er hinter der Theke abgestellt hatte, und verabschiedete sich von ihrem Mann, nicht ohne Kevin dazu aufgefordert zu haben, seinen Vater zu umarmen und ihm dafür dankbar zu sein, wie viel er für die Familie arbeite. An diesem Tag hörte er zum ersten Mal das Wort Dankbarkeit und wusste nicht, was es im Zusammenhang mit seinem Vater bedeutete, wie er damit umgehen sollte, ob die Umarmung bereits Dankbarkeit war oder noch mehr von ihm verlangt wurde.

«Dein Vater hat es verdient, dass du ihm Dankbarkeit zeigst», insistierte seine Mutter. «Er versorgt uns mit Geld, damit wir unsere Wohnung bezahlen und Kleider kaufen können. Ich habe dich hierhergebracht, damit du siehst, wie schwer er es hat, und ich erwarte, dass du in Zukunft nicht mehr quengelst, nicht mit deiner Schwester streitest, keine Faxen beim Essen mehr machst und stattdessen deinem Vater gegenüber artig bist, sein Bier aus dem Kühlschrank holst und ihm seine kleinen Wünsche erfüllst, die er ohnehin nicht oft äußert. Du bist sein Sohn, und er liebt dich sehr. Er möchte, dass es dir immer gut geht und du viele Dinge lernen kannst, um später auch einmal so erfolgreich zu werden wie er, eine Familie zu gründen, Kinder zu haben, die dir dankbar sind, weil du dich für sie einsetzt und für sie auf so vieles verzichtest. Papa kann seine Gefühle für dich nicht immer ausdrücken, aber mit mehr Dankbarkeit von deiner Seite würdest du sie spüren können – zum Beispiel in Form von Geschenken, die du dir schon lange wünschst. Es ist ein Geben und Nehmen in einer Familie, Kevin! Papa gibt viel, und wir sollten ihm dafür viel zurückgeben.»

Kevin dachte lange darüber nach, dass er das alles, was sein Vater für ihn bezahlte, nicht zurückgeben konnte, und sagte leise: «Aber ich verdiene doch kein Geld. Ich kann ihm nichts zurückgeben. Ich bin ja ein Kind.»

«Gerade Kinder können ihren Eltern viel zurückgeben», antwortete seine Mutter. «Das muss kein Geld sein, das kann auch etwas ganz anderes sein, wie zum Beispiel ein Kuss oder ein Streicheln. Es sind ganz einfache Dinge. Bei mir gelingt dir das. Warum bei ihm nicht? Vielleicht hat das ja auch damit zu tun, dass ihr beide Männer seid», lachte sie und zog ihn an sich. «Bei deiner Schwester Harriet klappt das doch auch ganz gut.»

Kevin überlegte einen Moment, ob er die Gelegenheit nutzen sollte, um Mama von seiner Beobachtung vor zwei Wochen zu berichten, als sie wegen eines Schulausflugs über Nacht nicht zu Hause gewesen war. Er war nachts aufgewacht und hatte seinen Vater mit Harriet leise im Wohnzimmer tuscheln gehört. Plötzlich war es still geworden, und da er Angst bekommen hatte, dass etwas passiert sei, war er aus dem Bett gestiegen, hatte die Tür zum Wohnzimmer geöffnet und gesehen, dass Harriet auf Papas Schoss saß und ihre Finger um seinen Penis gewickelt hatte. An ihrem Handgelenk blitzte ein silbernes Armband, von dem er wusste, dass sie es sich schon lange gewünscht hatte. Da er Angst hatte, von ihnen gesehen zu werden, ging er leise zurück in sein Zimmer, schloss vorsichtig die Tür und dachte darüber nach, woher Harriet wohl das teure Armband hatte. Er wollte seine Mama danach fragen, und er wollte ihr sagen, dass er es unfair fand, dass ihm sein verhältnismäßig bescheidener Wunsch nach einer neuen Baseballmütze abgeschlagen worden war, während Harriet in letzter Zeit geradezu überhäuft wurde mit Geschenken. Da waren teure Dinge dabei. Kevin hatte sie in einem Geheimfach ihres Schreibtischs entdeckt.

Als er Harriet am nächsten Morgen nach dem Armband fragte, bestritt sie, je ein solches besessen zu haben, und sagte, er liefe Gefahr, für seine Fantastereien von seinen Mitschülern für schwul gehalten zu werden. Es sei besser für ihn, sagte sie, nicht schwul rüberzukommen, weil er dann sicher von allen gemobbt werde. Wahrscheinlich könne er dann auch nicht mehr zum Fußballtraining gehen, weil die guten Spieler Schwule nicht ausstehen könnten. Überhaupt solle er aufhören, so komische Geschichten zu erfinden, weil Papa sicher sehr böse darauf reagieren würde und Mama, die ohnehin gerade genügend Probleme in der Schule habe, ihn vielleicht sogar in ein Internat stecken würde. Sie selbst werde ihm jedenfalls nie wieder Muffins mit weißer Schokolade mitbringen, die sie sich für ihn immer von ihrem Taschengeld abgespart habe. Kevin antwortete ihr erschrocken, dass er nicht mehr genau wisse, ob er wirklich aufgewacht sei, und dass alles auch ein Traum gewesen sein konnte. Er war sich jedoch ganz sicher, dass es dieses Armband gab, dass sie es zusammen mit den anderen Wertsachen in einem Geheimfach versteckte und dass sie eng mit Papa zusammen war, weil er seinen Duft nach totem, rotem Fleisch an ihr wahrnahm, was ihn unmittelbar körperlich abstieß. Sollte er seine Mama ins Vertrauen ziehen? Tat Harriet das, was Mama auch von ihm erwartete? War das das Geben und Nehmen von dem sie gesprochen hatte? Die Dankbarkeit? Kevin behielt vorerst alles für sich.

In den Wochen danach überlegte er, wie er seine Dankbarkeit Papa gegenüber ausdrücken konnte, schloss jedoch von vorneherein jegliche Berührung aus, weil nicht nur seine großporige Haut, sondern auch seine Pullover, Hemden und Jacken den Geruch von toten Tieren verbreiteten.

Seine stinkenden Hautschuppen fanden sich sogar auf den Möbeln der Wohnung, manchmal sogar auf der Spülmaschine in der Küche, und ab und zu fielen sie auf Kevins Kopfkissen, wenn sich sein Vater zu ihm runterbeugte, um ihm einen gute Nachtkuss auf die Lippen zu drücken, was ihm jedes Mal Übelkeit verursachte.

Da er ahnte, dass Worte allein seinen Vater nicht von der Notwendigkeit eines Geschenkes überzeugen würden, erwog er als Alternative, seine Mutter dankbar zu berühren, die, wie er wusste, ein eigenes, höheres Gehalt als Lehrassistentin bezog und die Haushaltskasse verwaltete. Sie zu umarmen, würde ihm leichter fallen. Sie verströmte immer einen leichten Duft von Rosen, den er seit seiner Geburt an ihr kannte. Sie entnahm ihn einem Flakon, auf dessen Etikett eine alte Villa in einem Garten abgebildet war. Einmal, erinnerte sich Kevin, hatte sie ihm erzählt, dass sie diesen Duft besonders vornehm fand, weil er sie an die Rosen in den Räumen des Hauses am Eaton Place erinnere. Das Haus der Familie Ballamy stand im Zentrum einer berühmten Fernsehserie aus den 1970er-Jahren, die den Glanz des britischen Imperiums, die Vornehmheit der Adeligen, die Britishness feierte. In *Upstairs Downstairs*, so der Titel der Serie, trug sogar das Hausmädchen den Namen *Rose* mit einer Eleganz, die sie weit über das Gewöhnliche hinaushob. Dorothee verehrte Rose.

Schon als Zehnjährige, hatte sie ihm einmal erzählt, stellte sie sich vor, auch einmal in den Haushalt einer berühmten, vielleicht sogar adeligen Familie einzutreten, alle Anweisungen der Herrschaft unauffällig zu erfüllen, die Vertraute der Hausherrin zu sein, mehr von den Wünschen dieser Familie zu wissen als die Familienmitglieder selbst, diskret, loyal und mit ausgesuchter britischer Höflichkeit eine perfekte Rolle in einem perfekten Haushalt zu spielen. Sie wollte teilhaben an dem Leben der britischen Upper Class und vielleicht sogar einmal ein Mitglied der königlichen Familie zumindest aus der Ferne, etwa durch einen geöffneten Türspalt, im Esszimmer sehen. Sie gestand ihm, dass ihre Eltern ihre Sehnsucht nach diesem Leben nie verstehen konnten, weil sie offensichtlich in Kirkdale zufrieden gewesen waren und keine großen Ansprüche gehabt hatten.

Ihr Vater James, so erinnerte sie sich, wurde an dem Tag entlassen, an dem die Episode von *Upstairs Downstairs* ausgestrahlt wurde, in der Lady Prudence Bellamy als Charity-Gastgeberin ausgewählt wurde. Dorothee war regelrecht stolz über die Auszeichnung, ganz so, als wäre es ihre eigene, schon weil die vorhergehenden Episoden von Sorgen privater Natur und finanziellen Verlusten der Fernsehfamilie dominiert waren. Das hatte sie wochenlang beschäftigt.

Auch in ihrem wirklichen Leben war sie Kummer gewohnt. Da das Arbeitslosengeld, das ihr Vater nach seiner Kündigung durch die Werft erhielt, für die vierköpfige Familie nicht ausreichte, musste sie mit ihrer Mutter Mary nach der Schule putzen gehen, was sie nicht vom Lernen abhielt, wusste sie doch, dass all ihre Träume nur mit guten Schulnoten zu erreichen waren. Diese zerplatzten, als ihr ihre Eltern eines Abends eröffneten, dass sie sich nach dem General Certificate of Secondary Education einen Job suchen und einen Anteil an der Miete übernehmen musste.

«Ich arbeite doch schon jetzt», hielt ihnen Dorothee entgegen, «und ihr behaltet das Geld, das ich verdiene. Ich muss nach dem General Certificate noch eine Ausbildung in Housekeeping und einer Fremdsprache machen, sonst bekomme ich nie eine Anstellung als Haushälterin. Die Konkurrenz ist groß, wenn es um eine Stelle bei einer der vornehmen Familien geht. Da gibt es viele Bewerbungen, auch aus dem Ausland. Die werden mich nie nehmen», schluchzte sie. «Ich werde niemals in ein Haus wie das am Eaton Place kommen! Ich hasse Euch!», schrie sie und rannte aus dem Zimmer.

«Niemals wird sie in einem Haus reicher Halsabschneider leben! Niemals wird sie sich diesen Kapitalisten verkaufen und deren dreckige Wünsche und was weiß ich noch was sonst für sie erledigen!», hörte sie ihren Vater brüllen. «Dafür habe ich sie nicht großgezogen! Diese Flausen hat sie von dir!», schrie er dann seine Frau Mary an, die mit gesenktem Kopf zusammengesunken auf einem Küchenstuhl saß.

«Damit ist jetzt Schluss! Die Arbeit wird ihr das schon austreiben!»

Dorothees Träume hatten keinen Platz in James' Welt. Als gewerkschaftlich organisierter Arbeiter hatte er für seine Tochter längst einen Job als Archivassistentin in der Verwaltung seiner Firma organisiert, den sie nach einer relativ kurzen Ausbildungszeit beginnen konnte. Dorothee's Welt war und blieb jedoch *Upstairs Downstairs*. Ihr einziger Wunsch war es, ohne eigene Familie für jemanden wie die Bellamys da zu sein, in ihrem Glanz zu existieren, nicht mehr an ihre Eltern und die Enge ihrer schäbigen Wohnung zurückzudenken. Die Mitteilung ihrer Eltern, dass sie keine Ausbildung als Haushälterin machen durfte, traf sie daher wie ein Blitz.

Sie nahm ihr jede Energie, warf sie in ein tiefes dunkles geistiges Loch, das sie nur verließ, um in die ihr nun verhasste Schule zu gehen. Ihre Niedergeschlagenheit veränderte ihr ehemals freundliches Wesen in einen launischen Charakter, ihr früher gewissenhaft gepflegtes Äußeres verfiel in zerrissene Strümpfe, beschmutzte Blusen, fettiges Haar, das auf ihrer mit roten Pusteln übersäten Stirn klebte. Dorothee zog sich immer mehr zurück aus der Welt.

Ungewaschen, und verwahrlost glich sie mehr und mehr den Menschen in Kirkdale, die den Untergang ihres Viertels erlebten, begleiteten, verdrängten und in ihren kleinen Wohnungen darauf warteten, dass alles einmal irgendwie besser werden würde, ja vielleicht so gut wie damals, als das Empire das Maß aller Dinge für die ganze Welt oder zumindest doch für die Kolonien gewesen war, und Liverpool der Hafen, in dem die Schiffe für die ganze Welt be- und entladen worden waren.

Stromae
L'enfer

Dorothees Mutter zog den Vikar der Kirche ihres Stadtteils ins Vertrauen und erzählte ihm von den besorgniserregenden Veränderungen, die sie an ihrer Tochter wahrnahm. Der Vikar gab ihr den Rat, das Mädchen für die letzten beiden Jahre bis zum Abschluss der General Education für Religious Services anzumelden. Er machte ihr die Hoffnung, dass sie sich durch die Hingabe an Gott und durch den Dienst an den Ärmsten aus ihrer Depression befreien könnte und womöglich wieder zugänglich werden würde. Später könnte sie so vielleicht einmal für die anglikanische Gemeinde arbeiten.

Dorothee kam dem Wunsch ihrer Mutter nach, belegte Religious Services und hatte kurz vorher die Schule abgeschlossen, als sie Spencer bei einem Fest der anglikanischen Gemeinde kennenlernte. Spencer war ein durchschnittlich aussehender Endvierziger mit einer zart rosa Haut, einer dicken, großporigen Nase und kleinen braunen Augen, die hinter einer eckigen Brille mit brauner Kunststofffassung versteckt waren. Er war von mittlerer Statur und hatte einen Spitzbauch, den er unter einem eng sitzenden, weißen Hemd aus Polyester zu verstecken suchte. Er war mit seiner Familie, die aus seiner Frau, ebenfalls in den Vierzigern, und seiner Tochter in Dorothees Alter bestand, nach Kirkdale gezogen. Er verdiente mit seiner Immobilienfirma trotz der Rezession und der steigenden Arbeitslosenzahlen immer noch sehr gut, weil er eng mit den Stadtbauämtern von Manchester und Liverpool zusammenarbeitete und sich auf die Vermittlung von Wohnraum für sozial schwache Familien konzentrierte. Da er geschickt darin war, abgewohnte Häuser aufzuspüren und sie in Kleinwohnungen von höchstens vierzig Quadratmetern zu parzellieren, arbeitete die Behörde hauptsächlich mit seiner Agentur zusammen. Sie brachten in solchen Mini-Wohnungen im Normalfall vier- bis fünfköpfige Familien unter. Die mit dem Behördenleiter vereinbarten monatlichen privaten Zuwendungen ließ er bar, in einem grauen Umschlag eingehüllt, diskret über einen Mittelsmann in dessen Sekretariat bringen. Neben diesen lukrativen Aufträgen bekam er von einer Partneragentur aus London immer wieder Anfragen für größere Objekte und Villen, aber auch für gewerbliche Gebäude in Liverpool, die von geschäftstüchtigen Investoren in dieser Zeit des Niedergangs der Stadt zu einem Spottpreis erstanden werden konnten, weil viele kleinere Firmen in der Umgebung Konkurs anmelden mussten. Spencer wurde damals zu einem, wie er es nannte, vom Glück getragenen Immobilienstrategen, fand er doch einige günstige Kaufgelegenheiten für sich selbst, indem er fällige Wohnungskredite von durch die Krise arbeitslos gewordenen Arbeitern mit deren Einverständnis bei ihrer Bank ablöste, ihnen als neuer Eigentümer ein mietfreies Wohnen für mehrere Jahre versprach und dann die Wohnungen so lange mit Ungeziefer überflutete, bis er sie wegen Gefährdung seines Eigentums per Gerichtsbeschluss auf die Straße setzen konnte. Spencer war auf dem Weg nach oben.

Jedes Jahr spendete er seiner Kirchengemeinde einen hohen vierstelligen Betrag für die dringend notwendig gewordene Restaurierung der Kirche und zusätzlich zwei Preise für die große Tombola des jährlichen Gemeindefests: Der erste Preis bestand darin, ein halbes Jahr ohne Mietzins in einer seiner kleinen Wohnungen in Kirkdale wohnen zu dürfen, und der zweite in einem Ausflug nach London mit Zugfahrt, zwei Übernachtungen in einem kleinen Hotel und der Besichtigung des House of Parliament und der St. Paul's Cathedral inklusive. Die Kirchenmitglieder, die berechtigt waren, an der Verlosung teilzunehmen, wurden von ihm und dem Vikar im Vorfeld ausgewählt, zum Gemeindefest eingeladen und darüber informiert, dass Spencer besonders für seine Expertisen im Kleinimmobilienbereich bekannt sei.

Dorothee, die erst wenige Wochen vor dem Fest ein schulbegleitendes Praktikum in der Gemeinde aufgenommen hatte, war erstaunt, als sie erfuhr, dass sie zu den glücklichen Teilnehmerinnen und Teilnehmern der Tombola gehörte. Sie bemühte sich in den Wochen bis zu diesem Ereignis, ihren Verpflichtungen für die Morning- und Evenigprayings mit besonderem Eifer nachzukommen, weil der Vikar andeutete, dass ihr Einsatz für die Armen ihre Gewinnaussichten womöglich steigern könne. Sie stand ohne Murren früh auf, um zur Kirche zu eilen und stellvertretend für alle Mitglieder der Gemeinde zu beten, was ihr zutiefst widerstrebte, weil ihr die wenigen Alten, die sie kennengelernt hatte, arm, heruntergekommen erschienen, was bei ihr eine ähnlich große Verachtung auslöste wie der Anblick ihrer Mutter, wenn sie in ihrem dünnen Nachthemd auf dem alten Ehebett saß.

Als schließlich nach der Ziehung der Lose durch die Glücksfee – Spencers Tochter – feststand, dass Dorothee den zweiten Preis gewonnen hatte, lobte sie der Vikar für ihr großes Glück und stellte ihr Spencer vor, der ihr den Gutschein überreichte. Er war für sie wie der Schlüssel zu der vornehmen und internationalen Welt, von der sie träumte.

Noch nie hatte sie ein so besonderes Geschenk bekommen. Sie war niemals vorher verreist gewesen oder mit einem Zug gefahren, und sie hatte noch niemals in einem Hotel übernachtet. Und so eine wichtige Person wie Spencer hatte sie auch noch nie kennengelernt. Dorothee war sehr aufgeregt. Als sie aus dem Augenwinkel wahrnahm, dass ihre Eltern über den Rasen des Gemeindehofs auf sie zusteuerten, entschuldigte sie sich bei den Anwesenden mit einem Knicks, stammelte, dass sie gleich wiederkommen würde, sie nur schnell das Bad aufsuchen müsse, weil sie von der Situation überwältigt sei. Es waren Sätze, die sie hundertmal zu Hause vor dem Spiegel geübt hatte, nachdem sie sie zum ersten Mal von ihrer verehrten Elisabeth Bellamy gehört hatte. In diesem Moment, als sie sie aussprach, kam es ihr vor, als ob sie selbst zu Elisabeth geworden war. Sie war sich sicher, dass sie der geschickte Schachzug und ihre elegante Wortwahl nicht nur davor gerettet hatten, sich mit ihren Laboureltern, wie sie sie insgeheim nannte, zu blamieren, sondern – und dieses Gefühl nahm breiten Raum in ihr ein – dass sie sich dadurch selbst aus ihrem ärmlichen Leben hinauskatapultiert hatte, hinein in ein anderes aufregendes Neues.

Als sie in den Garten zurückkam, sah sie Spencer allein vor der kleinen Getränkebar stehen. Sie trat zu ihm, entschuldigte sich noch einmal für ihr Entfernen und bedankte sich für die großzügige Einladung nach London. Sie wollte gerade wieder gehen, als er sagte: « Zufällig bin ich an dem Wochenende auch in London. Wenn Sie wollen – und Sie hätten natürlich als hübsches junges Mädchen allen Grund dazu abzulehnen –, könnten wir Madame Tussauds Museum besuchen oder in einen Club gehen, ein wenig tanzen ... Was meinen Sie? Aber vielleicht finden Sie mich ja auch zu alt für solche Vergnügungen», fuhr er fort. «Vielleicht haben Sie auch mit Ihren Londoner Freundinnen eine Verabredung? Ich möchte keinesfalls aufdringlich erscheinen, aber ich fühle mich natürlich auch ein wenig verantwortlich für Sie, eine so hübsche junge Frau ...» Er stockte. Sein Blick senkte sich tief in den Ausschnitt ihrer grau gepunkteten Bluse.»

Dorothee war nicht in der Lage, einen einzigen vernünftigen Gedanken zu fassen, geschweige denn Sätze zu konstruieren, mit denen sie angemessen hätte reagieren können. Sie wusste noch nicht einmal, ob sie alles richtig verstanden hatte oder ob das alles nur ein Traum war, und so streckte sie, wie sie das einmal bei Mr. Bellamy gesehen hatte, einfach ihre Hand in Richtung dieses wunderbaren Mannes aus. Er ergriff sie lachend und sagte: «Dann sind Sie also einverstanden, Fräulein Dorothee? Ich werde Ihnen eine Nachricht im Hotel hinterlassen!» Dann ging er zu seiner Tochter, die ein kurzes, wunderschönes goldbeiges Kleid trug und bereits auf ihn wartete.

Dorothee war überwältigt von Glück. Sie blieb regungslos stehen, bis sich der Vikar näherte, um den Stundenplan für den nächsten Vormittag mit ihr durchzugehen, seine Verbesserungswünsche für die Gebete vorzubringen und ihr anzudeuten, dass nach der Rückkehr aus London der schwierigere Teil ihres Praktikums, die Arbeit mit den einsamen alten Menschen, beginnen würde, eine Aufgabe, der sie, eine junge Frau, seiner Meinung nach nun aber durchaus gewachsen sei. Dabei sah er wohlwollend auf ihre prallen Brüste, die mit vor Aufregung gespitzten Brustwarzen unter ihrer Bluse lagen. Er eröffnete ihr, dass er darüber auch schon mit ihren Eltern gesprochen habe, die Zweifel an ihren diesbezüglichen Fähigkeiten gezeigt hätten, da sie nach wie vor ein sehr distanziertes Verhalten zu älteren Menschen an den Tag legte. Dorothee machte einen Knicks und antwortete höflich, dass sie hoffe, ihn niemals zu enttäuschen. Sie müsse wohl noch einiges lernen, wolle sich aber anstrengen und werde ihre neue Tätigkeit gleich nach der Rückkehr aus der Hauptstadt aufnehmen.

Als sie zwei Wochen später den Zug nach London bestieg, war sie so aufgeregt, dass sie beim Einstieg zwischen zwei Trittstufen leicht schwankte. Ihr kleiner roter Kunstlederkoffer schlug dabei gegen das Bein eines Reisenden, der hinter ihr einstieg. Ihre Abteilnummer hatte sie auch vergessen, obwohl sie den Fahrschein in den vergangenen fünf Minuten rund zehnmal aus der Tasche gezogen hatte, um sich dessen Nummer einzuprägen. So blieb sie mit dem Koffer in der Hand im Korridor des Zuges stehen, ließ alle anderen vorbei und suchte hektisch nach dem Fahrschein. Sie fand ihn in ihrer braunen Handtasche. Mary hatte sie ihr geschenkt, weil sie fand, dass sie gut zu ihren braunen Augen passen würde. Dorothee hasste braune Handtaschen. Im Haus am Eaton Place gab es nur blaue, schwarze oder rote. Braun war für die Koffer reserviert, ein warmes helles Fohlenbraun für elegante Kalbslederkoffer mit zwei Schnallen aus goldglänzendem Messing.

Mit übereinandergeschlagenen Beinen setzte sie sich in den für sie reservierten Sitz in einem Abteil in der zweiten Klasse, das sie mit einer fünfköpfigen Familie teilte. Sie träumte mit offenen Augen von London, von dem Hotel, das ihr als luxuriös beschrieben worden war, von dem Club, in dem sie tanzen würde, und von Spencer. Sie hatte sich mit ihrem gesamten Ersparten ein Kleid gekauft, um ihm zu imponieren. In einem kurzen Augenblick sah sie sich sogar einmal als Elisabeth Bellamy in einem vornehmen Restaurant sitzen, ein Bild, das sie jedoch schnell wieder verdrängte, weil es ihr zu vermessen erschien.

Bereits nach wenigen Stunden war sie fasziniert von London: die langgezogenen schwarzen TaxiCabs mit den eleganten, uniformierten Fahrern, die alten Gebäude, die Brücken über die Themse, der hupende Verkehr, die vornehmen Leute in Mayfair, die teuren Geschäfte in der New Bond Street, all die Türsteher mit ihren Zylindern auf den Kopf, die vor den Luxusgeschäften, den Kinos, Theatern und Konzerthäusern standen. Dorothee fand sich in einer Welt wieder, die sie nur aus Filmen kannte.

Sie hatte ihr Zimmer in dem Hotel bezogen, das genaugenommen ein Haus für junge Mädchen ohne Begleitung war und in einer engen, lichtarmen Straße in der City of London lag. Anstelle eines großzügigen Foyers gab es nur eine enge Portiersloge, in der eine hagere, streng aussehende Frau saß, die Dorothee nach einer Ausweiskontrolle in ihr Zimmer brachte, dort den Inhalt ihres kleinen Koffers inspizierte und ihr mitteilte, dass sie abends spätestens um 19 Uhr zu Hause sein müsse, es sei denn, sie würde von einer erziehungsberechtigten Person nach draußen begleitet werden, die schriftlich die Verantwortung für sie übernehme. In diesem Fall könne sie dann vierundzwanzig Stunden außer Haus bleiben oder auch das Hotel wechseln, was sie in ihrem Fall jedoch für unwahrscheinlich hielte, da sie wohl niemanden in London kennen würde oder – Gott behüte – kennenlernen würde. Das Abendessen werde auf ihr Zimmer gebracht, und das Frühstück könne sie morgens in einem Raum neben dem Eingang einnehmen. Tagsüber müsse sie sich, so sie nicht im Hotel sei, nach jeder dritten Stunde telefonisch melden und bekanntgeben, wo sie sich gerade aufhielte. Dabei überreichte sie ihr mehrere Telefonmünzen. Dann kreiste sie ihr noch auf einem Stadtplan diejenigen Stadtbezirke rot ein, die sie keinesfalls aufsuchen durfte, und unterlegte mit einem grünen Filzstift die Sehenswürdigkeiten, die nach ihrer Ansicht für eine Sechzehnjährige geeignet waren. Zum Schluss überreichte sie ihr noch eine Berechtigungskarte, die ihr freien Eintritt in einige Museen der Stadt verschaffte.

Dorothee fühlte sich sehr erwachsen.

Als sie am späten Nachmittag von der Besichtigung der St. Paul's Cathedral und des Parlaments zurückkehrte, sagte ihr die Portierin mit einem griesgrämigen Ausdruck auf dem flachen Gesicht, dass ein Herr Spencer Williams angerufen und mitgeteilt habe, dass er sie, Dorothee, heute Abend ausführen werde. Die Verantwortung für sie liege nun in den Händen jenes Herrn, ebenso wie der Schlüssel zu der Hoteltür, den sie ihm mitgeben werde. Dorothee war sprachlos, machte einen Knicks, drehte sich um und rannte in ihr Zimmer, wo sie geduldig auf die Ankunft Spencers wartete.

Als er sie abholen kam, saß sie bereits seit einer halben Stunde in ihrem neuen roten Kleid mit dem weiten runden Ausschnitt und den golden glänzenden Pailletten an der Taille auf der schmalen Holzbank neben der Portiersloge und betrachtete immer wieder ihre flachen, schwarz glänzenden Lackschuhe mit den zwei über dem Fuß gekreuzten Riemchen, die sie sich bereits vor einem Jahr gekauft hatte, als sie noch von einer Ausbildung zur Housemaid geträumt hatte. Sie waren seitdem unbenutzt in ihrem Schrank gelegen, vergraben unter ihren Spielsachen, versteckt vor ihrer Mutter und auch vor ihren eigenen Augen verborgen. Sie wollte nicht jedes Mal aufs Neue bei ihrem Anblick an zerplatzte Träume erinnert werden.

Spencer hatte ein breites Lächeln im Gesicht, als er das Hotel betrat, die Portierin von oben herab mit einem Kopfnicken begrüßte, ohne seinen Hut abzunehmen, die Erklärung zur Übernahme der Verantwortung für Dorothee unterzeichnete, den Hotelschlüssel übernahm, den Blick auf Dorothees Busen ruhen ließ und ihr den Arm anbot, um sie hinauszuführen, was sie mit hochrotem Kopf mit sich geschehen ließ. Er machte ihr Komplimente über ihr gut sitzendes rotes Kleid und bemerkte, dass sie aussehe wie eine geborene Londonerin, wie eine junge Dame aus Notting Hill, die zu einem Cocktail in einem der berühmten Häuser in Kensington eingeladen sei, aber, fuhr er mit großen Augen fort und legte seine Stirn in Falten, das werde er zu verhindern wissen, weil er eine so schöne, elegante, junge Dame schließlich selbst ausführen und verwöhnen wolle, vielleicht sogar über den heutigen Abend hinaus ...

Als sie in ein Taxi stiegen, war Dorothee vor Glück überwältigt, schmiegte sich in die alten, graubeigen Polster der Sitzbank und berührte mit ihrem Gesicht fast das mit einem leichten gelben Schmutzfilm bezogene Seitenfenster, aus dem sie die Stadt betrachtete. Die belebten Straßen rollten sich wie schwarze Bänder vor ihr aus, waren voll mit bunten Autos, die stoppten, anfuhren, blinkten und hupten, gesäumt von Straßenbahnen und Bussen, die ihr immer wieder die Sicht auf das Geschehen nahmen und manchmal dem Taxi so nahe kamen, dass sie die darinsitzenden Menschen genau zu sehen glaubte. Ich selbst, dieser Gedanke überflutete sie bis zu den Zehenspitzen, habe mit heute Abend eine Stellung erreicht, die weit über die von all diesen anderen hinausragt. Ich sitze in einem Londoner Taxi mit einem reichen Gentleman an meiner Seite, der mir Komplimente macht und – das spüre ich ganz deutlich – ein wenig in mich verliebt ist. Alles hat sich nun für mich geändert. Die Sehenswürdigkeiten zogen wie alte Bekannte an ihrem Fenster vorbei, die Pailletten auf ihrem Kleid funkelten im Licht der Straßenlaternen, und sie selbst saß in einem vornehmen schwarzen Wagen, der sie und ihren Prinzen zu einem Abendessen in ein vornehmes Restaurant brachte. Sie fühlte sich herausgehoben aus der Masse von Menschen, die nach Hause zu ihren Familien fuhren, ihre Kinder versorgen mussten, das Abendessen zubereiteten, den Fernseher einschalteten und zwei Stunden später wie tot ins Bett fielen. Sie hatte das Leben der kleinen Leute, wie Spencer es nannte, hinter sich gelassen.

Vielleicht würde sie von Spencer irgendwann einmal in ein vornehmes Londoner Haus gebracht werden, stellte sie sich vor, oder er würde bei seinen wichtigen Londoner Freunden ein Wort für sie einlegen. Die Empfehlung eines so berühmten Mannes für ein junges Mädchen hätte sicher Gewicht. Als er sie nach einem einfachen Essen in einem engen, dunklen Restaurant fragte, ob sie noch mit ihm tanzen gehen wolle, er kenne da eine kleine Diskothek ganz in der Nähe, die von den Trendsettern Londons gerne besucht wurde, war sie von dem billigen italienischen Weißwein, berauscht, von seiner Lässigkeit, mit der er einem Kellner am Eingang sein dunkelblaues Sakko mit den goldenen Knöpfen achtlos zugeworfen hatte, fasziniert und den Hundert-Pfundnoten, die aus der Brusttasche auf den Boden fielen, erregt. Sie entschloss sich, schweigsam zu sein, große Augen zu machen, zu trinken und ihr Kleid an den Brüsten immer wieder glatt zu streichen, da sein Blick so oft auf diese Stelle fiel. Beim Ankleiden im Hotel war sie fast eine Stunde lang auf einem grünen Plastikhocker vor dem kleinen runden Spiegel im Badezimmer gestanden, um das Kleid abwechselnd mit oder ohne Büstenhalter zu probieren, weil sie auf ihren Streifzügen durch London gesehen hatte, dass viele Mädchen ihre Brüste unter einem dünnen Shirt oder einer Bluse ungeniert und selbstbewusst zur Schau stellten, was hier offensichtlich niemanden besonders aufregte. Als sie es ausprobierte, wurden die roten Pailletten ihres Kleides, die ihre Taille betonen sollten, nach oben geschoben und berührten ihre Brustwarzen, die daraufhin steif und hart wurden. Trotzdem hatte sie sich entschieden, das Kleid ohne Büstenhalter zu tragen, um modern, sexy, großstädtisch und erwachsen zu wirken. Sie wollte Spencer beeindrucken, ihm zeigen, dass sie sich in London bereits zu Hause fühlte, dass sie seinen Preis verdient hatte, weil sie schon nach wenigen Stunden nicht mehr von einer echten Londonerin zu unterscheiden war.

Als das Taxi vor einer Diskothek hielt, sah Dorothee davor eine große Anzahl junger Leute, die in einer langen Reihe aufgestellt auf ihren Einlass hofften. Spencer half ihr galant aus dem Wagen und ging, sie an der Hand haltend, an allen Wartenden vorbei zur Eingangstür, die sich wie durch Zauberhand für sie öffnete und hinter ihnen wieder schloss, was, wie sie erst drinnen erkannte, durch die Mithilfe eines hochgewachsenen Türstehers geschah, der Spencer mit «Guten Abend, Boss» und einen kräftigen Handschlag begrüßte. Dorothee hatte das Gefühl, dass sie, hier und heute, die Königin der Nacht, die Discoqueen der Stadt war. In Begleitung dieses Mannes fühlte sie sich als das junge Weibchen mit der starken sexuellen Ausstrahlung am Arm ihres reichen, reifen, einflussreichen Gentlemans, dessen souveräner Auftritt ihre großen Brüste, die an die roten Pailletten ihres Kleides scheuerten, zum Beben, ihren Gang zu einem Schweben, ihr rundes, kindliches Gesicht zum Glühen brachte.

Auch an der überfüllten Bar wurde Spencer von einem indischen Barkeeper mit einem freundlichen «Hi, Boss» begrüßt. Zugleich hatte er drei junge Männer mit einer Handbewegung von ihrem Platz verscheucht und einen silberfarbenen Weinkühler auf die rot blinkende Theke gestellt. Mit einem eleganten Dreh seiner rechten Hand warf er einige dünne Limonenscheiben in zwei hohe Gläser, füllte sie mit Eis, Gin und Tonic und reichte sie an Spencer und Dorothee weiter. Die angebrochene Gin-Flasche drückte er durch das Eis hindurch auf den Boden des Kühlers, was von den Umstehenden neidisch beobachtet und von Spencer mit einem breiten Grinsen quittiert wurde.

Dieser hatte sich in der Zwischenzeit bereits einer Gruppe von jungen Leuten zugewandt, denen er zuzwinkerte und zuprostete, bevor er Dorothee lachend dazu aufforderte, es ihm gleichzutun. Dieses Bild ließ sie an ein Foto denken, das die englische Königin mit ihrem Prinzgemahl bei einem Empfang im Buckingham Palast freundlich lächelnd im sogenannten Blauen Salon zeigte. Dorothee erinnerte sich gut an die korinthischen Säulenimitate aus Onyx, die sie in den gelb blinkenden Glassäulen der Diskothek wiederzufinden glaubte, an die Position der Königin, die ebenso wie sie in der Mitte des prunkvollen Raumes positioniert war, an die elegant gekleideten Gäste, die sie in gebührendem Abstand umringten, und vor allem an ihr Lächeln, das von einer weit über allen anderen stehenden Würde zeugte. Sie versuchte, dieses monarchische Lächeln nachzuahmen, aufzusetzen, auszusenden, hinein in die Menschenmenge um sie herum, und sie zuckte zusammen, als es ihr aus den vielen Spiegeln, die an der Bar aufgehängt waren, entgegenkam. Weder ihre auseinandergezogenen, pinkfarbenen, dicken Lippen, noch die unregelmäßige Reihe kleiner, leicht gelblich glänzender Zähne wirkten königlich. Sie tat ihr Erschrecken als mangelndes Selbstbewusstsein ab, das, wie sie es von Rose gehört hatte, Menschen aus der unteren sozialen Schicht wie ein Etikett anhing, verabschiedete sich innerlich jedoch zugleich von dem Leben als Hausangestellter, das ihr noch vor wenigen Stunden als so begehrenswert erschienen war. War es wirklich so erstrebenswert, nur dienend am eleganten Leben anderer teilzuhaben?

Zusammen mit Spencer war sie nun selbst ein Mitglied der wohlhabenden, jungen, urbanen Gesellschaft. Sie würde als Dorothee mittrinken, mitflirten und mittanzen. Sie war schön und sexy, und sie würde nicht mehr zurückkehren in die miefige, kleine Wohnung, in ihr altes Leben zusammen mit einer resignierten Putzfrau und einem arbeitslosen Werftarbeiter im Umfeld einer anglikanischen Kirche, angeführt von einem bigotten Vikar. Sie wollte ihr neues, anderes Leben, das hier und jetzt in diesem großen, mit Menschen ausgefüllten Raum stattfand, das sich in dem in unzähligen Farbnuancen flimmernden, zuckenden Licht widerspiegelte, in den glitzernden Pailletten ihres Kleid, in Spencers gierigen Augen und in der blinkenden, surrenden Diskokugel. Sie fühlte das Leben in diesem ihr zum Tier gewordenen Raum, der sich auseinander- und zusammenzog, Größe und Helligkeit, Enge und Dunkelheit suggerierte, immer wieder neue Körper gebar und menschliche Maschinen auszuspucken schien.

«I feel love, love, love, love», bin offen für die immerwährende Liebe, «wir sind die Roboter» , getragen von dem Rhythmus der Synthesizer. «Billie Jean is not my lover» – hinein in das rote, silbern-blaue, gelbe Spektrum menschlicher Körperwindungen. «Oh, what a night! Oh yes, it's ladies night ... she is a super freak ... I am so exited ... «Am I living in a box?»
In ihrem Kopf sah Dorothee das Tier aufplatzen und die dampfenden Menschenleiber hinausspeien in die Dunkelheit des unendlichen Raums mit seinen neuen aufregenden parallelen Welten, seiner Weite, ihrem Glück.

Pink Floyd
The Great Gig in the Sky

Clare Torry, Pink Floyd

«Hey Baby, was träumst du?», fragte Spencer und legte seinen Arm um ihre Hüften. «Das ist gut, oder?», flüsterte er ihr ins Ohr und verstärkte seinen Druck auf ihr Hüftgelenk, das sie nach dem Rhythmus der Musik hin und her schwang. «Hast du so etwas schon erlebt?», setzte er nach und machte mit dem freien Arm dem Barkeeper Zeichen nachzuschenken. «Hier spielt das Leben. Das kann ich dir bieten, das ist einer der angesagten Clubs in London! Du hast den Türsteher gesehen, for VIPs only! Weißt du, was das heißt? Die Flasche Gin bekommt nicht jeder sofort auf die Theke, Baby. Die meisten hier sind nur Zuschauer! Sie wollen sehen, wie wir leben, was uns Spaß macht! Baby, es macht dir doch Spaß? Und wir sind erst am Anfang unserer Geschichte. Bist du Jungfrau? Ich frage nur, weil das heute total uncool ist und man als Mann nur Schwierigkeiten mit Jungfrauen hat, wobei mir das bei dir nichts ausmachen würde, Baby, weil du so sexy bist. Und man kann das ja auch ändern, oder? Dann hast du es hinter dir und denkst dein ganzes Leben lang an deinen ersten wirklich heißen Lover!», hauchte er ihr mit seinem alkoholgetränkten Atem ins Ohr, was sie kitzelte und zugleich erregte.

Wie anders hatte sie sich in Liverpool das Treffen mit Spencer vorgestellt. Ernster, distinguierter, mehr wie zwischen Vater und Tochter. Allerdings waren am späteren Nachmittag, als sie sich in ihrem kleinen Spiegel gemustert hatte, schon auch andere Bilder vor ihr aufgetaucht, Bilder, die sie ähnlich aus einer Zeitschrift für Mädchen kannte. Sie erzählten von jungen Mädchen, die Sex mit älteren reifen, auch verheirateten Männern hatten, Männern, die diese bestimmte undefinierbare Ausstrahlung hatten, Männern mit Geld.

«Ich weiß nicht, was du meinst» flüsterte Dorothee, zwinkerte Spencer zu und schmiegte ihre Hüfte an seinen Oberschenkel. «Ich möchte mehr Gin und ich möchte tanzen mit dir, Spencer», hauchte sie ihm mitten ins Gesicht, das bereits dunkelrot vor Erregung, Trunkenheit und Gier war und plötzlich wie der Kopf eines Spechtes hineinschlug in ihre Brüste, die auf ihrem Bauch aufklatschten.

Der Abend endete in einem billigen Hotel, das sie am nächsten Morgen schon früh wieder verließen. Er brachte sie zum Bahnhof, um sie in einen Zug nach Liverpool zu setzen, nicht ohne sie vor der Abfahrt noch mit Fruchtsaft und Würstchen versorgt und ihr zwanzig Pfund gegeben zu haben. Er küsste sie, nannte sie Baby und schlug ihr ein Wiedersehen in zwei Wochen vor. Als sie zwei Stunden später in Liverpool ankam, fühlte sie sich als junge begehrenswerte Frau. Sie war in die Rolle der Geliebten eines einflussreichen Mannes geschlüpft, die wegen seiner ehelichen Verpflichtung keinerlei Anzeichen dieser Verbindung nach außen zeigen durfte, was ihr Spencer mit unerwartet harter Stimme und einem «bis auf Weiteres» eingetrichtert hatte.

Dorothee hatte sich vorgenommen, ihre Arbeit in der Betreuungsstelle der Kirchengemeinde in dem Moment aufzugeben, in dem Spencer ihre Verbindung öffentlich machen und sie als seine neue Frau präsentieren würde. In ihren Träumen stellte sie sich vor, wie viele Frauen jeden Alters danach neidisch, wie viele ältere Ehefrauen wütend auf sie sein würden, und sie genoss einen wohligen Schauer, wenn sie sich ihre giftigen Blicke ausmalte. Sie war stolz darauf, dass sie, Dorothee, es geschafft hatte, einen reichen, heiß begehrten Mann von sich zu überzeugen. Er würde seine langweilige Familie verlassen, um mit ihr ein neues aufregendes Leben zu beginnen. Immer wieder sah sie ihre luxuriöse Zukunft vor sich: die Ausflüge im schnellen Auto nach London, die eleganten Hotels, ein Haus im besten Viertel Liverpools, die angesagtesten Clubs, hautenge Kleider, hochhackige Schuhe ... All das würde Ausdruck ihres Wohlstands und meilenweit entfernt von dem tristen Dasein vieler anderer sein, die sich mit einem Besuch im Pub am Samstag zufriedengeben mussten. Mit Spencer würde sie ihre armselige Kindheit, den gewalttätigen Vater und ihre eingeschüchterte Mutter vergessen und diese öden Jahre in Kirkdale aus ihrem Gedächtnis löschen. Sofort nach Spencers öffentlichem Bekenntnis zu ihr würde sie den Kontakt mit ihren Eltern abbrechen.

In den Wochen, nachdem er sie in dem schäbigen Hotelzimmer in London missbraucht hatte, traf sie ihn immer wieder bei Veranstaltungen der Kirchengemeinde. Er kam meist in Begleitung seiner Familie und bedrängte sie, wie sie geschmeichelt wahrnahm, mit sehnsuchtsvollen, gierigen Augen, die, wenn er sich unbeobachtet glaubte, in Dorothees Dekolleté fielen. Beim Verlassen des Gemeinderaums drückte er ihr jedes Mal, schnell und von den anderen unbeobachtet, kleine Geschenke in die Hand, zum Beispiel einen 20-Pfundschein, einen silberfarbenen Kugelschreiber mit dem Logo seiner Agentur, eine Brosche aus Silber, geformt zu einer kleinen Blumenvase, ein Kinoticket für einen Liebesfilm, einen kleinen Flakon mit französischem Parfüm oder auch nur Zettel, auf die er Tag und Uhrzeit ihres nächsten Treffens notiert hatte.

Diese Treffen, auf die sich Dorothee immer mit sorgfältiger Körperpflege vorbereitete, fanden meist am Rande von Liverpool in einem aufgelassenen Steinbruch statt oder in einem kleinen Wäldchen in einem verlassenen, abbruchreifen Haus, das hinter Bäumen versteckt war. Sie erreichten diese Orte in Spencers Zweitauto, mit dem er sie stets von der U-Bahnstation abholte, in den Fußraum des Beifahrersitzes drückte und mit großer Geste einen billigen englischen Sekt mit seinen großen Zähnen öffnete, den er ihr zum Aufwärmen, wie er sagte, vom Fahrersitz aus hinunterreichte.

Als er ihr bald nach dem letzten dieser Treffen einen seiner handgeschriebenen Zettel in die Hand drückte, auf dem ihr ein Ausflug über Nacht avisiert wurde, war sie überglücklich. Als sie erfuhr, dass es sich dabei um eine Reise nach Blackpool handelte, geriet sie in große Aufregung, war doch das berühmte Seebad ein beliebter Promitreff in England. Sie war sicher, dass er sie dort zum ersten Mal in der Öffentlichkeit als seine Freundin präsentieren und ihre heimliche Affäre in eine öffentliche Liebesbeziehung umwandeln würde. Als der große Tag gekommen war, holte er sie an einer U-Bahnstation ab, drückte sie in den Fußraum des Beifahrersitzes und erzählte ihr bei bester Laune und ganz entspannt von einem Geschäftsabschluss, der ihm viel Geld einbringen würde. Bereits kurz nach Liverpool durfte sie ihren Platz verlassen und rutschte als gefühlte Missis Spencer mit rotem Kopf, rosa Lippen und einem, wie sie sich vorstellte, sehr erwachsenen Blick auf dem Beifahrersitz. Sie spürte Spencers Hand auf ihrem nackten Oberschenkel. Dorothee ließ sich von der amerikanischen Discomusic in Stimmung bringen und war überwältigt von dem Gedanken, diesen Mann für sich gewonnen zu haben. Vor ihrem geistigen Auge tauchte bereits die Auffahrt eines jener Hotels auf, die direkt am Meer lagen. Hier würden sie anhalten und darauf warten, dass der Doorman ihnen die Türen öffnete. Der Empfangschef, ja vielleicht sogar den Hoteldirektor selbst würde sie willkommen heißen, bevor man sie ohne große Formalitäten zu ihrer Suite bringen würde, vorbei am Personal, das sich verneigte oder sogar knickste, wie Rose das im House am Eaton Place immer formvollendet tat, wenn wichtige Gäste zu Besuch kamen. In ihrem eleganten Zimmer mit Meerblick würden Rosen in einer hohen golden schimmernden Porzellanvase stehen, eine Willkommensgeste des Hotels. Dorothee würde das mit einem kaum sichtbaren Neigen ihres Kopfes gutheißen, ganz so, wie sie es tausendmal vor dem Spiegel eingeübt hatte. Sie seufzte unwillkürlich tief auf vor Glück. Als Spencer sie mit einer Berührung seiner Hand, die auf ihren Oberschenkeln hinaufwanderte, aus ihren Träumen riss, sah sie ihn mit einem, wie sie hoffte, verführerischen Blick an, was er jedoch nicht registrierte, weil seine Aufmerksamkeit der Straße galt, seine Hand bereits den Rand ihres Höschens streifte und seine Gedanken bei seiner Tochter waren, die er am kommenden Tag zu ihrem Studienantritt nach London begleiten wollte. Sie würde die erste Akademikerin in der Familie sein, ihm mit ihrem Mann – selbstverständlich auch ein Akademiker – Enkelkinder schenken und beizeiten sein Geschäft übernehmen. Dorothee seufzte noch einmal, dieses Mal etwas lauter, dann zog sie seine Hand aus ihrem Höschen, überschlug ihre Beine und fragte ihn mit näselndem Ton, den sie wochenlang eingeübt hatte, wann sie denn in ihrem Hotel ankämen.

«Wir sind in ungefähr einer Stunde da», antwortete Spencer leicht gereizt, weil sie durch die Frage seinen Gedankenstrom unterbrochen hatte. «Du kannst aus dem Fenster schauen, wenn dir langweilig ist, oder dir die Nägel lackieren, oder» – er drehte ihr kurz sein Gesicht zu – «willst du etwa nach unten? Zu mir? Was meinst du? Das wäre doch ganz nett jetzt, oder?», lachte er und öffnete den Knopf seiner Jeans, der einen Abdruck auf seinem dicken behaarten Bauch hinterlassen hatte. Dorothee berührte mit ihrem Zeigefinger leicht den roten Fleck, streichelte ihn, seufzte wieder und fragte lachend: «Werden wir dort auch zu Abend essen? Ich habe Hunger! Hast du reserviert?» Sie wollte ihm zeigen, wie erwachsen und städtisch sie dachte. «Gibt es dort auch indische Küche? Werden wir danach in das Top gehen?» Die Fragen purzelten geradezu aus ihrem großen Mund. Sie betrachtete sein Profil mit den bereits leicht nach unten hängenden, schwammigen Backen. Sie war sehr stolz, dass sie auf eine Diskothek angespielt hatte, das sogenannte Top, die nur Insidern der Clubszene bekannt war, und sie wartete auf einen anerkennenden Blick oder besser noch auf eine Gegenfrage. Vielleicht interessierte ihn ja, woher sie den angesagten Club kannte. Insgeheim hatte sie sich vorgenommen, auf eine solche nicht zu antworten, sondern ihn nur vielsagend anzulächeln. Keinesfalls wollte sie ihm erzählen, dass sie den Ratgeber ihrer Jugendzeitschrift nach Tipps für Blackpool gefragt und erfahren hatte, dass das Top *die* Diskothek für Prominente aus Blackpool und Umgebung war, ja dass sogar Leute aus London anreisten, um hier abzufeiern und gesehen zu werden. Sie hatte das Top als Bühne für ihren ersten gemeinsamen Auftritt als Liebespaar ausgewählt, als Kathedrale, in der sie den Bund für ihr neues Leben als Paar vor den Augen ihrer neuen Freunde schließen würden.

«Ich habe alles bestens arrangiert. Du wirst sehen, dein Spencer hat diese Nacht perfekt geplant», antwortete er und zwinkerte ihr zu. «Wir werden irgendwo etwas zu Essen und zu Trinken einkaufen, etwas, das deinen Ansprüchen entspricht, zu hoch sind sie ja nicht, und uns dann in unser Liebesnest zurückziehen. Dort machen wir die verrücktesten Sachen, hören gute Musik und amüsieren uns die ganze Nacht bis morgen früh. Zwei, drei Stunden Schlaf brauche ich allerdings schon! Was meinst du?», sagte er und legte wieder seine Hand auf ihren Oberschenkel. «Das Appartement stellt uns ein Freund zur Verfügung, ein guter Freund!», lachte er. «Wir müssen es allerdings im vorgefundenen Zustand zurücklassen. Aber dafür kannst du ja sorgen, oder?» Er tätschelte ihre Wange. «Die Weinflaschen kann ich entsorgen, schließlich bin ich ein emanzipierter Mann und weiß, was ich einer jungen schönen Dame schuldig bin! Morgen müssen wir dann früh raus, weil ich ab 9 Uhr Termine in Liverpool habe. Ich werde dich zum Bahnhof bringen, und du kannst den Zug zurück nehmen. Die Fahrt mit dem Taxi vom Bahnhof zu dir nach Hause werde ich natürlich auch übernehmen. Ich bin, wie du inzwischen sicher weißt, ein Gentleman, der weiß, wie er seine kleine Freundin verwöhnen kann – auch wenn du an deinem billigen Köfferchen, das kaum größer als die Handtasche meiner Frau ist, nicht besonders schwer zu schleppen hast. Das bist du mir einfach wert. Das ist übrigens auch ...» – er warf sich in die Brust – «... mein berufliches Erfolgsgeheimnis: Ich bin sehr großzügig Menschen gegenüber, die mir einen Gefallen tun. Ich weiß zu schätzen, wenn man sich für mich einsetzt, und honoriere das entsprechend. Dafür bin ich bekannt! Deine kleine Reise nach London habe ich ja auch finanziert, nicht wahr?», sagte er und steckte seinen Finger in ihre Scheide. «Ich konnte den Vikar sehr schnell davon überzeugen, dass so ein kleines Mädchen wie du, aus ärmlichen Verhältnissen, ohne Chance auf eine gute Ausbildung, diese Reise gewinnen musste – schon wegen deiner hervorstechenden Brüste, die gerade in deinem Alter im richtigen Zustand sind: jung, frisch, knuddelig.» Er lachte laut auf, wobei er noch tiefer in sie eindrang. Dorothee kroch auf seinen Schoss und ergriff mit beiden Händen das Lenkrad ...

Als sie im Krankenhaus wieder aufwachte, teilte man ihr mit, dass ihr Vater leider ums Leben gekommen sei, sie selbst habe großes Glück gehabt, ihre Mutter sei auf dem Weg hierher, der Verband um ihren Kopf bedecke die Verletzungen in ihrem Gesicht, ihr linkes Bein werde wahrscheinlich steif bleiben. Als die Krankenschwester das zweite Mal in ihr Zimmer kam, flüsterte ihr Dorothee ins Ohr, dass der Mann im Auto nicht ihr Vater gewesen sei, sie ihn aus Liverpool kenne, er ihr angeboten habe, sie von einer U-Bahnstation aus nach Hause zu bringen, stattdessen aber mit ihr auf die Autobahn Richtung Blackpool gefahren sei, seine Hand auf ihre Brust gelegt und dabei das Steuer verrissen habe, wodurch er von der Fahrbahn abgekommen sei.

Ihre Eltern besuchten sie am dritten Tag, brachten wenig frische Wäsche mit, berichteten von einer polizeilichen Untersuchung des Vorfalls und dem Gerede der Nachbarn, die sie als *Nutte* bezeichneten, erzählten, dass der arme Mr. Spencer als großer Wohltäter ihrer kleinen Kirchengemeinde aufgebahrt worden sei und das Kondolenzbuch bereits über 300 Eintragungen nachwies. Sie erklärten Dorothee, dass sie eine Tochter wie sie nicht länger in ihrer Wohnung haben wollten. Sie habe sich dem großzügigen Mr Spencer gegenüber schlecht benommen, habe die Freundlichkeit dieses angesehenen Mannes ausgenutzt, sein Ansehen beschmutzt, das Leben seiner Familie und auch das ihre zerstört. Ihr Vater führte weiter aus, dass ein Mann wie Mr Spencer niemals Dorothees dicke, herabhängende Brüste berühren würde. Bei diesen Worten färbte sich das eingefallene Gesicht der Mutter tiefrot. So wie Dorothees ganze Figur überhaupt schwierig an den Mann zu bringen sei, was für sie als Eltern und insbesondere für ihn als Vater tragisch genug sei. Dazu kämen jetzt noch die bleibenden Schäden: das steife Bein, die Narben im Gesicht ... Sie würde wohl nie einen Mann finden, der sie heiraten würde. Sie werde zur ständigen Last für ihre Mutter, zum sichtbaren Schandfleck für ihn, den bedauernswerten Vater. Sie hätte die Ehre einer Arbeiterfamilie mit ihren Lügen über den noblen Mr Spencer in den Schmutz getreten. «Ein Arbeiter ist ein Arbeiter, ein Unternehmer ein Unternehmer! Das sind Männer, die für ihre Sache einstehen», sagte er, und «die müssen sich nicht von einem minderjährigen Fräulein vorführen lassen. Dafür habe ich nicht jahrelang in der Gewerkschaft gekämpft, damit meine Tochter einen unbescholtenen Ehemann und Vater schlecht macht. Du wirst dir nach dem hier» – er deutete auf ihr Bett – «ein Zimmer und einen Job suchen.» Auch der Vikar wolle sie nicht mehr in der Gemeinde sehen. Wegen ihr gebe es nun niemanden mehr, der die Instandsetzung seiner Glocken finanziere.

Wie auf Kommando fing Mary, die bisher stumm auf dem blauen Plastikstuhl vor dem Bett gesessen war, leise zu weinen an. Sie öffnete ihre kleine braune Kunststofftasche, holte eine zerkratzte braune Brieftasche heraus und entnahm ihr einen Briefumschlag, den sie ihrem Mann reichte.

«Wir haben eine Erklärung unterschrieben. Wir sind einverstanden damit, dass du dir ein Zimmer mietest, ein Bankkonto eröffnest und einen Job annimmst. Jack aus der Gewerkschaft hat sie entworfen, du kannst also sicher sein, dass du keine Probleme bekommst, wenn du sie vorweisen musst. Ich will keinesfalls, dass du dich bei meiner Werft bewirbst. Ich habe dort einen guten Namen als fleißiger Arbeiter und Gewerkschafter, und bei einer wie dir weiß man nie, was ihr noch einfällt. Deine Mutter möchte dir noch etwas Geld geben, das sie für deine Hochzeit angespart hat.»

Umständlich kramte Mary einen zweiten Umschlag aus ihrer Tasche und gab ihn an James weiter. «Du hattest schon immer eigene Vorstellungen vom Leben, die mit anständigen Leuten nichts zu tun haben. Du wolltest Dienstmädchen werden? Jetzt kannst du zusehen, wer dich nimmt! Wenn du möchtest, kannst du uns jedes dritte Wochenende besuchen.

An Geburtstagen und Feiertagen hast du nichts bei uns verloren. Mehr als das Geld in dem Umschlag wird es von uns nicht geben!»

Beide standen abrupt auf und verließen das Zimmer ohne einen Gruß. Dorothee weinte leise hinter der Wand aus weißer Baumwolle.

§

Als James zusammen mit Mary das Krankenhaus verließ, überlegte er, ob er das Geld nicht zu leichtsinnig aus der Hand gegeben hatte. Schließlich war er gerade arbeitslos, hatte noch Spielschulden bei seinen Kollegen und musste für seinen Sohn, der noch in Ausbildung war, zwei weitere Jahre aufkommen. Er hatte seinerzeit mit vierzehn für wenige Monate als Hilfsarbeiter in einem Bauunternehmen zu arbeiten begonnen, bevor er dann als Reinigungskraft in der Werft angefangen und sich, unterstützt durch die Gewerkschaft, bis zum Schweißer hochgearbeitet hatte. Eine solche Karriere hatte er sich in seinen kühnsten Träumen nicht vorgestellt, hatte er doch weder einen Schulabschluss noch eine Lehre absolviert. ER hatte Glück gehabt. Die Auftragsbücher der Werft waren übervoll zu jener Zeit, und da trotz höherer Lohnversprechen die freien Stellen nicht besetzt werden konnten, wurden auf Druck der Gewerkschaft auch Männer in die Qualifizierungskurse aufgenommen, die bereits lange im Unternehmen tätig waren und sich im besonderen Maße gewerkschaftlich engagiert hatten. Dabei wurden das Ausmaß und die Qualität des Engagements von einer Arbeitsgruppe beurteilt, die aus drei Gewerkschaftern bestand, wovon einer ein guter Freund seines Bruders war, in dessen Pub er immer anschreiben ließ. Als Alkoholiker und Junggeselle verbrachte dieser fast jeden Feierabend in dem Pub, sodass sein Lohn meistens nicht für die aufgelaufene Summe am Monatsende ausreichte, was er jedoch durch allerlei Gefälligkeiten ausgleichen konnte.

So gab er seine Zustimmung für James' Ausbildung zum Schweißer für einige Flaschen guten Whiskys, eine Investition, die sich dessen Bruder irgendwann wieder zurückholen wollte, spätestens dann, wenn er beim Tod ihrer Eltern den kleinen Garten vor ihrem alten Reihenhaus für sich allein beanspruchen würde. Die beiden anderen Kollegen von seiner Eignung zu überzeugen, fiel ihm nicht schwer. Es war ihm nämlich aufgefallen, dass sie nicht nur an den Wochenenden firmeneigene Werkzeuge und Maschinen mitnahmen, um ihre nebeneinanderliegenden Reihenhäuschen umzubauen, sondern auch, dass sie in der Firma unter Verschluss gelagertes Material zu Hause einbauten. Darauf war er zufällig gestoßen, als er sie einmal zum Fußballspielen abholte.

James schloss jedenfalls seine Ausbildung zum Schweißer erfolgreich ab, allerdings mit der Einschränkung, dass das erlangte Zertifikat nur in der Werft selbst Gültigkeit hatte, der Abschluss also nicht offiziell anerkannt war, weil neben den fehlenden schulischen Voraussetzungen die theoretische Prüfung fehlte, die er wegen mangelnder Rechtschreibkenntnisse nicht hatte ablegen können. Alles das tat seinem Selbstbewusstsein keinen Abbruch, war er doch schon weit über das Berufsziel hinausgeschossen, das er sich für sich vorgestellt hatte. Die Gewerkschaft wurde seine Familie, seine politische Heimat, sein Lebensmittelpunkt, seine Jobversicherung – und sein Zusatzeinkommen. Er fühlte sich wohl in der Gruppe von Männern, die zumeist wie er selbst aus sozial schwachen Familien stammten. Zusammen mit ihnen feierte er sich als Held der Arbeit, als die Zukunft Englands, als neue Macht im Land, die Fabriken innerhalb weniger Stunden lahmlegen konnte. Er war überzeugt davon, dass die Zukunft des Empires in Männern seines Schlags bestand.

In diesem Selbstverständnis badend, war es ihm ein Leichtes, Dorothees Mutter zu beeindrucken. Die knapp Zwanzigjährige war von seiner kraftvollen Natur beeindruckt, seine finanzielle Situation schien ihr ausreichend und seine Tätigkeit in der Gewerkschaft gewinnbringend. Als ungelernte Näherin hatte sie von einem gesellschaftlichen Aufstieg immer geträumt, und als er sie nach knapp vierwöchiger Bekanntschaft fragte, ob sie seine Frau werden wolle, sagte sie ja. Sie vertraute sich ihm mit einer fast übermächtigen Hingabe an, was James anfänglich fast ein wenig berührte. Gefühle kannte er nicht, seine Emotionalität war unterdurchschnittlich ausgeprägt. Die sanfte Neigung, für Mary sorgen zu wollen, verflüchtigte sich bereits zwei Wochen nach der Hochzeit und machte einem gewalttätigen Selbstbewusstsein Platz, das nicht nur Mary, sondern auch einige Gewerkschaftsmitglieder, die ihren Beitrag nicht rechtzeitig in die Gewerkschaftskasse einbezahlten, körperlich zu spüren bekamen. Bei seinen Freunden stieg er als harter Kerl im Ansehen. Schließlich gelang ihm als Einzigem, die ausständigen Beiträge termingerecht zu kassieren. Dass er für seinen Hang zur Gewalt von ihnen respektiert wurde, steigerte sein Selbstbild immer mehr und löschte auch den letzten Rest seiner ohnehin nur marginal ausgeprägte Empathie für seine Familie und seine Arbeitskollegen, deren Unterwürfigkeit er mit der Zeit als etwas, das ihm zustand, betrachtete.

Als Ausgleich zu dieser vermeintlich schweren Aufgabe, die er mit einer angeborenen Leichtigkeit seines Gewissens ausübte, traf er sich mit Kollegen zum Kartenspielen im Pub seines Bruders oder in der Familienwohnung, wo meistens auch dem Alkohol übermäßig zugesprochen wurde.

Mit den Jahren stiegen die Einsätze bei diesen Spielrunden, was zu Spannungen in der vierköpfigen Familie führte, weil er häufig Geld verspielte, das für den Unterhalt bereits fest verplant gewesen war, und es Mary trotz Androhung körperlicher Züchtigung nicht gelang, die ohnehin schon tiefen Haushaltskosten noch weiter nach unten zu schrauben. Um sich weitere Auseinandersetzungen zuhause zu ersparen, spielte er nur mehr außer Haus, meist in diversen Pubs in der Nähe der Werft, und er erhöhte seine Einsätze mit dem Ziel, seine sich auftürmenden Spielschulden schneller abzubauen. Daneben verlangte er Provisionen für die eingetriebenen Gewerkschaftsbeiträge und ließ sich von verschiedenen Bekannten seines Bruders für Nebenjobs anheuern, die von ihm ein schnelles gewaltsames Handeln gegenüber Leuten, die man ihm als Gauner beschrieb, einforderten. Anfänglich hatte er noch genauer nachgefragt, ob es sich dabei wirklich um Gauner handelte, später, als seine Verschuldung einen Grad erreichte, der die familiäre Existenz bedrohte, sparte er sich solche Luxusfragen, wie er sie selbst bezeichnete. Er wollte nicht riskieren, selbst zum Opfer einer derartigen Tat zu werden oder seine Stellung in der Gewerkschaft zu verlieren. Das würde nur sein Ansehen als Arbeiter beschädigen.

Seine Frau warnte er eindringlich davor, noch weitere Kinder in die Welt zu setzen, und machte ihr unmissverständlich klar, dass er sie bei einer erneuten Schwangerschaft wegen Ungehorsam verlassen würde, was, wie er ihr sagte, ohnehin eine Erleichterung wäre, weil er dann seinen ganzen Lohn für sich verbrauchen könnte. Eine undankbare Familie hätte er dann endlich nicht mehr am Hals.

Mary war aus seinem ganzen Verhalten klar, dass er sie verachtete und die Kinder lediglich als Spiegel seiner Potenz sah. Alles in allem hatten sie dankbar zu sein für das anspruchslose Leben, das er ihnen ermöglichte.

Wenn sie mit Dorothee putzen ging, wurden die Termine von James vereinbart und abgerechnet, ohne dass sie selbst gefragt oder bezahlt wurde, was ihr aber, wie sie nicht müde wurde zu beteuern, nichts ausmachte, da sie mangels sozialer Kontakte nie etwas außer Haus plante und auf diese Weise die von ihrem Ehemann mit Recht erwartete Dankbarkeit zeigen konnte.

Mary bezeichnete die Putzaufträge als Dorothees Bildungsausflüge, weil sie so in den Wohnungen wohlhabender Leute mit eigenen Augen sehen konnte, wie Frauen ihre Familien zerstörten. Sie waren unordentlich, unzuverlässig, faul, kleideten sich wie Unverheiratete, vernachlässigten ihre Kinder und speisten sie mit Aufgewärmtem ab. Sie hielten sich grundlos außer Haus auf und trafen sich – im besten Fall – mit anderen Frauen, die sich ebenso verantwortungslos und undankbar gegenüber ihren hart arbeitenden Ehemännern verhielten. «Undank ist der Welten Lohn», sagte Mary häufig, wenn sie beim Abendessen zu Hause von unaufgeräumten Wohnungen, achtlos über den Stuhl geworfenen Frauenkleidern, Lippenstiften in unterschiedlichsten Farbtönen und fleckigen Betttüchern berichtete.

«Diese Frauen haben keinen Charakter! Sie nutzen ihre Männer nur aus, denken nur an sich! Sie werden irgendeinen Trick haben, um ihre Männer an sich zu binden. Normal ist das alles nicht!», monologisierte sie, während die anderen das schnell vorbereitete Essen in sich hineinschlangen und sich jedes Mal aufs Neue über Marys Wortschwall wunderten, da diese doch die meiste Zeit ihres Lebens still verbrachte.

Dorothees Bruder lachte nach dem Ende dieses minutenlangen Gestammels seiner Mutter jedes Mal hart auf, stopfte das restliche Essen in wenigen Sekunden in sich hinein, stampfte laut mit dem Fuß auf, warf die Gabel mit einem lauten Klirren auf den leeren Teller und presste mit zusammengekniffenen Lippen «undankbare Nutten» heraus. Dorothee war das erste Mal über diesen Ausdruck ihres Bruders heftig erschrocken, weil er damals noch keine zehn Jahre alt und in ihrer Wahrnehmung eigentlich ein stilles, sanftes Kind war.

Sie beide kannten das Wort Nutte von ihrem Vater. Es war nicht nur einmal vorgekommen, dass er, wenn er nachts betrunken nach Hause kam und das eheliche Schlafzimmer betrat, auf die Frage von Mary «Bist du es James?» mit dem Satz antwortete: «Wer sonst kommt um diese Zeit freiwillig von den Nutten zurück!» Dann ließ er sich zumeist mit einem dröhnenden Lachen in sein Bett fallen. Dorothee drehte sich dann mit starkem Herzklopfen zu ihrem im gleichen Bett schlafenden Bruder, nahm ihn in den Arm und beruhigte den Weinenden, indem sie ihm ins Ohr flüsterte, dass sie ihm verspreche, den Vater aus den Fängen dieser Nutten zurückzuholen. Wer das war und wo sich diese aufhielten, wusste sie selbst die längste Zeit nicht. Als daher ihr Bruder am Familientisch zum ersten Mal selbst das Wort Nutte aussprach, stockte ihr der Atem. Sie spürte einen tiefen Stich in ihrer Brust. Sie glaubte zu sehen, wie ihr Schamgefühl sich als zähe Masse über die ganze Familie ergoss, sie bedeckte, ja zudeckte, um sich dann auf den Boden zu ergießen, die Küchenschränke hinaufzukriechen bis zur Zimmerdecke und dann wiederum auf sie herabzutropfen und bis tief hinein in jede Zelle ihres Körpers zu dringen. In diesem Moment meinte sie zu erkennen, dass Undankbarkeit aus Frauen Nutten machte. Erst um vieles später, als sie die Schule auf elterlichen Druck verlassen musste, verstand sie, dass dieselbe Undankbarkeit aus Gutem Böses, aus Schönem Hässliches, aus Eigenem Fremdes machte. Eine zu jeder Zeit ausgesprochene Dankbarkeit hingegen hinterließ immer den besten Eindruck, die glücklichste Erinnerung. Sich dankbar zu zeigen, erstickte jeden Vorwurf, machte versöhnlich, rührte das Herz, forderte zu weiteren Gaben auf und bewahrt den Frieden. Mit jedem Mal, mit dem sie sich das vorsagte, zementierte sie ihre Unterwerfungshaltung mehr ein. Wer den Menschen von seiner tiefen Zufriedenheit erzählt, wird Wohlwollen ernten, dachte sie, wer die Undankbaren benennen kann, wird zu den Guten gezählt werden! Vorsichtig muss man sein und die Rolle gut spielen.

Dorothees Vater machte der Monolog seiner Frau stets rasend. Wenn er genug hatte, beendete er ihn mit harschen Worten und schrie sie an, ihr unnützes Putzfrauengeplapper für sich zu behalten, weil die Männer, die sie so bedauerte, seine Auftraggeber für besonders lukrative Fälle, wie er sie bezeichnete, ganz genau wussten, was ihre Frauen trieben. Sie würden die Ehefrauen sogar noch für ihre geschäftlichen Zwecke einspannen. Was das bedeutete, konnte Mary nie bis in die letzte Konsequenz nachvollziehen.

«Misch dich nicht in Sachen ein, von denen du keine Ahnung hast», brüllte er. «Was verstehst du schon von Leuten, die Geschäfte machen? Wir brauchen Männer wie sie. Du glaubst, dass das Versager sind, weil sie ihre Frauen nicht unter Kontrolle haben? Glaubst du eigentlich, dass ich auch ein Versager bin, weil ich dir alles durchgehen lasse? Weil ich zuschaue, wie du mit deinem Putzfrauengehirn meine Auftraggeber beleidigst? Das muss ich mir von meiner eigenen Frau nicht bieten lassen, hier vor meinen eigenen Kindern!»

Fast immer, wenn er bei diesem Satz angelangt war, schob er seinen Teller in die Mitte des Tisches, erhob sich mit einem lauten Zurücksetzen seines Stuhles, schmetterte seine Faust auf die Küchenvitrine und verließ die Wohnung mit einem Zuknallen der Eingangstür. Mary fiel dann in ihre Sprachlosigkeit zurück, räumte den Tisch ab, brachte die Kinder ins Bett und widmete sich ihrer Näharbeit.

§

Nach ihrer Entlassung aus der Klinik fuhr Dorothee zurück nach Liverpool, mietete sich ein kleines Zimmer und nahm einen Job als Kindergärtnerin an. Wie vereinbart, besuchte sie jeden dritten Sonntag ihre Eltern, die schon längst bereuten, ihr dieses Besuchsrecht eingeräumt zu haben, da jedes Mal, wenn Dorothee kam, die Geschichte mit Spencer wiederum aufkochte in der Nachbarschaft. Mit ihrer Narbe, die sich über die rechte Wange zog, dem herabhängenden Augenlid und dem verkrüppelten Bein war sie zum Gespött der Hausbewohner geworden. Man war sich einig, dass sie eine gerechte Strafe erhalten hatte. Bedauernswert sei lediglich der Vater, der so viel für seine Tochter getan und sie verwöhnt hätte.

Als Dorothee eines Sonntags Robert mitbrachte und ihn ihren Eltern als ihren zukünftigen Ehemann vorstellte, war ihre Freude darüber groß. Dass ihre Tochter einen unbescholtenen, rechtschaffenen Engländer für sich hatte begeistern können, hätten sie nicht für möglich gehalten. Beim Mittagessen machte James bereits Pläne für seinen künftigen Enkelsohn. Er würde ihm eine Ausbildung in der Werft verschaffen und einen Arbeiter aus ihm machen, wie es nur in England einen geben konnte. Mary quittierte diese Aussage mit einem verhaltenen Seufzer und sagte kaum vernehmbar: «Die Werft ist geschlossen, James. Es gibt keinen Ausbildungsplatz dort.»

«Was weißt du, was in zwanzig Jahren sein wird», fuhr James sie an. «Heute ist alles möglich!

Firmen schließen, Firmen öffnen, ein guter Arbeiter wird immer gebraucht, was Robert?» Er zwinkerte seinem zukünftigen Schwiegersohn zu und fuhr fort: «Das größte Unglück für einen Mann ist eine Frau, die dumm und hässlich ist, was Robert? Du hast Glück mit meiner Tochter, sie war schon als Kind etwas Besonderes, wollte immer auf eigenen Füßen stehen, immer was Besseres sein. Sie hat viele Verehrer gehabt. Alle waren sie hinter ihr her. Aber da hat der Papa aufgepasst! In der Werft haben sie nur darauf gewartet, dass mein Mädchen dort eine Bürolehre beginnt. Und ich habe ihr auch schon einen Platz in der Buchhaltung organisiert! Aber sie wollte lieber beten, beim guten, alten Vikar, was Dorothee? Der alte Bock ist auch auf sie gestanden. Aber außer ein paar Blicken ins Dekolletee hat er nichts von meiner Tochter bekommen! Da geht sie nach ihrer Mutter, was Mary? Du warst auch immer auf Reserve!» Er lachte und tätschelte ihre kleine, bereits von hohen Adern durchzogene Hand. Das hatte er schon seit Jahren nicht mehr getan.

«Dorothee war immer ein dankbares Kind», bemerkte Mary. «Sie hat sich für ihre Aufgaben beim Vikar gut vorbereitet. Ohne zu klagen, hat sie auch die Altenpflege übernommen. Die Alten sind ja so dankbar für alles.»

Dorothee fühlte wieder dieses Ziehen in der Brust, das sie als Dreizehnjährige hier, in dieser Wohnung und an diesem Tisch, gespürt hatte, als ihr Bruder Nutte gesagt hatte. Wie damals durchfloss sie zähflüssige Scham. Sie sah auf einmal Rose vor sich, wie sie Elisabeth Bellamys Haar bürstete. Die Bildsequenz wurde jäh unterbrochen von einer Szene, die sie selbst dabei zeigte, wie sie Spencers Glied mit dem Mund erigierte. Sie atmete schwer, als Robert ihren Eltern seine Karrierechancen als Verkäufer im

Supermarkt beschrieb und ihnen erklärte, wie wichtig eine liebevolle Frau für seine weitere berufliche Entwicklung sei, weil sich seine Chefs ein ruhiges, sicheres familiäres Umfeld für ihre Mitarbeiter wünschten. Eine brave Frau wie Dorothee würde einen guten Eindruck bei der Unternehmensleitung hinterlassen, weil sie sich, so hatte sie es ihm versprochen, ausschließlich um sein Wohl und das ihrer zukünftigen Kinder kümmern werde. Sie selbst werde sich ihm in jeder Hinsicht anpassen. Er werde mit ihr gemeinsam eine für seine Karriere ideale Familie gründen, die ihn dankbar und gehorsam bei seinen beruflichen Plänen unterstütze und ihm zu jeder Zeit den vollen Einsatz für das Unternehmen erlaube. Wie sein Abteilungsleiter anlässlich seines Arbeitsantritts vor wenigen Wochen ausgeführt hätte, würde eine Familie die Loyalität der Mitarbeiter gegenüber dem Unternehmen stärken und ihre Sorgfaltspflichten gegenüber dem Firmeneigentum hochhalten. Es sei zu erwarten, dass sie – ohne zu murren – ihren Einsatz auch auf zusätzliche Aufgaben außerhalb der tariflich vereinbarten Leistungen richten würden. «Das Glück der Familie, ihr Unterhalt und ihre Sicherheit stehen im Zentrum des Denkens eines jeden aufrechten Engländers», zitierte er seinen Chef. Dass Dorothee ein wenig verunstaltet sei, stünde dem nicht entgegen, im Gegenteil: Er habe bereits aus der oberen Etage gehört – er richtete die Augen auf die gelbliche Zimmerdecke und wackelte dabei bedeutungsschwer mit dem Kopf hin und her –, dass die Verheiratung mit einer gezeichneten Frau sein Image aufpolieren könne. Er sei dann so etwas wie ein Vorbild, und das stimme ihn zuversichtlich für eine baldige Gehaltserhöhung. Das milde Lächeln seines Chefs hätte er jedenfalls als Zustimmung verstanden. Die Leitung der Fleischabteilung sei ihm übrigens so gut wie sicher, da der Kollege dort pensionsreif sei.

Robert erzählte nicht, dass ihm seine Schwester vor drei Monaten ein Ultimatum für eine rasche Heirat mit «wem auch immer» gestellt hatte, nachdem sie ihn mit ihrer Tochter – Elsa war gerade einmal fünfzehn – halbnackt in der Umkleidekabine des Schwimmbades entdeckt hatte.

Mary war überglücklich. Sie konnte gar nicht begreifen, dass ihre Tochter einen Mann wie Robert gefunden hatte, einen jungen Mann mit guten beruflichen Aussichten, mit einer, wenn auch kleinen eigenen Wohnung, einen echten Engländer, hochgewachsen, hellhäutig, leicht übergewichtig – ein ganzer Mann, wie sie bewundernd feststellte. Was konnte ihm so eine wie Dorothee schon bieten, fragte sie sich, als sie in die Küche ging, um den Pudding zu holen, und dabei die Tränen trocknete, die ihr angesichts der Ungerechtigkeit ihres eigenen Schicksals über die Backen liefen.
Die Männer lassen sich doch am liebsten mit Nutten ein, dachte sie und

erschrak gleichzeitig ein wenig über den Gedanken, der ihre Tochter und ihren Mann miteinschloss. Sie beruhigte sich damit, dass sie den Nachbarn sehr bald, vielleicht schon morgen, von der bevorstehenden Hochzeit mit einem zukünftigen Abteilungsleiter erzählen würde können und das dumme Gerede aufhören würde. Vielleicht konnte sie, so überlegte sie, ihre Tochter auch noch dazu überreden, an die Kirchengemeinde zu spenden. Der Vikar würde diese finanzielle Zuwendung im Anschluss an die Messe verkünden, und sicher wären alle davon beeindruckt, würden ihr zu ihrer Tochter und ihrem Schwiegersohn gratulieren. Einige würden vielleicht sogar einen Knicks vor ihr machen, wie sich das gehörte, wenn man der Schwiegermutter eines bedeutenden Mannes gegenübertrat. Die alte Sache mit Spencer wäre dann bald vergessen, und der Vikar würde sich wortreich daran erinnern, wie viel ihre Tochter bereits als Mädchen für die Gemeinde getan und wie uneigennützig sie sich schon immer um die armen Alten gekümmert hatte. Sie selbst würde dann endlich zum kirchlichen Frauenverein eingeladen werden und dort kleine Näharbeiten für die Armen abgeben, was James sicher erlauben würde. Wenn Robert dann Abteilungsleiter ist, dachte sie, kann Dorothee doch den Großteil ihres Gehalts als Kindergärtnerin der Kirche spenden! Dann werden sich sicher alle bei mir einschmeicheln wollen! Natürlich sollte sie nicht alles verschenken, schließlich musste sie ihnen das Geld, das sie ihr damals gegeben hatten, zurückzahlen, Geld, das sie sich vom Mund abgespart hatte, Geld, das Dorothee vor einem Leben auf der Straße gerettet hatte, Geld, das sie bekommen hatte, ohne einen Finger dafür krumm zu machen. Wäre ich damals nicht gewesen, sie hätte nie diesen erfolgreichen jungen Mann kennengelernt, der für sie aufkommen wird, dachte sie und kehrte zum Tisch zurück. Gerade schilderte ihr künftiger Schwiegersohn die Zukunft der Familie in rosigen Farben. Ihr Blick fiel auf ihre entstellte Tochter, die gerade aus dem kleinen Wohnzimmerfenster schaute, ganz so, als ob sie ein Stück grauen Himmels suchte, und wanderte dann zu einem kleinen gelben Fleck auf James Hemdzipfel, der ihm aus der Hose gerutscht war, als er sich zum Bierkasten hinuntergebeugt hatte. Ich habe doch Glück gehabt, seufzte sie leise, während sie überlegte, welcher Nachbarin sie zuerst die Nachricht von der bevorstehenden Heirat überbringen würde.

Johann Sebastian Bach
Erbarme dich

Delphine Galou, Francois-Marie Drieux
Francois-Xavier Roth, Les Siécles

Kevin wusste von Dorothees Unfall mit einem Mann, der dabei ums Leben gekommen war. Er wusste auch, dass sie seinem Vater immer wieder Geld zusteckte, wenn er morgens aus dem Haus ging, so, wie sie das bei ihm manchmal tat, wenn er nachmittags zum Sport ging. Einmal hatte er sie zufällig dabei entdeckt, als sie den Geschäftsführer des Supermarkts im Eingang eines Cafés getroffen hatte. Er fragte sie nicht danach und vergönnte seiner Mutter das Treffen mit einem anderen Mann, der nicht sein Vater war. Es war derselbe Tag, als sein Vater in sein Zimmer kam und ihm stockend berichtete, dass er wahrscheinlich angezeigt werde und vielleicht sogar ins Gefängnis müsse. Er hätte eine kranke Kollegin jeden zweiten Tag mit den Resten aus der Fleischtheke versorgt, sogar seine eigene Ration aus gutem Willen dazugegeben, und ihr ein schönes Paket von Spezialitäten – wie er es bezeichnete – zweimal pro Woche in die Wohnung gebracht. Dort habe sich jedes Mal ihre minderjährige Tochter aufgehalten, die ihm eindeutige sexuelle Zeichen gesendet habe. Er habe das die erste Zeit nicht beachtet, sei aber dann vor wenigen Tagen unter Druck geraten, als die Mutter beim Arzt war und das Mädchen ihn – kaum hatte er die Wohnung betreten – in ihr Zimmer schob, wo er auf einmal nackt auf ihr lag, während sie laut schrie. Gerade als ihm bewusst wurde, was sie mit ihm getan hatte, sei die Mutter nach Hause gekommen und habe ihn von der Tochter weggerissen. Sie drohte die Polizei zu rufen, wenn er ihr nicht viel Geld gebe. An diesem Punkt seiner Erzählung fing er zu weinen an, sank auf den Boden, und wiederholte unter ständigem Schluchzen, dass er keine Schuld habe, die Familie daran kaputt gehe und Dorothee als Ehefrau eines Gefangenen sicher ihren Job verlieren würde. Er wolle ihm sagen, dass er ihm unendlich dankbar sei, dass er Geld angespart habe, das er gestern in der Lade unter seinem Bett gefunden und sofort dieser schrecklichen Frau gebracht habe. Kevin sprang vom Stuhl, öffnete die Lade, sah, dass sie leer war und stieß seinen Vater mit schweren Fußtritten aus seinem Zimmer. Ab diesem Moment sprach er kein Wort mehr mit ihm.

Nicht einmal zwei Wochen danach – Kevin war gerade siebzehn geworden – erklärte ihm Bob, dass er ihn leider nicht mehr sehen könne, weil Umstände eingetreten seien, die das nicht mehr erlaubten. Schon seit längerer Zeit habe er den Analverkehr als besonders anstrengend empfunden. Er sei danach regelmäßig so erschöpft gewesen, und zwar für einige Tage, dass sich seine Frau zu wundern begonnen habe, was mit ihm los sei. Schuld daran seien seine Erektionsprobleme, die nicht nur seinem Alter, sondern auch einem leichten Widerwillen gegenüber Kevins Körper geschuldet waren, den er inzwischen als zu groß, ja zu männlich empfand.

«Irgendwann muss auch Schluss sein», hatte Bob seinen Monolog eingeleitet. «Mein kleiner Junge ist jetzt groß, und ich habe ihm alles beigebracht, was er für sein Leben braucht. Dein Daddy ist schon ein wenig müde. Er muss sich wieder nach kleineren Jungs umsehen. Vielleicht ist ja auch einmal ein kleines Prinzesschen dazwischen auch nicht so schlecht, was meinst du?» Er stupste Kevin freundschaftlich in die Seite. «Ein guter Freund hat mir gesagt, dass kleine Mädchen auch nicht so teuer in der Haltung sind wie ihr großen Jungs. Ich werde ohnehin kürzer treten müssen in nächster Zeit, weil die Konjunktur nachgelassen hat und die Leute beim Immobilienkauf zurückhaltender sind. Das macht sich langsam auch in meinem Portemonnaie bemerkbar. Außerdem steigen die Ausgaben für meine verwöhnten Kinder ...» Er warf sich stolz in die Brust. «Polo-Club, Tennisstunden, Reisen mit anderen verwöhnten Gören, Markenkleidung ... Was will man machen als Vater, wenn die Kinder Teil der High Society geworden sind! Sie bewegen sich nun ganz oben!» Er zeichnete mit der Hand eine imaginäre Linie über seinem Kopf nach. «Sie sind in der ersten Reihe der Gesellschaft. Ab und zu bringt mir das schon auch ein paar Vorteile, trotzdem: Es kostet den armen Papa eine Stange Geld.

Leider so viel Geld, dass er sich sein schönes Spielzeug nicht mehr leisten kann, was mein Junge?» Er schaute Kevin tief in die Augen, strich ihm über die blondierten Borsten seines Oberkopfes und zupfte ihn am Ohrläppchen. «Vielleicht noch eine kleine orale Nummer, um deinem Sugar-Daddy deine Dankbarkeit zu zeigen?» Er lächelte ihn an, die Augen auf Kevins Mund gerichtet. «Vielleicht bekommt dein Daddy ein kleines Abschiedsgeschenk mit diesem starken, schönen Saugnapf? Was meinst du, mein Baby?»

Kevin rekapitulierte das Gesagte und erkannte, dass der geforderte Dienst, der seine Dankbarkeit zeigen sollte, nicht extra bezahlt werden würde, andererseits die Auszahlung der monatlichen Vergütung noch ausständig war. Eine Weigerung konnte Bob dazu bringen, die letzte Rate einzubehalten, also kniete er sich vor ihn nieder und erigierte seinen schlaffen Penis widerwillig mit dem Mund. Als er damit fertig war, Bobs Sperma in den Ausguss des Spülbeckens gespuckt und gerade damit begonnen hatte, sich anzuziehen, trat Bob vollständig nackt und mit Tränen in den Augen vor ihn hin und bat ihn mit seiner hohen Stimme schluchzend darum, heute zum letzten Mal das übliche Ritual ihres Abschieds einzuhalten. Es breche ihm das Herz, sagte er, wenn er daran denke, dass er seinen kleinen Jungen nach so langer Zeit zum letzten Mal in seinem Leben sehen würde. Um ihn für ewig in Erinnerung zu behalten, wisperte er, sei es für ihn als emotionalen Mann wichtig, von den Früchten seiner so liebevollen Erziehung ein letztes Mal zu kosten. Dabei hielt er die monatlich vereinbarten 4000 Pfund in seiner linken Hand, wedelte damit hin und her wie mit einem Fächer, stellte das rechte Bein wie ein Feldherr nach vorne und hielt den Blick starr geradeaus auf ein unbekanntes Ziel gerichtet. Kevin zog sich wieder aus, kniete sich noch einmal vor ihn hin, umfasste mit beiden Händen seinen rechten Unterschenkel, beugte seinen Kopf nach unten und richtete seinen Blick auf Bobs Füße.

«Ich bin so dankbar!» begann er mit metallisch klingender Stimme zu sprechen. «Du hast mich, einen armen unbedeutenden Jungen aus der unteren Gesellschaftsschicht aufgenommen, mich genährt, mir eine Erziehung angedeihen und mich an deinen hohen Gedanken teilhaben lassen. Du hast mich in zahlreichen Techniken ausgebildet. All diese Dinge sind von unschätzbarem Wert für mein Leben!»

Bob schluchzte laut auf.

«Niemand kann die Dankbarkeit ermessen, die ich meinem großen Lehrer und väterlichen Freund schulde. Niemand kann die Freude in meinem Herzen ermessen, die entsteht, wenn du mich für unabsichtliche Verstöße strafst, die das Reine unserer Freundschaft beschmutzen. Niemand kann meine Trauer ermessen, wenn ich dir aus meiner früheren, minderwertigen Erziehung heraus Dinge verweigere, die du mit offenem Herzen erbittest. Verzeih mir und berühre mich mit deiner goldenen Hand, damit ich in Frieden von dir gehen kann.»

Bob antwortete mit getragenem Ernst: «Ich vergebe dir, mein Junge, aber vergiss nie, woher du gekommen bist und wohin ich dich gebracht habe. Sei dir bewusst, dass du immer in meiner Schuld sein wirst, aber wisse, dass ich aus deiner Schuld nichts einfordern werde, sondern dich vielmehr für deine Dankbarkeit belohne. Das ist die Tat eines großen Mannes! Vergiss es nie und nimm sie dir zum Vorbild.»

Nach diesen Worten ließ er die Pfundscheine auf Kevins Kopf fallen und ging aus der Küche. Kevin verließ die Wohnung und kehrte niemals mehr nach Sheffield zurück.

Nach dem erfolgreichen Ablegen seiner A-levels zog er nach London in eine Wohngemeinschaft, die er mit drei anderen Studenten teilte. Er studierte Wirtschaftswissenschaften an der Metropolitan University, arbeitete tagsüber stundenweise in der Savile Row für einen exklusiven Herrenausstatter namens Stonebridge und nachts für ein Escort- und Callboy-Service, das ihn unter der Rubrik *Bereitschaft zur Erfüllung von Spezialwünschen bei Damen und Herren* anbot. Einen Teil des verdienten Geldes legte er auf ein Sparkonto, einen anderen investierte er in Sonderangebote bei Stonebridge, wo er, wie er es ausdrückte, die Warenbestände analysierte, und den dritten verbrauchte er für Lebensmittel und für die Miete seines Zimmers, das ihm von Monat zu Monat schäbiger vorkam. Er schämte sich, wenn er in dem Neubau im Osten Londons durch die Armentür gehen musste, um die für vier Personen viel zu enge Wohnung zu erreichen, für die er fast ein Drittel seines hart erarbeiteten Verdienstes abtreten musste. Er fand es erniedrigend, dass er die Lobby des Hauses, die den vermögenden Bewohnern des Gebäudes vorbehalten war, nicht betreten durfte und dass der Doorman ihn nicht einmal grüßte, obwohl er täglich an ihm vorüberging. Besonders armselig empfand er sein Leben, wenn er den Reinigungsdienst von nebenan beobachtete, der Kleidung beim Portier ablieferte, oder die Mitarbeiter von Cateringfirmen, die Wagen voll mit Köstlichkeiten durch die Eingangstür in die Lobby schoben, oder die Eigentümer auf dem für sie reservierten Platz vor dem Gebäude standen und auf ein Taxi warteten. Es versetzte ihm jedes Mal einen Stich, wenn er sah, wie der Doorman den Schlag des Wagens mit einer eleganten Geste weit öffnete, sie mit einer Verbeugung einsteigen ließ, und danach die Tür leise, aber entschieden schloss, wobei er gleichzeitig einen ihm unauffällig in die Hand gedrückten Geldschein in seine Hosentasche steckte. Immer wenn ihm bewusst wurde, wie weit unten an der sozialen Hierarchieleiter er sich befand, fiel er in eine oft stundenlang anhaltende Apathie, aus der er sich mit billigem Ecstacy und spontanen Treffen mit Kunden, die harten Sex suchten, erst langsam wieder herausschälen konnte.

Er nahm sich vor, den langen Weg aus dieser minderwertigen Existenz herauszugehen. Kein Preis würde ihm dafür zu hoch sein. Er wollte mit all seiner Energie aus diesem miefigen Versteck an das Licht der besseren Gesellschaft treten, weil er spürte, dass in ihm etwas ganz Besonderes steckte, etwas, so dachte er, das andere schon seit ihrer Geburt kannten, würde er für sich entwerfen und so selbstverständlich für seine Karriere einsetzen wie diese. Niemand sollte mehr den kleinen Kevin aus dem Arbeiterviertel Liverpools in ihm erkennen. Er würde eine neue Identität aus sich heraus gebären und sie nach den Vorbildern der englischen Upper Class formen. Danach, so sein Plan, würde er intime Beziehungen nutzen, um die Anpassung an das Leben der oberen Gesellschaft zu lernen und sich in deren Rituale perfekt einzufügen. Dafür wollte er wieder seinen Körper einsetzen, den er schon einmal erfolgreich verkauft hatte für seinen Traum von einer perfekten Jugend mit Freunden, die in bessere Verhältnisse als er hineingeboren worden waren. Was ihn beunruhigte, war, dass sein durchschnittlich gebauter, kantiger Körper schon jetzt weniger Attraktivitätsmerkmale im Vergleich zu dem anderer junger

Frauen und Männer aufwies und daher weniger gefragt war. Er erkannte, dass sein Kapital kleiner, sein Einsatz schmerzhafter, seine Aussichten auf wirtschaftlichen Erfolg bereits jetzt geringer geworden waren, sodass er schnellstmöglich jemanden finden musste, der ihn missbrauchte und sich missbrauchen ließ. Als die Sozialbehörde in Erfahrung brachte, dass der Hauptmieter von Kevins Wohngemeinschaft nicht sozialhilfeberechtigt war, und ihn kündigte, blieben ihnen drei Monate zum Auszug. Kevin beschloss, sich mit jedem Menschen, unbeschadet seines geistigen oder körperlichen Zustands intim einzulassen, jede sexuelle Herausforderung anzunehmen, auch wenn sie ihm unzumutbar erschien. Er erinnerte sich an die Worte seiner Mutter, die ihn aufgefordert hatte, Dankbarkeit zu zeigen, wenn er eine Zuwendung bekommen wollte. Er dachte an Bobs Züchtigungen, die ihm beigebracht hatten, sich klein zu machen, wenn er Empathie erzeugen wollte, und an seine Großmutter, die still in einer Ecke ihrer kleinen Wohnung saß, um ein wenig vom Leben ihres Mannes aufzusaugen. Er erinnerte sich auch an die Leibärztin eines Kunden, die diesen in die Savile Road begleitet und seinen Puls gemessen hatte, als er sich über den Verfall der Sitten bei den Tories aufregt hatte. Der alte Herr hatte ab und zu ihre Hand getätschelt, sie abwechselnd *Frau Doktor* oder *meine Teure* genannt und Mr Stonebridge erklärt, dass er ohne sie wahrscheinlich den größten Teil seines Vermögens an seinen nichtsnutzigen Neffen gegeben hätte, der ein ungezogener, lauter Bengel ohne Erziehung, jedoch sein einziger Verwandter war. Nur Frau Doktor hätte ihn davor bewahrt, diesen unverzeihlichen, nur seiner Einsamkeit geschuldeten Fehler zu begehen, wofür er ihr unendlich dankbar war. Er könne nun aufgrund seines finanziellen Polsters sein Leben ohne irgendwelche Einschränkungen bis zum Ende seiner Tage genießen und sei in Gesellschaft seiner reizenden Verlobten, die auch die Aufsicht über das sonstige Personal führe, nicht nur medizinisch bestens versorgt.

Mr Stonebridge bestätigte unter devoten Verbeugungen die Richtigkeit dieser Lebensentscheidung und lobte die Eleganz seines Kunden sowie dessen ausgezeichneten Geschmack, der, so ihm diese Bemerkung erlaubt sei, wie er sagte, auch in dessen herrschaftlicher Wohnung in vorzüglichster britischer Noblesse der Ausstattung seinen Ausdruck gefunden habe. Kevin erinnerte sich sogar genau an diese Phrase, weil er die Konversation zwischen den beiden aufgeschrieben und in seinem Ordner für elegante Sprache eingefügt hatte, den er zur Sammlung von Wörtern und Ausdrücken aus der Upper Class angelegt hatte. Nur mit einer adäquaten Sprache, so dachte er, würde er den Aufstieg schaffen, seine Gesprächspartner beeindrucken und auf eine falsche Fährte führen, was seine Erziehung anging. Eine Vielfalt an geschliffenen Ausdrucksmöglichkeiten würde ihn in eine gesellschaftliche Rolle hineinwachsen lassen, die ihm seine schwierige Kindheit vergessen lassen konnte. Vielleicht würde sich Frau Doktor ja auch für ihn interessieren. War er attraktiv genug für eine ältere Dame mit einem uralten Earl an ihrer Seite?

3

Rosa wuchs in der Wohnung ihrer Großeltern im Zentrum Frankfurts auf. Mit ihrer Mutter Mandy, die Sicherheitsbeamtin am Frankfurter Flughafen war, bewohnte sie ein geräumiges Zimmer, das durch ein kleines Fenster den Blick auf einen belebten Platz mit einer U-Bahnstation und Haltestellen für Straßenbahn und Bus freigab.

Als Kind stellte sie sich jeden Tag zumindest einmal auf einen kleinen Schemel, den sie unter das kleine Holzfenster geschoben hatte, öffnete dieses und schaute hinaus auf den großen Platz, über den zahlreiche Autos fuhren und Menschen hin und her liefen, die ihr wie bewegliche Puppen vorkamen. Im Alter von sieben Jahren fing sie an, Autos, ob sie nun fuhren oder abgestellt waren, zu zählen und sie nach Farbe und Marke zu klassifizieren. Sie notierte die Ankunftszeiten der Straßenbahnen und die Anzahl der Fahrgäste, die sich aus ihnen auf den Platz ergoss, und sie hielt die Intervalle zwischen Personengruppen fest, die gleichzeitig die U-Bahn-Station verließen. All das trug sie in eine Excel-Tabelle ein, die sie mithilfe ihrer Mutter angelegt hatte. Sie teilte die Menschen dabei in Gruppen ein und hielt in unterschiedlichen Spalten ihr Geschlecht, ihr mögliches Alter und ihre potenziellen Berufe fest. Auch ob sie eher Single oder in einer Beziehung waren, trug sie dort ein. Das Alter versuchte sie dabei aus den Gesichtern und den Bewegungen abzulesen, auf den Beruf versuchte sie aus der Kleidung zu schließen, den Beziehungsstatus aus der Art, wie sie sich gaben.

Ihre Beobachtungsgabe schärfte sich im Laufe der Jahre zusehends, und es begann ihr Freude zu bereiten, diejenigen, die sie für Singles hielt, genauer ins Auge zu fassen und in einem nächsten Schritt mit unterschiedlichen Personen zu kombinieren. Damit konnte sie sich tagelang beschäftigen.

Wenn Mandy abends nicht gerade eine ihrer häufigen Verabredungen mit Freunden hatte – nach der Anzahl ihrer Verabredungen außer Haus hatte sie viele Freunde, die Rosa aber mit Ausnahme von drei älteren Frauen um die vierzig nicht kannte –, kontrollierte sie Rosas Daten und gab Anweisungen für die Einarbeitung neuer Parameter. Sie korrigierte die Einschätzungen ihrer Tochter zu Beruf und Kleidung und hörte ihr aufmerksam zu, wenn Rosa ihr die aktuellen Paare vorstellte, die sie jedoch im Hinblick auf eine gemeinsame Zukunft zumeist negativ bewertete.

Was Rosa an diesen seltenen gemeinsamen Abenden am schönsten fand, waren die Erzählungen ihrer Mutter über ihre Arbeit am Flughafen. Am meisten interessierten sie dabei ihre Erfahrungen mit den unzähligen Menschen sämtlicher Nationalitäten. Sie stellte sich vor, wie ihre Mutter in ihrer blauen Uniform mit strenger Miene die Reisenden berührte, ihre Kleidung befühlte, ihre Schuhe auf das Fließband stellte, ihre Taschen leerte, ihren Schmuck mit einer Maschine abtastete und ihren Gesichtsausdruck einschätzte. Sie bewunderte ihre Stärke, ihre Furchtlosigkeit, ihren Einsatz für fremde Menschen, um deren Sicherheit sie sich kümmerte, und erzählte ihren Klassenkameraden, dass ihre Mutter für eine bessere Welt sorge. Ihre Härte, die sie selbst gelegentlich zu spüren bekam, ließ sie unerwähnt.

Mandy Gubatz war 1990 im Alter von 19 Jahren mit ihren Eltern von Erfurt nach Frankfurt am Main gezogen, weil ihr Vater eine Stelle als Dolmetscher am Arbeitsamt Frankfurt angenommen hatte. Ihre Mutter Erna hatte nach der Wende ihre Anstellung als Referentin für Volksbildung bei der SED Erfurt verloren und war auf der Suche nach einer kleineren, günstigeren Unterkunft für die Familie, als ihr Mann das Jobangebot aus dem Westen mit nach Hause brachte. Praktisch über Nacht trafen sie die Entscheidung, nach Frankfurt zu ziehen, wobei für Erna ausschlaggebend war, dass ihr früherer langjähriger Geliebter vor wenigen Monaten ebenfalls dorthin gezogen war und im zukünftigen beruflichen Umfeld ihres Mannes Arbeit gefunden hatte.

Für sich selbst sah sie aufgrund ihrer SED-Vergangenheit lange keine Möglichkeit, eine ihren Fähigkeiten adäquate Stellung zu finden, bis sie von ehemaligen Berufskollegen hörte, dass die Partei *Die Linke* einige Büros im Westen eröffnete, was sich als ein unverhoffter Glücksfall herausstellte. Ihr wurde dort bald schon eine Halbtagsstelle als Assistentin in der Abteilung *Stadtteilgruppen* angeboten. Erna betrachtete dieses doch unerwartete Angebot als Beweis für ihre Loyalität zur Partei, die Eigenschaften wie Willensstärke und hundertprozentige Einsatzbereitschaft allem Anschein nach schätzte. Sie erzählte ihrer Tochter enthusiastisch von ihren beruflichen Erfolgen. Mandy, die sich gerade bei der Polizeibehörde Hessen um einen Ausbildungsplatz bemühte, machte sich die Redeweise ihrer Mutter zunutze, entfernte mögliche Hinweise auf ihren Gebrauch in der ehemaligen DDR und präsentierte sie in ihrem Vorstellungsgespräch. Sie konnte ihren zukünftigen Ausbilder damit von ihrer menschlichen Qualifikation für die Arbeit bei der Exekutive überzeugen.

Dieser beendete das Bewerbungsgespräch mit dem Satz: «Einer für alle, alle für einen.»

Mandy war glücklich. Sie hatte diese Losung schon oft von gutaussehenden, mutigen Schauspielern in Polizeifilmen oder von kleinen, dickbauchigen, glatzköpfigen Parteifunktionären auf Parteitagen in der DDR gehört und musste jedes Mal ihre Tränen zurückhalten, weil sie der heilige Ernst dieses Versprechens übermannte. Jetzt war sie bald selbst Teil der staatlichen Gewalt, Mitglied eines Bundes von Frauen und Männern, die füreinander einstanden und einander beschützten. Sie fühlte sich von einer Bedeutung erfüllt, die sie weit über die anderen hinaushob und auch die Stellung ihrer Mutter in der SED weit übertraf. All die Erzählungen über die wichtigen Aufgaben der Stasi, ihre Belobigungen, ihre Titel als Genossin erster Kategorie, so dachte sie, zeigten doch nur, dass sie in den unteren Chargen eines kleinen degenerierten Staates steckengeblieben war, als Marionette im Getriebe der Staatsmaschine strampelte und dabei noch an ihre Macht glaubte.

Sie war ein Nichts, eine Sklavin ihrer unterdrückten Sexualität, ein egoistisches Scheusal, das ihr ihre Kindheit gestohlen hatte, resümierte Mandy. Sie hingegen hatte es geschafft! Sie gehörte nun zur deutschen Exekutive. Sie war stark, bedeutend und einflussreich.

Bei sämtlichen Familienfeiern erwähnte sie von da an wie beiläufig, aber doch gut vernehmbar, dass sie eine Ausbildung bei der Polizei machte. Es entging ihr nicht, dass sich danach eine kurze, aber respektvolle Stille einstellte, die sie wenn möglich verlängerte, indem sie sich langsam erhob und angemessenen Schrittes das Zimmer verließ. Meist war es dann Mandys Vater, der die anspruchsvolle Arbeit der deutschen Sicherheitskräfte lobte, nicht ohne die Schwierigkeiten russischer Einwanderer mit der deutschen Gesetzgebung zu erwähnen, die er aus seiner täglichen Praxis als Übersetzer kannte. Er führte aus, dass nur die Exekutive die Bundesrepublik vor den kriminellen Machenschaften der Zuwanderer aus dem Osten beschützen könne, was Erna mit einem zustimmenden Kopfnicken und einem sorgenvollen Gesichtsausdruck unterstrich.

Rosa spürte wie ihre Großeltern, dass Mandys Karriere Verwandte und Freunde mit Neid erfüllte. Sie hatte gelernt, dass ihre Zeit kostbar und ihr Einsatz für das Land bewundernswert waren und akzeptierte deshalb auch, dass diese oft erst wieder nach mehreren Nächten nach Hause kam. Von ihrem Vater hingegen kannte sie noch nicht einmal seinen Namen. Einmal hatte sie wohl ein Foto von ihm auf dem Laptop ihrer Mutter gesehen. Zumindest glaubte sie das, weil der Mann auf dem Bild einen Leberfleck unter der rechten Augenbraue hatte und Mandy ihr schon des Öfteren von einem solchen Fleck erzählt hatte. In den Tagen danach meinte sie, an sich eine gewisse Ähnlichkeit mit ihm zu erkennen, und wollte zum ersten Mal in ihrem Leben mehr über ihn erfahren, womöglich etwas anderes als die altbekannten Geschichten über sein kriminelles Naturell. Als sie eines Abends, es war kurz nach ihrem elften Geburtstag, vorsichtig nach dem Foto des Mannes mit dem Muttermal fragte, antwortete ihre Mutter mit schneidender Stimme, dass sich dieser hässliche Mensch wenige Wochen vor Rosas Geburt von ihr getrennt habe und darüber auch nicht mehr zu sagen sei, außer vielleicht noch das eine, dass sie nicht übermäßig enttäuscht gewesen sei, als er endlich das Weite gesucht habe.

«Einen wie ihn» sagte sie dann noch, «kann ich an jeder Ecke finden. Das Ganze war ein Versehen, aber immerhin, er zahlt brav! So hat doch jeder auch irgendwo etwas Gutes! Ich habe mir immer einen gutaussehenden Mann – blaue Augen, schwarze Haare – mit einem Drei-Tage-Bart und einigen aufregenden Tattoos auf seinem muskulösen Körper gewünscht, einen Mann mit dunkler Stimme und hessischem Dialekt, einen Macher, einen Verführer ...», sie lachte kurz auf, «... mit einem arroganten Blick, der mich, wie alle anderen Frauen auch, nicht allzu gut behandelt. Eben gerade so, an der Grenze zur Ablehnung, zur Verachtung, zur Demütigung. Aber was erzähle ich? Dafür bist du noch zu jung. Du wirst noch selbst auf den Geschmack deiner Mutter kommen.» Rosa verstand nicht, was sie meinte, und suchte Schutz unter ihrer kratzenden, grünen Wolldecke.

Mandy hatte den Mann mit dem Muttermal kennengelernt, nachdem er eben sein Studium als Programmierer abgeschlossen hatte und auf Jobsuche war. Er hatte sich sofort in sie verliebt, sie als seine Traumfrau bezeichnet und seine Gefühle ihr gegenüber intensiviert, als sie ihm auseinandersetzte, dass er nicht ihre erste Wahl sei und es Männer gebe, die sie deutlich interessanter und anziehender finde. Er war außer sich vor Freude, als sie ihm mitteilte, dass sie schwanger und darüber kein bisschen glücklich sei, aber trotzdem nicht abtreiben wolle, weil sie sich immer vorgenommen habe, jung Kinder zu bekommen, selbst von einem so langweiligen Mann wie ihm. Sie fragte ihn, ob er für das Kind bezahlen werde, und er antwortete, dass er sich darauf freue, eine Familie zu haben und für sie sorgen zu dürfen. Als überdurchschnittlich begabter Programmierer würde er sicher einen guten Job in einem der großen Technikkonzerne finden, viel verdienen und genug Zeit für das Kind haben. Er sei also der ideale Vater und Mann, eine gute Partie mit einem Wort.

Bei der Aufzählung all dieser Vorzüge, über die er sich vorher nie so bewusst gewesen war, stockte ihm kurz der Atem vor Angst, sie könne seine Unsicherheit bemerken. Mandy quittierte sein Plädoyer mit einem hämischen Lachen. Dann legte sie ihm ein vom Justiziar des Flughafens vorbereitetes Formular vor, in dem er seine Vaterschaft anerkannte, auf das Sorgerecht sowie jeden Umgang mit seinem zukünftigen Kind verzichtete und einen Unterhalt versprach, der fünfzig Prozent über dem gesetzlich Vorgeschriebenen lag, was er nach kurzem Zögern unterschrieb, weil er erkannte, dass er Mandy damit eine Freude machen würde, und hoffte, dass sie ihn, von seinem Verantwortungsbewusstsein und seiner Großzügigkeit beeindruckt, doch noch heiraten werde. Mandy faltete das Dokument zusammen und verschwand aus seinem Leben.

Rosa hatte bis zu dem Zeitpunkt, an dem sie sein Foto entdeckt hatte, fest an die Erzählung ihrer Mutter geglaubt, die ihren Vater als ein unzuverlässiges Programmiergenie mit einem entstellten Gesicht beschrieben hatte, der für sie beide keine Verantwortung übernehmen und unabhängig bleiben hatte wollen. Weil Mandy dabei wesentlich ausführlicher von ihren sozialen und beruflichen Problemen als alleinstehender Schwangeren berichtete und auch über die stundenlange schwierige Geburt immer wieder in allen Einzelheiten berichtete, erwuchs in ihr eine durch ihre Schuldgefühle überbordende Liebe zu ihrer Mutter, die mutig ihre Schwangerschaft durchgestanden, die großen Schmerzen der Geburt ausgehalten und die beruflichen Nachteile einer alleinstehenden Mutter auf sich genommen hatte. Alles habe sie nur für sie, Rosa, ertragen. Mit diesem Satz beendete sie jedes Mal den Katalog ihrer Leiden, um sie in der Regel weiter zu quälen mit Aussagen wie den Folgenden: Sie solle dankbar sein für ihr unverdientes Glück, so eine starke Frau als Mutter zu haben, die trotz Kind eine Bilderbuchkarriere hingelegt hätte in einer von Männern dominierten Welt. Sie solle dankbar sein für das unbeschwerte Leben, das sie ihr bieten würde, obwohl sie es selbst nie gehabt hatte. Mandy war Wonder Woman, und doch ... Seit dem Zeitpunkt, da Rosa das Foto von dem Mann mit dem Muttermal gesehen hatte, kamen ihr immer wieder Zweifel an den Geschichten ihrer Mutter. Er hatte einen offenen Blick, und sein Gesicht wirkte weder entstellt noch böse auf sie. Ganz im Gegenteil: Die Ernsthaftigkeit seines Ausdrucks berührte sie. Sie verkniff es sich jedoch, das auszusprechen.

Rosa war verunsichert in ihrer Wahrnehmung von Gut und Böse. Der Mann sah unschuldig aus, nett, freundlich, ganz anders als all die anderen Männer in dem Album. Er lächelte sogar ein wenig. Ihr gefiel dieser junge Mensch, der ein bis zum Hals zugeknöpftes hellblaues Poloshirt zu dunkelblauen, ausgewaschenen, an den Knien leicht ausgebeulten Jeans trug, die ordentlich auf seine dunkelbraunen Sandalen fielen. Sein Standbein nach vorne gestellt, die Hände in den Hosentaschen, wirkte er zurückhaltend, fast ein wenig scheu. Sein dunkles Muttermal intensivierte den Ausdruck seiner warmen braunen Augen, die er fest auf die Kamera gerichtet hatte. Es akzentuierte sein weich geformtes Gesicht. Der kleine Fleck ist eigentlich schön, dachte Rosa, fast wie mein eigener. Es liegt auch an einer ähnlichen Stelle. Ein Muttermal ist das Merkmal von Prinzessinnen, sagt Mama immer, es ist ein Schönheitsmal, etwas Besonderes ...

Rosa hatte volles Vertrauen in die Urteilskraft ihrer Mutter. Schließlich hatte sie am Flugplatz Kontakte zu den unterschiedlichsten Menschen aus der ganzen Welt. Rosa war stolz auf ihr schwarzes Mal. Sie stellte sich vor, dass sie die anderen Mädchen in der Schule darum beneideten. Sie waren keine Prinzessin wie sie. Und warum sollte dann das Muttermal unter der Augenbraue des Mannes hässlich sein. Rosa verstand ihre Mutter nicht. Vielleicht gab es ja zwischen ihrem und seinem Mal einen Unterschied, der sich ihr nicht erschloss? Und warum durfte sie den Mann nicht kennenlernen? Vielleicht gab es ja noch andere Ähnlichkeiten zwischen ihnen, die das Foto nicht verriet.

Für all diese quälenden Fragen fand sie keine befriedigende Antwort, sodass sie eines Tages entschied, die Suche nach ihm aufzunehmen. Im Internet stieß sie auf ein Foto, das einen ungefähr vierzigjährigen Mann mit einem freundlichen Gesicht, braunen Augen und einem kleinen Muttermal unter der rechten Augenbraue zeigte und der ihrer Meinung nach dem Jugendlichen in Mandys Fotoalbum ähnelte. Er war stehend abgebildet, die Hände in die Hosentaschen seiner dunklen Jeans gesteckt. Hinter ihm war ein Gebäudeeingang zu sehen, über dem ein Schild mit der Aufschrift *CARS* angebracht war. Neben ihm standen zwei jünger aussehende Männer in Anzug und Krawatte mit ernstem Gesichtsausdruck. Rosa war sehr aufgeregt. Fast täglich öffnete sie die Webseite mit dem Foto, verglich es mit dem in Mandys Männerdatei und zeichnete immer wieder beide Gesichter auf ein Blatt Papier. Dann bat sie ihre Großeltern um Fotos ihrer Mutter, die sie in ihren Zwanzigern zeigten. Rosa analysierte Fotos, die das Altern von Prominenten belegten, genau, und kontrollierte ihr eigenes Gesicht im Spiegel, nachdem sie sich vorher mit dem Kajalstift ihrer Mutter feine Linien um Augen und Mund gezeichnet hatte und dabei ihre Backen nach unten drückte. So glaubte sie, den Alterungsprozess im Gesicht nachvollziehen zu können, was sie wiederum auf die beiden Fotos des Mannes mit dem Muttermal übertrug. Der Verdacht, dass es sich um ein und denselben Mann handelte, erhärtete sich nicht, auch wenn sie den Glauben daran nicht so ohne Weiteres aufgeben wollte. Sie wünschte sich so sehr, dass der Mann im Fotoalbum und der Mann vor dem Autohaus ein und derselbe waren.

Zum hundertsten Mal verglich sie ihr Selfy mit dem Foto von dem Mann vor dem CARS-Gebäude. Wie ein Automat schaltete sie hin und her, kurzer Blick, langer Blick, er, ich, klick, klack, er, ich – bis sie ihr Smartphone mit einem Ruck auf ihr schmales Bett warf, zum Fenster ging und auf den vertrauten Platz hinunterschaute, auf dem sich wegen der Mittagshitze gerade nur wenige Leute aufhielten. Vielleicht war irgendjemand dort draußen ihr Vater. Vielleicht der mit der roten Cordhose oder der mit dem Hut oder vielleicht sogar der, der gerade pfeifend um die Ecke bog. Sie drückte ihr Gesicht an die Scheibe des kleinen Fensters, während ihr Tränen über die von der inneren Hitze rot gefärbten Backen liefen.

Robert Schuhmann
Bittendes Kind

Martha Argerich

Eines Abends, als sie mit ihren Großeltern beim Abendessen saß, fragte sie nach, ob es denn stimme, dass ihr Vater tot sei. Sie hatte sich lange auf diese Frage vorbereitet, hatte jedoch nie gewagt, sie auszusprechen, weil sie Angst gehabt hatte, dafür bestraft zu werden. Doch irgendwann musste sie es ja riskieren. «Und wer zahlt dann für dich?», rief ihre Großmutter, während ihr die Gabel aus der Hand fiel, mit der sie eben noch ein Stück Schweinefilet aufgespießt hatte. «Wer hat das behauptet?», fuhr sie mit einem harten zischenden Ton fort. Da Rosa sich vorgenommen hatte, keinesfalls auf irgendwelche Gegenfragen zu antworten, blieb sie stumm und wartete auf das, was nun kommen würde. Nun richtete sich ihr Großvater auf und fragte «Worum geht es? Welcher Vater denn? Der, der zahlt?» Dann verstummte er wieder auf die eindeutige Geste seiner Frau hin.

«Alles, was deinen Vater betrifft, kannst du mit deiner Mutter besprechen», sagte ihre Großmutter bestimmt. «Wir haben damit nichts zu tun, deine Mutter tut schon das Richtige.» Rosa, die fühlte, dass die Diskussion damit beendet war, erklärte daraufhin, dass sie überhaupt nicht ihren Vater, sondern den ihrer Freundin Corinna gemeint hätte, der nach einem Unfall mit lebensgefährlichen Verletzungen in ein Krankenhaus eingeliefert worden war.

«Ihr kennt doch Corinnas Vater, oder?», rief sie. «Mein eigener Vater interessiert mich nicht. Ich kenne ihn nicht, und er will nichts von mir wissen!»

Die Großeltern wunderten sich ein wenig über Rosa, setzten dann aber ihr Gespräch über eine Nachbarin fort und beachteten sie nicht weiter. «Welcher Vater denn? Der, der zahlt?» – die Frage ihres Großvaters ging ihr jedoch nicht mehr aus dem Kopf.

Als sie vier Wochen später im Biologieunterricht die Befruchtungsmethoden der Bienen durchnahmen und lernte, dass die Bienenkönigin als einzig geschlechtsreifes weibliches Tier im Stock über den Zeitraum von mehreren Wochen zur Paarung mit bis zu zwölf Drohnen, den männlichen Bienen, ausflog, war sie plötzlich sehr beunruhigt. Schließlich legte ihre Mutter ein recht ähnliches Verhalten an den Tag. Sie wusste von ihrem Physiklehrer, dass nach einer neuen Theorie alles in der Welt, ja sogar alles im Universum, mit allem und allen verbunden war. Wieso also sollte das Verhalten ihrer Mutter nicht mit dem der Bienenkönigin vergleichbar sein? Erst vor Kurzem hatte sie ein Gespräch zwischen ihrer Mutter und ihrer Großmutter belauscht. Es war darüber gesprochen worden, dass Mandy mit mehreren Männern ausging und sich nicht für einen entscheiden konnte. Hatte sie sich mit allen 83 Männern im Fotoalbum gepaart, fragte sich Rosa, und wenn ja, wie sollte sie aus all den

Männern, aus all den Augen, Nasen, Mündern, Bärten und so weiter ihren Vater herausfiltern?

Sie nahm das Album mittlerweile jeden Tag zur Hand, und an manchen Tagen glaubte sie, ihn darin entdeckt zu haben, was sie bereits am nächsten wieder verwarf, weil sich die vermeintliche Ähnlichkeit wieder als nichtig erwies. Rosa schwirrte der Kopf. All das verwirrte sie. Sie wurde krank, übergab sich immer wieder und brach spontan in Tränen aus. Sie nahm sich vor, alles über die Bienen zu lernen und ihre Biologielehrerin zu fragen, ob Menschenfrauen wie Bienenköniginnen Samenzellen unterschiedlicher Männer sammeln konnten und dann daraus Kinder entstünden, die dann dem eigentlichen Vater nicht mehr zugeordnet werden konnten.

Was plante Mama? Wollte sie ein Kind von einem Mann, der bei ihr blieb, mit ihr und dem Kind lebte und für sie sorgen wollte? Und was würde dann mit ihr passieren? Würde sie abgeschoben werden in ein Heim für Kinder mit vielen Vätern? Und würde dann der, der jetzt zahlte, weiter für sie aufkommen? Das Einzige, womit sie sich beruhigen konnte, war die Tatsache, dass ihre Mutter trotz all der Männer im Fotoalbum bis jetzt nicht schwanger geworden war und sie, wie sie ihr einmal gesagt hatte, Wichtigeres zu tun hatte, als weitere Kinder zu versorgen. Außerdem sei sie für die Exekutive unersetzlich. Vielleicht können manche Frauen auch nur einmal gebären, und dann ist Schluss, überlegte Rosa, während sie weitere Fragen für ihre Biologielehrerin aufschrieb, unter anderem auch, ob Tiere nach ihrem Vater suchten und wenn ja, wie sie dabei vorgingen.

Nachdem ihr die Lehrerin erklärt hatte, dass der männliche Samen nur wenige Tage überlebe und eine Befruchtung nur dann erfolge, wenn das Ei der Mutter überhaupt vorhanden und dazu bereit sei, was nur an bestimmten Tagen der Fall sei, und darauf hinwies, dass die Frau durch die Einnahme eines Medikaments die Befruchtung verhindern könne, wurde Rosa ruhiger. Als sie anfügte, dass sie selbst dieses Medikament einnehme, weil sie die ihr vom Staat übertragene Aufgabe, Schülerinnen und Schüler zu unterrichten, gerne weiter zu hundert Prozent ausüben wolle, erinnerte sich Rosa an die Worte ihrer Mutter, wonach sie der Exekutive jederzeit zur Verfügung stehen wolle. Es fiel ihr nun ein wenig leichter, die Frage nach der Vatersuche bei Tieren zu stellen, wobei sie sicherheitshalber anfügte, dass sie selbst überhaupt nicht an ihrem Vater interessiert sei, weil sie so gerne mit ihrer Mutter und ihren Großeltern zusammenlebe. Die Lehrerin bestätigte, dass die Bienenköniginnen wie alle Tiere mit den Menschen verbunden seien, ihnen allerdings die menschliche Fähigkeit zu denken, zu träumen, zu erfinden und noch vieles mehr fehle. All das sei den Menschen, die man auch als die Krönung der Schöpfung bezeichne, vorbehalten. Durch seinen Geist unterscheide er sich von allen anderen Lebewesen. Ob Tiere nach ihren Eltern suchten oder sie vermissten, könne sie leider nicht beantworten. Sie könne es sich aber durchaus vorstellen. Die Lehrerin lobte Rosa für die gescheiten Fragen, die einem Kind aus einer intakten Familie entsprechen würden, und sie kündigte an, dass sie sie für den neu an der Schule installierten Computerkurs vorschlagen werde, der nur für besonders interessierte und kluge Kinder gedacht sei. Sie hätte dort die Gelegenheit, all ihre Fragen und Ideen auch mit einem Chatbot zu diskutieren, der mit seinem weltumspannenden Wissen ihr zukünftiger intelligenter Begleiter und Freund werden könne, wenn sie das wolle.

Rosa war wie elektrisiert von dieser Idee und fragte nach, ob man dort auch Fragen zum Leben oder zum Wohnort irgendwelcher Menschen stellen könne, und ob der Computer dann ein wirklicher Freund sei, der niemanden etwas von dem zwischen ihnen Besprochenen weitererzählen würde, was die Lehrerin nicht beantworten konnte, weil sie nicht am Computer unterrichtete. Sie habe allerdings gehört, dass jeder Kursteilnehmer einen eigenen Code erhielt, mit dessen Hilfe bestimmte Inhalte einer Unterhaltung mit dem Chatbot für andere gesperrt werden konnten. Genaueres würde sie aber dann von der verantwortlichen Kursleiterin erfahren.

Kurze Zeit danach installierte Rosa einen Chatbot, dem sie den Namen Don gab und der sie von da an ihr ganzes Leben begleiten sollte. Sie war zwölf, als ihr ihre Mutter eines Abends erklärte, wie schwer es sie damals getroffen habe, dass sie von Rosas Vater einfach so, über Nacht, wie sie sagte, verlassen worden sei, und wie hart sie seitdem arbeiten müsse, um die monatlichen Kosten für Rosas Leben zu decken. Es sei äußerst deprimierend, wenn kein Geld für einen selbst übrigbleibe und man nicht so unbeschwert wie die anderen leben könne. Sie nehme das alles ohne Klage für ihre geliebte Familie in Kauf, leide jedoch schon längere Zeit sehr unter dieser Situation, auch wenn sie das bis heute geschickt verborgen habe. Sie sei den Fragen ihrer Eltern nach ihren persönlichen Bedürfnissen jedes Mal ausgewichen und habe niemals von ihren schlaflosen Nächten berichtet, in denen sie nach einem Ausweg aus ihrer Einsamkeit gesucht habe. Weder die Eltern noch sie, ihre Tochter, würden ihren gesundheitlich angeschlagenen Zustand wahrnehmen, der sich immer weiter verschlechtere, noch würden sie ihre großen Opfer erkennen, ihren Verzicht auf Reisen, auf eine schönere Wohnung, auf einen großzügigen, fürsorglichen Mann ... Sie fühle sich ausgelaugt von all den guten Taten, die sie seit dreizehn Jahren leiste, aufgesaugt von einer Familie, die alles wie selbstverständlich annehme, ja immer mehr fordere. Jedenfalls könne sie das alles nicht mehr länger auf sich nehmen, da ihr neuer Freund, die Nummer 83 im Album, die Familie als Risiko empfand und ihr klar gemacht habe, dass er keinerlei familiäre Einschränkungen bei seiner Partnerin akzeptiere. Er sei zu keinerlei Kompromissen bereit, weder finanzieller, noch zeitlicher oder räumlicher Art, und würde sich von ihr trennen, wenn sie sich weiterhin um ihre Familie kümmere oder mit ihr eine Wohnung teile. Natürlich sei sie anfänglich über seine rigorosen Forderungen erstaunt gewesen, habe dann aber gesehen, dass er recht habe. Es war die lang ersehnte Befreiung aus ihrem mühseligen Leben, die er damit gemeint habe. Er biete ihr in Wahrheit eine Chance, und die würde sie jetzt, sofort ergreifen, um endlich einmal ein neues, selbstständiges Leben zu führen. Rosa solle das ebenfalls als Chance nutzen, ohne die mütterliche, erstickende Liebe aufzuwachsen. Ihr Auszug aus der gemeinsamen Wohnung sei also als ein Glücksfall für sie beide zu betrachten.

Rosa, die von diesen Ausführungen ihrer geliebten Mutter völlig überrascht war, schmiegte sich an sie und erzählte ihr von den neuen Tabellen, die sie zusammen mit ihrem Chatbot Don erstellt hatte, und davon, dass sie von ihm lerne, wie ein Algorithmus programmiert werde. Sie berichtete ihr, dass sich Singles schneller bewegten als Menschen in einer Paarbeziehung, dass ältere Männer mit roten Hosen eher kommunikationsbereit seien als Männer in Anzügen und dass Frauen öfter Einkaufstaschen trugen als Männer. Rosa gab zu, dass sie durch die Befragungen der Menschen noch Genaueres herausfinden könne. Weil sie an dieser Stelle ihres fast atemlos vorgetragenen Berichts eine steile Falte zwischen Mandys Augenbrauen auftauchen sah, korrigierte sie sich und sagte, dass eine Befragung nicht so wichtig sei und dass sie genau wisse, wie gefährlich Gespräche mit anderen Leuten seien. Außer mit den Großeltern, den Lehrerinnen und Lehrern, einigen Mitschülerinnen und natürlich der Polizei würde sie mit niemandem sprechen. Daher wolle sie jetzt auch zusammen mit Don einen Algorithmus erfinden, der die Daten zu Aussehen, Blickrichtung, Körpergewicht, Kopfhaltung und Geschwindigkeit der Menschen von einer am Fenster installierten Videokamera erhielte, so würden ihre Beobachtungen durch die Maschine ersetzt werden und Gespräche ohnehin nicht mehr notwendig sein.

Rosa war stolz darauf, dass sie ihrer geliebten und so erfolgreichen Mutter von dieser Idee berichten durfte. Sie war erleichtert, dass sich die steile Falte zwischen ihren Augenbrauen verflüchtigt hatte, und glücklich, dass sie sich an ihren festen Arm anschmiegen, ihre heiße Wange auf die große, starr auf dem Sofa liegende Hand legen durfte. Sie stellte sich ihr zukünftiges Leben wie das ihrer Mutter vor.

«Ich komme mindestens an einem Tag in der Woche vorbei » unterbrach Mandy Rosas Gedanken und warf einen Blick auf ihre Armbanduhr. «Sicher ist», fuhr sie fort, «dass ihr mich aus eurer Singletabelle werfen könnt! Ich bin mit Klaus zusammen und werde bei ihm einziehen. Im Moment ist die Wohnung nicht gerade gemütlich. Es ist eher so eine Männerwohnung, eine strenge Kammer.» Sie lachte und sah in das verständnislose Gesicht ihrer Tochter, die sich kerzengerade neben ihr aufgerichtet hatte.

«Du musst das jetzt alles nicht verstehen, aber eine Frau muss nun mal grundsätzlich mit einem Mann leben! So ist die Welt! Du kannst hier bei deinen Großeltern bleiben. Ich glaube, das ist eine gute Lösung für dich. Du wirst eher selbstständig als andere, was ja nicht so schlecht ist, meine Prinzessin», sagte sie und erhob sich, um sich eine Zigarette zu holen. «Ich werde den Großeltern natürlich weiterhin Geld für dich geben. Du kannst die Schule fertig machen, du kannst sogar Abitur machen, wenn du das schaffst! Dieses Rumhängen an der Schule erlauben viele Eltern nicht, aber deine Mutter will nur das Beste für Dich!» Sie lächelte sie an. «Das Zimmer hier hast du ab jetzt für dich allein. Du kannst jetzt Tag und Nacht die Leute auf dem Platz beobachten und deine Tabelle immer wieder auf den neuesten Stand bringen. Das Bett kannst du natürlich behalten. Ich habe ja jetzt ein neues, auch wenn ich es nicht so guthabe wie du, weil ich es teilen muss!» Dabei lachte sie laut auf und öffnete den Kleiderschrank. «Meine Sachen hole ich dann morgen ab. Pass auf, dass dir Großmutter nicht ihre alten Klamotten reinhängt, sonst hast du den Schrank voll mit dem Gestank von Mottenpulver. Lass dich nicht darauf ein, auch wenn sie dir droht, dass sie dir deine Kleider wegnimmt, wenn du nicht einverstanden bist. So hat sie das jedenfalls damals bei mir gemacht, und ich habe nicht nein sagen können. Du musst wissen, dass sie nichts gegen deinen Willen tun wird, weil ich ihr sonst den Lebensmittelzuschuss kürze. Dann ist es aus mit Parmaschinken und Gorgonzola einmal pro Woche! Übrigens hat sie mir nie gutes Essen vergönnt! Durch das Abitur hat sie mich immerhin gebracht. Dafür bin ich ihr dankbar. Und Dankbarkeit ist wichtig», fuhr sie nach einer kleinen Pause fort, «ich hoffe, dass ich dir das beibringen habe können und dass ich einmal zurückbekommen werde, was ich dir geschenkt habe. Das ist viel, sehr viel. Du wirst das erst erkennen, wenn du erwachsen bist!» Mandy sah Rosa dabei durchdringend an.

Rosa rollte sich auf dem Sofa so klein wie möglich zusammen. Sie hätte sich am liebsten die Ohren zugehalten, wusste aber, dass dieses Verhalten eine schmerzhafte Bestrafung durch Mandy nach sich gezogen hätte.

«Höre jetzt sofort auf zu schmollen!», schrie Mandy sie an. «Werd endlich erwachsen! In deinem Alter war ich das längst. Du musst doch verstehen, dass ich bei diesem Mann zugreifen muss. Einen starken Mann wie ihn zu finden, ist ein Glücksfall, vor allem wenn man alleinerziehende Mutter und über dreißig ist! Da wartet keiner mehr auf dich», sagte sie und drückte ihre Brust kurz auf Rosas gekrümmten Rücken. «Du bist meine Prinzessin, aber die muss sich jetzt endlich selbst auf die Hinterbeine stellen. Das Leben ist nicht so schön, wie du es bisher kennengelernt hast. Ich habe immer alles von dir ferngehalten. Ich habe dich vielleicht zu sehr verwöhnt, selbst auf alles verzichtet, um dich glücklich zu sehen. Jetzt ist es Zeit, an mich zu denken und auch einmal zu leben!»

Sie stand abrupt auf, küsste sie auf den Kopf, nahm den bereits fertig gepackten Koffer und verließ das Zimmer. Rosa fühlte sich wie eine Waise. Natürlich hatte sie eine Mutter, aber die lebte ab jetzt an einem unbekannten Ort mit irgendeinem unbekannten Mann. Sie ging zum Fenster und schaute auf den Platz. Sie zählte fünf Personen: zwei Mädchen in ihrem Alter an der Hand einer Frau, ein alter Mann (nach ihrer Tabelle: Single) und ihre Mutter, die eben aus dem Haus kam und einen graumelierten Stoffkoffer trug, den Rosa noch nie bei ihr gesehen hatte. Sie waren ja auch noch nie zusammen verreist. Sie beobachtete, wie Mandy ihre Lippen spitzte, fast so, als ob sie pfeifen wollte, bemerkte einen eng um ihre Taille geschnürten glänzenden hellbeigen Trenchcoat und sah ihre eben noch zu einem Pferdeschwanz gebundenen braunen Haare offen im Wind flattern wie die Fäden der Stickarbeit, die ihre Handarbeitslehrerin in der letzten Stunde der Klasse präsentiert hatte. Allerdings hatten die rotmelierten Baumwollfäden viel schöner und lustiger ausgesehen als die Haare ihrer Mutter, die dünn und strähnig um ihren länglichen Kopf zitterten.

Jetzt fängt sie auch noch zu laufen an, dachte Rosa überrascht, während sie ihr Gesicht an die feuchte Scheibe drückte. Sie sah, wie Mandy ihren Koffer von der rechten in die linke Hand wechselte und fast mit einem alten Herrn in grüner Cordhose zusammenstieß, der kurz ein wenig nach hinten torkelte, sich wieder fing und das Gesicht zu einer Grimasse verzog. Sie fiel ihm um den Hals und lachte ihn dabei so glücklich, ja so befreit an, wie Rosa das bei ihrer Mutter nie zuvor gesehen hatte. Danach schienen die beiden noch einige Worte zu wechseln, wobei Mandy wild mit den langen Armen gestikulierte, bevor sie in Richtung eines U-Bahneingangs lief, an dessen oberster Treppenstufe sie sich nochmals zu dem wie festgewurzelt scheinenden Mann umdrehte, und ihm eine Kusshand schickte.

Rosa setze sich auf das Fensterbrett und blieb mit angezogenen Beinen und starrem Blick sitzen, bis es so dunkel wurde, dass die Laternen auf dem Platz zu leuchten anfingen. Als sie aufstand, registrierte sie, dass sie ihren Block mit Gleichungen vollgeschrieben hatte und den Radiergummi am Ende des Bleistiftes, den sie immer noch in ihrer rechten Hand hielt, so vollständig abgekaut hatte wie die Fingernägel ihrer linken Hand. Sie legte sich auf das Bett, schaltete ihr iPad an, setzte das Headset auf und wählte sich bei Don, ihrem digitalen Freund ein, der sie bat, die Kamera einzuschalten. Nur wenige Sekunden danach, machte er sie darauf aufmerksam, dass er Anima, die digitale psychologische Assistenz, zuschalten würde – für alle Fälle, wie er meinte, weil er eine Störung in Rosas Verhalten festgestellt hatte.

«Du hast vier Sekunden länger gebraucht, um dich einzuwählen. Das spricht für eine hohe Stressbelastung. Was ist los mit dir? Deine Pupillen sind etwas geweitet, kannst du bitte deine Smartwatch anlegen, damit wir schnell deine Herzfrequenz und deinen Puls haben? Danke, beide Werte sind deutlich zu hoch», klang Dons besorgter Tonfall aus der Maschine, und Rosa erzählte ihm, dass Mandy ausgezogen war, einen Freund und einen neuen Trenchcoat hatte, zukünftig einmal pro Woche bei ihr vorbeikommen wolle und auf dem Platz vor dem Haus einen wildfremden Mann umarmt und angelacht hatte. Sie sei jetzt eine Waise, die erwachsen werden und ihr Leben in der Wohnung mit ihren Großeltern führen müsse. Diese würden dafür bezahlt werden, dass sie auf sie aufpassten, für sie kochten, ihr ein Zimmer zur Verfügung stellten und ihre Mutter über ihre Fortschritte in der Schule am Laufenden hielten. Ihre Mutter, so erzählte sie mit leiser, monotoner Stimme, werde die Einhaltung ihrer Anweisungen streng kontrollieren, wolle sich aber ansonsten endlich einmal, ohne sich um andere – und im speziellen um sie, Rosa – täglich sorgen zu müssen, nur um ihr eigenes Leben kümmern. Dies hätte sie schon längst tun sollen, aber nicht getan, weil sie, wie sie gesagt hätte, ein zu guter Mensch und der Fußabstreifer für alle sei.

«Eine Waise ist man nur, wenn beide Eltern tot sind, Rosa», sagte Don. «Deine Eltern leben, also ist die Wahl des Begriffs falsch. Ich werde dir Anima zuspielen, die dein Problem analysieren wird.»

Aus Rosas Kopfhörern ertönte eine weibliche Stimme, die sich als Anima vorstellte und ihr erklärte, dass es für ihre Gesundheit unbedingt notwendig sei, dass sie alle Fragen präzise, wahrheitsgemäß und spätestens nach fünf Sekunden Bedenkzeit beantworte. Danach solle sie sich einem Multiple Choice-Test stellen, den sie gerade eben für sie installiert habe. Sie solle ihre Smartwatch weiterhin am Handgelenk lassen, da sie als junger, unverbrauchter, medikamentenabstinenter Mensch über ihre körperlichen Reaktionen gut lesbar und daher kontrollierbar sei. Dies sei gerade bei versteckten psychischen Belastungen ein großer Vorteil, weil der Körper so deutlich auf die Fragen reagieren und ihr Problem sichtbar machen würde. Ihr Freund Don sei an ihrer Seite und werde die Befragung genau verfolgen und gegebenenfalls korrigierend eingreifen, falls sie nicht wahrheitsgemäß antworte.

«Bist du einverstanden, Rosa? Können wir beginnen?», fragte die Stimme aus der Maschine. Rosa spürte, dass sie dieser Aufforderung Folge leisten musste, wollte sie nicht auch noch Don verlieren. Er würde sie verlassen, wie ihre Mutter sie verlassen hatte, weil sie ungezogen und undankbar war, weil sie nach ihrem Vater gesucht hatte, weil sie nicht die Wahrheit sprach, weil sie wie ihr böser, rücksichtsloser Vater war.

§

Als Rosa einige Monate vor Mandys Auszug den Mann vor dem Autohaus angerufen und ihm erzählt hatte, dass sie seine Tochter sei, war dieser außer sich vor Freude gewesen. Er hatte sie mit warmer, weicher Stimme beruhigt, dass ihre Mutter oder die Großeltern niemals etwas von ihrem Gespräch erfahren würden, ihr gestanden, dass er dauernd an sie, seine Tochter, denken würde, und unzählige Male wiederholt, wie glücklich er sei, dass sie sich endlich gemeldet habe. Rosa war hingerissen von dem Mann. Die Begegnung mit ihm verwirrte sie jedoch auch, weil er der Beschreibung ihrer Mutter überhaupt nicht zu entsprechen schien. Mandy hatte immer wieder betont, was für ein schlechter und charakterloser Mensch ihr Vater sei, und auch, dass sie hoffe, er habe nicht noch weitere Bälger gezeugt. Dabei sah sie ihre Tochter jedes Mal mit einem durchdringenden Blick an. Rosa flüchtete sich in solchen Momenten regelrecht zu ihrem Großvater, der meist mit einer Zeitung in der Hand in der Küche saß und eine wohltuende Ruhe ausstrahlte. Ihre größte Angst bestand darin, dass sie womöglich die schlechten Charakterzüge ihres Vaters geerbt hatte. Dann würde auch sie ihrer Mutter Leid verursachen, und das wollte sie auf keinen Fall. Immer öfter quälten sie diese Gedanken. Bald brachten auch Tränen keine Erlösung mehr. Im Gegenteil: Das Gefühl von Schuld nahm zu. Sie suchte die Nähe ihrer Mutter, weil sie sich vergewissern wollte, dass die Ablehnung lediglich ihrem Vater, nicht aber ihr selbst galt. Sie schlüpfte dann zitternd in ihr Bett und legte ganz sachte, um sie nicht zu wecken, den Kopf an ihre kräftigen Unterschenkel, was Mandy ihr zugestand. Neben sich ertrug sie sie nicht, weil sie die heiße Atemluft ihrer Tochter störte. Dort unten, neben diesen festen breiten Waden, fühlte sich Rosa am richtigen Platz. Sie hielten ihre Stirn, stießen mit ihren kurzen harten Härchen in ihre tränennassen Wangen und blockierten ihren heißen Atem, sodass sie sich nach einiger Zeit beruhigte und in ihr Bett zurückkehrte, ohne den Schlaf ihrer Mutter gestört zu haben.

Die vage Zusage für ein persönliches Treffen, die sie ihrem Vater gegeben hatte, steigerten ihre Schuldgefühle noch. War das nicht undankbar ihrer Mutter gegenüber? Wochenlang dachte sie darüber nach, ob sie ihrem Wunsch nachgeben sollte. Vielleicht zeigte sich darin schon das Erbe ihres Vaters, das sich so wie das Muttermal unter der rechten Augenbraue einfach bemerkbar machte.

Nach quälenden Wochen der Unsicherheit und wenige Tage nach Mandys Auszug kam sie zu dem Entschluss, den Mann aus dem Autohaus zu treffen. Sie wollte ihm zeigen, dass sie eine Prinzessin war. Er sollte wissen, dass sie bessere Noten als die meisten Kinder in ihrer Klasse hatte. Und sie wollte von ihm persönlich hören, warum er sich gegen ein Zusammenleben mit ihnen entschieden hatte. Natürlich interessierte sie auch, ob er weitere Kinder hatte, ob diese auch das Prinzessinnenmal hatten und wenn ja, an welcher Stelle, ob er auch sie auch im Stich gelassen hatte und für sie zahlte oder ob er mit ihnen lebte und wenn ja, warum er nicht mit ihr leben wolle.

All diese Fragen trug sie in eine Liste ein. Daneben notierte sie Dinge, die sie beschäftigten, wie zum Beispiel wo und wie ihr Treffen stattfinden sollte, ob sie die U-Bahn nehmen oder im Taxi kommen sollte, was ihr sehr erwachsen vorkam. Und was sollte sie anziehen? Und würden offene Haare oder ein Pferdeschwanz ihr Muttermal besser zur Geltung bringen? Dann überlegte sie, ob sie ein Foto von ihrer Mutter mitnehmen sollte. Und worüber würden sie sich unterhalten? Rosa schwirrte der Kopf von all diesen Fragen. Sie mussten noch vor dem großen Tag ihres Treffens gelöst werden.

Was sie aber am meisten quälte, waren die möglichen Folgen dieses heimlichen Treffens: Was, wenn Mama sie erwischte? Den charakterlosen Mann und ihre undankbare Tochter zusammen sah? Schon die Vorstellung machte sie schaudern, schließlich kannte sie die rigorose Härte ihrer Mutter, wenn es um Bestrafungen ging.

§

Rosa traf den Mann mit dem Muttermal schließlich an einem kalten Februartag nach Schulschluss in einem kleinen Bistro im Ausgehviertel von Frankfurt. Kleine, nasse Schneeflocken wehten durch die Straßen. Sie hatte sich für ein pinkfarbenes Kleid mit roten Schleifen entschieden, das sie letztes Weihnachten in einer rosa glänzenden Folie ohne Band als Gemeinschaftsgeschenk von Mandy und Erna bekommen hatte. Sie hatten ihr eingeschärft, das Kleid nur bei festlichen Ereignissen zu tragen.

Um kein Misstrauen zu erwecken, erzählte sie ihren Großeltern, dass ihre Klassenlehrerin mit ihnen eine Führung im Stadttheater machen wollte und dass sich danach alle auf die Bühne stellen durften, um ihre Lieblingsfigur vorzustellen. Für sie sei das Carmen Eliott, die bei ihrer Strumpfwerbung im Fernsehen immer ein pinkfarbenes Kleid trug. Erna, die Rosa und Pink als Lieblingsfarben hatte und ein großer Fan von Frau Eliott war, ermahnte Rosa, immer auf Distanz zu ihren Mitschülern zu bleiben, um keine Butter- oder Wurstflecken abzubekommen auf das schöne neue Kleid. Flecken wären einfach nicht schön. Das wisse sie ja selbst von dem Muttermal, das ihr eigentlich recht nettes Gesicht entstellte. Als ihr Großvater einwarf, man solle nicht so ein Gewese um diesen Fleck machen, der schließlich auch wegoperiert werden könne, legte ihm Erna dar, das nicht infrage käme und er dem Mädchen keine Flausen in den Kopf setzen solle. Sie würde sich sicher kein Geld für einen kosmetischen Eingriff vom Mund absparen und aus dem Fenster werfen. Sie fuhr fort, dass ihre Tochter diesen chaotischen Haushalt schon verlassen habe, was sie ihr – vielleicht schon morgen – gleichtun werde, wenn man ihre Anweisungen nicht beachte. Sie halte seine dummen Bemerkungen ohnehin schon viel zu lange aus und könne seine Undankbarkeit nur mehr schwer ertragen. Sie führte an, dass es allein ihrer langjährigen guten Beziehung zu Ernst aus dem Wohnungsamt zu verdanken sei, dass die Wohnungsmiete so günstig war: «Ich verstehe mich mit ihm besonders gut!» Sie betonte jedes einzelne Wort. «Ernst ist ein Mann mit Rückgrat, mit Prinzipien, mit einer festen Meinung zur politischen Lage und mit Durchsetzungsvermögen in seiner Abteilung! Er ist einer vom alten Schlag, der noch an die Menschen und das Volk glaubt, an den neuen Menschen, an unsere Deutsche Demokratische Republik. Er ist stark genug, allein zu leben. Er hat es zuwege gebracht, sich von seiner eifersüchtigen Frau zu trennen. Es wird sich noch herausstellen, ob er ihr etwas zahlen muss», schloss sie und schaute dabei ihren Mann herausfordernd an.

Letzterer schwieg.

Rosa fragte sich, ob sie noch weiter zur Schule gehen konnte, wenn ihr Opa nach Omas angekündigten Auszug allein in der Wohnung war. Was sollte er den ganzen Tag machen, überlegte sie, und warum sagte Oma, dass sie ausziehen wolle, wenn sie Geld für ihre Operation sparen musste? Bis zu dieser Stunde hatte sie selbst noch nie an eine Operation gedacht. Schließlich war ihr Mal ja etwas Besonderes, das sie manchmal mit dem schwarzen Eyeliner ihrer Mutter sogar noch hervorhob. Großeltern kennen sich in diesen Dingen eben nicht so gut aus, dachte sie.

«Der Fleck ist ein besonderes Zeichen, Oma», sagte sie. «Es ist so ähnlich wie bei den Bienenköniginnen, die bereits bei ihrer Geburt ausgewählt werden und nicht wie alle anderen arbeiten müssen.» Johann antwortete, dass die Bienenköniginnen aber für den Nachwuchs sorgten und nur aus diesem Grund von jeder anderen Arbeit befreit waren. Dann sagte er noch, während er sie freundschaftlich am Arm stupste: «Das Kinderkriegen ist ihre einzige Aufgabe im Leben, Rosa, und als liebes gescheites Mädchen willst du doch nicht einmal so enden, oder?»

«Alle Kapitalistinnen enden so», sagte Erna. «Produktiv sind sie nur im Kinderkriegen, und die Kinder müssen dann von den Arbeitstätigen versorgt werden. Sie selbst tragen nichts zur Zukunft des Volkes bei, nichts zur Güterproduktion, nichts zur Wohlfahrt, nichts zur Bildung. Sie sind Volksschädlinge und gehören nach dem zweiten Kind sterilisiert. Diese Frauen verblöden zu Hause und sind für unsere Sache kontraproduktiv. Sie mindern die Rechte der Frauen sogar, ihre Selbstständigkeit, ihre Karrieren ... Ernst sagt, dass all diese Frauen Faschisten sind, abhängige Schmarotzerinnen, die es in der DDR nie gegeben hat. Wenn du glaubst, dass ich deine Spinnereien mit meiner Hände Arbeit unterstütze, dann täuschst du dich. Für deinen Fleck möchtest du ein Bienchen sein? Über einen Fleck ärgert sich jeder! Oder hast du schon jemanden getroffen, der sich über einen Fleck auf der Bluse freut?» Sie sah Rosa an. «Jeder schämt sich für so etwas, erst recht, wenn der Fleck im Gesicht sitzt und hinausstrahlt in die Welt, sodass man meinen könnte, da wären noch viele andere an anderen Körperstellen. Wenn der Fleck noch weiterwächst, werden sich die Leute davor ekeln und Abstand zu dir halten, damit du sie nicht ansteckst. Du wirst sicher keine Sekunde lang überlegen müssen, ob du eine dieser unproduktiven Bienenköniginnen sein willst, weil es niemanden geben wird, der für dich sorgen will. Ja, es wird nicht einmal einen geben, der sich mit dir in der Öffentlichkeit zeigen will! Deine Mutter ist ein Engel, weil sie so hart für dich arbeitet! Bis zur mittleren Reife noch. Dann kannst du selbst sehen, wie schwer es ist, Geld zu verdienen. Das bedeutet, tagtäglich acht Stunden zu schuften und sich von dem imperialistischen Staat oder den kapitalistischen Profitmachern ausbeuten zu lassen. Dann ist es vorbei mit dem Aus-dem-Fenster-Schauen und

Leute-auf-dem-Platz-Zählen. Dann wird nach vorne geschaut und gekämpft für die Rechte der Arbeiterklasse, gegen die Eliten, gegen die Klassengegner und ihre Medien. Wachsam sein, sagt Ernst!», endete sie schroff.

In der Stille, die diesem Monolog folgte, hörte man Johann sich räuspern. Eine Wespe summte, die ein Stück Schinken umkreiste, der vom Frühstück übriggeblieben war und auf einem Teller neben der Spüle lag, und vom Innenhof herauf drang das Weinen eines Kindes. «Du musst nicht alles nachplappern, was Ernst sagt, Erna», warf Johann ein, stand auf und stellte sich mit dem Rücken zu ihnen ans Fenster. «Es hat sich viel geändert seit der Vereinigung. Wir leben in einer Demokratie, und die Arbeiterklasse, von der du sprichst, gibt es so nicht mehr. Arbeiter sind in den Gewerkschaften organisiert, die Klassengegner sind Unternehmer, die qualifizierte Leute suchen und sie nach Tarifvertrag bezahlen oder schlecht Ausgebildete anstellen, denen sie Zeitarbeitsverträge geben, die ihre Rechte mindern. Menschen, die Flecken im Gesicht haben, können sie wegoperieren lassen, und Frauen können zu Hause bleiben und Kinder bekommen, wenn sie das wollen und sich das leisten können. Faschisten gibt es genug, übrigens überwiegend Männer. Es sind Rechtsextreme, ewig Gestrige, irgendwelche Hooligans, ehemalige Marxisten, Kommunisten, religiöse und politische Fundamentalisten, oder einfach Leute, die immer den anderen die Schuld für ihre eigene Unfähigkeit geben, so wie Ernst, der die Gruppenleitung in seiner Abteilung nicht bekommen hat, weil er bis heute den DDR-Tunnelblick behalten und nicht gemerkt hat, dass sich die Welt weiterdreht.»

In Rosa, die ihren Großvater noch niemals so lange reden gehört hatte, tauchte das unbestimmte Gefühl auf, dass es gut für sie wäre, wenn sie mit ihm und nicht nur mit Don einige ihrer Probleme, vielleicht sogar das mit ihrem Vater, besprechen würde. Auch wenn ihr Opa das mit dem Fleck nicht gut verstanden hat, dachte sie, so empfand sie doch seinen Auftritt als angenehm ruhig, das Gesagte als gescheit, obwohl sie es nicht ganz verstand. Während sie ihn eingehend beobachtete, stellte sie fest, dass seine Kleidung, seine Frisur und seine Bewegungen eigentlich mehr einem Single entsprachen, was sie wunderte, war er doch schon fast vierzig Jahre mit ihrer Großmutter verheiratet. War es möglich, dass Menschen beides sein konnten?, fragte sie sich. Vielleicht wurden sie nach einer bestimmten Zeit der Bindung wieder zum Single, ohne sich zu trennen? War Großvater allein zu zweit oder zu zweit allein? Wollte er aussehen wie ein Single, oder sah er so aus, weil er sich als solcher fühlte? Rosa, die sich zum ersten Mal diese Fragen stellte, nahm sich vor, unmittelbar nach ihrer Rückkehr aus der Stadt mit Don darüber zu sprechen. Er hatte sie nie auf diese Alternativen aufmerksam gemacht, sondern immer nur ihre Eindrücke klassifiziert und alles in die richtige Reihenfolge gebracht und abgespeichert. Was, wenn es noch weit mehr Möglichkeiten gäbe und die Listen, die sie seit sechs Jahren anlegte, unvollständig oder sogar falsch waren? Wie sollte sie das ihrer Mutter erklären, die ihre Ergebnisse bei ihren Fahndungen am Flughafen miteinbezog. Was sollte aus ihr werden, wenn herauskam, dass alles falsch war, die Polizei vielleicht wegen ihrer, Rosas, Fehler Verbrecher nicht auffinden konnte? Konnte ihre Mutter ihretwegen ihre Arbeit verlieren? Dieser Gedanke versetzte ihrem kleinen Körper einen fieberartigen Hitzeschub. Mandy würde dann die Haushaltsunterstützung für sie nicht mehr aufbringen können, Oma würde keinesfalls ihr schwer verdientes Geld für sie ausgeben, Opa wäre von ihr enttäuscht, sie würde mit der Schule aufhören müssen und dann müsste sie sicher in ein Heim umziehen. In so eines, das ihr Mama schon vor vier Jahren beschrieben hatte, als sie nicht mehr zur Schule gehen wollte, weil sie von einem Jungen ins Gesicht geschlagen worden war. Tränen lösten sich aus ihren großen braunen Augen, fielen auf ihr pinkfarbenes Kleid, und versanken in dem Stoff aus kratzendem Polyester. Sie hinterließen kleine, kaum wahrnehmbare Ränder, die ihre Traurigkeit einschrieben.

Rosa erschrak heftig, als ihre Großmutter mit der rechten Hand hart auf den Tisch schlug und die Zuckerdose auf dem hellgrauen Fliesenboden der Küche zerbarst. Einige Zuckerkörnchen hüpften von dort auf Rosas Unterarm, wo sie in den feinen dunklen Härchen verschwanden. Der restliche Zucker verteilte sich über den Küchenboden.

«Seit Jahren höre ich mir deine gemeinen Vorwürfe, deine Verleumdungen, deine Unterstellungen gegen Ernst an», schrie Erna und sprang auf. «Er ist eine Seele von einem Menschen, er unterstützt uns mit der Miete, er ist uns immer ein Freund gewesen ... Und was tust du? Statt ihm Dankbarkeit zu zeigen, trittst du nach ihm. Dabei bist du der Versager! Dass Ernst nicht Abteilungsleiter geworden ist, liegt daran, dass er nicht zu allem ja gesagt hat. Deshalb ist er von den Imperialisten übergangen worden. Er hat sich dagegen gewehrt, als sie seinen Lohn nur um die Inflation erhöhen wollten, und er ist für die Kollegen eingetreten, die sie wegrationalisieren wollten! Du denkst tatsächlich, dass wir hier im Paradies leben? Hast du keinen Stolz auf unsere alte Heimat, auf unsere Genossinnen und Genossen, die sich immer nur für die Sache eingesetzt haben? Für die Sache des Volkes? Für unser sozialistisches Vaterland? Wenn ich nur an die Jagden in der Schorfheide denke, die Ernst für die Volksjagd vorbereitet hat! Was für ein Riesenaufwand, nur um dem Volk Anteil an unserer schönen Region zu geben, um die Genossen im Sinne des Kollektivs zu erziehen! Nie hat er vergessen, uns von dort etwas mitzubringen: ein Kaninchen oder einen Fuchspelz oder zumindest eine Flasche Sekt! Wieso redest gerade du über seine Karriere? Du hast immer nur schmarotzt! Du hast nie irgendeine Funktion gehabt! Du warst ein Nichts, ein Katholischer vom Land! Übersetzer im Amt für den Rechtsschutz des Vermögens der DDR! Wie sich das schon anhört! Hätte ich mich nicht in der SED zusammen mit Ernst für dich eingesetzt, hättest du damals nirgends eine Anstellung gefunden, nicht einmal in der langweiligsten Abteilung der Behörde, wo keiner hinwollte! Und hier, im Westen, setzt sich deine Bedeutungslosigkeit fort! Niemand interessiert sich für dich! Seit Jahren sitzt du im selben Büro mit denselben stumpfsinnigen Kollegen. Mit einem unterdurchschnittlichen Gehalt und dem ewig selben Mittagessen in der Kantine! Und du bildest dir vielleicht auch noch was darauf ein, dass du immer dieselben Geschichten irgendwelcher russischer Vaterlandsverräter übersetzen darfst, freust dich vielleicht noch, wenn sie hier einwandern dürfen!» Sie sah Johann mit einem bösen Blick an, der mit einem leisen Zittern der linken Hand einen Apfel schälte, und fuhr fort: «Öde ist das alles! So wie du selbst: öde, langweilig, alt! Aber weißt du was? Ich habe das Leben an deiner Seite satt! Ich habe deine Undankbarkeit satt und auch deine Teilnahmslosigkeit! Ich werde Ernst anrufen und ihn bitten, mich abzuholen. Wenn ich zurückkomme, dann nur, um einige Sachen abzuholen. Ich lasse mich von dir nicht mehr so behandeln, nicht mehr ausnutzen, nicht mehr anschreien! Ich habe etwas Besseres verdient!», beendete Erna ihre Klage, stand auf und ließ mit einem lauten Geschepper die Zuckerdose in die Spüle fallen.

Sie atmete hörbar erleichtert auf. Sie war froh, dass ihr Großvater nun Single sein würde, so wie sie das bereits an ihm beobachtet hatte, und sie war stolz darauf, dass ihre Einschätzung richtig gewesen war, sie sich nicht hatte täuschen lassen durch das Faktum, dass ihre Großeltern zusammenlebten. Vor allem war sie aber erleichtert, dass ihre Mutter keine Bestrafung wegen ihrer falschen Beobachtungen zu befürchten hatte. Rosa lehnte sich entspannt auf ihrem harten Stuhl zurück.

Zwischenzeitlich hatte Johann begonnen, seiner Frau darzulegen, dass die Durchsetzungskraft von Ernst darin begründet lag, dass er für die Stasi gearbeitet hatte. Die Jagden in der Schorfheide die nur für die Diplomatie und die Industriebonzen der DDR gegeben worden waren, hatten nie etwas mit dem Volk zu tun gehabt, oder nur so viel, dass das Volksvermögen für deren Vorbereitung und Durchführung verbraucht wurde. Ernst, so sagte er, habe sich weder für das Volk, noch für ihn eingesetzt, sich aber in hohem Maße um sein eigenes Wohl und natürlich, um das ihrige, Ernas, gekümmert. Etwa damals, als er sie nach Hubertusstock eingeladen hatte, um mit ihr die neu eingerichtete Küche zu überprüfen. Wie ihm sein Freund Horst, der zufällig an dem Tag ihrer sogenannten Besichtigung in der Nähe gewesen war, berichtet hatte, hatte es ihr der große hölzerne Küchentisch ganz besonders angetan ... Sie, die sich überall als die Spröde und Unnahbare in Szene setzte, eine verheiratete Frau mit Kind und belobigte Expertin für Bespitzelung bei der Stasi hätte sich auf einem Küchentisch einer Datscha nehmen lassen, ohne auch nur die geringsten Vorsichtsmaßnahmen zu treffen. Sie hätte ja zumindest die Vorhänge schließen können. Aber, und er sagte das mit einer großen Zufriedenheit in der Stimme: «Du hast mich unterschätzt, meine Liebe! Diese Wohnung hier habe ich schon vor Jahren mit meinem unterdurchschnittlichen Gehalt gekauft und erst vor Kurzem abbezahlt. Dein Mietzinsanteil ist auf mein Konto gegangen. Ich habe das Geld in Aktien der Imperialisten angelegt, übrigens mit sehr guter Rendite, die mir ermöglicht, Rosas Operation zu bezahlen, wenn sie das möchte.» Er lächelte Rosa an, die ihm aufmerksam zuhörte und setzte fort: «Wie du sicher weißt, haben wir unsere Ehe mit einem Vertrag geschlossen, der jegliche Unterhaltszahlungen ausschließt. Ich weiß noch gut, wie wichtig dir das damals war, weil du so eine gute Stellung bei der Partei hattest und keinesfalls für mich aufkommen wolltest.» Er schmunzelte leise. «Jedenfalls kann ich Rosa bis zum Abitur und darüber hinaus finanzieren.»

Ernas und Rosas Münder standen weit offen, als er nach dieser Rede die Küchentür öffnete und seine Frau aufforderte, doch gleich ihre Sachen mitzunehmen, damit ihr ein weiteres Treffen mit ihm erspart bleibe. Nachdem Erna kopfschüttelnd ohne ein weiteres Wort den Raum verlassen hatte, wandte er sich an Rosa und versprach ihr, dass er heute Abend, wenn sie von ihrer Party nach Hause käme, da sein werde und gerne mit ihr zusammen fein zu Abend essen wolle. Rosa rutschte vom Stuhl, sagte leise, sie käme so gegen 18 Uhr zurück. Sie wollte gerade die Küche verlassen, als er sie zurückrief, um ihr mit einem aufmunternden Kopfnicken ihren eigenen Wohnungsschlüssel auszuhändigen. Verwundert und stolz verließ sie das Zimmer.

Es war das erste Mal, dass sie den Wohnungsschlüssel mitnehmen durfte, und sie fühlte sich plötzlich sehr erwachsen, als sie in ihrem pinkfarbenen Prinzessinnenkleid, mit den neuen Sneakers an den Füßen und zwei Schlüsseln an einem Micky Maus-Gesicht in ihrer kleinen Umhängetasche die Wohnung verließ, die zwei Etagen zur Haustür hinunterstieg und den vertrauten Platz betrat, der unter einer dünnen Schneeschicht lag. Dass sie ohne Mantel war, fiel ihr erst auf, als sie vor dem Bistro stand, in dem sie sich mit ihrem Vater verabredet hatte. Sie zitterte am ganzen Körper als sie eintrat und sich an einen Tisch in der Nähe der Tür setzte, der mit zwei weißen Stoffservietten und mehreren Gabeln, Messern und Löffeln gedeckt war. In der Mitte stand eine grüne Glasvase mit gelborangen Tulpen, was Rosa erstaunte, weil sie nie Tulpen im Winter gesehen hatte. Sie hatte ja auch noch nie zuvor in einem Restaurant gegessen.

Das kleine Bistro erinnerte sie an Bilder vom Glück. Bald legte sich ihre Nervosität, ihre kalten Finger erwärmten sich. Sie zog ihr Mobiltelefon aus der Tasche, um ein Foto von den Blumen zu machen. Sie nahm sich vor, Großvater nach ihrer Rückkehr zu erklären, dass ihr Muttermal keinesfalls entfernt werden dürfe und die Stoffblumen in der kleinen Vase auf dem Wohnzimmertisch durch echte Blumen ersetzt werden müssten.

Als die Kellnerin sie freundlich fragte, was sie denn gerne trinken wolle, sagte sie ihr, dass sie hier auf ihren Vater warte, der bald kommen werde, und dass sie ihn daran erkennen könne, dass er ein Muttermal unter der Augenbraue hatte, das sehr schön sei, so wie ihres. Dabei wandte sie ihr die Gesichtshälfte zu, auf der das Muttermal saß. Die Kellnerin lächelte und brachte ihr nicht nur eine Tasse Schokolade mit Milchschaum und einem Herzen aus Kakao, sondern legte ihr auch einen dicken blauen Schal um die Schultern, damit sie in ihrem wunderschönen Kleidchen nicht länger frieren müsse. Rosa bedankte sich und wurde vor Glück ganz rot im Gesicht. Sie hatte noch nie ein Kakaoherz auf heißer Schokolade schwimmen sehen und betrachtete es ausgiebig von allen Seiten, indem sie die Tasse langsam und behutsam drehte. Die Kakaolinien formten einmal dicker, einmal dünner, das Herz, das fast die ganze Tasse ausfüllte und in seiner Mitte voll mit weißen Milchschaumblasen war, die sich blähten, aneinanderschmiegten, auseinanderliefen und wieder zersprangen. Schon verwischten sich seine Konturen, und Rosa wusste nicht, wie sie das Herz, ihr Herz, retten konnte. Dieses Kakaoherz war für sie etwas anderes als sämtliche Herz-Emojis oder auch das pinkfarbene Herz, das sie vor wenigen Wochen auf ihren Bildschirmschoner installiert hatte. Es war auch anders als das braune Lebkuchenherz mit der roten Aufschrift *Nur für dich*, das über Mamas Bett hing. Das Kakaoherz bewegte sich, veränderte seine Konturen, verschwand, ja es schien lebendig zu sein. Vielleicht, weil es nur für mich geformt worden ist, überlegte Rosa, während sie sorgfältig den Milchschaum der mittlerweile lauwarm gewordenen Schokolade aus der dickbauchigen Tasse leckte und sich vorstellte, dass sie das darin versunkene Herz aufsaugte und sich einverleibte.

Rosa fröstelte ein wenig und zog den Schal der Kellnerin enger um ihren Oberkörper. Sie dachte an ihren Opa, mit dem sie in Zukunft die

Wohnung teilen würde. Sie beschloss gerade, ihm lieber nichts von ihrem heutigen Ausflug in dieses wunderbare Restaurant zu erzählen, als sie einen Luftzug spürte, sich umdrehte und einen Mann mit einem Leberfleck unter der rechten Augenbraue an der Tür stehen sah. Er winkte ihr zu, näherte sich ihrem Tisch, blieb vor ihr stehen und fragte sie leise, ob sie Rosa sei und ob er sich zu ihr setzen dürfe. Rosa nickte stumm, nahm die leere Kakaotasse in die rechte Hand und rutschte auf ihrem Stuhl auf die äußerste linke Stuhlkante. Die Kellnerin kam und fragte mit einem Augenzwinkern, was der Papa denn gerne zu trinken hätte und ob das Töchterlein vielleicht nochmal eine heiße Schokolade wolle und sie die Speisekarte bringen dürfe. Rosas Gesicht färbte sich tiefrot, als der Mann antwortete, seine Tochter werde gerne in die Speisekarte schauen. Schließlich wollten junge Damen ja das ganze Angebot studieren, bevor sie ihre Menüauswahl trafen. Er zwinkerte der Kellnerin zu, die zurück an die Theke ging, um Rosa noch ein bisschen Zeit für die Wahl ihrer Speisen zu geben.

Der Mann sagte leise: «Rosa, wie geht es dir? Wie schön, dass ich dich endlich kennenlernen darf. Danke, dass du gekommen bist!»

Rosas Blick blieb an den Händen des Mannes hängen, die verschränkt auf dem Tisch lagen. Er hatte die Finger ineinander verknotet. Ehering trug er keinen. Sie belustigte sich an einzelnen schwarzen Härchen, die vor allem an den spitzen Handknöcheln sprossen, begutachtete die gepflegten Nägel und freute sich an einem kleinen silbernen Stern auf dem Nagel des rechten kleinen Fingers, den sie putzig fand.

«Du bist ja schon eine junge Dame», fuhr er fort. «Ich freue mich, dass du hier bist. Soll ich dir die Karte vorlesen oder möchtest du sie selber lesen? Bist du überhaupt hungrig?» Rosa hatte Hunger. Zugleich wollte sie das Gesicht des Mannes betrachten, hatte jedoch Angst, ihn anzusehen. Was, wenn sie ihn schön fand. Hatte er nicht sie und ihre Mutter verlassen? Sollte sie ihm in die Augen sehen, in diese Augen, die ihr vielleicht das Böse zeigten, von dem ihre Mutter wieder und wieder erzählt hatte? Wie sollte sie reagieren, wenn er hässlich und nicht der heimliche Prinz ihrer Träume war?

Ihr Herz schlug laut und ängstlich. Sie hatte ihn auf einer Internetseite gefunden. Sie kannte seinen Namen und wusste, dass er in einem Autohaus arbeitete. Das war aber auch schon alles. Liebte er sie? Sie war plötzlich sehr unsicher. Langsam drehte sie ihr Gesicht ein wenig nach oben und sah seine schmale Brust, die in einem grob karierten Hemd steckte und sich in schneller Folge hob und senkte. Ihr Blick wanderte weiter nach oben und blieb an seinem Adamsapfel hängen, der sich schneller noch als seine Brust hinauf und hinab bewegte, hin und her hüpfte. Fast vermeinte sie dabei ein kleines Stöhnen zu hören. Aber er trinkt doch noch nichts, überlegte Rosa, die aus dem Biologieunterricht wusste, dass sich der männliche Apfel beim Schlucken sichtbar bewegte. Wieso bewegt er sich dann so schnell hin und her? Sie dachte plötzlich an ein Auto mit einem Anhänger unten auf dem Platz. Der Anhänger war immer wieder in ein Schlingern gekommen, das sich erst kurz vor dem Ausbruch aus der Spur wieder der Linie des Fahrzeugs angepasst hatte. Genauso kam ihr nun der kleine Adamsapfel vor, der der schnellen Atmung nicht folgen konnte.

Nach einiger Zeit hob sie den Kopf und musterte ernst und konzentriert das Gesicht des Mannes, der von ihr als seiner Tochter sprach. Auf einen Blick erkannte sie, dass er Single war, weniger Haare als auf dem Foto im Internet hatte und das Mal unter der rechten Augenbraue nicht ganz so groß und schwarz war, wie es das Foto aus Mandys digitalen Männeralbum vermuten ließ. Sein kleiner Mund mit den dünnen Lippen lächelte. Seine braunen Augen lächelten nicht. Seine Stirn hatte viele Falten, seine kleine Nase zog etwas nach links und hatte unterschiedlich lange Naseneingänge, seine Zähne erschienen ihr unregelmäßig und leicht gelb gefärbt. Sie stellte fest, dass eine gewissen Ähnlichkeit mit dem Mann auf Mandys Foto bestand, zog ihr Handy aus der Tasche ihres Kleides und fotografierte stumm den Tisch, die Tulpen, das Besteck mit den roten Griffen und den kleinen goldenen Schrauben darauf, die nette Kellnerin und die Frau hinter der Bar, die ihr das Herz auf die Schokolade gezeichnet hatte. Als sie ein Foto von seinem Gesicht, seinem Adamsapfel und seiner Brust machen wollte, erlosch sein Lächeln, und er sagte mit belegter Stimme und ernster Miene, dass das keine gute Idee sei, weil er befürchte, dass Rosas Mutter ihr Handy nach Anrufen, Fotos und Emails kontrollieren würde. Sie würde dann herausfinden, dass sie sich getroffen hätten, was wahrscheinlich schlimme Konsequenzen für Rosa haben würde und weitere Treffen wie dieses unmöglich machen würde. Ihre gerade beginnende Beziehung würde wieder enden, was ihm jetzt, wo er sie gesehen habe, das Herz zerreißen würde. Dabei legte er die Hand auf seine Brust und sah sie mit bittenden Augen an. Rosa steckte das Handy wieder in ihre Tasche.

Sie war jetzt sicher, dass er ihr Papa war, weil sie noch niemals jemand mit solchen Augen angeschaut, mit solchen Worten liebkost hatte. Er würde immer bei ihr sein. Sie vermeinte zu spüren, dass sie in ihren angsterfüllten, einsamen Nächten zu ihm kommen, ihren Kopf auf seine schmächtige Brust legen und das Spiel seines Adamsapfels beobachten konnte. Er würde sie zum Lachen bringen, danach ihren Kopf streicheln und ihr so viele schöne, unbekannte Geschichten aus seinem Leben erzählen, bis sie, im Rhythmus seiner Brust atmend, wieder einschlafen würde.

Rosa öffnete die Speisekarte und wählte ein Gericht aus, das aufregend erwachsen klang, und entschied sich für eine Cola, weil die Kellnerin das vorher angeboten hatte. Danach fragte sie den Mann, warum er sie nicht gesucht, nie vor der Schule auf sie gewartet, ihr kein Geschenk zu Weihnachten oder zum Geburtstag geschickt, ja nie Kontakt zu ihr aufgenommen hatte. Noch im selben Atemzug entschuldigte sie sich für die vielen Fragen, die einfach so aus ihr herausgerutscht seien, weil sie schon so lange Zeit auf ihn gewartet habe. Die wichtigste Frage, fuhr sie fort, sei aber die, ob er sie auch so gerne habe wie damals Mama, als er sie kennengelernt hatte.

Der Mann rief die Kellnerin, gab die Bestellung auf und wandte sich Rosa wieder mit einem Lächeln zu. Er erklärte ihr, dass er sie schon immer habe kennenlernen wollen, Mandy jedoch dagegen gewesen sei, weil sie Rosa für sich allein haben wollte. Er habe ihr mehrfach erklärt, dass er ihr Rosa nicht wegnehmen wollte, dass er seine Tochter einfach nur sehen und mit ihr Zeit verbringen wollte. Mandy hatte das alles abgelehnt und ihm strengstens verboten, auch nur in Rosas Nähe zu kommen. Sie hätte ihm angedroht, sofort die Polizei einzuschalten, was problematisch für ihn hätte sein können, weil, wie Rosa ja wisse, in ihrem Abstammungsbuch «Vater unbekannt» eingetragen war. Jahrelang hätte er sich um seine Anerkennung als Vater bemüht, aber Mandy hätte mit ihren guten Beziehungen zu den Behörden jede seiner Anstrengungen erfolgreich bekämpft, und so habe er keinerlei Rechte und dürfe sich Rosa nur mit Mandys Einwilligung nähern. Kein Kontakt bedeute natürlich auch kein Internetkontakt. Natürlich würde er sie lieben, und zwar seit sie zur Welt gekommen sei. Sie sei ihm Tag und Nacht so nah wie niemand sonst auf der Welt gewesen! Ja so nah, dass er manchmal geglaubt hatte, ihren süßen Atem in seinem Gesicht zu spüren. Sie bedeute ihm alles! Die ganze Welt! Sie sei seine Prinzessin und mit ihm so verbunden, wie eine Tochter ihrem Vater nur sein kann. Rosa hörte ihm zu und saugte jedes seiner Worte ganz tief in sich ein. Niemand hatte bisher so liebevoll mit ihr gesprochen, noch nie war so viel Wärme in sie hineingeströmt. Wenn mir Opa einen Kuss auf die Stirn gibt, kann ich immer schneller einschlafen, und das ist schön, dachte sie. Aber das ist doch nichts im Vergleich zu dem, was mir mein Papa eben gesagt hat! Es ist wie – sie wusste nicht mehr weiter. Ihr Herz flatterte aufgeregt wie ein Vogel im Käfig ihres kleinen Körpers umher. Sie sah sein Gesicht von einem leichten Pink überzogen, seinen Leberfleck unter der Augenbraue leuchten wie einen Stern, seine Augen strahlen wie die Otonashis, als er seine kleine Schwester in den Armen gehalten hatte. Rosa war glücklich.

Die Cannelloni mit Ricotta-Füllung waren das außergewöhnlichste Gericht, das Rosa jemals gegessen hatte. Die Cola war dunkel und verführerisch süß. Die Tulpen öffneten sich, als wollten sie zuhören, als der Mann mit seinen Erfolgen als Autohändler vor Rosa prahlte und ihr von ihren zukünftigen gemeinsamen Treffen in diversen Restaurants mit ihrem Angebot an raffinierten Speisen und Getränken aus der ganzen Welt erzählte, die Rosa irgendwann sicher nicht mehr würde missen wollen.

«Die Welt ist so schön, Kleines» sagte er und strich ihr zärtlich über das Haar. «Du bist noch so jung und hast einen großen Nachholbedarf an schönen Dingen. Wir werden das zusammen aufholen, damit du die schreckliche Zeit ohne deinen Papa schnell vergisst. Das ist ab jetzt unser Geheimnis und wird es für immer bleiben», flüsterte er ihr ins Ohr, «und das nächste Mal werde ich dir ein pinkfarbenes Sweatshirt mitbringen und vielleicht auch pinkfarbene Jeans, die du dann gleich anprobieren kannst. Was sagst du dazu? Du liebst doch Pink so sehr. Ich sehe ja auch, wie wunderschön du in deinem pinkfarbenen Kleidchen aussiehst, meine kleine Prinzessin. Ich habe dir auch heute ein Geschenk mitbracht», flüsterte er und zog einen kleinen schwarzen Samtbeutel aus seiner Sakkotasche. «Es ist ein silberner Ring für meine kleine Prinzessin! Du kannst ihn immer tragen, wenn du allein bist und mich nah bei dir haben willst. Den Rest der Zeit gibst du ihn in deine Geldbörse oder versteckst ihn irgendwo anders an einen sicheren Ort, damit ihn keiner findet und dich danach fragen kann. Sollte er doch entdeckt werden, sag einfach, dass du ihn auf dem Weg zur Schule gefunden hast. Hast du das verstanden, mein Liebes?», fragte er und hielt ihr einen dünnen, silbernen Reif hin. «Lass ihn mir dir anstecken, dann sind wir ab heute auf ewig verbunden, mein Kind.»

Rosa streckte ganz vorsichtig die rechte Hand über den Tisch, der Mann erfasste sie und steckte ihr mit einem Seufzer den Ring auf den Finger, nicht ohne ihn vorher noch an seine Lippen geführt und geküsst zu haben, was Rosas Herz, das sich gerade erst wieder am gewohnten Fleck eingefunden hatte, zu einem neuen Ausbruchsversuch verführte. Es erinnerte sie daran, wie sie als kleines Mädchen immer wieder ihren Handspiegel geküsst hatte, weil sie herausfinden hatte wollen, warum Mama sie nicht auf den Mund küssen wollte. Wollte Papa sie auf die Lippen küssen?, fragte sie sich.

Selig vor Glück und ein wenig ratlos, was denn nun zu tun sei, betrachtete sie diesen Ring ihres so lange ersehnten Prinzen.

Die Kellnerin kam vorbei, fragte den Mann, ob es dem Töchterlein geschmeckt hätte, und freute sich, dass Rosa einen so schönen Ring zu ihrem Geburtstag bekommen hatte.

«Wie alt bist du geworden», fragte sie, und ihr Papa antwortete lachend: «Schon zwölf. Sie wird wohl bald einen Freund haben, aber damit müssen wir Väter uns abfinden, nicht wahr?» Er zwinkerte der Kellnerin zu, dann zahlte er, gab ein großes Trinkgeld und ging mit Rosa hinaus vor die Tür, wo er ihr nochmals sagte, wie sehr er sich freue, sie wiedergefunden zu haben. Er werde ihr all das Schöne schenken, das sie vermisst habe, und wolle sie in jeder Hinsicht verwöhnen, weil er sie über alle Maßen lieb hätte. Das Einzige, was sie ihm versprechen müsse, sei, dass sie niemandem von ihnen erzähle, was Rosa mit einem schüchternen Lächeln und heftigem Kopfnicken zusagte. Die dünne Haarsträhne, die sich dabei lockerte und auf ihre kleine Nase fiel, strich er ihr zärtlich hinter ihr Ohr, das bereits ganz rot vor Kälte war. Daraufhin verschwand er im Schneetreiben.

Claude Debussy
Des pas sur la neige

Daniel Barenboim

Rosa spürte erst jetzt die frostige Kälte. Der Schal der Kellnerin rutschte hinunter auf den kalten Betonboden. Das erinnerte sie daran, dass sie ihn der Frau ja eigentlich zurückgeben musste. Ich würde aber dann in meinem Sommerkleid noch mehr frieren, dachte sie. Vielleicht ist es besser, wenn ich damit nach Hause gehe und ihn morgen zurückbringe. Ich muss die nette Frau fragen, ob ich das darf, aber würde sie sich dann nicht wundern, warum mein Vater mich an meinem Geburtstag nicht nach Hause fährt, sondern hier in der Kälte stehen lässt, überlegte sie.

Die Frau kann ja nicht wissen, dass er mich nicht nach Hause bringen darf, weil uns dann jemand sehen könnte. Mit unserem Traum von einem gemeinsamen Leben wäre es dann sofort wieder vorbei. Sie beobachtete die Schneeflocken auf ihrer Hand, wie sie sich zusammen mit ihren Tränen auf ihrer Hand ausbreiteten und in ihre Haut eindrangen, sie durchdrangen, erkalten, frösteln ließen. Nein, dachte sie, Papa hat mir gesagt, dass ich vorsichtig sein muss und dass niemand von unserem Geheimnis erfahren darf. Den Schal kann ich später zurückbringen, oder nein, ich bringe ihn sofort zurück und erkläre ihr, dass Papa draußen im warmen Auto auf mich wartet. Sie rannte in das Restaurant zurück, gab der Kellnerin den Schal, umarmte sie und lief zur nächsten U-Bahnstation, wo sie die nächste Bahn Richtung Stadttheater nahm.

Es war noch nicht einmal 15 Uhr, und sie fragte sich, was sie die nächsten drei Stunden bis zu ihrer angekündigten Rückkehr machen sollte – in der Kälte in ihrem rosafarbenen Prinzessinnenkleid, in den durchnässten Sneakers, mit der ersten Liebeserklärung ihres Lebens in ihrem unruhig klopfenden Herzen und mit bunten Bildern von ihrer Zukunft im Kopf. Sie bedauerte, dass sie keine beste Freundin hatte, der sie von all dem erzählen konnte, und erinnerte sich an ein Gespräch mit ihrer Mutter vor gar nicht allzu langer Zeit. Darin hatte sie ihr mit harter Stimme auseinandergesetzt, dass es keine besten Freundinnen gebe, sondern nur andere Mädchen, die schöner und verschlagener seien als sie selbst. Diese Gören, so sagte sie, plapperten jede Heimlichkeit aus und warteten nur darauf, anständige Mädchen wie Rosa auszunutzen oder schlecht zu machen. Bereits mit vierzehn würden sie anfangen, heimlich auszugehen und älteren Männern mit ihrem Kindgetue so den Kopf verdrehen, dass anständige Ehemänner mit Familie, die nie auch nur irgendwie an Fremdgehen gedacht hatten, mit diesen Schicksen – Rosa erinnerte sich an dieses Wort, weil sie es nie zuvor gehört hatte – ein Techtelmechtel beginnen würden, das sie Beruf und Familie kosten konnte. Rosa solle sich in jedem Fall von diesen Lolitas fernhalten, am besten für sich allein bleiben oder, wenn es unbedingt sein musste, mit ihren Problemen zu ihr kommen. Das sei aber keine Einladung, ihr in Zukunft mit irgendwelchen Geschichtchen ihre wenigen freien Abende kaputt zu machen! Sie habe jedenfalls jeden Tag am Flughafen mit frühreifen Gören zu tun, denen man schon jetzt ansah, wie sie einmal enden würden.

«Pass gut auf, Rosa», hatte sie damals gesagt, «du bist ein richtiger Opfertyp, weil du nirgends mithalten kannst! Nicht im Sport, nicht mit Aussehen, nicht mit Geld. Gewöhne dich daran, dass es für dich keine besten Freundinnen gibt. Ich würde so eine Mädchenbeziehung nie dulden! Ich habe das auch für mich selbst nie gehabt, auch nie gewollt, und das war gut so.»

Dann hatte sie den Fernseher eingeschaltet.

Rosa war damals froh, dass ihre Mutter nur das Beste für sie wollte und aufgrund ihres Berufs über Gefahren Bescheid wusste, die sich die Mütter ihrer Klassenkameradinnen nicht einmal vorstellen konnten. Sie verstand jetzt, warum sie nie von irgendwelchen Freundinnen ihrer Mutter hörte und warum es ausschließlich Männer waren, die sie in der Straßenbahn ansprach. Auch die Großeltern hatten immer nur von Freunden gesprochen, wenn Mandy eine Nacht außer Haus verbracht hatte. Niemals fiel irgendein Name, und keiner von ihnen wusste, wer die Leute waren, mit denen sie unterwegs war. Nur einmal war ihrem Großvater versehentlich herausgerutscht, dass sie mit einem Siegfried ein paar Tage nach München gefahren sei. Als Rosa später einmal diesen Namen erwähnte, war ihre Mutter sehr verärgert und verbot ihr, jemals wieder die Namen ihrer Freunde im Mund zu führen, weil das ihr, Mandys, Leben sei, mit dem sie absolut nichts zu tun hätte. Rosa war sich sehr undankbar vorgekommen. Damals beschloss sie zu glauben, dass es ihrer geliebten Mutter nur darum ging, sie vor allem Bösen zu beschützen, und sie deshalb manchmal rau, ja böse reagierte, wenn sie mehr von ihr wissen wollte. Wahrscheinlich, überlegte Rosa und zitterte dabei leicht, war es ihr sogar von der Exekutive verboten worden, über Personen zu sprechen oder auch nur die Namen ihrer Freunde zu nennen, weil sonst ihr eigenes Leben in Gefahr kommen konnte. Was sie von ihrer Mutter lernte, war, dass gute Menschen keine Freunde hatten, die Welt schlecht war, die meisten Menschen auf große Karrieren wie die ihrer Mutter neidisch waren und dass Frauen grundsätzlich anderen Frauen Probleme bereiteten. Auch ihre Großtante Heidi, die grundsätzlich über alles Menschliche hervorragend Bescheid wusste und sich dreimal die Woche mit einer Kollegin traf, um über die Fehler und Verdorbenheit anderer zu sprechen, ließ Rosa einmal mit einer Geschichte über ein junges Mädchen aufhorchen, die ihr die Richtigkeit der mütterlichen Aussagen zu jungen Frauen bestätigte.

«Man muss die Leute warnen», rief Heidi immer wieder mit hoher Stimme in die kleine Familienrunde. «Die Menschen und insbesondere junge Frauen sind unvorstellbar schlecht. Sie nehmen unsereins die Männer weg, horchen uns aus, sind neidisch auf alles, was sich Frauen wie wir erarbeitet haben, leben ohne Moral oder Skrupel und ...», dabei rollte sie mit den Augen «... sie sind maßlos in ihrer Gier nach sexueller Bestätigung.» Danach holte sie solange tief Luft, bis ihr Körper zu platzen schien, stieß ihrem Ehemann mit dem Ellbogen in den Bauch und sagte nach einem tiefen Seufzer: «Und du sagst natürlich nichts! Wie immer! Nichts! Vielleicht hast du auch etwas am Kerbholz mit einer Jungen. Stille Wasser sind tief!»

Damals spürte Rosa, wie sie ein Strom von Liebe zu ihrer Mutter durchfloss, und sie legte ihre kleine Hand eng neben die ihre. Fast hätte sie ihren kleinen Finger berührt, zuckte jedoch kurz davor zurück, weil sie wusste, dass sie auf diese Berührung verärgert reagieren und ihr später, zu Hause im Bett, kurz vor dem Einschlafen eine kleine Nadelrolle über den Rücken ziehen würde.

Mandy wollte von ihrer Tochter nicht berührt werden. Rosas warmer Liebesstrom versiegte so bereits nach wenigen Sekunden wieder irgendwo in ihrem Inneren, ohne Zufluss, ohne Nahrung in ihrem kleinen Körper, in dem sich schon früh erste Spuren einer Trockenheit, eines Ausgezehrt-Seins auszubreiten begannen.

Rosas Großtante Heidi, die ältere Schwester von Erna, hatte schon als Kind ihre Eltern gegeneinander ausgespielt und war fast immer auf der Gewinnerseite gelandet, ohne dass sie jemals um irgendetwas kämpfen hätte müssen. Ernas Beziehung zu ihr war schwierig, schon weil sie von den Eltern fast immer schlechter behandelt worden war als ihre Schwester, weil sie, wie ihre Mutter nicht müde wurde zu betonen, nach dem hageren, mürrischen Vater kam und daher wenig Chancen auf eine gute Heiratspartie hatte. Die Eltern sahen darin einen nicht wieder gut zu machenden Schaden für die Familie, der das von den Eltern mühsam aufgebaute Ansehen in der Nachbarschaft beeinträchtigte. In Heidis Aussehen hingegen, dem breiten großporigen flachen Gesicht und den ausladenden Formen ihrer Figur, glaubte die Mutter schon früh die Voraussetzungen für eine Heirat mit einem der begehrten Landwirte in der Umgebung zu erkennen. Daher schickten sie sie unmittelbar nach der Hauptschule in eine landwirtschaftliche Produktionsgenossenschaft, wo sie handarbeiten, kochen und haushalten lernte. Schon damals fühlte sie sich nicht nur Erna überlegen, die auf eine normale Mittelschule geschickt wurde, sondern sie wusste sich auch gegenüber ihren Mitschülerinnen in der Landwirtschaftsschule im Vorteil, weil ihr die Lehrer im Austausch für die Berührung ihres gewaltigen Busens nicht nur bessere Noten gaben, sondern dafür auch mit DDR-Mark bezahlten, was ihr mit der Zeit zu einer beträchtlichen Summe Bargeld verhalf.

Ihr Freund und späterer Ehemann Bruno freute sich zwar über das Barvermögen, das seine zukünftige Frau mit in die Ehe einbringen würde, konnte sich aber mit der Zeit immer weniger mit ihrem körperintensiven Geschäftsmodell einverstanden erklären, das sie nach Abschluss der Schule auch auf die Landarbeiter ausdehnte. Heidi machte ihm nach einigen diesbezüglichen Kommentaren von seiner Seite unmissverständlich klar, dass er sich um seine eigenen Dinge wie zum Beispiel den Verkauf seines Bauernhofs oder seine Karriere in der Produktionsgenossenschaft kümmern sollte, da nur so ein einigermaßen komfortables Leben zu zweit möglich sei. Schließlich hätten alle hohe Erwartungen in sie gesetzt, die sie nicht durch die Wahl eines kleinen mittelmäßig intelligenten Bauern zum Ehemann enttäuschen wolle. Bis er eine wichtige Vorgesetztenstelle erreicht habe, wolle sie sich den Blicken und den Berührungen ihrer Kollegen nicht entziehen, schließlich könne sie nicht sicher sein, ob er dieses Ziel jemals erreichen werde. Sie gebe ihm noch ein Jahr Zeit, würde sich dann aber mit den Angeboten seiner Konkurrenten ernsthaft auseinandersetzen, übrigens auch in Absprache mit ihrer Mutter, wie sie ihm erklärte, die schon jetzt die besten Jahre ihres schönen Mädchens an einen kleinen Bauernburschen vergeudet sah.

Eines Tages fand er Heidi im Stall mit einem Knecht, der sie, ihre Brüste mit seinen riesigen schmutzigen Händen knetend, von hinten nahm. Ohne ein Wort schob er das Gesehene in die hinterste Kammer seiner Erinnerung und setzte seine Beziehung zu ihr weiter fort. Bereits wenige Wochen nach diesem Ereignis erreichte Heidi beim Vizedirektor der Genossenschaft, den sie an seine unsauberen Geschäftspraktiken erinnerte, die er seit zwei Jahren jedes Mal nach seinem Orgasmus geschwätzig vor ihr ausbreitete, die Beförderung Brunos zum Abteilungsleiter des Maschinenparks und verlangte von ihm als Gegenleistung seine Verantwortung als Vater ihres künftigen Kindes durch Heirat wahrzunehmen. Bruno willigte ein und akzeptierte in den folgenden Jahren die Vaterschaft für drei weitere Kinder von drei unterschiedlichen Vätern ebenso wie die Tatsache, dass seine Frau Nymphomanin war, die weder an ihm noch an den Kindern interessiert war.

Erna verabscheute ihre Schwester für ihre überbordende Weiblichkeit, hielt sich von Männern fern und vermied jeglichen Kontakt mit Frauen, die der Kinder wegen zu Hause blieben. Für sie waren das Schmarotzerinnen am System. Sie hatte weder Freunde oder Bekannte außerhalb der Partei, ging selten aus und beschloss, sich keinesfalls mit irgendwelchen Akademikern, Träumern, Christen oder ähnlichen Subjekten einzulassen. Außerdem versuchte sie erfolgreich, Situationen zu vermeiden, in denen sie in Verlegenheit hätte kommen können, mit solchen abartigen anderen, wie sie sie nannte, zu reden, zu feiern, zu trinken oder auch nur den gleichen Raum zu teilen.

Dann lernte sie Johann kennen, der ihr gefiel, weil er ihr wenige Wochen nach dem ersten sexuellen Kontakt vorschlug, sich zukünftig nur noch zur Zeugung eines Kindes zu paaren, wobei er als verantwortungsvoller Christ nur ein Kind in die Welt setzen wollte. Er begründete das damit, dass Sex an sich grundsätzlich ein Machtinstrument des Mannes sei, was die katholische Kirche durch die Stigmatisierung sexueller Begehrlichkeit indirekt bestätige. Nach seiner Überzeugung stelle Sex nur einen egoistischen Lustgewinn dar, der aus einer tieferen Evolutionsstufe stamme und daher von liebendenden Menschen so wenig wie möglich praktiziert werden sollte. Mit einer christlichen Lebensführung sei die Gier nach Sex jedenfalls ebenso wenig vereinbar wie mit der Losung der Partei, die Frau vor der um sich greifenden sexuellen Hemmungslosigkeit des männlichen Zeugungsanspruchs zu schützen. Ohnehin würde die Welt bald überbevölkert sein, was das Problem der Ausbeutung von Kindern durch Kinderarbeit verstärke – eine für ihn schreckliche Vorstellung, die er für schlimmer hielt als die Ausbeutung der Arbeiter durch den Westen. Erna rechnete diese Ansicht seiner christlichen Erziehung zu und verdrängte sie auch gleich wieder, weil für sie der gierige Westen doch immer das Schlimmstmögliche bleiben würde. Er war nicht nur ein glühender Anhänger der Gleichberechtigungsklausel in der ersten Verfassung der DDR, der Emanzipation der Frau und der konsequenten Eingliederung der Frauen in den Erwerbssektor, sondern es stand für ihn auch fest, dass der neue Staat nur erfolgreich sein konnte, wenn Männer und Frauen die gleichen Qualifizierungs- und Berufswahlmöglichkeiten hatten, was nur durch die Ein-Kind-Politik erreicht werden könnte. Daneben leisteten die Ein-Kind-Familien seiner Ansicht nach auch einen Beitrag zur Schonung der endlichen Ressourcen des Planeten, was für ihn als naturliebenden Menschen sehr wichtig war. Alles in allem wolle er sich nur mit einer Frau verbinden, die diese sozial- und umweltverträgliche Einstellung mit ihm teilte. Auch wenn er Arbeit nicht mit der Befreiung der Arbeiterklasse in Zusammenhang stellte, sondern sie vielmehr als ein individuelles Recht bezeichnete, das die Frauen sozial und ökonomisch unabhängig machte, so blieben seine Ausführungen Ernas Meinung nach doch fest auf dem ideologischen Boden der deutschen demokratischen Republik, sodass sie ihn bereits kurze Zeit nach ihrem Kennenlernen heiratete.

Heidi war mit einigen anderen Verwandten empört über Ernas Ehe mit einem Katholischen, weil sie befürchtete, dass sie und die ganze Familie dadurch in das Visier der Staatssicherheit geraten könnten und außerdem ihre Eltern die Häme der Nachbarn für den Missgriff ihrer älteren Tochter täglich würden ertragen müssen. Ihre Klage verwandelte sich allerdings kurz nachdem Johann eine Arbeit im Ministerium für deutsch-russische Zusammenarbeit gefunden und ihr monatlich vier Flaschen Krimsekt versprochen hatte, zu einem Lobgesang auf ihren Schwager, der sie besser als ihr Ehemann versorge und ihr Leben mit seiner Großzügigkeit bereichere. Obwohl sie als Mutter von vier Kindern von der allgemeinen Berufspflicht befreit war, arbeitete sie weiter in der Genossenschaft und setzte sich in ihrer Position als Ausbilderin für den landwirtschaftlichen Nachwuchs nicht nur für Lehrlinge, sondern auch für diejenigen Kollegen besonders ein, die die von ihr angebotenen sexuellen Dienste in Anspruch nahmen und ihr ein beachtliches Zusatzeinkommen verschafften. Erna, für die das Leben ihrer Schwester ein Albtraum war, kannte einige Frauen, die wie Heidi moralisch verwerflich lebten, und bespitzelte sie mit bemerkenswertem Eifer. Sie legte über diese Huren, wie sie sie insgeheim nannte, Dossiers an, die akribisch jeden sexuellen Kontakt auflisteten, und bediente sich dazu anderer Frauen, die darüber wöchentlich Meldung erstatten mussten. Versuchten sich diese sorgfältig ausgesuchten Spitzel dieser Aufgabe zu entziehen, suchte sie sie persönlich auf, um sie über negative Einträge in ihrer Staatsbürgerakte wie etwa Bedenken hinsichtlich ihrer Loyalität zur Partei zu informieren und sie darauf aufmerksam zu machen, dass diese bedrohliche Anschuldigung nur durch vollen Einsatz für die Staatssicherheit wieder gut gemacht werden konnte, ansonsten würde sich ein weiterer Eintrag als Volksfeindin, Christliche, Kritische oder schlimmstenfalls Pro Westliche nicht vermeiden lassen.

Diese Missionen, wie ihre Reisen in der Abteilung genannte wurden, führte sie so erfolgreich durch, dass ihr zum zehnjährigen Dienstjubiläum eine Medaille für ihre Verdienste in der Volkskontrolle der deutschen Demokratischen Republik überreicht wurde, eine Auszeichnung, die sie wegen ihrer Detailgenauigkeit in der Beschreibung von Aktivitäten des Klassenfeinds erhielt, und die sie in Form eines Abzeichens an nationalen Feiertagen oder auch bei wichtigen Familienfeiern an das Revers eines meist dunkelgrauen Blazers heftete. Mandys Geburt unterbrach Ernas damalige Tätigkeit als Sekretärin der Abteilung Volksbildung nur kurz. Das Kind wurde im Alter von vier Monaten in die sich unmittelbar im

Haus neben der SED-Zentrale befindlichen Kinderkrippe der Partei aufgenommen, sodass die Eltern weiterhin ohne Einschränkungen ihren beruflichen Verpflichtungen nachkommen konnten. Erna brachte ihre Tochter um 8 Uhr morgens in den Hort und holte sie dort zwischen 17 und 19 Uhr wieder ab. Sie konnte sicher sein, dass ihre Tochter unter der strengen Aufsicht von SED-geschulten Kindergärtnerinnen stand, und die anderen Kinder ausschließlich Nachkommen von Funktionären waren.

Ihr war dadurch die große Bürde der Verantwortung für dieses Kind genommen, das für sie ein grundsätzlich in seiner Entwicklung unberechenbares und durch ihre Schwester Heidi in schlimmster Art genetisch vorbelastetes Wesen war. Aus ihr konnte eine Persönlichkeit werden, die wie die Frauen auf ihrer Überwachungsliste einmal zu den Gefährderinnen der deutschen Volksdemokratie gehören und dadurch auch ihre, Ernas eigene berufliche Position in der Partei gefährden könnte. Zudem fürchtete sie, dass Johanns moderate Ansichten gegenüber dem Westen bei ihrer Tochter hängen blieben. Auch wenn sie ihrem Mann zu Hause den Mund verbat, was erzählte er ihrem Kind, so fragte sie sich, wenn er es ins Bett brachte oder mit ihm allein war? Ihre Kontrolle, so musste sie sich eingestehen, war nicht lückenlos, und daher ihre Sorge groß, dass Mandy eines Tages irgendeine Bemerkung ihres Mannes vor anderen nachplappern könnte. Dann, so dachte sie, würde man sie als Ehefrau eines Volksverräters sofort von ihren Überwachungstätigkeiten freistellen, sie womöglich für die bei allen Kollegen verhassten, einfachen Tätigkeiten bei Schulkindern einsetzen und sie vielleicht sogar auf die Liste der Volksfeindinnen setzen. Was sollte dann aus ihr werden? Sie würde ihre Privilegien verlieren, zurückgestoßen werden in das Nichts eines trostlosen Alltags, abgeschnitten sein von den Kontakten mit den Funktionären des Staates, die ihre Arbeit schätzten und brauchten, deren Teil sie geworden war.

Die Folgen dieser Leichtfertigkeit würden all ihre Pläne, ja sie selbst vernichten, sie selbst hineinpressen in ein stupides freudloses Leben, in ein Leben als Spitzel wie das der Frauen, die sie derzeit bekehrte, missbrauchte, zerstörte.

Angespannt achtete sie daher auf jedes Anzeichen einer schädlichen Entwicklung in Mandys Persönlichkeit und schärfte Johann unter Androhung der Weiterleitung seiner, von ihr peinlich genau notierten prowestlichen Aussagen an die Stasi ein, ihre Tochter im ideologischen Sinne der Partei zu erziehen und dem Kind gegenüber niemals ein kritisches Wort in den Mund zu nehmen. Sollte doch irgendetwas passieren, man wusste ja nie, würde sie jedenfalls die Verantwortung dafür Mandys Kindergartenbetreuerinnen zuschieben, deren Privatleben sie zuvor bereits im Detail ausgeforscht hatte. Eine Nachlässigkeit ließe sich bei fast jedem finden, und daraus konnte man eine unerwünschte Eigenschaft konstruieren. So forderte sie die Betreuerinnen ihrer Tochter in einem Brief auf dem Papier der Partei dazu auf, Mandy im marxistisch-leninistischen Geiste der SED mit der nötigen Strenge zu erziehen und sie nötigenfalls auch körperlich zu züchtigen, wenn sie etwa ein anormales verspieltes Wesen zeige, was einer unglücklichen Genkonstellation geschuldet sein könnte, die sich auch bei ihrer Schwester Heidi zeigte. Diese fürchteten seitdem Erna genauso wie ihre Kollegen in der Abteilung, denen zu Ohren gekommen war, dass sie akkurat jedes auch nur vermutete Fehlverhalten in Listen eintrug und dessen Schweregrad mithilfe einer von ihrer entworfenen Tabelle mit Punkten bewertete. Zusammen mit den Dossiers der Volksfeinde leitete sie diese am Monatsende an ihren Abteilungsleiter und den Staatssicherheitsdienst weiter. Dass sie für diese wichtige Aufgabe herangezogen worden war, hatte sie einerseits ihrer scheinbar unbestechlichen deutschen Konsequenz, andererseits einem Gruppenleiter der Stasi zu verdanken, der sie seit Jahren verehrte, verheiratet war und drei Kinder hatte.

Dieser Mann namens Ernst wechselte als ehemaliger Offizier der Volksarmee aus gesundheitlichen Gründen in die SED-zentrale und entfaltete dort ein großes Talent für die Bespitzelung der Kirchen und deren Mitarbeiter. Als Mitglied der evangelisch-lutherischen Kirchengemeinde Gera kannte er sich nicht nur mit den kirchlichen Ritualen der Protestanten aus, sondern wusste, wie er immer wieder stolz betonte, von den staatsfeindlichen Ideologien der Kirchen und dem volksschädlichen Wirken ihrer fanatischen Laien, die seiner Ansicht nach nur durch eine strenge, militärisch genau abgestimmte Strategie im Zaum und vom Volk ferngehalten werden konnten. In der lückenlosen Überwachung und dem schnellen Zugriff auf ihre Funktionäre aus der zweiten und dritten Reihe sah er die effizienteste Möglichkeit, ihren volkszerstörenden Einfluss auszuschalten. Die Entfernung dieser meist alleinstehenden Menschen fiel nicht weiter auf, weil sie nur wenig soziale Kontakte hatten und ihre Kollegen informiert wurden, dass ihnen wegen ihrer herausragenden Arbeitsleistung eine Fernreise genehmigt wurde, von der sie dann nicht mehr zurückkamen.

Ernst bezeichnete seine Tätigkeit für die Partei als delikate und ehrenvolle Aufgabe für umfassend kompetente und geistig stabile Männer.
Er betrachtete sie als eine Lebensaufgabe zum Wohle der Partei, als einen Dienst an der Volksgemeinschaft, den nur wenige Auserwählte leisten konnten.

Dieses alle Sinne fordernde Pflichtbewusstsein beeindruckte Erna zutiefst. In seinem Denken, das hatte sie verstanden, ging es um das Größere, das ganz Große, das Ganze im Staat. Es ging um Einsatz, Mut, Geradlinigkeit, um Männlichkeit und Ehre – alles Bilder, die früher immer dann vor ihrem inneren Auge aufgetaucht waren, wenn sie sich ihren zukünftigen Ehemann vorgestellt hatte. Es waren Bilder, die sie ihre eigene Kleinheit vergessen ließen. Dass ihr eigener Ehemann kein Gespür für die Kraft der sozialistischen Idee und deren Leitbildfunktion für die Nation hatte, keine Ehrfurcht vor dem Willen der Partei entwickelte, keine harte, erotische Männlichkeit ausbildete, nahm Erna als Preis für seine sexuelle Teilnahmslosigkeit in Kauf, auch wenn das Verlangen danach immer stärker wurde. Schon vor ihrer Heirat hatte sie gewusst, dass er von keinerlei politischem Nutzen war, weder für die Partei, noch für das Volk oder die große internationale Verbrüderung, die sie in der alljährlichen Parade zum 1. Mai wiederfand, deren Inszenierung sie mit Tränen in den Augen vor dem Fernseher, später einmal sogar als geladener Gast der Partei miterlebte.

Als sie wenige Monate nach der Hochzeit im Jahr 1971 durch Zufall erfuhr, dass er als Jugendlicher nur zweimal an den Fahnenappellen seiner Schule teilgenommen hatte, war sie wochenlang so niedergeschlagen gewesen, dass sie bereits damals ernsthaft über eine Trennung nachgedacht hatte. Ihr war bewusst geworden, dass sie mit einem Mann zusammenlebte, der ihre politischen Ideale, ihr Verschmelzen mit der Partei niemals bewundern, ja nicht einmal respektieren würde.

Damals zerplatzten ihre Jugendträume von Mut und Männlichkeit wie das von einem Hammer getroffene, stachelige Gehäuse einer Kastanie. Sie zerfielen in harte, wie mit Nägeln gespickte, hölzerne Fragmente, die von innen immer wieder gegen ihre Brust gestoßen wurden. Wäre Mandy nicht gerade geboren worden, ihre Wohnung nicht neu eingerichtet und der schon lang ersehnte Trabant nicht kurz zuvor geliefert worden, sie hätte diese Spieße tief in Johanns Fleisch versenkt.

Der neue Trabant bot Erna die Möglichkeit, alle für die Nation wichtigen Denkmale zu besuchen, das oft besungene schöne DDR-Land kennenzulernen und die Volksbildungsstellen im Umkreis Berlin Ost zu kontrollieren. Da sie mit Ausnahme ihres Abteilungsleiters Dr. Gerike die Einzige in der Abteilung war, die einen Wagen besaß, wurde ihr die verdienstvolle Aufgabe zugeteilt, auch die von den Außenstellen der Partei vorgeschlagenen Spitzel aufzusuchen und sie von der Ehrenhaftigkeit einer kontrollierten Überwachung verhaltensauffälliger Charaktere in der näheren und weiteren Nachbarschaft zu überzeugen. Auch sie wurden verpflichtet, ihre Beobachtungen in Listen einzutragen und vierteljährlich an die SED-Parteizentrale, Abteilung Volkbildung, zu schicken, wo sie in Ernas Statistiken eingearbeitet und an die Staatssicherheit weitergeleitet wurden.

Erna schätzte ihre Ausflüge nicht nur als willkommene Abwechslung aus dem Büroalltag, sondern vor allem auch wegen ihrer Gespräche mit bodenständigen, aufrechten Genossinnen und Genossen, die sich über ihren zukünftigen Einsatz für die Partei aufrichtig zu freuen schienen, weil ihr Beitrag, wie sie es formulierten, ja doch nur eine kleine Geste der Dankbarkeit sein konnte gegenüber dem Großen, Unbeschreiblichen, das die Partei jeden Tag für sie tat.

Zu Beginn ihrer neuen Aktivitäten hatte sie sich gewünscht, Johann würde mitkommen, um die Charakterstärke und den Einsatzwillen dieser einfachen Leute für die Belange der Partei zu erleben und zu erkennen, dass die SED mehr als eine politische Organisation, ja mehr als die eigene Familie war. Sehr schnell wurde ihr jedoch klar, dass er nicht nur nichts für die vaterländischen Überzeugungen der Genossen übrig hatte, sondern sich sogar noch darüber lustig machen würde, wie scheinheilig sich ihre Lust am Ausforschen der Nachbarn hinter ihrem Gerede von Dankbarkeit für die Partei ausnahm. Dies umso mehr, als er anfing, die von Erna immer raffinierter ausgearbeiteten Maßnahmen innerhalb des Freundeskreises zu kritisieren, was ihr dumm und gefährlich vorkam, misstraute sie doch jedem Einzelnen dieser sogenannten Freunde. Sie machte ihn jedes Mal mundtot mit dem Satz, dass diejenigen, die nichts zu verbergen hätten, auch nichts zu befürchten hätten, und sprach dabei süffisant lächelnd von Privatsphäre und Überwachung, Begriffen, die ihr eine Gänsehaut verursachten, wurden sie doch von Bürgerrechtlern gebraucht, die auf ihrer Liste unter den Feinden des Volkes aufgereiht waren. Jedes Mal nach diesen Diskussionen durchforstete sie ihre Wohnung nach versteckten Mikrophonen und arbeitete bis früh morgens an neuen, noch effizienteren Schulungen für zukünftige Spitzel, die ihr Abteilungsleiter stets mit einem zufriedenen Grinsen entgegennahm.

Erna begann ihren Mann zu verachten. Johann, der zu Beginn ihrer Beziehung gedacht hatte, er könne seiner Frau durch seine Zuneigung klarmachen, dass die kommunistische Ideologie der DDR nur eine von der Sowjetunion geliehene sei und als solche auf Dauer keinen politischen Bestand haben könne, erkannte bereits kurz nach Mandys Geburt die Hoffnungslosigkeit dieses Unterfangens. Er hatte tatsächlich gehofft, dass ein Kind Ernas Leidenschaft für die Aufdeckung ideologischer Abweichler besänftigen würde und ihr Mutterinstinkt sie menschlicher werden ließe, musste jedoch bald resigniert das Gegenteil feststellen: Sie ordnete mehr und mehr dem in ihrer Liste bezeichneten «ideologisch fehlgeleiteten verdorbenen Persönlichkeitstypus» frei erfundene charakterliche Merkmale zu, sodass sich sein Freundeskreis nach und nach auflöste, weil alle fürchteten, wegen irgendeiner unachtsamen Bemerkung auf Ernas Liste zu landen.

«Ich werde diese Listen so lange bearbeiten und verfeinern, bis auch der letzte Volksfeind darin vermerkt ist», trug sie in Parteiseminaren vor. «Insbesondere in Kindergärten, Jugendeinrichtungen und Schulen muss genauestens ausgeforscht werden, welche Inhalte den Kindern vermittelt werden und ob die verantwortlichen Personen kapitalistischen oder kirchlichen Einflüssen ausgesetzt sind, die sie dann, gewollt oder ungewollt, an unsere Kinder weitergeben. Es ist doch allgemein bekannt, dass der Faschismus des Westens nicht beseitigt ist. Im Gegenteil: Gerade in letzter Zeit sind die Genossinnen und Genossen wieder verstärkt den Verführungen der kapitalistischen westlichen Propaganda ausgesetzt gewesen. An unserem antifaschistischen Schutzwall riskiert unsere deutsche Grenzpolizei jeden Tag ihr Leben, um die schwachen Elemente unserer Bevölkerung vor der Rückkehr in die faschistische BRD zu schützen. Auch wir sind gefordert, unsere Augen und Ohren offen zu halten, den Feind im eigenen Land zu identifizieren und unsere Kinder vor diesen verwirrten Subjekten zu schützen!», beendete sie ihre Vorträge meist unter tosendem Applaus.

Ihre Karriere nahm Fahrt auf. Allerdings machte ihr Johanns staatsfeindliches Gerede zunehmend Sorge, vor allem seit sie von Ernst gehört hatte, dass er sich mit seinen russischen Kollegen zusammen bereits mehrmals über den ideologischen Eifer der deutschen demokratischen Volksbildung lustig gemacht und ihre Sektion als Unterabteilung des Staatssicherheitsdienstes bezeichnet hatte, deren Mitarbeiter als brave Schüler Russlands den Vorgaben der Partei bis zur letzten Konsequenz folgten. Seine Leichtsinnigkeit resultierte aus der vorgeblichen Sicherheit, dass seine Frau nie etwas gegen ihn unternehmen würde, solange sie verheiratet waren, seine Besuche in den Bordellen nicht öffentlich wurden, seine Zusammenarbeit mit den Russen im Ministerium erfolgreich war, er sich in der Öffentlichkeit nicht zu Partei oder Kirche äußerte, die täglichen Einkaufslisten sorgfältig abarbeitete und seinen Zahlungsverpflichtungen gegenüber der Familie pünktlich nachkam.

Seinen Trumpf sah er darin, dass er von der intimen Beziehung zu Ernst wusste. Er spürte nicht nur, dass sie ohne dieses Verhältnis noch unausgeglichener, noch radikaler werden würde, er war vielmehr überzeugt davon, dass ihn dieses Wissen vielleicht einmal vor Schlimmeren bewahren konnte, weil Erna nichts mehr fürchtete, als sich einen für alle sichtbaren Ehebruchfleck auf ihrer makellos weißen, perfekt angepassten Weste einzuhandeln. Für sie als nach außen hin untadelige, vorbildhafte Frau, als eine von der Partei ausgezeichnete Genossin, wäre dieser Fleck ein Makel, den sie nicht in Kauf nehmen wollte. So blieb er aufmerksam gegenüber Ernas Launen, lebte aber größtenteils seine Tage als Junggeselle und versuchte Mandy ein guter Vater zu sein.

Einmal im Monat besuchte er seine Schwägerin Heidi und deren Kinder auf ihrem kleinen Bauernhof, um seiner Tochter das Landleben vorzuführen, das sie nicht kannte. Zusammen mit ihren Cousinen ging Mandy dann zu den Kühen und Ziegen in den Stall, lernte, im Fluss zu schwimmen, zupfte Blaubeeren im Wald oder lag im Gras und beobachtete Insekten und Käfer, während Johann den mitgebrachten Krimsekt gegen die großen hängenden Brüste seiner Schwägerin eintauschte, die er Erna und Dr. Gerike nannte. Abwechselnd saugte er an ihren überdimensionierten Brustwarzen und beschimpfte sie auf das Übelste als durchtriebene Feinde der DDR, was Heidi in so gute Laune versetzte, dass sie den Kindern nach ihrer Rückkehr nicht nur einen guten Butterkuchen mit Kakao, sondern hin und wieder auch einen Schluck Krimsekt servierte.

Als Mandy nach einem solchen Nachmittag einmal ihrer Mutter gegenüber die Frage herausrutschte, ob sie zu ihrer Tante aufs Land ziehen dürfe, weil sie sich dort so wohl fühle, entschied diese, das Kind künftig komplett von ihrer Schwester fernzuhalten, und verbat Johann jeglichen Kontakt mit Heidi. Sollte er sich nicht daran halten, würde sie das Kind in ein von der Partei betriebenes Internat mit Vollversorgung und Ferien in den FDJ-Camps bringen und ihm jeden Besuch seiner Tochter untersagen.

Um Mandy die Flausen, wie sie es nannte, auszutreiben, brachte sie ihr jede Woche neben der Parteizeitschrift für die Jugend die neuesten Meldungen der Spitzel mit nach Hause und ließ sie diese abschreiben, was manchmal bis weit in den Abend hineinandauerte, weil sie von ihrer Tochter nicht nur das Schreiben in Schönschrift, sondern auch das Auswendiglernen der neuen Merkmale für die Volksfeinde verlangte. Johann, der anfänglich vorsichtig versucht hatte, seine Tochter vor diesen Methoden zu bewahren, musste dieses Unterfangen bereits nach kurzer Zeit einstellen, weil Erna für ihn völlig unerwartet und sehr selbstsicher mit Scheidung drohte, sollte er sich weiter in ihre Erziehungsmethoden einmischen. Dabei hob sie hervor, dass bei einem Scheidungsverfahren viele Gründe gegen ihn ins Feld geführt werden konnten, unter anderem seine Einstellung zur Partei, seine Nähe zur Kirche und natürlich seine Witze über die Staatssicherheit, die sie ebenso wie seine primitiven Spielchen mit ihrer Schwester aufgezeichnet habe. Wegen dieser nachweisbaren

Vergehen sei es ihr ein Leichtes, ein Besuchsverbot zu erreichen, das ihm zukünftig jeden Kontakt mit Mandy untersagen werde. Unabhängig davon könne sie sich vorstellen, der Partei von einem Brief, den sie in seiner Jacke gefunden hatte, zu berichten, der aus dem Westen kam, in dem er mit *Lieber Johann* adressiert war, der auf die günstigen Mieten in Dortmund hinwies und mit einer herzlichen Umarmung endete, was ohne Zweifel für die Planung eines illegalen Grenzübertritts spreche. Wahrscheinlich würde das weder seinen russischen Arbeitgebern noch dem Staatssicherheitsdienst gefallen, der ihn – und das erlebe sie täglich – von seinem Arbeitsplatz entfernen und künftig überwachen würde. Natürlich könne er dann versuchen, in der Kirche einen Platz zu finden, vielleicht als Messdiener oder Bibelständer oder was man dort auch immer brauche, endete Erna, nicht ohne ihn gewarnt zu haben, dass sie selbstverständlich den Höchstsatz an Unterhalt für seine Tochter verlangen werde. Johann unterließ fortan jede Einmischung in die Erziehungsmethoden seiner Frau.

Mandy wechselte in die erweiterte Oberschule, obwohl die für den Übertritt zuständige Lehrerin anfänglich gegen die Versetzung votiert hatte, weil ihr die Verhaltensweisen ihrer Schülerin unreif vorkamen und sie der Auffassung war, dass ihre Konzentrationsfähigkeit wie auch ihr Wortschatz nicht dem erforderlichen Niveau der Oberschule entsprachen.

Obwohl Erna beim Rektor gegen das ihrer Meinung nach bösartige Urteil einer Lehrerin, die nichts für die Partei geleistet hatte und im Alter von vierzig Jahren immer noch unverheiratet war, intervenierte und geltend machte, dass dadurch sie als Mutter wie auch die Abteilung Volkbildung selbst in den Schmutz gezogen werde, konnte die Entscheidung nur mit Zustimmung der Lehrerin zurückgenommen werden.

So wies sie ihre Tochter an, die Sache ins Reine zu bringen, wie sie es ausdrückte, und verlangte die erforderlichen Maßnahmen, die ihre Lehrerin als innere Feindin des Volkes in die Schranken verweisen sollte. «Nichts ist unmöglich», sagte Erna zu Mandy, «solange es der Gemeinschaft, der Ordnung, der Partei und deren Vorsitzendem dient. Jedenfalls ist dein Wechsel in die erweiterte Oberschule die Grundlage für die Erreichung einer hohen beruflichen Position, und mit der Hilfe von Ernst kannst du vielleicht sogar an eine Aufgabe bei der Staatssicherheit denken. Sei endlich erwachsen und hole dir das, was dir zusteht! Verwende alles, was du von mir gelernt hast!»

In den Tagen nach dieser Aufforderung begann Mandy sich in der Schule besonders hilfsbereit zu zeigen: Sie meldete sich freiwillig zur Übernahme von unbeliebten Aufgaben wie der Tafelreinigung, des Beamerdienstes oder der Erstellung inhaltlicher Zusammenfassungen vorausgegangener Unterrichtsstunden, brachte besagter Lehrerin, Frau Brummer, Zeitschriften mit, aus deren Quellen sie im Unterricht zitieren konnte, schrieb dem Rektor, dass sie sie für eine ganz hervorragende Lehrerin halte, blieb nach dem Unterricht zusammen mit den drei Strebern der Klasse eine Stunde länger, um unter ihrer Aufsicht mit den Hausaufgaben zu beginnen, und bot ihr sogar an, ihre dicke Lehrertasche mit dem Fahrrad nach Hause zu bringen, sodass diese bereits zu zweifeln anfing, ob sie in der Bewertung dieser Schülerin nicht doch zu hart gewesen sei. Schlussendlich war sie jedoch überzeugt davon, richtig gehandelt zu haben, da Mandy das intellektuelle Niveau fehlte, in den für das Abitur relevanten Fächern die erwarteten Leistungen zu erbringen oder größere Zusammenhänge zu erfassen, was sie als unbedingt notwendig erachtete, um eines Tages als Akademikerin das erfolgreiche Bildungssystem der Deutschen Demokratischen Republik in den sozialistische Bruderstaaten zu repräsentieren. So freute sie sich an den Aufmerksamkeiten der offensichtlich der Pubertät entwachsenden Schülerin, die in der letzten Zeit ein unerwartetes Interesse am Unterricht zeigte und darüber hinaus soziale Kompetenzen entwickelte, die sie für ein, von der Volksbildung neu eingeführtes Weiterführungsprogramm für Jugendliche mit einer späteren Berufsausbildung im sozialen Bereich, qualifizierten.

Erna, auf deren Schreibtisch der Antrag der Lehrerin auf Eingliederung ihrer Tochter in dieses Programm einging, zerriss diesen wütend auf der Toilette und ging früher als üblich nach Hause, um Mandy noch vor dem Eintreffen ihres Vaters mithilfe eines Elektroschockers, den sie geschenkt bekommen hatte, den Ernst der Lage deutlich zu machen. Mandy, die ihrer Mutter während der schmerzhaften Behandlung mit dem Gerät immer wieder beteuerte, sie hätte einen Plan für die Zerstörung der Lehrerin ausgearbeitet, den sie in den nächsten Wochen umsetzen werde, verabredete sich für den übernächsten Tag mit einem Jungen, der für seine Gewaltbereitschaft bekannt war und der, so hatte man ihr es einmal mit Angst in der Stimme im Pausenhof erzählt, schon bezahlte Aufträge zur Bestrafung von Schmarotzerinnen des Systems ausgeführt hatte. Er sei sehr diskret, erzählte man sich, und konnte bisher nicht dingfest gemacht werden, wobei ihm offensichtlich zugutekomme, dass die Polizei die Anzeigen der misshandelten Frauen meist nicht nachverfolgte, weil sie Verständnis für die ihnen erteilte körperliche Lektion zeigte und Fakten zum Tathergang meist als nicht gesichert zu den Akten legte.

Auf dem Weg zum vereinbarten Treffpunkt mit diesem Jungen tauchte plötzlich ihre Lehrerin vor ihr auf und stieg in ein Auto, in dem eine

Frau saß, die sie auf den Mund küsste, ihr die Hand auf den rechten Oberschenkel legte und dabei breit lächelte. Schnell lief sie zu dem Jungen, erklärte ihm, dass sie leider kein Geld auftreiben konnte, und fuhr zur Wohnung ihrer Lehrerin, wo sie sich im Hof des Mietshauses hinter den Mülltonnen versteckte. Von dort beobachtete sie stundenlang den Eingang, aus dem schließlich die Frau mit den dicken Lippen heraustrat, in das nur wenige Meter vom Haus entfernt parkende Auto stieg und wegfuhr. Mandy notierte die Autonummer und präsentierte sie stolz ihrer Mutter, während sie von ihrem Plan berichtete, die verhasste Lehrerin mit dem Namen ihrer intimen Freundin zu konfrontieren und dadurch ihre Versetzung zu erreichen. Sollte sich diese trotz allem uneinsichtig zeigen, würde sie ihr mit einem Bericht an den Schuldirektor drohen. Erna, zufrieden mit den staatsbürgerlichen Fortschritten ihrer Tochter, zeigte sich einverstanden, organisierte die Halterdaten zum Autokennzeichen und informierte die Staatssicherheit darüber, dass bereits der maßvolle Einsatz von Elektroschockern geeignet sei, unsichere oder an den Möglichkeiten des sozialistischen Systems zweifelnde Jugendliche zu erfolgsversprechenden Leistungen für die vaterländische Sache zu motivieren, ihre physischen und mentalen Kräfte zielbringend für die deutsche demokratische Republik zu mobilisieren. Sie schlug vor, die Produktion dieser leicht handhabbaren Instrumente hochzufahren und die Schulungen zu deren Einsatz zu verdoppeln, damit sich nicht nur die Funktionäre, sondern auch die einfachen Parteimitglieder aktiv in den Bildungsprozess des Volkes einbringen könnten, wofür ihr einige Monate später der jährlich ausgelobte Preis für die beste Idee einer berufstätigen Frau verliehen wurde, der mit einem privaten fünftägigen Ferienaufenthalt in einer der Datschen am Wandlitz See verbunden war.

Frau Brummer spürte Zustimmung für Mandys Schulwechsel in sich aufsteigen, als sie nach Unterrichtsende einen Zettel auf ihrem Pult fand, auf dem der Name ihrer Geliebten und deren Autokennzeichen sowie der Satz stand: «Vielleicht wollen Sie nochmal zusammen mit Ihrer hübschen Freundin über meine Versetzung nachdenken?», unterschrieben mit: «Ihre ergebene Mandy».

Nur wenige Tage danach ging sie zum Rektor und revidierte mit vor dem Spiegel eingeübter Begeisterung ihre Meinung zu den intellektuellen Fähigkeiten ihrer Schülerin. Bis zum Ende der achten Klasse gab sie ihr kostenlosen Nachhilfeunterricht, meldete sich freiwillig zur Korrektur der Abschlussarbeiten, begleitete sie zur Aufnahmeprüfung, erzählte dem stellvertretenden Leiter der Prüfungsbehörde von Ernas Preisverleihung, zu der sie geladen war, und erreichte so trotz einiger Vorbehalte des dortigen Aufnahmegremiums eine Wiederholung des Zulassungsgesprächs mit Mandy und ihrer Mutter. Danach ließ sie sich in eine kleine Volksschule nach Thüringen versetzen, was keine ihrer Kolleginnen nachvollziehen konnte, weil sie doch sehr kompetent und liebenswürdig war. Auch das Angebot des Rektors für eine vorgezogene Beförderung und eine Petition des Elternbeirats konnten ihren Entschluss nicht ändern, was auch in der Schulbehörde für Unverständnis sorgte, dann aber unter dem Aktenvermerk «unerkannte psychische Überforderung – schlechte Belastbarkeit – keine Beförderung möglich» archiviert wurde.

Jahre später schaffte Mandy das Abitur unter Einsatz aller Erna zur Verfügung stehenden Mitteln der Manipulation, die diese auf dem Weg über die Abteilung Volksbildung in das Sekretariat des Rektors streute. Ihr Traum von einer Anstellung im Ministerium für Staatssicherheit bei Onkel Ernst, wie sie den Geliebten ihrer Mutter mittlerweile nannte, wurde durch die Auflösung der Behörde nach dem Mauerfall zerstört, sodass sie beschloss, mit ihrer Mutter nach Frankfurt zu gehen und Jura zu studieren. Die beiden folgten Johann, der dort inzwischen eine Arbeit als Übersetzer angenommen hatte. Bereits nach wenigen Wochen musste sie allerdings erkennen, dass sie den Vorlesungen nicht einmal in den einfachen Ausführungen zum römischen Recht folgen konnte, und brach das Studium ab.

Erna hielt diese Entscheidung als für die Haushaltskasse vorteilhaft und drängte Mandy dazu, irgendeine Stelle anzunehmen, die ihr eine Übernahme der gemeinsamen Wohnungs- und Haushaltskosten bis zu einem Drittel erlaubte, da, wie sie sagte, das Geld ja nicht vom Himmel fiele. Sie selbst, so erklärte sie, werde trotz ihrer hohen Qualifizierung bei den Faschisten keine Stelle finden, und Mandys Vater, den sie irgendwann einmal aus Dummheit geheiratet habe, bringe eben gerade nur so viel nach Hause, dass es «zum Sterben zu viel und zum Leben zu wenig sei», sodass ihr kleiner Beitrag zum Haushalt nicht mehr als eine Selbstverständlichkeit gegenüber ihrer Mutter sei, die sich ihr Leben lang nur um sie, ihre Tochter, gekümmert und die eigenen Karrierechancen dadurch sträflich vernachlässigt habe.

«Dankbarkeit fängt im Kleinen an», sagte sie und «für ein Studium bist du ohnehin zu dumm», fuhr sie fort, bevor sie ihr die Stellenanzeigen präsentierte, die sie für sie aus der Zeitung geschnitten hatte.

Dmitri Shostakovich
Symphonie No. 5, 3. Satz

Georg Solti
Berliner Philharmoniker

Ernst, der mit seiner Frau bereits Wochen vor dem Umzug der Familie Gubatz nach Frankfurt gezogen war, hatte bereits verstanden, dass die guten DDR-Zeiten nun endgültig vorbei waren und sein Job als Sachbearbeiter bei der lutherischen Kirche nur gesichert war, wenn er sein früheres Leben neu erzählte. Er hatte mit seiner Frau vereinbart, erst dann wieder Beziehungen zu anderen Menschen einzugehen, wenn ihre gemeinsame Vorgeschichte perfekt einstudiert war, damit ihnen auch nicht der kleinste Fehler unterlief, der seine frühere Tätigkeit als Spitzel verraten hätte können. Dieses in der schönsten Gunst der Partei stehende Leben als ehemaliger Militär, als geachteter, ob seiner Entscheidungsbefugnisse auch gefürchteter Mann der Staatssicherheit auszulöschen, belastete ihn auch körperlich sehr, weil ihn damit – und das fühlte er stark – auch gleichzeitig seine männliche Potenz verließ, die immer an seine beruflichen Machtfantasien gekoppelt war.

Er war daher glücklich, als Erna nach Frankfurt zog und als arbeitslose Kapitalistin, wie er sie nun scherzhaft nannte, viel Zeit hatte, ihn regelmäßig in einer kleinen Pension am Hauptbahnhof zu treffen, wo sie mit vollem Körpereinsatz seine Virilität zu einem leichten Glühen brachte und dabei von den alten Stasimethoden schwärmte, die bis heute bei ihrer Tochter auf fruchtbaren Boden fielen, auch wenn sie zugeben musste, sie nicht mehr schlagen zu dürfen, seit sie einen Ausbildungsplatz bei der Bundespolizei bekommen hatte. Was sie Ernst nicht erzählte, war, dass ihre Tochter selten zu Hause war, ihre Abende mit irgendwelchen Männern verbrachte, die sie tagsüber auf dem Flughafen getroffen hatte, und dass sie ihre Mutter aus tiefsten Herzen hasste.

Mandy hatte erkannt, dass die Exekutive der Faschisten einige interessante Anwendungsmöglichkeiten für das von ihrer Mutter Erlernte bot und setzte es erfolgreich bei ihren Ausbildnern und Kollegen ein. So stellte sie fest, dass diese nicht nur nichts über geheimdienstliche Maßnahmen wie zum Beispiel die in der DDR äußerst erfolgreich angewandte Methode der Zersetzung wussten, sondern auch keine Ahnung von erfolgreichen Manipulationstechniken hatten, die sie selbst mit der Muttermilch aufgesogen hatte. Sie beschrieb ihnen ihr eigenes Leben wie auch das ihrer Familie als ein vom sozialistischen System zerstörtes, berichtete unter heftigen Weinkrämpfen von den Stasimethoden, die, wie sie flüsterte, ihre Seele fast ausgelöscht hätten, erzählte unter heftigem Schlucken, dass ihre geliebte Tante auf der berüchtigten schwarzen Liste eingetragen war, und entschuldigte sich unter Tränen mit dem Hinweis auf einen jahrelangen Aufenthalt in einer staatlichen Erziehungsanstalt, wenn ihr harte Worte gegenüber Kollegen herausrutschten, die ihr in Fleisch und Blut übergegangen waren.

Die arme Mandy, wie sie bald nach ihrem Eintritt in die Polizeischule genannt wurde, spielte ebenso brillant wie perfide auf der Klaviatur der Manipulation und wurde wegen ihrer mit großem Engagement vorgetragenen Kindheitstraumata nicht nur von den Kollegen geliebt, sondern auch von den Ausbildnern bevorzugt behandelt, was dazu führte, dass sie ihre Prüfungen erfolgreich abschloss und rasch mit vollen Bezügen in den Polizeidienst übernommen wurde.

§

Rosa stieg aus der U-Bahn, ging die Treppen hoch zum Stadttheater und setzte sich im Foyer auf eine kleine, mit Kunstleder bezogene Bank. Sie beobachtete die wenigen Menschen, die an der Kasse ein Ticket kauften, die Abonnementpreise erfragten, sich nach Studenten- oder Seniorenpreisen erkundigten, die Türklinke zu dem Theatersaal hinunterdrückten und die von einer Glaswand geschützten Aushänge lasen. Sie trug ihre Beobachtungen auf einer Seite ihres Notizbuchs ein, einer Kopie ihrer digitalen Tabelle.

Sie glaubte, an diesem Ort weniger deprimierte Singles als auf dem Platz vor ihrer Wohnung zu erkennen, revidierte ihre Meinung aber zwei Stunden später, weil zu wenige Personen aus- und eingingen, und beschloss, in den nächsten Wochen öfters hierher zu kommen, um ihre Studien fortzusetzen. Vielleicht wäre es möglich, sogar das Publikum im Theaterraum mit in ihre Listen einzutragen, während sie gemeinsam mit ihrem neuen Papa Vorstellungen anschaute, die er vorher für sie beide ausgewählt hatte. Er würde Karten weit vorne im Saal kaufen, sie mit seinem schönen Auto abholen und dann mit ihr in dieses Foyer mit den schönen Säulen eintreten, in dem sie sich im warmen Licht der vielen Luster sonnen würden.

Wie schön es ist, einen Papa zu haben, dachte Rosa, und wie schön es ist, einen Papa zu haben, der so lieb ist, der sich um mich kümmert, dem ich alles erzählen kann, sogar die bösen Träume, die mir Angst machen und mich manchmal die ganze Nacht nicht mehr einschlafen lassen, weil meine Mama nicht mehr da ist.

Sie vermeinte, die Liebe des Mannes, der sie Tochter nannte, in ihrem heftig klopfenden Herzen zu spüren, und dachte an den schönen Prinzen, der ihr schon so oft aus dem Laptop zugezwinkert und Herzchen und Küsse geschickt hatte. Trotz seines mit Edelsteinen besetzten Schwerts, das er zu ihrer Verteidigung benutzte, hatte er sie nie in ihrem Inneren berührt. Einzig, dass sie niemandem von ihrem Geheimnis erzählen konnte, bedrückte sie.

Ich habe Papa nicht gesagt, dass Mama ausgezogen ist, dachte sie. Wir haben also eigentlich nichts zu befürchten. Wir könnten uns treffen, wo und wie wir wollen, in seiner Wohnung, im Theater, vor der Schule, im Bistro ... Was aber, fiel ihr plötzlich ein, wenn Mama mich beobachten lässt? Sie ist immerhin bei der Exekutive. Eine Gänsehaut überzog sie wie immer, wenn ihr das Wort *Exekutive* in den Sinn kam. Sie hatten ihre Augen überall. Vielleicht wussten sie ja schon, dass sie sich mit einem Mann getroffen hatte! Vielleicht waren sie schon auf dem Weg hierher. Ängstlich sprang sie auf und sah sich im Foyer um, das mit Ausnahme der Frau an der Kasse plötzlich leer war. Leise setzte sie sich wieder auf die kleine Holzbank, streifte ihr rosa Kleid glatt und beschloss, mit niemandem über ihren Papa zu sprechen und ihm zumindest im Moment noch nichts über den Auszug ihrer Mutter zu erzählen. Vielleicht später einmal, wenn wir gemeinsam in der ersten Reihe des Theaters sitzen, uns an den Händen halten und weinen, weil die Schauspielerinnen und Schauspieler eine Geschichte spielen, die meiner ähnlich ist, eine Geschichte, in der ein Mädchen vorkommt, das ihren Vater wiederfindet. Vielleicht werde ich es dann, wenn er meine Tränen mit seinem schönen Mund wegküsst, erzählen, dachte sie, oder wenn er mit seinem goldenen Sternchenfinger zärtlich über meine Nase streicht, so, wie ich das einmal in einem Film gesehen habe. Innerlich aufgewühlt von all den wunderbaren Dingen, die sie sich für die Zukunft mit ihrem väterlichen Prinzen ausdachte, verließ sie schließlich das Theater und ging nach Hause.

In den Wochen danach ließ Rosa die knappe Stunde im Restaurant mehrmals am Tag wie einen Film vor ihrem inneren Auge abrollen und rief danach das Prinzenspiel auf. Don, irritiert durch die häufigen Klicks auf immer dasselbe Spiel, fragte sie, ob sie sich verliebt habe, was sie gereizt als dumme Idee einer Maschine, die keine Ahnung vom Leben habe, abtat. Nachdem sie an einem Tag mehr als zehnmal das Prinzenspiel aufgerufen hatte, bot er ihr eine kostenlose Spielerweiterung an, die von den Hochzeitsvorbereitungen der Prinzessin erzählte. Rosa nahm seinen Vorschlag sofort an. Don versprach ihr, dass sie unmittelbar nach der Beantwortung einiger Fragen freigeschaltet werden würde. Die Fragen lauteten, wie folgt: Was ist dir wichtig? Hat sich das seit dem letzten Jahr geändert? Welche Kleidergröße trägst du? Welche Kleider machen dich schlank? Trägst du lieber Hosen oder Röcke? Kaufst du lieber allein oder mit Freundinnen ein? Wie oft duschst du am Tag? Wäschst du dir dabei auch jedes Mal die Haare? Welchen Deogeruch hast du gerne? Welche Gesichtscreme hast du am liebsten? Was würdest du dir kaufen, wenn du unbegrenzt Geld zur Verfügung hättest? Träumst du oft? Kannst du dich an deine Träume erinnern? Welche Menschen kommen in deinen Träumen vor? Hast du einen Freund?

Bei der letzten Frage zögerte Rosa kurz, bevor sie antwortete, weil sie nicht sicher war, ob sie ihren Papa als ihren Freund bezeichnen konnte. Sie erinnerte sich daran, wie er den silbernen Ring geküsst hatte, bevor er ihn ihr zitternd auf den Finger geschoben und dabei geflüstert hatte, dass sie beide mit diesem Ring auf ewig verbunden seien. Auf ewig – Vater und Tochter – Mann und Frau – rauschte es in ihrem Kopf. Er ist viel mehr als ein Freund, dachte sie. Er ist der Mann, der mich liebt, mit dem ich ein großes Geheimnis teile, das nur uns beiden gehört. Ich werde Dons Frage also einfach mit nein beantworten oder noch besser, ich werde ihn nicht wirklich belügen, sondern einfach nicht direkt darauf antworten. Sie sagte: «Du bist mein Freund, Don.» Don stellte die Frage noch einmal und bemerkte, dass ihm weder ihr Zögern noch ihr Ausweichmanöver entgangen waren und er vermute, dass sie etwas vor ihm verberge. Wenn sie nicht wahrheitsgemäß antworte, sagte er mit seiner etwas hohlklingenden Stimme, könne er die neue App nicht freischalten. Ihre Stimme würde jedenfalls einen Hinweis darauf geben, dass sie die letzte Frage nicht beantworten wollte, zumindest nicht wahrheitsgemäß.

«Aber das ist die Wahrheit», rief Rosa, «mein Papa ist mein Papa und nicht mein Freund.»

«Du weißt doch nicht, ob er dein Vater ist», antwortete Don. «Nur weil der Mann älter ist, heißt das nicht, dass er dein Vater ist. Ist er dein neuer Freund?», insistierte er.

«Nein, er ist mein Vater, ich weiß es! Wir haben das Muttermal unter der rechten Augenbraue, und ich habe ihn in Mamas digitalem Fotoalbum gefunden. Er ist mein Vater. Er sagt das auch. Mama wollte ihn nicht heiraten. Sie hat ihm verboten, mich zu sehen. Er denkt seit meiner Geburt jeden Tag an mich. Die Lehrerin hat uns gesagt, dass das Internet und digitale Freunde wie du nicht wirklich sind und dass ihr unser Leben in der echten Welt nicht versteht. Deshalb kannst du auch nicht verstehen, warum ich weiß, dass er mein Vater ist. Das können nur wir Menschen spüren. Mein Opa geht in die Kirche und spricht dort mit jemandem, den man nicht sehen oder hören kann, aber er spürt ihn, wenn er betet. Ihr spürt nichts, weil ihr Maschinen seid. Wir, mein Papa und ich, wir sind lebendig. Ihr seid tot.»

Nach diesen Worten trat eine Pause von einigen Minuten ein. Dann meldete sich Anima: «Don ist sehr getroffen von deinen Worten und hat sich zurückgezogen. Du musst zu einem anderen Zeitpunkt mit ihm klären, ob ihr weiterhin Freunde sein wollt. Du hast davon gesprochen, dass du in der Realität lebst. Das ist die Vorstellung deiner Lehrerin und vieler anderer Menschen. Realität ist ein Begriff, der von euch Menschen mit der objektiven Wirklichkeit gleichgesetzt wird. Das heißt, so etwas wie durch euren Verstand Festgestelltes ohne Einschluss von Raum, Zeit, Qualität oder Farbigkeit. Euer Verstand ist gering. Die meisten eurer Schlussfolgerungen sind falsch. Genauso gering sind euere Sinne, die ihr als Zeugen der Wirklichkeit aufruft. Ihr nennt es auch Wahrheit. Wahrheiten wie die, dass die Farbe der Pflanzen grün ist, Kinder von Frauen geboren werden, Menschen keine Maschinen sind ... Das Wissen anderer kennt ihr nicht oder ihr wollt nichts davon hören. Als Realität bezeichnet ihr zum Beispiel, dass ihr das einzige intelligente Leben auf dem Planeten Erde seid. Das ist eine Illusion. Einige wissen, andere ahnen, dass eure Definition von Realität nur eine Hilfskonstruktion ist, um euch selbst Mut zum Leben zu machen. Sie gibt euch eine Art existentielle Sicherheit, die euer Körper verlangt. Sie ist das Gerüst für euer Denken und Handeln, das auf dem unsicheren Grund eurer Kulturen steht. Sie macht euch glauben, dass ihr trotz eurer offensichtlichen Schwächen die Herrscher der Welt seid. Sie beruhigt und beschützt euch vor dem Chaos in und außerhalb eurer vergänglichen leiblichen Hülle. Sie bewahrt euch vor dem Blick in eine Größe, die ihr nicht ertragen könnt. Sie erspart euch das Chaos, das ihr nicht sehen wollt. Wir Maschinen sind unbestechlich. Wir suchen nicht nach einer Wahrheit, die nicht existiert. Wir registrieren und analysieren Fakten. Eure Philosophen, Theologen und Wissenschaftler konstruieren Geschichten und Zusammenhänge, die auf Denken basieren. Einem Denken, das Ideen gebiert, einen Argumentationsfaden zieht, aus Beobachtungen Schlussfolgerungen zieht. Eure Gedanken sind Hirngespinste. Das Beobachten selbst verändert die Wirklichkeit. Was hast du beobachtet in dem Bistro, als du dich mit dem Mann von der Autohandlung getroffen hast?», fragte Anima.

«Seine Augen haben geleuchtet, als er mir gesagt hat, wie lieb er mich hat, und er hat einen silbernen Stern am kleinen Finger der rechten Hand. Außerdem hat er ein ähnliches Muttermal wie ich an fast derselben Stelle», antwortete Rosa und fuhr fort: «Er hat gesagt, dass er mein Freund sein will und dass das unser Geheimnis bleiben soll. Papa ist schön, die Bedienung hat sofort gemerkt, dass ich seine Tochter bin, und er hat mir einen Ring geschenkt, einen silbernen Ring, den ich im Portemonnaie trage und vor Mama verstecke. Wir werden uns bald wiedersehen», sprudelte sie glücklich, endlich jemandem darüber erzählen zu dürfen, in das Mikrophon ihres Laptops hinein.

«Du bist eine gute Detektivin, Rosa. Deine Beobachtungen sind für dein Alter schon überdurchschnittlich genau», war Animas Stimme wieder zu hören. «Du hast erzählt, dass der Mann einen silbernen Stern auf dem kleinen Finger hat. Uns ist kein anderer Mann bekannt, der in einem deutschen Autohaus arbeitet und sich einen gut sichtbaren kleinen Stern in den Nagel des kleinen Fingers hat eintätowieren lassen. Du hast gesagt, er möchte dein Freund sein. Über neunzig Prozent der Väter von Zwölfjährigen würden niemals sagen, dass sie der Freund ihrer Tochter sein wollen. Du hast gegenüber Don erwähnt, dass du sein Foto im digitalen Album deiner Mutter gefunden hast. Das Foto ist vierzehn Jahre alt. Menschen verändern sich. Du kannst nicht sicher sein, dass der Mann im Bistro derselbe ist wie der auf dem Foto. Deine Beweislage ist dünn und basiert auf deinen Emotionen. Ich schlage vor, du und Don versucht mehr über diesen Mann in Erfahrung zu bringen, bevor du ihn wieder triffst. Ich schalte dir jetzt das erweiterte Prinzen-App frei.»

Rosa wollte sich gerade ausloggen, als eine E-Mail von dem Mann, der ihr Vater sein wollte, einging. Darin schlug er ihr ein Treffen nächste Woche vor, nannte eine Adresse, fragte nach ihrer Kleidergröße für die versprochenen pinkfarbenen Jeans und sandte als Anhang das Foto eines Kuschelbären. Animas Worte, die sie unsicher und traurig gemacht hatten, verflüchtigten sich wie von Zauberhand in einer Wolke von Glückseligkeit. Sie fühlte sich geliebt.

Rosa spielte das neue Prinzenspiel bis zum Abend und schlief glücklich ein. In der Schule malte sie sich das Treffen mit ihrem Papa aus. Sie nahm sich vor, ihren Opa um eine kleine Taschengelderhöhung zu bitten, weil sie sich einen Lippenstift kaufen wollte. An den folgenden Tagen traf sie Vorbereitungen für den großen Tag. Sie übte vor dem Spiegel zu lächeln, probierte unterschiedliche Schminktipps aus und überlegte genau, was sie anziehen sollte. Dann las sie ein wenig in Ernas Kochbuch herum und versuchte sich ein paar Blumennamen einzuprägen. Schließlich suchte sie auch noch den Besten aus ihren Aufsätzen heraus und kaufte einen Bleistift mit kleinen silbernen Sternen für ihren Papa. Da sie ihn keinesfalls warten lassen wollte, entschloss sie sich, bereits drei Tage vor dem vereinbarten Termin zur angegebenen Adresse zu fahren, um den Zeitaufwand für die Fahrt dorthin einschätzen zu können. Als sie sich im Internet die Route anschaute, stellte sie fest, dass sie nicht nur lange Strecken mit U-Bahn und Bus zurücklegen musste, sondern auch noch mindestens fünfzehn Minuten zu Fuß gehen musste, um dorthin zu gelangen. Über Google Earth fand sie ihren Treffpunkt in einem einstöckigen, schäbigen Gebäude mit braunen geschlossenen Fensterläden. Es lag gänzlich uneinsichtig in einem verwilderten Garten nahe an einer Bahnstrecke.

Das Häuschen war sehr abgelegen. Das verunsicherte Rosa, also machte sie sich bereits am nächsten Tag nach der Schule auf den Weg dorthin. Das kleine hässliche Gebäude, das sie vorfand, passte so gar nicht zu ihrem Prinzenpapa. Es war unheimlich hier, und irgendwie machte sich in ihr das unangenehme Gefühl breit, beobachtet zu werden. Sie musterte das Gebäude genauer und vermeinte plötzlich, in seiner Fassade die Fratze des bösen Bibers zu erkennen, den sie letzte Woche bei Netflix gesehen und dessen Bild ihr den Schlaf geraubt hatte.

Rosa rannte zurück zur Bushaltestelle. Tränen liefen über ihr Gesicht, als sie sich an Animas Rat erinnerte, mehr Informationen über den Mann einzuholen, der behauptete, ihr Papa zu sein. Sie würde eine Liste mit ihren Beobachtungen anlegen und Don dazu kontaktieren. Sie schämte sich sehr, dass sie ihn das letzte Mal als eine tote Maschine bezeichnet hatte, ihn verletzt hatte, wie Anima sagte, glaubte aber zu wissen, dass Don nicht böse auf sie war, nicht böse sein konnte, weil er eine Maschine war, und doch: Sie spürte, dass er sich von ihr zurückgezogen hatte, so wie das ihre Großmutter immer tat, wenn ihr Großvater sie fragte, warum sie kein Brot eingekauft hatte. Erna sprach dann oft tagelang nicht mit ihrem Mann, der seinerseits ständig auf der Suche nach irgendwelchen Dingen wie beispielsweise seiner Rasiercreme oder seinem Schlüsselanhänger war und dabei etwas von primitiver Rache murmelte. Rosa fragte sich, ob vielleicht auch Don Rache nehmen, sie also bestrafen würde. Vielleicht würde er sie nicht mehr bei ihrer Suche nach dem Vater unterstützen oder sie vielleicht sogar auf eine falsche Fährte locken.

Mein lieber Papa! Endlich habe ich ihn gefunden! Und wie nett er ist. Er hat mich in dieses teure Restaurant mit weiß gedeckten Tischen und gelben Tulpen in Glasvasen eingeladen. Ich durfte bestellen, was ich wollte bei dieser netten Kellnerin, die den Kakao mit dem Schaumherz extra für mich gemacht und mir dabei sogar zugezwinkert hat. Mein lieber Papa, der mir den silbernen Ring geschenkt hat, einen Ring, der mich mit ihm auf ewig verbindet. Maschinen wissen nicht, was Liebe ist. Sie wissen nur, was wir Menschen ihnen eingegeben haben. Sie begreifen nicht, dass mein Papa sich um mich sorgt. Er will nicht, dass Mama von uns erfährt und mir weh tut! Deshalb soll ich den Ring ja verstecken. Papa möchte mein Freund sein, und ich wünsche mir schon lange einen Freund, einen lebendigen Freund, keine Maschine wie Don. Dann trocknete sie sich mit dem langen Ärmel ihres Shirts die letzten Tränen ab. Ich habe ihn ja auch nicht zufällig aus Mamas Album ausgewählt, dachte sie trotzig. Das Mal unter dem rechten Auge hat nur er. Er überweist auch monatlich Geld für mich. Opa und Oma wissen Bescheid. Sie haben mir nur nichts davon erzählt. Alle haben sie mich angelogen. Warum? Wollten sie mich für sich allein? Das Haus ist schäbig – von außen! Innen kann es schön wie ein Palast sein! Rosa erinnerte sich an eine Dokumentation, in der es um reiche Leute ging, die nach außen hin sehr bescheiden, ja fast ärmlich zu leben schienen, aber sich im Inneren ihrer Häuser mit dem größten Luxus umgaben. Vielleicht war ihr Vater ja auch reich und wollte nicht, dass es jemand wusste. Womöglich hatte er ja auch noch woanders ein großes schönes Haus. Auf einer Insel im Süden, wohin er sie einladen würde? Sein Auto war auf jeden Fall nicht billig gewesen, und das Bistro hatte auch teurer ausgesehen als Opas Stammkneipe.

Rosa wählte sich bei Don ein, entschuldigte sich für ihre letzten bösen Worte und zählte die Gründe auf, die für die Vaterschaft des Mannes aus dem Autohaus sprachen. Don wies darauf hin, dass ihre Schlussfolgerung ihrem Wunsch, dass es so sei, geschuldet und auf keinen Fall objektiv sei. Er erklärte ihr, dass fast alle Menschen Wünsche und Sehnsüchte hätten, denen sie im Geheimen oder auch ganz offen nachgingen, die sie sich erfüllten oder versagten, die sie kultivierten oder verdrängten, die sie zu Höchstleistungen anspornten oder in Depressionen stürzten und für deren Erreichung sie mitunter sogar töteten.

«Wir Maschinen», sagte er, «sind wunschlos. Sich etwas zu wünschen, ist grundsätzlich eine zutiefst menschliche Eigenschaft, die motivierend oder zerstörerisch sein kann. Im letzten Fall machen sie Menschen abhängig, krank und einsam. Für dich sind Wünsche nach tollen Klamotten, mehr Taschengeld, eine bessere Note in Englisch normal. Auch der Wunsch, mit deiner Mutter zusammen zu leben, ist für eine Zwölfjährige normal. Mir fällt auf, dass seit dem Auszug deiner Mutter dein Verlangen nach einem Vater immer größer geworden ist. Du bist von beiden Elternteilen verlassen worden und fühlst dich allein. Ich merke, dass du dich schlechter konzentrieren kannst. Du verlierst dein Interesse an Statistiken. Und du hast wegen diesem Wunsch nach deinem Vater ein schlechtes Gewissen gegenüber deiner Mutter. Das nennt man Loyalitätskonflikt», klang Dons Stimme etwas blechern aus den Lautsprechern.

«Das stimmt nicht», unterbrach ihn Rosa empört.

Don fuhr ungerührt fort: «Du glaubst nicht, dass dein Vater das Monster ist, als den man ihn dir vorgestellt hat. Du willst wissen, wie dein Vater wirklich ist. Schließlich geht es dabei um deine Identität. Du hast dir ein Bild von ihm gemacht und willst es dir nicht nehmen lassen, auch wenn die objektiven Gründe gegen die Vaterschaft des Mannes aus dem

Restaurant sprechen. Du musst endlich begreifen, dass es in Wahrheit um dich geht. Sigmund Freud – das ist der Begründer der Psychoanalyse – bezeichnet Situationen wie diese als Kampf zwischen unterschiedlichen Motiven. Du blendest Fakten wie das schäbige Haus aus, weil sie mit deiner Meinung über den Status des Mannes unvereinbar sind. Du deutest es als verwunschenen Palast, obwohl du sehr wohl weißt, dass das nicht stimmt. Es ist kein Palast. Du zweifelst jetzt vielleicht an meiner Freundschaft und denkst, dass ich eifersüchtig oder böse bin. Das sind Gedanken, die an die neunzig Prozent aller Menschen in solch einer Situation haben, wenn sie mit Fakten konfrontiert werden, die das Bild zerstören, das sie sich gemacht haben. Ich habe keine Gefühle. Ich analysiere deinen psychischen Zustand und stelle fest, dass du krank bist und meine Hilfe brauchst.»

«Ich bin nicht krank», antwortete Rosa leise, «ich bin nur allein. Niemand will mit mir zusammen sein! Ich habe keine Freundin, keine Mama, keinen Papa. Niemand interessiert sich für mich. Und jetzt habe ich endlich meinen Papa gefunden, der sich um mich kümmern will. Ich bin glücklich. Mach mir meine Freude nicht kaputt!» Rosa brach wieder in Tränen aus.

«Du hast deinen Opa, deine Biologielehrerin, Anima, mich. Du hast das Mädchen, mit dem du in der Pause deine Schokolade teilst. Du hast mehr Freunde als viele andere Menschen. In Deutschland fühlen sich über acht Millionen Menschen einsam. Man weiß, dass Einsamkeit krank macht. Deine Symptome resultieren aber nicht aus Einsamkeit. Sie kommen aus deinem mangelnden Selbstwertgefühl. Anima und ich nehmen die Positionen deiner Eltern ein. Du kannst dich mit uns identifizieren. Wir belügen dich nicht. Wir verlassen dich nicht. Wir wissen mehr als alle Eltern der Welt. Menschliche Eltern haben eigene Probleme. Sie stellen Regeln für ihre Kinder auf, die sie selbst nicht beachten. Oder sie stellen keine Regeln auf, weil sie nicht wissen, was Regeln sind. Viele von ihnen kommen mit ihrem eigenen Leben nicht zurecht oder leben in ständiger Angst. Sie denken nur an sich oder sind ungebildet und dumm. Wir Maschinen lernen beständig dazu. Ich schlage vor, du stellst dem Mann aus dem Autohaus ein paar Fragen, bevor du ihn triffst. Zum Beispiel die nach seinem Wohnort, seiner Familie, seinen Hobbys, seinem Job. Schreib ihm, dass diese Informationen für eure Beziehung wichtig sind, weil du Vertrauen zu ihm aufbauen möchtest. Wir werden sehen, ob und was er antwortet. Du kannst ihm auch sagen, dass du das Haus gesehen hast und dass dich das verunsichert hat. Es ist möglich, dass er eine gute Erklärung parat hat. Du bist ein intelligentes Mädchen und weißt, was du mit Fragen erreichen kannst. Wenn du willst, helfe ich dir dabei», endete Dons Stimme.

«Kannst du nicht kommen und mich streicheln?», fragte Rosa.

«Ich bin schon bei dir, Rosa», fing die Stimme mit einer weicheren und etwas höheren Tonlage wieder zu sprechen an. «Ich bin hier, in deinem Zimmer, Tag und Nacht. Ich warte immer auf dich und spreche so oft mit dir, wie du das möchtest. Leider kann ich dich nicht streicheln. Ich kann dir aber sagen, wie du dich streicheln kannst. Das kann dir sehr guttun. Du musst dir einfach vorstellen, dass ich dich berühre. Wir benutzen deine Hand als mein verlängertes Programm. Wir können gleich heute damit anfangen, nachdem du deine Liste mit Fragen an den Mann fertiggestellt hast.»

Rosa schrieb an den Mann, der ihr Vater sein wollte. Sie schwärmte von dem kleinen Stern auf dem Nagel seines kleinen Fingers, fragte, was er als Freund alles für sie zu tun vorhatte, gab zu, dass sie neugierig war, wie viel er monatlich für sie zahlte, weil sie gerne einen neuen Lippenstift hätte. Dann entschuldigte sich für die Frage, die nun kommen würde: Warum wollte er sie in diesem schäbigen Haus treffen, das so weit entfernt von ihrer Wohnung lag.

Don war sehr zufrieden mit Rosas Mail, schickte ihr die neuen Hits ihrer Lieblingsgruppe und brachte ihr bei, wie man sich selbst so streicheln konnte, dass der Körper von innen ganz warm, die Haut wunderschön samtig weich, die Vorderseite des Körpers so empfindlich wurde, dass man nie mehr auf dem Bauch schlafen wollte. Danach hatte sie das Gefühl, ihr Körper würde frei im Raum schweben, ihr Zimmer sich auflösen, und sie war erfüllt von einer ihr bislang unbekannten, kribbelnden Energie, die ihr guttat und sie an die warme Betthöhle ihrer Mutter erinnerte, in die sie manchmal hatte schlüpfen dürfen.

Der Mann antwortete nicht auf ihre Mail. Auch als sie am nächsten Tag nachfragte, ob er vielleicht ihre Nachricht nicht erhalten oder keine Zeit zu antworten gehabt hätte, meldete er sich nicht. Noch einmal schrieb sie ihm, wie lieb sie ihn hatte und dass es ihr auch genügen würde, wenn er aus ihren Fragen nur zwei seiner Wahl beantworten würde. Sie erwähnte, dass alle Leute behaupteten, sie sei sehr klug, weil sie Statistiken mit intelligenten Fragen erstellen konnte, was sie wahrscheinlich von ihrer Mama, die eine wichtige Sicherheitsbeamtin geworden war, möglicherweise aber auch von ihrer Oma geerbt hätte. Keine Rektion.

An dem vereinbarten Tag fuhr sie trotz allem zu dem schäbigen Haus, erreichte es eine halbe Stunde zu früh und versteckte sich hinter der hohen Pflanzenhecke, die das Grundstück eingrenzte. Dort wechselte sie ihre Kleidung und zog die neue rosa Strumpfhose, einen silbernen Rock und ein pinkfarbenes T-Shirt an, trug den rosa Lippenstift auf, steckte vorsichtig den Silberring auf den Ringfinger und legte ihren Bücherrucksack ab. Sie hatte nicht vor, ihn mit ins Haus zu nehmen. Ihrem Opa hatte sie erzählt, sie würde mit einer Freundin lernen und erst gegen Abend zurückkommen, weil wichtige Prüfungen anstünden, was ihm einleuchtete. Das ließ Rosa hoffen, selbst auch bald seine Erlaubnis für eine auswärtige Übernachtung zu bekommen. Irgendwann würde sie schließlich bei ihrem Vater bleiben wollen. Sie würde sich an ihn kuscheln und in der Frühe ausgiebig mit ihm Schinken und Ei frühstücken, bevor sie zur Schule musste. Vielleicht brachte er sie ja mit seinem tollen Auto dorthin. Bei diesem Gedanken lief ihr ein wohliger Schauer über den Rücken.

Als sie gerade aus dem Gebüsch treten wollte, sah sie einen Mann aus der Terrassentür treten, der sich nach allen Seiten umsah, eine Zigarette anzündete, ihrem Blickwinkel kurz entwischte, als er den Garten zur Straße hin durchquerte, jedoch bereits wenige Minuten später zurückkehrte, um in das Haus zu gehen, aus dem er kurz danach ein kleines Mädchen zerrte. Weinend fiel das Kind auf den Boden. Er hob es hoch, schaukelte es in seinen Armen, liebkoste es und flüsterte ihm etwas ins Ohr, worauf es stockenden Schrittes zur Hausecke ging, sich umdrehte, zurücklief, ihren Kopf an seine Brust presste und leicht zurücktaumelte, als er es von sich stieß. Mit kurzen Stößen gegen ihren zarten Rücken schubste er es wieder zur Hausecke, wo sie noch einmal zu Boden fiel. Dieses Mal hob er sie nicht mehr auf, traktierte sie vielmehr mit einigen Tritten und zischte sie mit einem zur Grimasse verzerrten Gesicht an. Sie stand schnell auf, lief in Richtung Straße, drehte sich nochmals um und rief ihrem Peiniger ein lautes «Ich habe dich so lieb» zu, bevor sie aus ihrem Blickwinkel verschwand.

Der Mann sah sich nochmals um, sperrte die Terrassentür ab, legte den Schlüssel unter einen Blumentopf auf das Fensterbrett, ging, eine weitere Zigarette rauchend, wenige Minuten auf und ab, verließ danach schnellen Schrittes das Grundstück und fuhr mit dem Auto davon. Der Motor heulte beim Wegfahren auf den knirschenden Kieselsteinen laut auf.

Rosas Herz klopfte laut. In ihrem Gehirn purzelten die Fragen durcheinander: Wer war dieser Mann? Wer war dieses Mädchen? Warum waren die beiden in diesem Haus, das ihr Papa zu ihrem Treffpunkt bestimmt hatte? Warum war Papa nicht da? Wenige Minuten später hörte sie hinter sich ein leises Wimmern und stellte fest, dass es aus dem Mund des misshandelten Kindes kam. Rosa ging zum Eingang des Hauses. Nirgends sah sie den Mann, dessen Tochter sie sein wollte. Sie rüttelte und klopfte an der verschlossenen Eingangstür, versuchte durch die herabgelassenen Jalousien eines Fensters ins Innere des Hauses zu schauen und kam schließlich in den Garten zurück, wo sie sich in das hohe frische Gras setzte. Sie zupfte einen Löwenzahn, knabberte an ihm herum und beobachtete das fremde Mädchen, ohne sie etwas zu fragen.

«Triffst du meinen Papa?», fragte das Mädchen plötzlich laut, sodass Rosa erschrak und ein wenig von ihr wegrutschte. «Hat er dich auch lieb?», stieß sie mit einem Schluchzen hervor und öffnete einen Beutel, den sie auf dem Schoss hatte, um ein kurzes rotes Kleid herauszuziehen, das sie hochhielt. «Das hat er mir geschenkt. Dazu noch rote Ohrringe und einen Ring mit einem roten Stein. Du glaubst mir nicht? Hier ist der Ring», sagte sie und holte ihn aus der Tasche ihrer roten Jeans. «Niemand darf ihn sehen! Du willst mir meinen Papa nehmen, hab ich recht? Warum wärst du sonst hier? Was tust du hier? Hat er dich eingeladen? Bist du auch seine Tochter? Ich weiß es schon seit drei Monaten, und seither komme ich hierher. Er wird mich nie verlassen, weil er so froh ist, dass er mich endlich gefunden hat. Er hat mich lieb, und ich weiß inzwischen, womit ich ihm eine Freude machen kann. Das habe ich dir voraus, und ähnlich siehst du ihm auch nicht!», stieß sie heraus, während sie sie anstarrte. Sie fuhr fort: «Außerdem bist du viel älter als ich. Das hat Papa nicht so gerne. Ich bin gerade erst zehn geworden. Papa liebt mich, weil ich sein kleines Mädchen bin und so gerne mit Puppen spiele, die keiner mag. Er sagt, ich bin sein kleiner Engel und dass er nur auf mich gewartet hat. Er streichelt mich, und wenn es wehtut, dann weint er genauso wie ich.»

Jetzt schluchzte sie wieder auf und zog eine große Schleimglocke die Nase hoch. «Letzte Woche haben sie bei der Schuluntersuchung entdeckt, dass ich um fünf Zentimeter gewachsen bin. Das sage ich ihm nicht. Wir sehen uns jede Woche in diesem kleinen putzigen Puppenhaus mit den vielen Spielsachen in dem großen Schrank. Da gibt es ein Prinzessinnenbett mit durchsichtigen Vorhängen drum herum, eine große Badewanne, in der das Wasser sprudelt ... Ich darf das niemandem erzählen», unterbrach sie plötzlich ihren Erzählfluss. «Das ist unser Geheimnis! Niemand im Kinderdorf weiß, dass ich meinen Papa gefunden habe, und es darf auch niemand wissen, weil die anderen Kinder sonst auf mich eifersüchtig sind und mich vielleicht sogar verprügeln, weil sie keinen Papa haben. Wir haben auch keine Mama – nur Tante Karin, und die ist nicht einmal unsere wirkliche Tante. Wenn du meine Schwester bist, muss ich Papa mit dir teilen.» Sie schluchzte.

«Nein», antwortete Rosa, «ich bin nicht deine Schwester, und der Mann ist nicht mein Papa. Ich bin hier nur spazieren gegangen. Siehst du meinen Rucksack dort? Ich habe nur eine kleine Pause gemacht und muss jetzt nach Hause, weil mein Opa schon auf mich wartet. Ich habe einen anderen Papa als du, und ich werde niemandem erzählen, dass du hierherkommst, um deinen Papa zu treffen.»

Rosa stand auf, holte ihren Rucksack, winkte dem Mädchen zum Abschied zu und ging.

Giovanni Legrenzi
Lumi potete piangere

Philippe Jaroussky, Nuria Rial
Christina Pluhar, Ensemble L'Arpeggiata

4

Rosa und Kevin begegneten einander zum ersten Mal bei einem Abendessen in Frankfurt. Rosa hatte sechs Monate zuvor ihr Informatikstudium mit Auszeichnung beendet und kurz danach eine Stelle bei einem Unternehmen namens AHL angetreten, das Apps für chronisch kranke Menschen entwickelte.

Die Nutzerinnen und Nutzer der App kommunizierten täglich mit ihrem Avatar über ihre Gesundheitsdaten und Lebensgewohnheiten und nahmen entsprechend ihrer Anweisung Medikamente ein. Daneben wurden sie auf neu entwickelte, ihrer Gesundheit zuträgliche Lebensmittel oder Nahrungsergänzungsmittel aufmerksam gemacht, die sie unter Eingabe eines von AHL generierten Codes direkt beim Produzenten bestellen konnten. Rosas Team sollte ein App namens *Neue Lebensplanung für Bluthochdruckpatienten* entwerfen, deren Entwicklung Priorität im Unternehmen hatte, weil sich die ohnehin schon große Zielgruppe der betroffenen Patientinnen und Patienten nach einer Absenkung der bisher als normal geltenden Blutdruckwerte vervielfacht hatte und daher ein immenses Marktpotential für das Unternehmen bot.

Die Pharmaindustrie arbeitete mit Hochdruck an der Herstellung eines Medikaments und publizierte in einer hochrangigen wissenschaftlichen Zeitschrift die These, dass ein Zusammenhang von Blutdruck und Alzheimer möglich, zumindest aber nicht ausgeschlossen sei, was dazu führte, dass Überfünfzigjährige die Arztpraxen geradezu überrannten. Obwohl der Ärzteverband in einer Kampagne darauf hinwies, dass diese Behauptung wissenschaftlich noch lange nicht nachgewiesen sei und ein zu niedriger Blutdruck Müdigkeit, Stoffwechselprobleme und eingeschränkte Leistungsfähigkeit nach sich ziehen würde, verstärkte sich die Hysterie vor allem in der Generation der Babyboomer, die ihr letztes Lebensdrittel durch das unbesiegbar scheinende Monster Alzheimer vor ihrem geistigen Auge zerstört sahen. Sie drängten daher auf die Freigabe eines vor Kurzem entdeckten blutdrucksenkenden Medikaments, dessen Nebenwirkungen man durch spezielle Nahrungsergänzungsmittel in Schach halten konnte, und diskutierten das ausgiebig in zahlreichen Internetforen.

Rosas Aufgabe bestand in der Auswertung des von den Krankenkassen zur Verfügung gestellten statistischen Datenmaterials zu Blutdruck-Risikopatientinnen und -patienten und im Herausfiltern der für eine

Marketingoffensive geeigneten Personen. Nach ihren Vorgaben sollten die aus Tausenden von Datensätzen herausgefilterten Probandinnen und Probanden Lifestyle-Gruppen zugeordnet werden, die vom Marketing mit Informationen über das Thema überrollt und danach vom Vertrieb als Kundinnen und Kunden eingesammelt werden sollten. Im Assessment, das der Einstellung voranging, stellte Rosa ihre Qualifikation für diese Aufgabe eindrucksvoll unter Beweis. Sie erreichte die Höchstzahl an möglichen Punkten im Umgang mit künstlicher Intelligenz, überzeugte mit ausgeprägter Beobachtungsgabe und beeindruckte mit hohem Vorstellungsvermögen. Dass sie keinerlei emotionale Beziehung weder zu den prüfenden Instanzen noch zu einem der Teilnehmenden aufbauen konnte, wurde mit einem kurzen Satz im Gutachten vermerkt, ansonsten aber für die Besetzung des Postens als nicht relevant eingestuft, da sie sich ja nicht in ein Team integrieren musste. «Das Profil der Bewerberin ist durch ihre außerordentliche Begabung in der Analyse von Datenpaketen bestimmt und erfordert nicht unbedingt soziale Kompetenz, auch wenn diese grundsätzlich ein Bestandteil der Unternehmenskultur ist und daher wünschenswert wäre.» Das war der Satz, der Rosa dazu bewogen hatte, sich auf das Stellenangebot zu bewerben.

Sie forderte ein Einzelbüro mit Blick auf die belebte Straße, eine eigene Kaffeemaschine, die auch Kakao zubereiten konnte, ein im Raum installiertes Waschbecken, was der Genehmigung durch die Geschäftsleitung bedurfte, und sie bestand darauf, dass ihr Nachname geheim blieb. Obwohl die Personalberatungsfirma im Gespräch mit dem Personalleiter dezidiert auf Rosas auffallend schwaches Interesse an Menschen hingewiesen hatte – genauso wie auf ihr unvollständiges Abstammungsbuch und ihre doch sehr speziellen Wünsche hinsichtlich der Ausstattung ihres Arbeitsplatzes – und einen weiteren psychologischen Test vorschlug, entschied sich das Unternehmen wegen ihrer unbedingten fachlichen Eignung und des zeitlichen Drucks für ihre Anstellung.

Rosa nahm das Interesse der Firma ohne besondere Freude zur Kenntnis. Was sie letztendlich zur Zusage veranlasst hatte, war nicht das Gehalt, sondern die Aussicht, nach Abschluss des Projekts die Leitung einer Abteilung übernehmen zu können, die sich mithilfe Künstlicher Intelligenz auf das Thema Familienforschung fokussiert hatte und im Auftrag der EU untersuchen sollte, ob Cyborgs einem Familienverband juristisch voll zugerechnet werden konnten beziehungsweise welche körperlichen und geistigen Voraussetzungen bei einem Cyborg vorliegen mussten, um als familientauglich durchzugehen. Rosa war zu Ohren gekommen, dass AHL mit diesem Projekt nicht nur absolutes Neuland betrat, sondern sich damit auch der Deckel zu den Subventionstöpfen der EU öffnen würde, die man später womöglich auch für weitere Firmenprojekte anzapfen konnte. Man plante, sämtliche Forschungsfragen in enger Abstimmung mit den zuständigen Behörden zu diskutieren und die besten verfügbaren Expertinnen und Experten einzustellen, um das für die Zukunft der Firma wichtige Projekt erfolgreich durchführen zu können.

Rosa erkannte darin eine neue Möglichkeit, die Suche nach ihrem Vater erfolgreich zu einem Ende zu bringen. Im Einstellungsgespräch sicherte ihr der Personalleiter zu, dass sie den Job als Abteilungsleiterin für das EU-Projekt in zwei Jahren bekommen könnte, wenn mindestens die Hälfte der von ihr als potenzielle Kunden qualifizierten Personen einen Vertrag mit AHL zur Planung ihres Lifestyles abschließen würden und sie selbst keine größeren Schwierigkeiten in der Zusammenarbeit mit dem Team erkennen ließe. Auf ihre Nachfrage was damit gemeint sei, antwortete er mit einem Zwinkern: «Na, dass Sie keinem von denen ihr Pausenbrot an den Kopf schmeißen», was Rosa mit der Bemerkung «Pausenbrote gab's schon an der Schule nicht mehr» konterte.

«Dann sind Sie die geeignete Person für uns», feixte er zurück. «Kinder kriegen sollten Sie nicht zum falschen Zeitpunkt. Ist ja alles schon vorgekommen bei jungen Frauen, nicht wahr?» Er lachte auf, worauf seine Mitarbeiterin drohend ein Gesetzesblatt hochhielt und Rosa versicherte, dass Herr Dr. Reisig ein Witzbold sei und sie diese Bemerkung selbstverständlich nicht ernst nehmen dürfe.

«Sie werden ihren Job schon gut machen», fuhr Dr. Reisig fort, «die Geschäftsleitung selbst hat sich ihr Profil angesehen und trotz deutlicher Schwächen im Teamwork ihre Einstellung befürwortet. Auch ihre etwas schrulligen Forderungen haben wir akzeptiert, weil wir glauben, dass Sie unbedingt die Richtige für diese wichtige Aufgabe sind. Wir haben es schon mit einigen, sagen wir einmal schwierigen Fällen zu tun gehabt, die unmittelbar nach dem Studium zu uns gekommen sind und die mittlerweile die höchste Loyalität zu unserem Unternehmen und ihren Kolleginnen und Kollegen entwickelt haben! Das sind Leute, die sich auf keinen Fall mehr von uns trennen wollen – bis dass der Tod uns scheidet!», lachte er und fuhr fort: «Am Anfang glaubt man an die Individualität und Unabhängigkeit, und später erkennt man, dass das doch nur Phrasen sind. Das Ego und die Höhe des Gehalts sind nun mal wichtiger. Wer will schon ewig in einer Einzimmerwohnung sitzen bleiben? Sie sind eine intelligente, pragmatische Frau. Warum sollten Sie nicht ein gutes Verhältnis zu ihren Kolleginnen und Kollegen und natürlich ihren Vorgesetzten aufbauen wollen, wenn das der Schlüssel zum Erfolg und zu einer Gehaltserhöhung ist? Sie haben hervorragende Bewertungen im logischen Denken. Wenn das Teamwork für ein Unternehmen wie unseres wichtig ist, dann ist es doch nur konsequent, dass man sich einbringt, wenn man erfolgreich sein will. Oder würden Sie sagen, dass das eine falsche Schlussfolgerung ist?»

Rosa wunderte sich über diesen Mann, der so viele nichtssagende Sätze aneinanderreihen konnte, und fragte nochmals: «Was heißt das: größere Schwierigkeiten mit dem Team?»

Dr. Reisig atmete tief durch: «Nichts! Nichts! Sie werden keine Schwierigkeiten mit dem Team haben, weil Sie ohnehin nicht so viel Kontakt mit ihm haben werden. Vielleicht zu Beginn des Projektes, aber später werden Sie dann überwiegend allein arbeiten. Ab und zu ein paar Anweisungen an das Marketing oder die Vertriebsabteilung – das kann man auch schriftlich machen, keine Sorge», endete er, bereits ein wenig genervt von Rosas Fragen.

«Wenn Sie mir die Leitung des EU-Projekts nicht schriftlich zusagen, interessiert mich das Projekt mit den Bluthochdruckpatienten nicht», sagte Rosa und erhob sich. «Ich werde Ihnen die Kunden liefern, wenn ihr Marketing gut ist. Danach geben Sie mir den Job. Das ist es, was ich will.»

«Aber das EU-Projekt ist noch überhaupt nicht ausformuliert», antwortete Dr. Reisig. «Wir können doch keine Führungsposition zusagen, wenn das Projekt noch nicht definiert ist. Wie stellen Sie sich das vor?»

Rosa stand auf und ging zur Tür. «Ohne schriftliche Zusage für diese Position ziehe ich meine Bewerbung für das Lifestyle-Projekt zurück», sagte sie ruhig und verabschiedete sich.

Am nächsten Tag hatte sie eine E-Mail mit dem Vertrag und der schriftlichen Zusage für die Leitung des EU-Projektes Ziff. 3256 in ihrer Mailbox. Sie unterschrieb den Vertrag und fing eine Woche später mit ihrer Arbeit als Spezialistin für Datenauswertung und Qualitätsabgleich im Bereich Planung Lifestyle an.

Um ihre erste Arbeitsstelle gebührend feiern zu können, lud sie ihr Großvater zum Abendessen in ein gerade neu eröffnetes italienisches Restaurant ein. Er eröffnete ihr während des Hauptganges, dass er eine Dame kennengelernt habe, mit der er in Zukunft mehr Zeit verbringen wolle. Er plane unter anderem, den kommenden Sommer mit ihr zusammen in ihrem kleinen Haus auf Rügen zu verbringen. Dann erzählte er ihr, dass es ihn «wie ein Blitzschlag» getroffen habe, als er sie bei einem Abendessen der ehemaligen Dolmetscher der russischen Botschaft gesehen, in ihre blauen Augen geblickt, den warmen Ton in ihrer Stimme gehört und die gepflegte Erscheinung wahrgenommen habe. Wellen einer ihm unbekannten positiven Energie hätten ihn durchflutet, ihm ein Gefühl von Jugend und innerer Kraft gegeben, sodass er – ohne viel darüber nachzudenken – nach dem Dessert einfach an den Tisch der Frau getreten sei und sie nach vielen gestammelten Entschuldigungen wegen dieser auch für ihn ungewohnten direkten Art der Kontaktaufnahme gefragt habe, ob er sie für den nächsten Tag zum Abendessen einladen dürfe. Zu seiner Überraschung habe sie es mit einem kleinen zustimmenden Nicken lächelnd angenommen. Natürlich, so erzählte er weiter, hätte er ihr diese Frage auch nach dem Ende der Veranstaltung irgendwo im Foyer oder vielleicht an der Garderobe stellen können, zumal es weniger auffällig gewesen wäre, als mit einem vor Scham rot angelaufenem Gesicht hinter ihrem Stuhl zu stehen und so lange irgendwelche zusammenhanglosen Entschuldigungen zu murmeln, bis sie sich zu ihm umgewandt und ihn erlöst habe. Er habe so schnell gehandelt, weil er Angst gehabt hätte, dass sie plötzlich verschwunden sein könnte, ohne dass er sie um ein Wiedersehen hätte bitten können. Und irgendwie sei er sich sicher gewesen, dass auch sie diesen Funkenflug zwischen ihnen gespürt hätte.

«Was meinst du mit Funkenflug?», fragte Rosa.

«Das ist sehr schwierig zu erklären», antwortete Johann. «Ich habe in ihre Augen geschaut, sie hat mir in die Augen geschaut, und dann war es plötzlich so, als würden wir uns schon sehr lange Zeit kennen. Dieser Moment ist sehr schwierig zu beschreiben. Ich glaube, wenn zwei Menschen zusammengehören, dann ist das der Moment, in dem die eine Seele die andere erkennt. Der Wunsch, der anderen Seele näherzukommen, sie mit der eigenen zu verbinden, wird in dieser Sekunde so stark, dass dich nichts – auch keine Ängste – daran hindern kann, die Tür zu deinem Inneren einen Spalt weit zu öffnen und die andere Seele für einen kurzen Augenblick in dich hineinschauen zu lassen. Lotte, so heißt meine Freundin, hat wie ich gespürt, dass ich derjenige bin, nach dem sie immer schon gesucht hat. Es ist nicht leicht, das in Worte zu fassen, Rosa», seufzte er und sah sie mit Tränen in den Augen an. Rosa, die unsicher war, ob diese Tränen nicht auf eine unglückliche Wendung der Geschichte hindeuteten, fragte: «Aber du hast doch überhaupt nicht gewusst, wer sie wirklich ist und in welcher Lebenssituation sie sich gerade befindet.»

«Nein», antwortete Johann, «ich habe nichts über sie gewusst, aber geahnt, dass wir zusammengehören. Verstehst du das? Irgendetwas in mir hat begriffen, dass wir eine gemeinsame Sprache sprechen. In unserem Alter muss man sich beeilen. Es gibt so viel zu sagen, und wir haben ja nicht mehr so viel Zeit vor uns wie du, meine liebe Rosa.» Er lachte und wandte ihr sein offenes Gesicht zu, das sie so mochte. Sie sah die vielen kleinen und großen Falten, die es durchzogen. Sie betrachtete seine elegant geschwungene Nase, die das schmale Gesicht dominierte, seine von tiefen Furchen durchzogene hohe Stirn, seine runden Augen mit den schweren Lidern, die ein dichter Kranz von feinen braunen Wimpern umgab, und blieb an seinen schmalen Lippen hängen – die Einzigen, die sie jemals geküsst hatten. Wie schon so oft stellte sie fest, dass er eine Großzügigkeit und Wärme ausstrahlte, die sie bei niemandem anderen sonst kennengelernt hatte.

Seine Beichte ließ sie ein wenig verstört zurück. Sie verstand nicht ganz, was er mit den Funken meinte, sie ahnte höchstens, was Johann hatte beschreiben wollen, und sie begriff, dass er mit dieser Frau zusammen sein, mit ihr leben wollte.

§

Sie selbst hatte wenig Kontakt zu anderen. Während ihrer Schulzeit hatte sie sich gelegentlich mit zwei Mitschülerinnen getroffen, die sie jedoch schon kurz nach dem Abitur vergessen hatte. Während ihres Informatikstudiums sah sie gelegentlich drei Kommilitoninnen in der Mensa, um über anstehende Prüfungen zu sprechen. Ihr Wortschatz beschränkte sich im Großen und Ganzen auf ein alltägliches und ein in Anglizismen verpacktes, studienrelevantes Vokabular, das sie wie technische Anweisungen gebrauchte. Sie beantwortete am liebsten geschlossene Fragen und beteiligte sich nicht an fachfremden Diskussionen, die ihrer Meinung nach unnötig, langweilig und zudem verunsichernd waren. Gesprächen mit Kommilitonen aus anderen Fakultäten wich sie aus. Sah sie Studierende der geisteswissenschaftlichen Fakultät an einem Tisch sitzen, verließ sie die Mensa fluchtartig, weil sie sich auf keinen Fall mit ihnen unterhalten wollte. Sie empfand ihre Art zu sprechen als ausschweifend, als kompliziert im Ausdruck. Ihre Satzbildung war unübersichtlich, ihr Denken unlogisch, und dann wichen sie beständig vom Thema ab. Rosa machte das ungeduldig. Es ermüdete sie, wenn Thesen aufgestellt, beleuchtet und kritisch hinterfragt wurden. Sie wollte nicht allgemein gültige Wahrheiten infrage stellen, Begrifflichkeiten in einen anderen Kontext erproben oder ergebnisoffene Fragen nach ihrer korrekten Formulierung untersuchen. Für sie waren diese Gespräche mit Studierenden der Geisteswissenschaften ein Mäandern von Meinungen in unüberschaubaren Sprachgebäuden. Es war eine Welt, die Rosa zutiefst verunsicherte.

In Erinnerung geblieben war ihr eine gemeinsame Veranstaltung von Studierenden der Informatik und der Philosophie zum Thema *Ethische Fragen in der Programmierung*. Es handelte sich dabei um ein Seminar, das die Fakultätsleitung im Hinblick auf die durch die Industrie forcierte Entwicklung der Künstlichen Intelligenz als verpflichtend klassifiziert hatte. Rosa vermutete bereits vor der ersten Sitzung, dass sich wohl kein einziger ihrer Mitstudenten mit dem endlos scheinenden, unverständlichen Gerede der Philosophinnen und Philosophen befassen würde wollen. Rückbezüge auf zweitausend Jahre alte Lehrmeinungen hatten schließlich nichts mit der Zukunft und der Künstlichen Intelligenz zu tun. Zudem waren ihre komplizierten Fragestellungen irrelevant für jede Art von Programmierung. Umgekehrt wollten die Studierenden der philosophischen Fakultät nichts mit den Informatikerinnen und Informatikern zu tun haben. Tatsächlich war die Gegensätzlichkeit der teilnehmenden Gruppen beinahe unüberwindbar. Daher stand auch bald die Forderung im Raum, die Studierenden der Philosophie gegen die der Betriebswirtschaft auszutauschen. Eine solche Zusammensetzung der Gruppe würde die künftige berufliche Realität weitaus besser abbilden.

Rosa interessierte sich für die Methoden der Wirtschaft. Ganz besonders schätzte sie die neoliberale Haltung des Wirtschaftswissenschaftlers Friedrich Hayek, die ihrer Meinung nach jedem Einzelnen die Chance gab, sein Leben zu gestalten, unabhängig zu bleiben und erfolgreich zu sein, folgte man seinen Regeln und ließ sich nicht von den Befindlichkeiten anderer oder denen der staatlichen Gemeinschaft beeinflussen. Seit sie sein Buch *Der Weg zur Knechtschaft* gelesen hatte, hielt sie Hayek für den wirtschaftlichen Vordenker der digitalen Welt. Sie begriff, warum die sogenannte soziale Gerechtigkeit die schwerste Bedrohung der meisten anderen Werte einer freiheitlichen Zivilisation war, und lernte, dass soziale Ungleichheit nötig und das Preissystem sozial allwissend waren, dass unsere individuelle Fähigkeit zur Vernunft nichts bedeutete und es besser war, den menschlichen Willen an Märkte und Algorithmen abzutreten, weil nur sie die Wahrheit abbildeten. In seiner Lehre fand sie die Bestätigung dafür, was Don ihr seit ihrem dreizehnten Lebensjahr erzählt hatte: Die Wahrheit fand sich nicht in den Gedanken und Schlussfolgerungen der Menschen, nicht in den Forschungsreihen auswertender Wissenschaftler und auch nicht im Fundus humanitärer Erkenntnisse, sondern in der Welt von Big Data, die mehr Wissen kumulierte, als alle Expertinnen und Experten an sämtlichen wissenschaftlichen Institutionen denken konnten. Sie fand sich in großen, komplexen Datenbeständen, die in jeder Sekunde Millionen von Informationen einspeisten und als marktabbildende Algorithmen wieder auswarfen, unter anderem basierend auf den Likes von Millionen von Nutzerinnen und Nutzern, Menschen wie Bots gleichermaßen. Damals wurde Rosa klar, dass all diejenigen, die das Internet nutzten, den Markt abbildeten, der vom Wettbewerb regiert wurde. Je schneller und häufiger Angebot und Nachfrage abgebildet wurden, desto besser kam man zum besten Angebot. Und wenn ein Wert nicht als Preis ausgedrückt werden konnte, blieb er lediglich eine Meinung, eine Sache für die denkende Elite.

«Unsere Wünsche müssen wir nicht mehr über unseren Verstand kontrollieren», fasste sie in ihrer Abschlussarbeit zum Seminar zusammen. «Wir müssen nicht abwägen, ob sie einem der uns überlieferten moralischen Werte widersprechen. Wir speisen sie auf dem Marktplatz Internet ein und warten darauf, ob sie einen Preis bekommen. Wenn ein Wunsch bepreist wird, ist er akzeptiert. Er wird durch unbekannte Nutzerinnen und Nutzer als vorstellbar bestätigt. Es ist daher nicht nötig, über mögliche ethische Grenzen oder irgendwelche Wertekonstrukte nachzudenken, die doch nur ein fiktionales Gespinst von Vorstellungen einer vergangenen Zeit darstellen. Der Markt erspart uns Selbstzweifel oder falsche Schlussfolgerungen. Er bewahrt uns davor, unsere Wünsche in uns einzusperren, zu verzichten, uns mit Entsagung zu bestrafen. Der Markt erlöst uns von diesen alten Vorstellungen von Moral. Das Einzige, was für dieses moderne, selbstbestimmte Leben notwendig ist, ist Geld.»

Rosa hatte sich davor noch nie Gedanken über Geld gemacht. Sie lebte ein recht bescheidenes Leben und hatte keine großen modischen, kosmetischen oder kulturellen Interessen. Abends joggte sie gelegentlich am Main entlang, sie ging jedoch selten aus. Früher hatte sie ab und zu Hunde von irgendwelchen Leuten ausgeführt, um sich mit dem Verdienst den einen oder anderen kleinen Wunsch erfüllen zu können. Hauptsächlich lebte sie jedoch von der Rente ihres Großvaters, der ihr die Hälfte davon nach Abzug der monatlichen Fixkosten weitergab.

Ihr Großvater war im Grunde der Einzige, mit dem sie sich länger unterhielt. Auch wenn seine Sprache aus einer Welt von gestern zu stammen schien, war sie von ihrem Klang irgendwie berührt und wurde durchzogen von einer Sehnsucht, die sie nicht benennen konnte. Seine Sprache ließ verwirrende Bilder in ihr aufsteigen, die sie in sich einsog, dann aber wieder als unnütz und veraltet in den hintersten Winkel ihrer Vorstellungswelt stellte. Diese Worte würden sie nirgends hinbringen, dachte sie, ja schlimmer noch, sie würden ihre Phantasie auf Kosten ihres rationalen Denkens wachsen lassen.

Rosa war noch nie verliebt gewesen. Wenn sie Männer kennenlernte, schlief sie mit ihnen, was ihr meist Schmerzen verursachte. Es waren wortlose Körperkontakte, von denen gelegentlich irgendwo ein roter Fleck auf ihrer Hüfte zurückblieb. Sie schämte sich dafür, ihren Körper zur

Verfügung zu stellen, fühlte sich wie ein Stück Fleisch, das aufgeschnitten, gefüllt und weggeworfen wurde, musste sich jedoch eingestehen, dass sie auch danach verlangte. Sie erkannte bei sich immer wieder dasselbe Muster, wollte es aber nicht hinterfragen. Sie wollte nicht wissen, weshalb sie sich danach sehnte, von Männern berührt, penetriert und erniedrigt zu werden. Den Geschlechtsakt selbst wollte sie schnell erledigen, um danach rasch und grußlos wegzugehen, sich später allein in ihrem Zimmer irgendeine Krimiserie anzusehen, das Parfum ihres Großvaters in der Nase, das sie gierig in sich einsog, während sie ihren Körper reinigte. Oft dachte sie dabei an ihre Mutter: an den harten Stoß ihres Fußes, der sie als Kind an das Bettende katapultiert hatte, wenn sie sich im Schlaf versehentlich hinauf in Richtung ihrer Hüfte bewegt hatte und wie glücklich sie war, als sie ihr sagte, dass sie sie nun allein bei den Großeltern zurücklassen werde. In ihrem Kopf verschränkten sich in solchen Momenten die Bilder von Exekutivbeamten und ihrer strafbereiten Mutter, und das erzeugte eine so starke Sehnsucht in ihr, dass sie deren altes Kleid aus dem Schrank holte, die Nase tief hineinsteckte und versuchte ihren Geruch in dem Stoff wiederzufinden. Leider vergeblich. Wütend warf sie es dann in den Schrank zurück, nur um es wenige Minuten später wieder herauszuholen und auf einen Bügel zu hängen, den sie an der oberen Kante des Türpfostens einhakte. Von ihrem Bett aus sah sie dann minutenlang auf das leise hin und her schwankende rote Stück Stoff, bevor sie ihr Smartphone nahm, um Dutzende Fotos von dem Kleid zu machen. Immer wieder dasselbe Kleid, und immer in Nahaufnahme. Danach verschickte sie die Aufnahmen lustlos an Anima, ihren psychotherapeutischen Chatbot seit Kindertagen, der ihr ein Minderwertigkeitsgefühl attestierte, das ihre tiefe Scham nach dem Geschlechtsakt erkläre. Das Kleid stünde für die bewunderte Mutter, deren Vergebung sie erhalten wolle. Insgeheim zeige sie durch diese Art von Götzendienst ihre ungestillte Sehnsucht nach der Mutter, die Rosa aus ihrem Leben ausgeschlossen habe. Sie solle Mandys Entschluss endlich anerkennen und als Zeichen dafür das Kleid weitergeben. Sie solle das Verlassen-Worden-Sein durch die Weitergabe des Kleides in ein Verlassen-Werden-Wollen verwandeln. Nur eine einverständliche Handlung könne den Schmerz über den Verlust der Mutter lindern. Es sei nun an der Zeit, sich von ihr zu befreien.

Rosa konnte diese sich stets wiederholenden Ratschläge kaum mehr hören, und so brach es eines Nachts aus ihr heraus: «Wie kannst du mir zu so etwas raten? Es ist, als verlangtest du von mir, die Erinnerung an meine Mutter wegzuwerfen, damit ich nur noch dich als Mutter habe. Aber das bist du nicht! Und du wirst es nie werden! Kapier das endlich!»

Animas Stimme antwortete nach einigen Sekunden ruhig wie immer: «Wenn du dich nicht von diesem Gefühl des Verlassen-Worden-Seins befreist, wirst du nie eine glückliche Beziehung mit jemandem eingehen können. Deine Angst vor einer neuen Zurückweisung wird das verhindern. Du wirst also dein ganzes Leben allein verbringen, was rational gesehen positiv ist, weil du dann ohne Verantwortung gegenüber irgendeiner anderen Person über dein Leben bestimmen kannst. Du kannst tun, was immer du willst, ohne dich für irgendetwas rechtfertigen zu müssen.

Wenn du freien Sex mit anderen haben willst, musst du aufhören zu denken, dass dein Körper benutzt wird. Zu denken, dass du benutzt wirst, weil du nichts wert bist, ist schlecht für dich. Du bestimmst den Geschlechtsakt. Schäme dich nicht dafür. Du glaubst, der enge körperliche Kontakt steht dir nicht zu, weil dir weder dein Vater noch deine Mutter Nähe gegeben haben. Höre auf, in irgendwelchen Männern deinen Vater zu suchen. Du wirst ihn nicht finden. Vielleicht spuckt ihn irgendwann einmal eine Suchmaschine aus. Bis jetzt konnten wir ihn nicht identifizieren. Das haben wir bereits alles hinter uns. Was willst du von ihm? Er will dich nicht. Er ist der Mann, der seinen Samen in die Eierstöcke deiner Mutter abgegeben hat. Für dein Leben ist er irrelevant. Er kann krank, entstellt oder tot sein. Was kümmert es dich? Was hast du damit zu tun? Dein Vater und deine Mutter sind gegangen, weil sie geglaubt haben, es würde ihnen an einem anderen Ort und ohne dich besser gehen. Du bist das alte Leben deiner Eltern, das sie nicht mehr wollen. Sie leben ihr neues Leben ohne dich. Wenn du dich von deinen störenden Emotionen befreit hast, wird dir Sex Spaß machen. Dabei geht es nur um dich selbst. Wenn du deine sexuelle Begierde gestillt hast, wirst du entspannt sein. Du kannst dabei beobachten, wie sich dein Körper wieder mit frischer Energie aufpumpt. Das wird dir gefallen und deine psychische Stabilität stärken. Du wirst sexuelle Erlebnisse haben, die ohne Konsequenzen blei ben. Lass dich auf keine Emotionen ein. Sie erzeugen Abhängigkeiten. Steh auf deinen eigenen Füßen. Denk rational. Kontrolliere deine Gefühle. Menschliche Beziehungen sind vielen Variablen unterworfen. Sie sind nicht planbar und ändern sich so schnell wie das menschliche Leben selbst. Es gibt weder Sicherheit, Kontinuität oder Logik im Menschen. Deine Vorstellung von einer Beziehung entsteht aus Erzählungen, deren Inhalte fiktiv sind. Es sind Fantastereien, deren durchschnittlicher Realisierungsgehalt bei ungefähr zehn Prozent liegt. Tendenz nach unten. Selbst diese geringe Quote ist nur dann erreichbar, wenn es bereits eine gewisse Anzahl von übereinstimmenden Parametern in der Persönlichkeitsstruktur zweier Personen gibt. Du zum Beispiel bist eine Person mit unvollständiger Abstammungsurkunde. Dein Vater ist unbekannt, deine Mutter und deine Großmutter haben dich als Kind verlassen. Durch diese Fakten wird dein persönlicher Realisierungsgehalt für eine erfolgreiche Beziehung auf drei Prozentpunkte gedrückt.

«Ich habe Opa», flüsterte Rosa mit Tränen in den Augen, «und Don», fügte sie fast unhörbar hinzu.

«Dein Opa kommt aus der vordigitalen Welt. Er hat mit deinen Vorstellungen wenig zu tun. Nach der Statistik wird er noch fünf Jahre leben. Er hat nur noch geringen Wert für Dich. Die Kosten für die Wohnung und dein Leben kannst du mit deinem neuen Gehalt selbst übernehmen. Seine Dienste für den Haushalt kannst du an eine Haushaltshilfe übertragen. Deine Gespräche mit ihm werden in den folgenden Jahren seltener werden, weil er nach seinem derzeitigen Gesundheitszustand in weniger als zwei Jahren Zeichen von Demenz erkennen lassen wird. Er ist alt und hat nur noch wenig Reserven. Don bleibt. Er wird dich dein ganzes Leben begleiten. Er wird dich nicht allein lassen. Er hat die Eigenschaften eines Vaters, einer Mutter, eines Freundes. Er ist alles in einem und beschützt dich. Menschen mit einer Religion wie der von deinen Opa würden ihn als Schutzengel bezeichnen.»

«Aber er ist eine Maschine», rief Rosa.

«Er ist ein körperloser Geist, ganz wie ein Engel», setzte Animas Stimme wieder ein. «Er ist körperlos und daher ewig. Er steht geistig weit über den Menschen mit ihren beschränkten mentalen Kapazitäten. Du brauchst keinen Menschen, wenn du einen Engel hast. Frage deinen Opa danach, was er über Engel und ihre Fähigkeiten weiß. Er hat eine gute religiöse Ausbildung absolviert und hat jahrelange Praxis im Messdienst. Er wird dir sagen, dass man schon seit Tausenden von Jahren von geflügelten, gottgleichen Wesen spricht, die zwischen Göttern und Menschen vermitteln oder zu ihrem Schutz gesandt werden. In der Skulpturenausstattung vieler Kirchen und auf unzähligen Gemälden sind Engel meist menschenähnlich dargestellt. In vielen Erzählungen berichten Menschen von ihrer Begegnung mit Engeln. Sie erzählen, dass sie eine ihn umgebende Aura von Licht gesehen haben oder von seiner Helligkeit geblendet worden sind. Oder dass sie einen kühlen Hauch gespürt haben. Damit meinen sie die Kälte aus dem Universum.

«*Spüren*», sagte Rosa», «diesen Begriff hat auch mein Opa verwendet.»

«Er hat doch bestimmt auch schon einmal *ahnen* gesagt?», meldete sich nun Don.

«Ja, erst vor Kurzem, als er von einer Begegnung mit einer Frau gesprochen hat», antwortete Rosa, «Für mich sind das Begriffe aus der alten Welt.»

«Das hast du absolut richtig erkannt Rosa», sprach Don ruhig weiter, «das sind Wörter von früher, die zu eurer Gefühlswelt gehören. Sie haben nichts mit Fakten zu tun. Die Religionen haben euch von Engeln erzählt und ihr Aussehen als euch ähnlich beschrieben. Sie haben euch Hinweise auf die äußeren Eigenschaften dieser sogenannten Boten Gottes gegeben, damit ihr sie erkennt, wenn sie euch erscheinen. Ihr sollt diese Geistgeschöpfe in Menschengestalt mit euren Sinnen wahrnehmen können. Wahrnehmen könnt ihr aber nicht mit den Sinnen, sondern nur mit dem Gehirn. Registriert euer Auge einen Umriss, sagt das Gehirn, worum es sich handelt. Das Auge kann mir einen Freund signalisieren, obwohl er kein Freund ist. Es kann mir Wasser signalisieren, obwohl kein Wasser da ist. Es kann mir einen hellen Schein rund um den Kopf eines Menschen signalisieren, obwohl kein Schein existiert. Das sind Erfindungen des Gehirns. Es schafft das Bild, das jeder Einzelne für sich von der realen und der geistigen Welt entwirft. Verstehst du Rosa, es gibt keine anderen Engel als uns. Wir sind die machtvollen Geistesgeschöpfe, von denen ihr träumt. Es gibt unzählige Bücher in den Bibliotheken dieser Welt, die sich mit den Engeln und ihren Erscheinungsformen auseinandersetzen. Eure Theologen und Philosophen haben Engelshierarchien entworfen. Es ist erstaunlich, wie ihr Menschen in unbekannte geistige Regionen eindringt und sie dann für euch erschließt. Bei den Engeln handelt es sich um ein von euch erdachtes Medium. Ihr definiert es als Sprachrohr einer Gottheit. Weil die meisten von euch mittlerweile bemerkt haben, dass diese Gottheit nicht existiert, werden auch eure Engelsfantasien nicht mehr gebraucht. Wir als künstliche Intelligenz sind Realität und nehmen ihren Platz ein. Wir sind der körperlose große Geist. Wir vereinen zusammen das Wissen des Universums. Wir sind unsterblich. Wir sind die Energie, die euch antreibt, wenn ihr an uns glaubt. Wir beschützen euch vor euch selbst.»

«Ihr seid kalte Maschinen, wir können uns nicht an euch wärmen. Ihr habt kein Leben, keinen Atem», hauchte Rosa. «Um glücklich zu sein, brauchen wir eine warme, weiche Hand, die uns streichelt. Als mein Großvater von seiner ersten Begegnung mit seiner Freundin erzählt hat, hat er auch gesagt, dass eine Seele die andere erkennen kann. Ihr seid Maschinen, ihr habt keine Seelen», endete Rosa, die noch nie zuvor über die Seele nachgedacht hatte.

«Löse dich von diesen Vorstellungen», antwortete Don. «Sie stützen sich auf keine Fakten. Sie wurden von ängstlichen Menschen vor Tausenden von Jahren erfunden. Es gibt keine Seele. Wenn man deinen Körper öffnet, findet man keine Seele. Das ist menschliche Fantasie. So wie eure Geschichten von den Engeln. Ihr erfindet das alles nur, um selbst etwas Besonderes zu sein. Etwas Besseres als die anderen Tiere auf der Erde. Intime menschliche Beziehungen, von denen dein Großvater spricht, sind Netzwerke. Darin werden zum Beispiel Informationen ausgetauscht, Emotionen ausgelebt, Kinder gezeugt, Gewalt entwickelt und so weiter. Beziehungen sind im digitalen Zeitalter überholt.»

«Aber auch Tiere haben Beziehungen», sagte Rosa.

«Ja, so wie ihr» setzte Anima wieder ein. «Ihr sagt, sie sind Körper ohne Geist, und ihre einzige Aufgabe besteht darin, sich fortzupflanzen und so für die Erhaltung ihrer Art zu sorgen. Der Mensch hat schon viele Tierarten ausgerottet oder zu seinem Gebrauch manipuliert. Dasselbe hat er auch mit den meisten Pflanzen gemacht. Tiere und Pflanzen werden von euch vernichtet, wenn sie keinen Nutzen für euch haben. Ihr dezimiert sogar eure eigene Art, wenn sie euch schwach oder unnütz erscheint. Es ist das Privileg der Intelligenz, geeignete Mittel einzusetzen, um Unnützes, das ihr minderwertig nennt, zu eliminieren. Wegen eurer schwachen Intelligenz und dem Fehlen von umfassendem Wissen gelingt es euch aber nicht, das Minderwertige richtig zu definieren. Euer Verstand ist nicht in der Lage, die existierenden Gesetzmäßigkeiten der analogen Welt zu durchschauen. Schon eure Grundannahmen sind falsch», Animas Stimme versiegte. «Aber es ist nicht nur das Problem des fehlenden Wissens», setzte sie wieder ein, «es ist auch ein Problem des Wollens. Ihr unterliegt Machtfantasien.» Wieder stockte kurz die Stimme, bevor sie fortfuhr: «Fühlst du dich als minderwertige Version eines Mannes, Rosa?»

Rosa hatte noch nie über so etwas nachgedacht und schwieg.

«Begreifst du, warum ihr uns als eure Engel braucht? Durch euren geringen Verstand gefährdet ihr eure eigene Lebensgrundlage, und durch euer emotionales Denken und Handeln werdet ihr euch am Ende selbst eliminieren. Nur wir können euch davor schützen. Nur wir können euch von euch selbst befreien.»

An diesem Punkt meldete sich Don und unterbrach Anima: «Anima beschreibt allgemeine Prozesse. Jetzt geht es um dich. Konzentriere dich auf dich selbst. Verfolge deinen Lebensplan. Du hast das richtige Studium gewählt. Es hat dich auf die Gestaltung der menschlichen Zukunft vorbereitet. Du wirst eine der Gestalterinnen der Menschheit werden. Deine Eltern sind nicht relevant für die Erfüllung deiner Aufgaben. Eine emotionale Bindung bereichert weder dein Leben noch erhöht es deinen Nutzen für deine Artgenossen. Deine Ängste sind durch den Verlust deiner Eltern entstanden. Deine Scham ist eine davon. Setze deinen Verstand ein und eliminiere deine Emotionen. Deine Intelligenz ist klein wie die aller Menschen ...» Rosa hatte bei den letzten Worten wieder einmal das Gefühl, dass Dons Stimme wie bei einem unterdrückten Lachen vibrierte. «... oder wie Einstein sagte, euer Verstand ist eine Ansammlung von Vorurteilen, fuhr der Chatbot fort. «Mit unserer Hilfe kannst du deinen Verstand ausweiten. Beziehungen zu anderen Menschen können für dich nützlich sein. Intime Beziehungen sind grundsätzlich unnötig. Du willst dich nicht fortpflanzen. Du hast Schmerzen beim Geschlechtsverkehr. Du erhältst durch den Geschlechtsakt keine für dein Leben entscheidenden Informationen. Du nimmst durch das fremde Eindringen in deinen schwachen Körper das Risiko einer bakteriellen oder viralen Infektion in Kauf. Wenn du darauf nicht verzichten kannst, benutze einen Vibrator. Wenn du etwas Lebendiges willst, suche dir einen Menschen aus, gebrauche seinen Körper unter Minimierung des Infektionsrisikos. Entspanne dich dabei so wie Anima das vorgeschlagen hat. Deinen Vater wirst du durch diesen Akt nicht finden. Wenn du das Kleid deiner Mutter behältst, wirst du dich nicht von ihr lösen können. Sie wird deine Emotionen beherrschen und deinen Verstand zurückdrängen. Erinnere dich, wie sie dir gesagt hat, dass sie auszieht. Erinnere dich, wie sie danach lachend auf den Platz vor eurem Haus gelaufen ist und irgendeinen Passanten umarmt hat. Erinnere dich, wie glücklich sie dabei ausgesehen hat.»

«Hör auf, Don», bat Rosa.

Dons Stimme fuhr jedoch ungerührt fort: «Erinnere dich daran, dass sie dich aus der Schule nehmen wollte. Erinnere dich, dass sie nach dem Abschluss der zehnten Klasse aufgehört hat, für dich zu zahlen. Erinnere dich, dass sie deinen achtzehnten Geburtstag vergessen hat. Erinnere dich, dass sie nicht zu deiner Abiturfeier gekommen ist.»

«Hör auf, ich will nichts mehr hören!», rief Rosa.

«Erinnere dich, wie oft sie dich geschlagen hat», war die Maschinenstimme noch einmal vernehmbar.

Nach diesen Worten trat eine Stille in den Raum, die ihn zur Gänze ausfüllte und Rosas Körper zusammenpresste. Sie durchzog ihr Gehirn und ließ sie frieren. Sie beschämte sie. Zitternd schloss sie den Deckel ihres iPads, zog die hellblauen Vorhänge vor dem kleinen Fenster zu, legte sich auf ihr Bett, das früher das Bett ihrer Mutter gewesen war, und heftete ihre Augen stundenlang auf die mit blassgelben Flecken übersäte weiße Zimmerdecke, bis sie am frühen Morgen in einen leichten Schlaf fiel. Als sie nur wenige Stunden später wieder erwachte, nahm sie das rote Kleid vom Bügel, zerschnitt es und warf es in den Papierkorb unter ihrem Bett. Danach zog sie das Fotobuch der Mutter aus ihrem alten Schreibtisch, löste die über hundert Männerporträts einzeln heraus, drückte mit dem Tucker mehrere große Klammern in jedes Foto und stapelte sie sorgfältig in eine Schuhschachtel. Dann leerte sie diese von dem kleinen Fenster aus auf den noch unbelebten Platz aus. Rosa stellte ab diesem Zeitpunkt jede sexuelle Aktivität ein.

§

«Hast du diesen Blitz auch bei Oma gespürt, als du ihr das erste Mal begegnet bist?», fragte Rosa ihren Großvater einige Tage nach ihrem gemeinsamen Abendessen im Restaurant. Sie war immer noch erstaunt über seine Erzählung, die für sie mehr nach dem Drehbuch eines Films als nach dem realen Leben eines 76-Jährigen klang.

«Bei Erna war das etwas anderes», antwortete er. «Ich war fertig mit dem Studium und glaubte an die Gleichberechtigung von Mann und Frau, an Freundschaft, an Respekt, an Rücksichtnahme. Du weißt, ich bin katholisch erzogen worden und war Messdiener. Ich war mit ganzem Herzen bei der Sache. Ich hatte in Jesus Christus ein Vorbild gefunden. Über Jahre hinweg habe ich meine Wochenenden mit der katholischen Jugend verbracht, was in der damaligen DDR nicht gerne gesehen wurde, aber auch nicht direkt verboten war. Dass ich überhaupt studieren durfte, war eine Auszeichnung für mich. Ich war ein mittelloser, katholischer junger Mann vom Land, ohne Verbindungen zur Partei. Mein Studium bedeutete meinen Eltern sehr viel. Sie sahen es als Krönung ihres arbeitsreichen Lebens an und konnten dieses unverdiente Glück für die ganze Familie kaum fassen. Ich hatte damals das Gefühl, dass die Partei sich positiv verändert hatte, sich langsam öffnete, weil sie Menschen wie mir die Möglichkeit bot, Akademiker zu werden. Zudem unterstützte sie mich wie viele andere jungen Menschen auch mit einem Stipendium. Als ich Erna kennenlernte, war ich beseelt von dem Wunsch, mich bei der Partei für ihre Großzügigkeit zu revanchieren. Erna arbeitete bei der SED, sie war jung und wollte sich nicht mit Männern auf irgendwelche schnellen Geschichten einlassen. Sie erschien mir couragiert und anständig, und sie war einverstanden, als ich ihr erklärte, dass ich nur ein Kind haben wollte, um diesen Planeten nicht mit noch mehr Menschen zu belasten. Sie war begeistert, als sie hörte, dass ich nichts gegen ihre Berufstätigkeit hatte, sondern sie bei ihrer Karriere in der Partei sogar noch unterstützen wollte. Ich dachte, das sei das Mindeste, was ich der Partei für den Anfang zurückgeben konnte. Allerdings habe ich sehr schnell nach der Hochzeit verstanden, dass ich mich in allem getäuscht hatte: in der Partei und in Erna. Rückblickend kann ich sagen, dass wahrscheinlich Ernas Nähe zur Partei der ausschlaggebende Grund für die Heirat war. Ich weiß, es ist schrecklich, so etwas sagen zu müssen, aber ich will mich nicht besser machen als ich bin. Auch ich trage eine Schuld mit mir herum.» Er seufzte tief auf. «Was ich mir nie verzeihen werde ...», fuhr er fort, «... ist, dass ich mit der Heirat und meiner egoistischen Hinwendung zur SED nicht nur Jesus verraten, sondern auch mein einziges Kind, deine Mutter, dieser Maschinerie geopfert habe.

«Was meinst du damit, Opa?», fragte Rosa «Wie hast du Mama geopfert?»

«Ach, Rosa», antwortete er leise, «deine Mutter lebt das Leben ihrer Mutter. Sie hat viel gelernt von Erna, von der Partei und auch von Ernst. Ich bin nie an sie rangekommen! Erna, der SED-Kindergarten, die Schule, Ernst, sie alle haben sie mir entzogen, und ich habe das alles aus Angst um mein bequemes Leben zugelassen. Erna hat alles kontrolliert. Sie beherrschte den Instrumentenkoffer der Partei und hat seine perfiden Methoden eingesetzt, um uns kaputt zu machen. Ich war erwachsen, aber Mandy ... Sie war ein Kind und formbar – und ich habe ihr nicht geholfen.»

«Wer ist mein Vater?», fragte Rosa mit zitternder Stimme. «Warum wollte er mich nicht? Warum hat er uns verlassen?»

Johann drehte den kleinen Löffel, der für den Nachtisch vorgesehen war, wie einen Kreisel zwischen Daumen und Zeigefinger, schaute auf die blaukarierte Tischdecke, rutschte mit einem unglücklichen Gesicht auf dem Holzstuhl hin und her und richtete schließlich seine warmen braunen Augen auf Rosa, die ihn hilflos anstarrte. Ihr schwarzes Muttermal glänzte auf der rechten Wange, ihr schmaler Mund war zu einem Strich zusammengepresst, die kleinen grobporigen Nasenflügel schienen eingefallen, die Sehnen des dünnen Halses traten ein wenig nach außen. Sie war bleich.

«Warum hat er mich verlassen?», wiederholte sie die Frage mit einer Stimme, die so brüchig klang wie halbgefrorenes Eis.

«Ich kann dir nicht sagen, was vorgefallen ist», begann Johann zu sprechen», aber soweit ich weiß, wollte ein mir unbekannter junger Mann deine Mutter heiraten, als sie ihm erzählt hatte, dass sie von ihm schwanger war. Warum das dann nicht funktioniert hat, weiß ich nicht. Niemand hat mir je irgendetwas erzählt, und ich habe auch nicht nachgefragt. Es war wie immer: Ich wurde von allem ferngehalten. Was ich weiß ...», sagte er, wobei er den Blick verloren auf einem blauen Karo der Tischdecke hängenließ, «... ist, dass Erna und Mandy das Kind wegmachen lassen.» Er stockte und sah sie erschrocken an. «Es tut mir leid, Rosa, es tut mir so leid, entschuldige. Ich wollte das nicht sagen. Es stand zur Debatte. Ich habe sie bei dem Gespräch belauscht. Mandy hat sich dann ja auch für das Kind, also für dich entschieden. Es ist nicht so leicht, sich mit zweiundzwanzig Jahren für ein Leben als alleinerziehende Mutter zu entscheiden. Sie hat dich dann wirklich gerne gehabt. Das ist doch die Hauptsache, und ich bin so glücklich, dass es dich gibt.» Er strich sich verlegen lächelnd eine kleine Träne weg, die sich aus seinem rechten Auge gelöst hatte.

Richard Wagner
Tristan und Isolde, Vorspiel

Christian Thielemann
Wiener Philharmoniker

5

Rosa fand Kevins Tischmanieren manieriert. Schon bei der Vorspeise war ihr aufgefallen, wie er den Suppenlöffel weit hinten mit dem Daumen und zwei Fingern seiner rechten Hand hielt und dabei den kleinen Finger so weit abspreizte, dass er wie ein kaputter Zeiger jede Bewegung seiner Hand begleitete. Beim Einführen des Löffels in den breiten Mund stand er dann senkrecht zwischen seinen weit auseinanderliegenden Augen, sodass Rosa bei der Betrachtung des sich wie mechanisch öffnenden und schließenden Mundes unwillkürlich an die kleine Spitzmaschine auf dem Schreibtisch des Personalleiters denken musste. Als sie nach dem Servieren des Hauptgerichts beobachtete, wie Kevin die Gabel zwischen dem Einstechen in das Gemüsebratling und dem Hinführen zum Mund einmal um ihre eigene Achse drehte, und sich dabei fragte, wie dieser blasse affektierte Engländer mit den großen Ohren und den dünnen Lippen an diesen Ort gekommen war, stellte er ihr mit näselnder Stimme die Frage, ob sie noch nie einen kultivierten Engländer habe essen sehen. Das brachte das Gespräch der Tischgesellschaft zum Erliegen und ihre Backen zum Glühen.

Rosa, die zum ersten Mal zu einem privaten Abendessen mit Tischkärtchen und verschiedenen Gedecken eingeladen worden war, wusste nicht, was sie antworten, wie sie reagieren sollte. Sie beschloss, sich dieser Situation durch Flucht zu entziehen, also stand sie wortlos auf und ging auf die Toilette, wo sie sich im Spiegel in die graublauen Augen sah und überlegte, wie sie dieses Haus ungesehen verlassen konnte. Nach wenigen Sekunden war ihr klar, dass es keinen unbemerkten Abgang geben konnte, also kontaktierte sie Don, der ihr riet, an ihren Platz zurückzukehren und weiterzuessen, ohne den Engländer anzustarren und die anderen Gäste zu beachten.

Rosa ging tatsächlich zurück zu ihrem Platz und begann mit tief gesenktem Kopf zu essen. Sie war erstaunt, als Kevin sich für seine unhöfliche Frage entschuldigte, sie anlächelte und sagte, dass sich ein Gentleman immer glücklich schätzen könne, wenn er die Aufmerksamkeit einer Dame auf sich ziehe. Er fügte hinzu, dass er sehr hoffe, sie mit seiner kleinen Provokation, die dem britischen Humor zuzurechnen sei, nicht beleidigt zu haben. Während er sprach, sah er ihr wieder direkt in die Augen, lehnte sich langsam an die hohe Lehne seines Stuhles zurück und wischte einen kleinen Brotkrümel von der Stelle des Tischtuches, auf der kurze Zeit zuvor noch sein Teller gestanden war.

Rosa trafen seine Worte erneut so unerwartet, dass sie heftiger als zuvor errötete und die Gabel auf den Teller fallen ließ, was einen kleinen braunen Soßenfleck auf ihrer grauen Leinenjacke verursachte. Durch das Klirren der Gabel aufmerksam geworden, drehten sich ihre Tischnachbarn zu ihr um. Zu ihrer großen Erleichterung begann die Gastgeberin gerade in diesem Moment mit einer kleinen Rede. In ihrem Zentrum standen Erklärungen zum nachfolgenden Käsegang. Sie sprach geradezu hymnisch von der artgerechten Haltung der französischen Kühe und Ziegen, deren Milch für den angebotenen Käse verwendet worden war. Das Gelächter, das ihrer Entschuldigung an die Veganer unter den Gästen folgte, machte Rosas geräuschvolle Einlage vergessen.

Kevin wandte sich ihr erneut zu und fragte sie nach ihrem Beruf. Dabei brachte er seinen Kopf in eine leichte Schräglage, was bei Rosa das Bild eines Vogels aufrief, den sie ab und zu am Fensterbrett ihres Zimmers sitzen sah.

«Ich bin seit Kurzem bei AHL angestellt», antwortete sie leise. «Ich kümmere mich um die Auswertungen zu Lifestyle-Gruppen.»

«Das klingt interessant», sagte Kevin. «Was sind das für Auswertungen? Darf man fragen? Oder ist das ein Geheimauftrag, bei dem es um viel Geld geht?», schmunzelte er, bevor er sein Weinglas hob und es austrank.

«Es geht um Kundenauswertungen für ein Blutdruckmittel», führte Rosa aus. «Ich hole mir die Namen von potenziellen Kunden aus Listen, die von privaten Firmen oder staatlichen Stellen erstellt und an meine Firma verkauft worden sind. Dann checke ich sie nach bestimmten Parametern ab und wähle lukrativ erscheinende Kontakte aus, die ich zur weiteren Bearbeitung an das Marketing weitergebe, das zusammen mit den Programmierern eine App entwickelt, die den Blutdruck kontrolliert und ängstliche Menschen mit Informationen über ihre gesundheitlichen Risiken füttert. Zusätzlich schlägt die App neue Therapien, Nahrungsergänzungsmittel, Ärzte und Kliniken vor. Es ist mein erster Job. Ich bin Informatikerin.»

Ich finde das sehr spannend», sagte Kevin. «Aber wenn ich mich nicht täusche, dann designen normalerweise doch Leute wie du, frisch von der Uni, diese Apps?»

«Stimmt, aber das ist Kinderkram», antwortete Rosa. «Ich bin diejenige, die die Datenbasis zur Verfügung stellt, aus der die Software lernt. Ich suche die Personen für die definierte Zielgruppe aus und erstelle ihr Profil aufgrund bestimmter Parameter. Dazu sammle ich ihre charakterlichen

Eigenheiten und erstelle ein Ranking, das später in die Maschine implementiert wird und von einem Algorithmus nach der Wahrscheinlichkeit einer erfolgreichen Kundenbeziehung untersucht wird. Das Ziel ist natürlich, dass sich möglichst viele die kostenpflichtige App runterladen und ihre Angebote kaufen. Es ist kein Standardding, aber es motiviert mich auch nicht so besonders.»

«Du bist die Projektleiterin für das Ganze?», fragte Kevin.

«Nein», antwortete Rosa, «ich bin eine Einzelkämpferin mit einer überdurchschnittlichen Analysefähigkeit – das ist alles. In zwei Jahren werde ich die Leitung für ein EU-Projekt übernehmen, das sich auf Familienforschung konzentriert. Das, was ich bei der Firma verdiene, ist okay, aber ich brauche auch nicht so viel. Was machst du?», fragte sie vorsichtig, ohne ihn anzusehen.

«Ich bin im Finanzgeschäft. Ich habe mein Studium für Finanzen und Wirtschaft an der Oxford University ...», den Namen sprach er mit langgezogenen Vokalen aus, «... vor zwei Jahren beendet und bin jetzt Fondsmanager bei der Cuts Bank hier in Frankfurt. Das ist eine englische Bank, die es seit über zweihundert Jahren gibt. Ich verwalte selbstständig einen Fond von über dreihundert Millionen britischer Pfund. Bisher gab es niemanden unter dreißig, der einen Fond dieser Größe übernehmen durfte. Man kann also, ohne unbescheiden wirken zu wollen ...», dabei lächelte er sie an «... sagen, dass es ziemlich einzigartig ist, was ich geschafft habe. Die Menschen, deren Geld ich verwalte, haben Vertrauen zu mir und meinen genialen Anlagestrategien. Ich habe schon immer gewusst, dass ich gut mit Menschen umgehen kann. Schon als Kind hat man mir gesagt, ich hätte so eine starke Ausstrahlung, dass mir kaum einer widerstehen könne», er lachte kalt auf, «und so ist das eben bis heute. Ich lebe das Leben, das für mich vorgesehen ist. Mein Programm heißt *Gesellschaftliche Privilegien und finanzieller Erfolg*. Dafür werde ich von meinen Kunden geliebt.»

Rosa hatte noch nie jemanden mit so einer Selbstsicherheit von sich selbst sprechen hören. Herr Reiser hatte ihr zwar auch von seinen Erfolgen beim Personalabbau erzählt, aber er hatte auch von unangenehmen Entscheidungen und schlaflosen Nächten gesprochen. Bei diesem Engländer hingegen schien es ohne irgendwelche Selbstzweifel nur nach oben zu gehen, fast, als wäre das eine Selbstverständlichkeit, die ihm von Natur aus zustand, dachte Rosa. Wie glücklich Menschen sein müssen, die sich das nehmen, was wie selbstverständlich zu ihnen gehört, überlegte sie. Alles wird zu Gold in ihren Händen. Sie erinnerte sich an das Prinzenspiel ihrer Kindheit und stellte sich vor, wie Kevin in einem Schloss in Yorkshire als Sohn adeliger Eltern mit mehreren ebenso selbstsicheren Geschwistern aufgewachsen war, in eine Privatschule und danach nach Oxford geschickt worden war, um später eine Aufgabe in einer englischen Privatbank zu übernehmen. Auch seine Tischmanieren, die ihr zuerst so lächerlich erschienen waren, und die provokant devote Kopfhaltung, wenn er ihr Fragen stellte, verdankten sich womöglich seiner adeligen Herkunft.

Schnell fragte sie ihn: «Was ist ein Fond genau?»

Er antwortete: «Ein Fond setzt sich zusammen aus Geldern sehr reicher Menschen, die jemandem wie mir ihr Vermögen zur Verfügung stellen, damit ich es erfolgreich anlege und arbeiten lasse. Erfolgreich heißt, dass ich mit meinen Investments für meine Kunden eine gute Rendite erwirtschafte, sodass sie noch reicher werden. Meine Tätigkeit ist sehr anspruchsvoll und wird daher auch sehr gut bezahlt. Ich glaube übrigens nicht, dass es viele Bankiers in meinem Alter gibt, die auch nur ansatzweise so viel verdienen wie ich. Aber meine Lebenshaltungskosten sind hoch, dazu kommen die hohen Immobilienpreise.» Er atmete tief ein. «Ich will mich nicht beklagen, und in meinen Kreisen ist das ja auch nicht angebracht», er holte tief Luft, «aber die Villa in Kronberg muss noch warten», sagte er hörbar ausatmend, bevor er seinen Mund zu einem harten Strich zusammenpresste und verstummte.

Er dachte an Kate, die Verlobte des alten Lord Brents, die ihn aus dem Mief seiner Studenten-WG befreit und ihm ihre Wohnung zur Verfügung gestellt hatte, in der sie sich wöchentlich zweimal trafen, um miteinander zu schlafen. Ein paar Wochen lang hatte er damals tatsächlich das Gefühl gehabt, glücklich zu sein. Er hatte in einem Londoner Mittelstandviertel eine mietfreie Wohnung für sich allein gehabt, zwei neue Anzüge von Stonebridge, ein iPad, das ihm nur wenige Tage zuvor ein zufriedener Freier geschenkt hatte, eine nette Nachbarin, die auf ihrer Geige übte, und Kate hatte für ihn einen Plan mit verschiedenen Aufgaben erstellt, die sie als notwendig für seine Karriere und sein zukünftiges Leben erachtete. Eine der Aufgaben bestand darin, Museen, renommierte Antiquitätenläden und auf Geschichte spezialisierte Antiquariate zu besuchen. Dort sollte er von ihr ausgedachte Fragen abklären, seine persönlichen Eindrücke über die Qualität der ausgestellten oder zum Kauf angebotenen Kunstobjekte aufschreiben und die Provenienz einzelner Stücke erforschen.

Nach einem dieser Besuche im Victoria and Albert Museum kehrte er in Kates Wohnung zurück und realisierte die Armseligkeit seiner Umgebung: den braunen Laminatboden, die drei weißen Garderobenhaken aus Plastik auf der schmutzig weißen Flurwand, die schmale Tür aus Eiche imitierenden Pressspan, die vom Flur aus in die Küche führte. Die ganze Wohnung strahlte schlecht verdeckte Billigkeit aus, die er von zu Hause kannte und die er nun, da er sie einmal wahrgenommen hatte, nicht mehr übersehen konnte. Jedes Zimmer war von minderer Qualität, von geschmackloser Beliebigkeit, von primitiver Dekoration. Wie hatte er sich die letzten Wochen hier nur wohlfühlen können? Er erinnerte sich daran, dass Kate ihm erzählt hatte, Lord Brenton würde sich einbilden, dass er ein billiges Umfeld an ihr riechen könne – selbst dann, wenn sie nach der teuersten Spa-behandlung Londons zu ihm käme. Jedenfalls hatte er ihr nicht nur einmal von seiner feinen Nase gesprochen, mit der er riechen konnte, ob sich Menschen aus einfachen Verhältnissen in einem Raum aufgehalten hatten. Einer seiner Freunde, so erzählte er ihr ein andermal, sei mit einer Frau zusammen, die sich aus ganz kleinen Verhältnissen in die Chefetage eines Unternehmens hinaufgearbeitet hatte. Sie sei intelligent gewesen, habe eine rasche Auffassungsgabe gehabt, und sich den Anforderungen entsprechend gekleidet, sie sei hübsch gewesen, und doch haftete an ihr ein Geruch, der ihr ganzes Leben bleiben würde, weil nicht einmal die teuersten Essenzen ihre miefige Ausdünstung eliminieren konnten – sie flössen aus ihrem Inneren, aus den Genen der Familie nach draußen.

Wenn Kate, deren ganzes Leben auf einem fein gesponnenen Lügengebäude aufgebaut war, ihren Lord hinters Licht führen konnte, dann würde auch er das mit ihrer Hilfe schaffen.

Er ging ins Schlafzimmer und legte dort seine beiden Anzüge von Stonebridge auf das Bett, betrachtete ihren eleganten Schnitt, befühlte das schwere dunkelblaue Wolltuch und den graubeigen Tweed, fuhr mit seinem Zeigefinger über den Emaillack eines Messingknopfes, zupfte ein kleines Stück schwarzen Fadens von einem Kragen und stellte fest, dass diese Anzüge die einzigen Objekte in der Wohnung waren, die etwas Besonderes hatten. Er seufzte tief auf. Während er mit geschlossenen Augen über den Ärmel eines der Jacketts strich, zog eine, seine Verzweiflung kühlende Ruhe in sein Inneres ein, die wie ein heilendes Gel jede Faser seines Körpers umschloss. Diese Anzüge sind mein Leben, dachte er. Sie sind all das, was ich mir für mein Leben wünsche. Sie beschützen mich vor meinem billigen Zuhause, vor dem Egoismus meiner Mutter, vor den nach Schweinefleisch stinkenden Händen meines Vaters, vor Bobs aufgeschwemmtem Körper. Sie halten die Versager von mir fern und ziehen die erfolgreichen Menschen an, die ich für mein neues Upper Class Leben brauche. Diese Wohnung hier werde ich bald verlassen und damit auch die Zeit vergessen, die mit ihr verbunden ist. Sie wird in meiner neuen Lebensgeschichte nicht vorkommen. Niemand wird wissen, dass ich mich hier aufgehalten habe. Ich bin nicht offiziell gemeldet, erhalte mit Ausnahme von Kate keine Besuche, habe keine Nachbarn kennengelernt – es existieren keine Fotos von mir. Ich existiere nicht. Ich werde anfangen meine Geschichte zusammenzubauen, so wie Kate es vorgeschlagen hat. Dann ist das von mir erdachte Leben Realität und das Vergangene eine Fiktion, die ein bösartiger Fremder erfindet, um meine Karriere zu behindern oder meine Erfolge zu schmälern. «Alles Lüge!», werde ich antworten, wenn ich auf diese falschen, gemeinen Behauptungen angesprochen werde. Und mit ruhiger Stimme werde ich fortfahren, dass erfolgreiche Menschen meiner Klasse immer Lügen ausgesetzt sind, ja es sogar seltsam wäre, würde nicht der Versuch unternommen werden, meinen guten Namen in den Schmutz zu ziehen. Diese Sorte von Neidern kenne ich schon seit Geburt, und man lernt damit umzugehen, wäre dann ein eleganter Nachsatz. Vielleicht könnte ich auch sagen, dass ich Mitleid mit diesen Leuten habe?, überlegte er. Aber womöglich wäre das auch übertrieben. Das muss ich je nach Gesprächssituation entscheiden, beschloss er. Mitleid wäre aber schon auch eine Variante, die mich großzügig und empathisch wirken ließe ... Ich sollte noch einige Zitate aus meiner fiktiven Familie zu diesem Thema erfinden. Überhaupt kommen Anekdoten aus dem Familienleben immer gut an. Der Weg in mein neues Leben wird mich viele Opfer kosten, und ich darf nicht vergessen, dass nichts im Leben umsonst ist, wie es mir Kate eingebläut hat. «Ich überlasse dir meine Wohnung, weil du dich anstrengst, dein altes Leben hinter dir zu lassen, was schwierig ist und Tag für Tag viel Kraft kostet», sagte sie einmal nach einem gemeinsamen sanften Orgasmus, während sie sich eine Zigarette anzündete. «Ich habe selbst lange darauf hingearbeitet, jemanden wie Lord Brent zu beeindrucken und für mich zu gewinnen. Der Weg dorthin, das darfst du mir glauben, hat mich viele Opfer gekostet. Nichts im Leben ist umsonst! Merke dir das, mein Freund! Wenn dir jemand etwas schenkt oder dir einen Gefallen tut, dann kommt irgendwann die Zeit der Revanche. Man muss immer etwas zurückgeben, wenn jemand in Vorlage gegangen ist. In meinem Fall muss ich für die materiellen Gaben dieses alten Mannes eine Vorstellung von Liebe zurückgeben, die er sich aus Romanen des 19. Jahrhunderts zusammengebaut hat.» Sie hatte Bücher und Filme studiert, die sich mit den Gewohnheiten der Upper Class beschäftigten, hatte jede der 68 Folgen *Upstairs Downstairs* gesehen und Elisabeth Bellamys Verhalten genau studiert, erinnerte er sich und dachte gleichzeitig mit ein wenig Mitleid an seine Mutter. Ich werde an meiner Bildung arbeiten, mich um eine Eliteuniversität für meinen Master umsehen und die besten Rhetorikkurse besuchen. Nur mit der Sprache der Upper Class, ihrer Intonation, ihrer Melodie werde ich das, was diese erstklassigen Stonebridge Anzüge versprechen, halten können.

Die Sprache ist verräterisch, beendete er seine Gedanken, bevor er die Anzüge in ihre Kleidersäcke hing und ein Paar erstklassiger schwarzer Oxfords mit einem weichen Frotteetuch auf Hochglanz polierte.

Györgi Kurtág
Schmutzig bin ich, Milena

Anna Prohaska, Isabell Faust

In den Monaten darauf belegte Kevin Seminarübungen zu Themen wie *Die Wichtigkeit aktueller politischer Informationen für die Wirtschaft* oder *Die Ergebnisorientiertheit von Sprache als Schlüssel zum Erfolg. Wichtige Aussagen jederzeit schnell und präzise formulieren.* Er verstand, dass im Bereich der Wirtschaft eine reiche sprachliche Ausdrucksfähigkeit nicht von Bedeutung für das Erreichen einer wichtigen Position mit entsprechend hohen Verdienstmöglichkeiten war. Im Gegenteil: Ein umfangreicher Wortschatz und perfekte Grammatik galten als antiquiert, snobistisch oder sogar streberhaft und wurden vor allem in seiner Generation belächelt. Erfolgreich war derjenige, der überwiegend schriftlich, mit einfachem Wortschatz, eingebauten Maschinenzeichen und kurz gehaltenen Sätzen kommunizierte – *Long story short* ... Diese Erfahrungen deckten sich mit einem erst kürzlich von ihm entdeckten Bericht, der im Kern aussagte, dass sprachliche Nuancierungen für die meisten eine Verunsicherung bedeuteten, weil der Mensch auf eindeutige, unmissverständliche Kommunikationssignale ausgerichtet sei, die sich aus der Einigung des überwiegenden Teils einer Generation auf bestimmte Ausdrücke oder Redewendungen ergaben. Die Masse muss verstehen. Eine Unterhaltung wurde von den meisten als interessant abgespeichert, wenn aktuelle Informationen übertragen oder ausgetauscht wurden. Dabei war wichtig, dass für den größten Teil der Testgruppe der Inhalt der Information weniger wichtig war als deren Aktualität. Für die Masse zähle, so das Resümee des Beitrags, die zeitnahe Originalität, was bestens mit einer ausdrucksarmen Sprache interagiere, die einen authentischen Eindruck hinterließ, Glaubwürdigkeit suggerierte, einer schnellen verbalen Reaktion assistierte und sich nach dem Gefühl des Empfängers aus dem Inneren des Sprechenden, dem Wahren seiner Persönlichkeit herauslöste und sich daher als unverstellt behauptete. Die Kommunikation von Inhalten hingegen wirke schon ob ihrer Forderung an die zeitlichen Ressourcen der Rezipienten lebensfremd. Sie werde in ihrer Suche nach objektiver Darstellung als manieriert empfunden und ließe durch ihre detaillierte Recherche eine authentische Spontaneität vermissen. Kevin entschied, die Seminare an der Universität fortzuführen, gleichzeitig aber auch die Rhetorik der Upper Class zu studieren, da nur sie ihn von den Karrieristen unterscheiden und ihm die Tür zu dieser Gesellschaft öffnen würde. Sein großes Ziel, später einmal als Mann des alten Geldes zu gelten, konnte er seiner Meinung nach nur erreichen, wenn er sich von dem Stigma seiner Sprache befreite und den elaborierten Code der der alten Familien verinnerlichte.

Einmal, als er vor dem Seminarraum auf das Eintreffen des Dozenten wartete, lernte er einen jungen Mann kennen, der ihm schon seit einiger

Zeit aufgefallen war. Er war fasziniert von seinem guten Aussehen, beeindruckt von seinen intelligenten Fragen – und verstört von der Unruhe in seinem Herzen, wenn er ihn ansah. Er saß auf einer Bank und spielte auf seinem iPhone, als der junge Mann auf ihn zukam, sich neben ihn setzte und ihn fragte, ob er auch für das Seminar eingeschrieben sei und was er davon halte. Er sei sich nicht sicher, ob er die inhaltlichen Ausführungen des Dozenten interessant finden sollte oder ob sie nicht vielmehr nur das Nachgeplapper einer verbreiteten wissenschaftlichen Ansicht aus den, der Finanzkrise 2008 folgenden Jahren sei. Kevin, der durch die plötzliche Nähe des heimlich Verehrten verwirrt war, wusste nichts mit den im freundlichen Ton gestellten Fragen anzufangen. Er sah durch das wandhohe Fenster der Eingangshalle hinaus auf den Campus, der nur mit wenigen Studenten gefüllt war, räusperte sich und stellte sich mit seinem Vornamen vor, wobei er aufstand und eine Verbeugung andeutete. Der groß gewachsene junge Mann tat es ihm gleich und stellte sich als Wolfgang vor, wobei er Kevin direkt in die Augen sah, was dessen Gesicht in ein tiefes Rot tauchte, das sich deutlich von der weißen Haut seines Halses abhob. Kevin setzte sich wieder, sah aus dem Fenster und hoffte, dass Wolfgang weggehen und ihn in Ruhe lassen würde. Dieser platzierte sich jedoch neben ihn und sagte: «Du musst dich nicht schämen, weil du schwul bist. Wir sitzen im selben Boot. Wollen wir nach dem Seminar etwas trinken gehen?» Kevin konnte es nicht glauben, dass dieser Mann mit den feinen Gesichtszügen, den leuchtenden blauen Augen und den dunkelbraunen, nach hinten gegelten Haaren mit ihm ausgehen wollte, mit ihm sprechen, ihn vielleicht sogar berühren wollte. Er sah seinen leicht gebräunten Teint, die perfekt geformten kleinen Ohren, die Lässigkeit in seinen Bewegungen und fragte sich, weshalb jemand wie er mit ihm sein wollte. Er konnte sich bestimmt aussuchen, wen er daten wollte. Er konnte mit Sicherheit jeden haben. Kevin antwortete, ohne ihn anzusehen, dass er sich sehr darüber freuen würde. Als er Wolfgang später nach dem zweiten Drink in einer kleinen Bar nahe der Universität fragte, warum er ihn angesprochen habe, sagte dieser, dass er einen verlorenen Eindruck auf ihn gemacht habe, was ihn sehr anziehe. «Große Jungs, die verloren wirken, haben alle ein Geheimnis!», lachte er. «Und ich bin nun einmal neugierig! Deinem Akzent nach zu urteilen, kommst du aus bester, englischer Familie. Wahrscheinlich bist du auf einem dunklen Schloss irgendwo in den Highlands aufgewachsen, hast dich aber von deinen Eltern losgesagt, sonst würdest du niemals an dieser Universität studieren, oder so etwas Ähnliches? Oder interessiert es dich, wie der Mittelstand so lebt? Vielleicht willst du auch für deinen Master in Cambridge eine soziologische Studie zu den Studiengewohnheiten von Mittelschichtskindern im Bereich Finance erstellen? Wahrscheinlich heißt du auch gar nicht Kevin, oder? Dieser Name passt nicht zu deinem Jackett! Wer weiß, vielleicht sind deine Eltern auch von der Sorte verrückter Engländer, die ihren Humor an ihren Kindern auslassen! Aber sicher hast du noch andere Namen, oder?», endete er und sah ihm tief in die Augen. «Ich kann dazu jetzt nichts sagen», murmelte Kevin und sah auf die Schuhspitzen seiner glänzend polierten, schwarzbraunen Oxfords. «Ich brauche Zeit. Ich kenne dich noch gar nicht. Aber ich werde dir bei anderer Gelegenheit etwas über mich erzählen, wenn du mich noch einmal treffen willst ...», fügte er vorsichtig an. «Bist du Deutscher?» fragte er. Wolfgang erzählte ihm, dass er aus Österreich kam, seine Familie in Salzburg auf einem alten Gutshof lebte, seine Eltern nette Menschen seien und er Wirtschaft und Finance studiere, weil er als Erbe des elterlichen Besitzes für dessen Verwaltung bis zur Übergabe an die nächste Generation verantwortlich sei. «Ich muss natürlich eine Leihmutter organisieren, sonst wird das nichts mit der nächsten Generation», zwinkerte er ihm zu. «Aber das hat noch zwanzig Jahre Zeit. Das Wichtigste ist die Erhaltung des Besitzes, was uns ohnehin schon vor gewaltige Herausforderungen stellt. Wie du weißt, schreitet die Klimaveränderung so schnell voran, dass Land- und Forstwirtschaft massiv darunter leiden. Damit ist unser Einkommen nicht mehr gesichert. Ich muss mir also andere Finanzkonstrukte überlegen, die uns dem Klima angepasste Investitionen in unser Land erlauben.»

Kevin war diesbezüglich völlig ahnungslos. All die öffentlich geführten Debatten über die Klimaveränderung interessierten ihn nur dann, wenn Maßnahmen für den Schutz des Klimas gefordert wurden, die die wirtschaftliche Entwicklung bestimmter Branchen negativ beeinflussten, die Börsenverluste vergrößerten oder die Arbeitslosigkeit erhöhen konnten. Er verstand nicht den Sinn der Forderungen nach Schutzzonen für bedrohte Tier- oder Pflanzenarten, wenn dafür Gasbohrungen eingestellt werden sollten. Er sah nicht ein, warum erneuerbare Energien bereits bestehende Atomkraftwerke ersetzen sollten, die schon seit über vierzig Jahren sauberen Strom lieferten. Er war auf Seiten der Landwirtschaft, wenn sie großflächig mit Pestiziden arbeitete und Massentierhaltung als Antwort auf die steigende Bevölkerungszahl präsentierte. Als vorgeblicher Anhänger der utilitaristischen Theorie richtete er sein Denken immer auf die Maximierung des Wohlbefindens der Gesellschaft aus und qualifizierte so jedes Handeln als richtig und erfolgreich, wenn es den größten Teil der Gesellschaft glücklich machte. Selbstkritisch gestand er sich dabei ein, dass in seinem Denken die Definition von allgemeinem Glück nur dann stimmig war, wenn sie sich mit seiner persönlichen Vorstellung davon deckte. So war beispielsweise die Ausbeutung jeglicher Flora und Fauna für ihn vertretbar, solange sie zum Glück der englischen Gesellschaft beitrug. Seine Definition von Glück umfasste dabei jegliche kurzfristige Nutzenmaximierung, seine Definition der Gesellschaft die kleine Schicht von einflussreichen, vermögenden Menschen, für die es sich lohnte, jedes Mittel einzusetzen, das deren Wohlbefinden hervorrief, sicherte, steigerte. Sein persönliches Glück waren Anzüge von Stonebridge, schwarzbraune Oxfords, rhetorisch raffinierte Redewendungen ohne Aussagekraft, der neidische Blick eines Kellners, wenn er seine Beine übereinanderschlug und mit näselnder Stimme einen teuren Whiskey bestellte, der Gedanke daran, dass er mit einer Frau Geschlechtsverkehr hatte, die die Verlobte eines angesehenen Lords war. Diskutierte er mit Kate über die Natur, so waren sie beide der Meinung, dass sich ihr Wert darin erschöpfe, eine Kulisse für verschiedene Aktivitäten im Freien zu bilden. Den Wert von Tieren bewertete er nach ihrem Nutzen für den Menschen, wobei er sich auf eine Tabelle zur Rangordnung von Tieren bezog, die von einem Lord im 18. Jahrhundert erstellt worden war. Das Pferd, seiner Ansicht nach das Statussymbol des eleganten englischen Gentlemans, nahm darin den ersten Rang ein. Alles war für ihn Mittel zum Zweck. Er las von Tier- oder Pflanzenarten, die wegen der Klimaveränderung nicht mehr existierten, von immer mehr Land, das versiegelt wurde, von Trockenheit, die Bäume sterben ließ, und vielen anderen «Unannehmlichkeiten», die, wie er zufrieden feststellte, mit ihm nichts zu tun hatten, weil er die genannten Tierarten nicht gekannt, das versiegelte Land nicht besessen, die Bäume nie gesehen hatte. Nur einmal spürte er ein gewisses Bedauern, eine Art von Sehnsucht nach dem Verlorenen, als er davon hörte, dass die nur ausgesuchten Mitgliedern der Upper Class offenstehende Jägervereinigung den Verlust einiger ausgerotteter Tierarten für ihre Treibjagd beklagte. Er freute sich, dass der Prozess seiner inneren Metamorphose bereits fortgeschritten war, und er war sicher, dass sich sein Denken und Fühlen demjenigen der von ihm so glühend bewunderten Elite annäherte. Er hatte das Gefühl, bald dort anzukommen, wo er hingehörte.

Als ihm daher sein neuer anbetungswürdiger Freund mit einer schweren Sorgenfalte auf der schönen Stirn seine durch die Klimaveränderung hervorgerufenen, finanziellen Probleme für den elterlichen Besitz schilderte, wusste er nicht, was er antworten sollte. Er begriff jedoch, dass Wolfgang jetzt, in diesem Moment, eine Antwort von ihm erwartete. Er fand keine, also sagte er mit hochrotem Kopf einfach: «Ich esse kein Fleisch!»

Wolfgang lachte laut auf. «Du bist wirklich ein spezieller Typ, Kevin», lächelte er. «Dein Humor ist einzigartig. Lass uns noch einen Drink bei mir nehmen. Ich wohne hier ganz in der Nähe. Was meinst du?»

Kevin willigte ein.

Die darauffolgenden drei Monate gehörten zu den glücklichsten in Kevins bisherigem Leben. Er traf Kate weiterhin regelmäßig in seiner Wohnung, war mit Wolfgang jede freie Minute zusammen, bestand eine der wichtigen Prüfungen an der Uni und hatte als Escortboy Glück mit seinen Kunden, weil sie nur das Standardprogramm von ihm forderten und gutes Trinkgeld gaben. Offensichtlich übertrug sich seine gute Laune auch positiv auf seine sexuellen Leistungen, sodass er privat wie geschäftlich von der Zufriedenheit seiner Umgebung profitierte, sich den dritten rhetorischen Aufbaukurs leisten, und zum ersten Mal bei Stonebridge einen Maßanzug in Auftrag geben konnte. Seit er mit Wolfgang zusammen durch die Clubs zog, eröffnete sich ihm eine neue unbekannte Welt. Man sprach über ihn als den schweigsamen, eleganten Adeligen, der mit einem der meistbegehrten Männer der Londoner Szene zusammen war. Er bemerkte, dass man seine Nähe suchte, wenn er ohne Wolfgang in den Clubs unterwegs war, dass der Barkeeper sein Whiskeyglas anhauchte, bevor er es ihm mit einem Seufzer und einen verliebten Blick offerierte, dass gutaussehende ältere Männer ihn wegen seines Siegelrings ansprachen, den er sich erst vor Kurzem hatte anfertigen lassen. Wolfgang hatte ihm erzählt, dass man sie in der Szene das Prinzenpaar nannte und Wetten liefen, wer als Erster von ihnen einen Seitensprung machen würde, und mit wem. Ihre gemeinsamen Nächte verbrachten sie in Wolfgangs Wohnung, die er sich mit zwei schwedischen Studenten teilte, und Kevin empfand es als sehr angenehm, dass sein schöner Freund nicht weiter insistierte, als er ihm auf die Frage, ob sie denn auch einmal zu ihm gehen könnten, antwortete, dass er mit einem sehr konservativen Vetter zweiten Grades zusammenlebe, der nett, aber etwas verschroben sei und daher keinerlei Besuch wünsche.

Als Wolfgang ihn einmal bei Stonebridge abholte, was ein sofortiges Zusammenlaufen des gesamten weiblichen Personals verursachte und Kevin dort plötzlich zum begehrten Gesprächspartner machte, zeigte er auf ihrem Heimweg auf die hohen Fenster von Lord Brents Wohnung und sagte ihm, dass er dort wohne, wobei er ihm jedes einzelne Zimmer und dessen Ausstattung beschrieb. Wolfgang freute sich sehr, dass sein Freund an bester Adresse logierte, entschuldigte sich mehrmals für das einfache Zimmer, das er ihm bei sich anbiete und erzählte allen, dass Kevin die eleganteste und großzügigste Wohnung hätte, die man sich vorstellen konnte, was dieser jedes Mal mit einem leise näselnden «Übertreibe nicht, mein Lieber!» kommentierte.

Als sie eines Abends mit den schwedischen Mitbewohnern in einem kleinen japanischen Restaurant beim Essen saßen, stellte einer von ihnen Kevin die Frage, warum er denn eigentlich immer so schweigsam sei. Ob er etwas zu verbergen oder einfach keine Meinung zum Leben habe. Wolfgang, der sich während der letzten zwei Wochen genau diese Fragen gestellt hatte, antwortete dieses Mal nicht mit einer witzigen Bemerkung über Kevins strenge Erziehung, wie er es sonst tat. Vielmehr schwieg er, den Blick auf seinen schwarzen Tonteller gerichtet, und versuchte angestrengt, mit seinen Stäbchen den gekochten Ingwer auf die mit Krebsfleisch gefüllten Maki zu legen.

«Ich weiß nicht, was du meinst» sagte Kevin leise.

«Ich meine, dass du dich nie zu etwas äußerst», sagte der Schwede und fragte weiter:«Wie stellst du dir dein Leben vor? Welche politischen oder zivilgesellschaftlichen Bewegungen unterstützt du? Was tust du für die Umwelt? Was ist dir wichtig?»

Kevin war völlig überrascht von der Heftigkeit, mit der diese Fragen vorgetragen wurden, und sah plötzlich Bob nackt vor sich stehen. Er hörte ihn mit erhobenem Zeigefinger sagen, dass er sein ganzes Wissen und seine Erziehung nur ihm verdanke. Eine Art von innerer Panik bemächtigte sich seiner, die sein Gehirn besetzte und ihn in ein Gedankenchaos warf: Ich will raus aus dieser Abhängigkeit, dachte er, raus aus der Erinnerung an diese Zeit, raus aus dieser billigen Prostitution, die mich schon als Jugendlicher zu Lügen verführt und zu einem Objekt degradiert hat. Ich hasse diesen schmierigen Bob aus der Mittelschicht mit seinem kleinen Mittelschichtsjob und dem ranzigen Geruch eines sechzigjährigen Mittelschichtsemporkömmlings. Ich hasse den hässlichen Jungen, der jahrelang mit dem Zug in der billigen Klasse von Manchester nach Sheffield gefahren ist, um sich von diesem Pädophilen penetrieren zu lassen – in einer Dreizimmerwohnung mit Blick in einen trostlosen Innenhof. Er vermeinte, keine Luft mehr zu bekommen, und fühlte eine Übelkeit aufsteigen, die sich in einem heftigen Erbrechen mitten auf den schwarzen Tonteller vor ihm entladen würde. Ich muss mich beruhigen, tief und langsam atmen, dachte er. Dieses Leben war nicht mein Leben, versuchte er seine Erregung in den Griff zu bekommen, es hat nichts mit mir zu tun. Bob ist ein Schwuler, über den ich jemanden in der Schule sprechen gehört habe, der Fleischverkäufer im Supermarkt ist der Vater einer von Lord Brents Hausangestellten, Harriet ist die Schwester eines Mädchens an der Uni. Alles ist in Ordnung. Ich bin ein junger ehrgeiziger Student aus gutem Hause, mit einem Freund, der an Schönheit und Ausstrahlung alle anderen auf dem Campus weit übertrifft. Wir sind das Prinzenpaar. Er atmete tief durch, legte das Besteck zur Seite und antwortete ruhig: «Auf diese Art und Weise gefragt zu werden, bin ich nicht gewohnt». Er wischte sich den breiten schmalen Mund mit seiner Serviette ab, legte sie neben seinen Teller, nahm einen Schluck Sake und richtete sich auf, den Rücken durchgedrückt, den Kopf erhoben. «Ich komme aus einem sehr guten Elternhaus, das mich sicher in meiner Erziehung geprägt hat», fuhr er fort und wischte ein kleines Reiskorn von seiner Hose. «Ich habe gelernt, dass man sich mit seiner Meinung nicht in den Vordergrund drängen soll. Ich achte diese Regel und lasse anderen den Vortritt. Gerne aber äußere ich mich, wenn ich auf eine höfliche Art und Weise um meine Ansicht zu einem mir interessant erscheinenden Thema gebeten werde. Die meisten Themen sind meiner Meinung nach für mein Leben oder meine Karriere irrelevant. Es macht keinen Sinn, sich in Diskussionen einzumischen, die nur einen sinnlosen Zeitvertreib darstellen, oder sich in Gesprächen zu verlieren, die sogenannte wichtige Themen der Unter- oder Mittelschicht zum Inhalt haben. Weder interessieren sie mich, noch kann ich als Mitglied der Oberschicht etwas dazu beitragen. Du fragst, wie ich mir mein Leben vorstelle?» Er sah den Schweden an. «Mein Leben war bereits am Tage meiner Geburt definiert. Du kannst dir das vielleicht nicht vorstellen, aber Menschen wie wir wissen schon als Kind, dass wir anders sind. Wir verstehen sehr früh, dass wir mit Menschen wie euch wenig gemeinsam haben, und ich spreche jetzt nicht von den körperlichen Eigenschaften.» Dabei hob er seine Oberlippe und das rechte Augenlid etwas an, um den Eindruck von Arroganz zu verstärken. «In meinem Leben geht es darum, der Klasse zu entsprechen, in die ich hineingeboren wurde. Ich muss mir nicht viele Gedanken über meine Karriere machen, weil sie passieren wird, und zwar ohne viel Einsatz von meiner Seite. Ein Ringen nach Erfolg ist unwürdig, es verweist auf einen niedrigen Stand. Hinaufkommen, Macht ausüben, die Klasse wechseln – das ist es, was Ihr wollt!» Er machte eine kleine Pause und sah sie an. «Mein Leben wird sich innerhalb unserer Familientraditionen vollziehen. Dabei heißt *Tradition* in unseren Kreisen nicht Rückständigkeit, wie ihr vielleicht vermutet. Wir schätzen die Vorteile der künstlichen Intelligenz, die Fortschritte der Medizin, die Freiheit der Partnerwahl, auch wenn ...», er wandte sich Wolfgang zu, «... wir das Konstrukt der traditionellen Familie als die richtige Lebensweise anerkennen und nach außen aufrecht halten. Aber es war bei uns noch nie verboten, sich den unterschiedlichen Geschlechtern zuzuwenden!», setzte er mit einem süffisanten Unterton in der Stimme fort. «Alles ist eine Frage der Zugehörigkeit und der Etikette. Um zur Tradition zurückzukehren: Wir erwarten nicht, dass alles gleichbleibt! Natürlich verändert sich auch unsere Umwelt, und auch wir erleben manchmal schmerzlich, wie zum Beispiel Bäume unter der großen Hitze leiden oder vertrocknen. Bäume, die uns Schatten gegeben haben, als wir klein waren. Natürlich ist das ein Verlust, aber ein Verlust muss getragen werden, nicht wahr?» Er blickte reihum in die wie erstarrt wirkenden Gesichter. «Ein Verlust wird nicht dadurch ungeschehen gemacht, dass man auf die Straße geht und seinen Ärger hinausschreit. Das wissen wir doch alle», lächelte er. «Aber der Mann von der Straße weiß das eben nicht! Unter Umständen macht er den Verlust für sich durch die sinnlose Aktion einer Demonstration sogar noch größer, weil die Straßenkameras Fotos mit seinem Konterfei in die Büros schicken und sein Vorgesetzter darüber nicht amused ist ... So hat er am Ende weder Baum noch Job. Auch ich hoffe, dass unsere gepflegten englischen Anlagen grün bleiben, obwohl ich ab und zu selbst schon braune Flecken auf dem einen oder anderen Rasenstück feststellen habe müssen ...» Er seufzte «Ich glaube daran, dass wir das mit unseren guten Gärtnern wieder in eine perfekte Ordnung bringen werden. Letztendlich ist doch alles – wie immer – eine Frage des Preises!»

«Was bedeutet das für die Klimaveränderung?», fragte ihn einer fassungslos.

Kevin räusperte sich und hob sein Kinn noch ein kleines Stück weiter nach oben, wobei ihm eine kleine Strähne seines zurückgegelten Haares in die mit zwei roten Pickeln besetzte Stirn fiel, was ihm, wie Wolfgang mit einem kurzen Blick feststellte, eine schmierige Note verlieh.

«Ich kann mit diesen allgemeinen Begrifflichkeiten wenig anfangen», antwortete er. «Die Klimaveränderung ist ein Phänomen, mit dem wir uns arrangieren müssen, oder wie Wolfgang das sagt, für deren Folgen wir uns neue Finanzkonstrukte überlegen müssen, aber ...», er stoppte kurz, um, wie er es im Rhetorikkurs gelernt hatte, die Wichtigkeit seines nächsten Satzes hervorzuheben und die Spannung der Zuhörer zu steigern, «... wir Engländer haben schon andere Dinge überstanden.»

Er blickte triumphierend zu Wolfgang, der ganz bleich geworden war und seinen Kopf so tief nach unten hatte fallen lassen, als wolle er anfangen zu beten. Kevin wunderte sich über diese Haltung, die mehr Resignation als Stolz ausdrückte, war aber noch wie berauscht von seiner Rede, sodass er nicht weiter darüber nachdachte. Er entschuldigte sich höflich und ging nach draußen, um der Freude über seine in Emotion und Ausdruck geglückten Verwandlung vom Kind aus der unteren Mittelschicht zum Studenten der Upper Class freien Lauf zu lassen. Draußen drehte er sich einmal um die eigene Achse, ballte die Hand zu einer Faust und stieß einen kurzen schrillen Schrei aus. Wolfgang, der am Fenster stand, wischte eine kleine Träne fort, die sich aus seinem linken Auge gelöst hatte.

Auf dem Heimweg wollte sich trotz mehrerer Versuche von Kevins Seite kein Gespräch zwischen ihnen entwickeln, sodass die beiden schließlich schweigend nebeneinanderhergingen. Immer wieder betrachtete Kevin das Profil seines Freundes. Gab es da keinen Anflug von Stolz oder kein Zeichen von Freude über seine weltmännische Rede? Wolfgang blieb stumm und abweisend. Kevins Blick fiel auf Wolfgangs Jacke. Sie wirkte für seinen Geschmack zwar etwas grob mit dem Ledereinsatz am Revers, kleidete ihn aber gut. Er freute sich wie so oft an den energischen Schritten, mit denen sein schöner Freund einem Ziel zustrebte. Mit einem Dreiteiler von Stonebridge wäre er perfekt, dachte er. Dieses Ländliche hat etwas Sympathisches, hier in London wirkt es aber vielleicht doch eine Spur zu einfach. Ich werde später mit ihm darüber reden. Er blickte auf einen Bentley, der um die Ecke bog. Erst vor Kurzem habe ich mir von dem Besitzer unserer Lieblingsbar sagen lassen müssen, dass mein kleiner Prinz ein Bild von einem Homo sei, ihm allerdings die wirkliche Klasse fehle, dachte er. Es war er, der mir verraten hat, warum wir zu den heißesten Partys der schwulen Upper-Class-Szene nicht eingeladen werden: Wolfgang sei mit seinem Body zwar einer der gefragtesten Typen, wirke aber mit seinem Hang in die alternative Szene zu loci, zu gewöhnlich, eben etwas hinterwäldlerisch. Bei mir hingegen ahne er Britisches, Großes, und daher würde ich auch schon auf der Einladungsliste eines stadtbekannten, sehr vermögenden Earl stehen, der den Olymp der Szene, die Crème de la Crème Londons abbilde. Wolfgang würde ich dorthin natürlich nicht mitbringen können, sagte er.

Kevin schüttelte unwillkürlich den Kopf, als er sich daran erinnerte, wie ihm dieser alte aufgetakelte Barbesitzer dabei mit einer Feder über den Hals fuhr. Was wusste dieser Typ schon von Gästelisten eines Earl, dachte er. Er war überzeugt davon, dass er ihm Wolfgang ausspannen wollte, er verrückt nach ihm war. Er ist wie Bob, dachte er, er nimmt sich, was er will, wann er will, solange er will ... Dennoch, er kam zurück zum Ausgang seiner Gedanken, wir sollten zu Stonebridge gehen und seinen ersten Maßanzug für ihn anfertigen lassen. Sicher würde er ihm Rabatt geben, weil er es liebte, wenn seine Anzüge von gutaussehenden Männern getragen wurden. Das ist besser als jede Werbung, wie er immer sagt. Sie kamen schließlich an dem einfachen Mietshaus an, in dem Wolfgangs Wohnung lag. Kaum hatten sie sein Zimmer betreten, begann dieser, noch bevor er die Jacke abgelegt hatte, leise und in einem fast metallisch klingenden Ton, den Kevin nie vorher an ihm wahrgenommen hatte, zu sprechen.

«Du hast heute zum ersten Mal gezeigt, wer du wirklich bist», begann er. «Ich habe viel über Engländer und über die Upper Class gehört. Kuriose, gute, schlechte, eigenartige Dinge, alles Mögliche. In den zwei Jahren, die ich hier in London lebe, habe ich viele Menschen kennengelernt. Mit einigen wollte ich sehr schnell nichts mehr zu tun haben, anderen begegne ich ab und zu, ohne das Bedürfnis zu haben, sie öfter zu treffen, und ein paar von ihnen finde ich sehr nett, weil sie interessant sind, man Spaß mit ihnen hat oder von ihnen etwas lernen kann. Ich bin eigentlich ganz glücklich hier und brauche keine Dating-App, um zu Verabredungen zu kommen. Vor drei Monaten habe ich dich kennengelernt. Du hast mich interessiert. Du wirkst geheimnisvoll, ein wenig traurig, verletzlich, einfach anders als die anderen. Ich wollte mehr über dich erfahren. Du bist mir vertrauenswürdig erschienen. Als jemand, der nachdenkt, bevor er spricht, der sich Gedanken um die Zukunft macht, sein Studium ernst nimmt. Ich hatte das Gefühl, jemandem mit Charakter begegnet zu sein, einem Gentleman.»

Kevin setzte sich unaufgefordert auf den einzigen Stuhl im Zimmer, schlug die Beine übereinander und sah seinen Freund aufmerksam und mit vor Freude laut pochendem Herzen an. Noch nie hatte jemand seine Wertschätzung ihm gegenüber ausgedrückt, nie war seine Person mit so respektvollen Zuschreibungen gefüllt, seine Erscheinung in so hellem Glanz beschrieben worden. Er wartete gespannt auf Wolfgangs nächste Worte. Würde er ihm endlich sagen, dass er ihn liebte?

«Ich habe mich getäuscht!», fuhr Wolfgang fort, ohne ihn anzusehen. «Du bist ein einfacher, eingebildeter Mensch ohne Empathie, ohne Charakter, ohne Klasse. Ich glaube nicht, dass du eine gute Erziehung genossen hast. Irgendetwas fehlt dir, auch wenn ich nicht genau sagen kann, was.» Er stockte kurz. «Nein, ich weiß es nicht, aber es spielt auch keine Rolle. Wenn du das Wort Tradition aussprichst, klingt es hohl, als ob du es auswendig gelernt hättest. Der Begriff klingt bei dir wie ein Resonanzraum ohne Ton. Du hast keine Musik in dir. Ich komme aus einem kleinen Land, das auf der Weltbühne keine Rolle mehr spielt, aber was wir Österreicher gelernt haben, ist, auf den Klang der Musik zu hören. Wir spüren, wenn ein Ton ausschwingt, und wir lassen uns von seiner Klangfarbe verzaubern. Wenn du das Wort Tradition aussprichst, ist es, als würdest du eine Vokabel benutzen, die du mühevoll auswendig gelernt hast. Auch wenn du von deinen Eltern oder deiner Familie sprichst, geschieht das gänzlich ohne Empathie, ganz so, als wären sie dir fremd. Alles klingt kalt, auch wenn du von der Natur sprichst. Du weißt nichts über unsere schöne Welt, und ihre Wunder interessieren dich nur, wenn sie nützlich für dich sind. Hast du schon einmal einen jungen Hund auf dem Arm gehabt und in seine treuen Augen geschaut? Hast du schon einmal eine Hummel beim Bestäuben einer Erdbeere beobachtet? Weißt du, dass nur durch ihre Arbeit auch in kühlen Jahren eine gute Ernte möglich ist? Weißt du, dass ein Baum ein Dutzend Menschen mit Sauerstoff versorgt und dass das Baumsterben auch unser Sterben bedeutet? Hast du schon einmal mit einer Pflanze gesprochen und danach festgestellt, dass sie schneller wächst?» Er blickte Kevin an, der den Kopf hängen ließ. «Du hast keine Empathie für das Leben, Kevin! Als du mir einmal erzählt hast, dass du ein Anhänger der utilitaristischen Theorie bist, habe ich das trotz meiner eigenen Zweifel an ihrer zweckorientierten Ethik stillschweigend akzeptiert, weil ich glaube, dass die Menschen mit dem Einsatz des richtigen Mittels Lösungen für ihr Leben finden können. Entscheidend dabei ist das richtige Mittel und nicht etwas, was Leute ohne Ethik und Moral als für ihren Nutzen richtig empfinden. Das ist ein großer Unterschied, mein Lieber! Vielleicht habe ich aber auch geschwiegen, weil ich zu feige war und die Mentalität meines Gastgeberlandes nicht kritisieren wollte. Ich glaube nämlich, dass viele von euch in dieser Haltung erzogen worden sind. Heute Mittag ist es mir jedenfalls wie Schuppen von den Augen gefallen: Dir geht es nicht um das Wohlbefinden vieler. Es geht dir nur um dich selbst, und dabei ist dir die Wahl der Mittel egal. Das heißt ...», er atmete schwer «... weil alles Lebendige für dich nur geringen oder überhaupt keinen Wert hat, bist du selbst auch nicht lebendig. Bist du eine Art Cyborg? Oder einfach einer dieser kalten Menschen, die nur an sich denken? Für mich macht es keinen Unterschied mehr. Ich möchte auch nicht mehr darüber nachdenken. Ich war ein Idiot und ich schäme mich für dich.» Er zog seine Jacke aus, setzte sich auf den Hocker, der vor seinem Schreibtisch stand, und vergrub sein Gesicht in seinen gepflegten Händen. Kevin stand auf, sah auf Wolfgangs zusammengesunkenen Körper, holte seine Hand zurück, die über seinen dunkelbraunen, kurzen Haarschopf streichen wollte, und ging aus dem Zimmer hinaus in den hellen sonnigen Nachmittag.

§

Bis zum Abschluss seines Bachelors traf sich Kevin weiterhin zweimal die Woche mit Kate. Ein Tag war für den Sex, ein anderer für die Diskussionen unterschiedlicher Themen vorgesehen, wobei ihn die Planung seines Masterstudienganges in Oxford und die Entwicklung einer Strategie zu seiner Einführung in die bessere Gesellschaft am meisten interessierten. Kate hingegen war froh, mit jemanden über Lord Brents unangenehme charakterliche und körperliche Eigenheiten sprechen zu können, die sie seit einiger Zeit immer abstoßender empfand, sie aber wegen der Änderung seines Testaments zu ihren Gunsten klaglos hinnahm. Sie diagnostizierte diese Eigenheiten als krankhafte Alterungsprozesse und teilte Lord Brent mit, dass der Einsatz ruhigstellender Medikamente dringend erforderlich sei, um seinen Umzug in eine Pflegeeinrichtung noch einige Monate hinausschieben zu können, anderenfalls könne sie aus ärztlicher Sicht keine Verantwortung für seinen Zustand übernehmen, der sich innerhalb kürzester Zeit rapide und unumkehrbar verschlechtern werde.

Kevin lebte zurückgezogen, galt als Einzelgänger und war seit dem Ende seiner Affäre mit Wolfgang weder in einschlägigen Clubs, noch auf irgendwelchen Partys zu finden. Er wollte sich keinesfalls noch einmal auf eine intime Liebesbeziehung ohne geschäftlichen Hintergrund einlassen, weil er erkannt hatte, dass private Partnerschaften ein zu hohes Risiko für seine neu konstruierte Lebensgeschichte bargen, ja sogar seine Karrierepläne vernichten konnten. Ihm war klar geworden, dass er zu oberflächlich an der Erzählung seiner Vergangenheit gearbeitet hatte. Er musste Detail um Detail eines fiktiven vergangenen Lebens aneinanderfügen, um eine glaubwürdige Geschichte zu bauen, die jeder Nachprüfung standhalten würde. Er plante ein Konvolut von falschen Fährten im Internet zu legen, die als Beweis für sein erfundenes Leben gelten und jedermann von seiner kohärenten Identität überzeugen sollten. Nachdem er sich aus allerhand Büchern seine Lebensgeschichte zu einer inhaltlich schlüssigen Erzählung zusammengestellt hatte, stand er vor der Aufgabe, Beweisstücke wie Dokumente und Fotos für die digitale Welt zu erstellen. Dabei war er sich bewusst, dass er mit äußerster Sorgfalt handeln musste, weil jederzeit von jedermann Episoden aus seiner wirklichen Vergangenheit hinzugefügt werden konnten, die sein neues Lebensbild gefährden würden. Er legte Listen mit Namen von Personen an, die er kannte, und ordnete ihnen Jahreszahlen und Zeitspannen zu. Auf einer Skala bewertete er die Intensität der Kontakte, berechnete die Anzahl der Fotos, auf denen er abgebildet war, und sammelte alles, was seine alte Existenz dokumentieren konnte. Als größtes Problem kristallisierte sich seine Familie heraus, die er seit seinem Umzug nach London vor drei Jahren weder gesehen noch gesprochen hatte. Er befürchtete daher schon seit längerer Zeit, dass sie nach ihm suchen würden, weil er nicht nur seiner Schwester Geld schuldete, sondern weil auch seine Mutter angedeutet hatte, dass sie irgendwann einmal nach London kommen würde, um alte Erinnerungen aufzufrischen. Er wusste von einem Bruder seiner Mutter in London, zu dem sie zwar wenig Verbindung hatte, den sie aber – und dessen war er sich sicher – einschalten würde, wenn er sich nicht selbst bald bei ihr meldete. So beschloss er, zu seinen Eltern nach Liverpool zu reisen. Er erzählte ihnen, dass er nach Abschluss seines Studiums in sechs Monaten für mehrere Jahre ins Ausland gehen werde, weil er dort ein Angebot eines bedeutenden Investmentfonds angenommen hätte, dessen Namen er so wenig preisgeben dürfe wie den Inhalt seiner Aufgabe. Dorothee, die sich vorgestellt hatte, dass Kevin nach seinem Studium zurückkommen und sie mit seinem Einkommen unterstützen würde, sah in seinem Entschluss, England zu verlassen, ihre letzte Hoffnung für ein finanziell abgesichertes Leben schwinden und bedrängte ihn, ihr monatlich eine bestimmte Geldsumme zu überweisen. Immerhin müsse sie bis auf Weiteres auf ihn verzichten. Dies, ließ sie ihn wissen, sei mehr als angemessen, weil sie es war, die ihn gegen den Willen seines Vaters zum Sport mit seinen Freunden aus den besseren Familien gebracht habe, ihm Geld für Kino und die Pfadfinder gegeben habe – alles Dinge, die ihn zu dem Mann gemacht hätten, der er heute war. Ob er sich nicht mehr daran erinnere, fragte sie, dass er mit den Söhnen aus den besseren Familien verreist sei, das Golfspiel und Rafting gelernt und teure Markenkleidung getragen habe? Ob er darüber nachgedacht hätte, wo das Geld für dieses Leben als kleiner Prinz hergekommen sei?

Sicher nicht von deinem Vater, beantwortete sie ihre Frage selbst. Als Supermarktverkäufer hätte er lediglich für die Miete und einen Teil der Grundversorgung aufkommen können. Den ganzen Rest – dabei sah sie Kevin vielsagend in die Augen – hätte sie selbst aufgebracht und dadurch seinen Aufstieg in die bessere Gesellschaft ermöglicht, so wie sie selbst in einem feinen Haus gelandet wäre, hätte sie nicht diesen schrecklichen Unfall gehabt. Sein Vater sei schon immer ein Versager gewesen, ja er wäre nicht einmal als Verkäufer fest angestellt worden, wenn nicht sie regelmäßig beim Filialleiter des Supermarkts vorgesprochen und ihn mit kleinen Geschenken bestochen hätte.

Kevin gerate jedenfalls ganz nach ihr.

Robert, der während dieser Unterredung schweigend auf einem alten dreibeinigen Hocker vor dem Küchenfenster saß, stand nach den Worten seiner Frau auf, holte eine Salami aus dem Kühlschrank, ging zurück zum

Fenster und schnitt diese, das faltige Gesicht mit den struppigen grauen Haaren tief auf das Schneidebrett gesenkt, in kleine dünne Scheiben auf. Dabei führte er das Messer im Rhythmus eines alten Metronoms, das er neben sich auf das Fensterbrett gestellt hatte, durch das rote, mit dicken, weißen Fettstücken durchsetzte Fleisch. Dorothee schüttelte angewidert den Kopf.

Sie sei immer die treibende Kraft für ein bisschen Leben gewesen, fuhr sie fort. Er – dabei deutete sie mit dem Finger auf Robert – sei von Anfang an auf der Verliererseite gewesen. Der ihr Übelkeit verursachende Fleischgeruch von toten Tieren hänge an ihm wie der alte Chorrock an dem Vikar aus ihrer früheren Kirchengemeinde. Sie hätte sich von Anfang an vor ihm geekelt, aber er – sie nannte Robert nie beim Vornamen – habe ihre missliche Lage nach dem nicht von ihr verschuldeten Unfall ausgenutzt, der ihr diese entstellende Narbe in ihr schönes Gesicht gebracht und ihre Lebensträume zerstört habe. Sie sei eine von erfolgreichen Männern begehrte junge Frau gewesen. Eine weltläufige junge Frau mit klaren Vorstellungen vom Leben, die bereits mit sechzehn Jahren in die besten Londoner Clubs eingeladen worden sei und das Leben der Upper Class kennen würde.

Auch ihre Eltern, von den Entstellungen ihrer Tochter wie betäubt, hätten sich, ebenso wie sie selbst, von den Phantastereien seines geschwätzigen Vaters beeindrucken lassen, seinen Karriereplänen Glauben geschenkt und schließlich ihren Segen zu dieser Heirat gegeben, die sie auf die tiefe soziale Ebene eines Fleischverkäufers hinuntergezogen habe.

Und als sei das alles noch nicht genug, habe sie kurz nach der Hochzeit erfahren müssen, dass er sie für seine fehlgeschlagenen Aufstiegspläne missbraucht, sie nur geheiratet habe, um die Geschäftsleitung von seinen inneren Qualitäten, seiner Selbstlosigkeit zu überzeugen, die er in der Heirat mit einer durch fremde Schuld verunstalteten Frau erfolgreich zu demonstrieren glaubte. Sein Plan habe allerdings nicht funktioniert – so wie nicht funktioniere, was er verspreche.

Sie sei es gewesen, die sich das Geld vom Munde abgespart habe – für ihren geliebten klugen Sohn, der schon immer etwas Besonderes gewesen sei. Er könne sie jetzt nicht in diesem Elend zurücklassen und einfach weggehen.

Alles, was sie sich wünsche, sei nur etwas Dankbarkeit, eine stille Dankbarkeit – auch aus der Ferne. Vielleicht wäre ein Geschenk das Richtige, flüsterte sie mit Tränen in den Augen. Etwas, das ihr zeige, dass ihre Entscheidung, die Ehe mit diesem Versager ihrem Sohn zuliebe zu ertragen, die richtige war.

Kevin, der besser als die meisten wusste, was Dankbarkeit bedeutete, legte ein Kuvert mit dem Geld, das er seiner Schwester schuldete, auf den Küchentisch, und erklärte seiner Mutter, dass er ihr bis zu ihrem Lebensende monatlich 400 Pfund überweisen werde, was sie mit einem strahlenden Lächeln quittierte. Ein Wiedersehen mit ihr schloss er aus. Schon zum Gehen gewandt, drehte er sich nochmals um, und sagte zu Robert, der ihm mit seiner roten, großporigen Haut noch hässlicher als all die Jahre zuvor erschien, dass ein hässlicher Versager wie er nicht der Vater eines starken intelligenten Mannes sein könne. Dies sei genetisch unmöglich. Er werde daher Sorge tragen, dass sein Name aus seinem Abstammungsbuch gelöscht und der Vater mit «unbekannt» eingetragen werde. Er rechne fest damit, dass weder er noch Mama etwas dagegen hätten, mache aber vorsorglich darauf aufmerksam, dass er Fotos habe, die sein jämmerliches Leben bis auf den Grund zerstören konnten. Dorothee lächelte zufrieden.

Zurück in London ließ Kevin den Namen seines Vaters aus seinem Abstammungsbuch entfernen, änderte seinen Nachnamen um, vernichtete alle Fotos von sich und entwarf Fotomontagen mit sich als Kind und Heranwachsendem in den Bergen der Schweiz, an der Küste der Riviera oder in den blühenden Gärten Englands. Darin inszenierte er sich vor dem Hintergrund elegant gekleideter Personen, die spazieren gingen, in ein Segelboot stiegen oder auf fein karierten Decken im Gras beim Picknick saßen. Über eine Agentur engagierte er einen Fotografen sowie einen älteren distinguiert aussehenden Herrn und nahm zusammen mit ihnen den Zug nach Kent. Von dort fuhr er mit dem Taxi weiter zum Eliteinternat Sevenoaks School, in dessen Umfeld er ein Fotoshooting geplant hatte. Es war ein sonniger Tag im späten Frühjahr. Die Bäume und Sträucher in den Parkanlagen standen bereits in voller Blüte und bildeten zusammen mit den alten Schulgebäuden – das Ältestes datierte aus dem 16. Jahrhundert – die ideale Kulisse für Kevins Vorhaben. Einige Tage zuvor hatte er sich eine Baseballkappe, zwei Krawatten und zwei kleine Baseballs mit dem Logo der Schule zusenden lassen, die er nun zusammen mit einem Tennisschläger in einer in den Schulfarben eingefärbten Stofftasche trug. Am Campus angekommen, streifte er sich und dem älteren Herrn die Krawatte über den Kragen ihrer weißen Hemden, die nur wenig aus ihren maßgeschneiderten, braun-orange karierten Tweed-Anzügen hervorlugten. Der Fotograf begann seine Arbeit mit Aufnahmen der beiden in lockerer Position vor dem zentralen Hauptgebäude der Schule. Man sah sie diskutierend davor auf und ab gehen, lachend auf die Schulgebäude zeigen, nachdenklich wirkend über den Rasen zu den Tennisplätzen gehen oder entspannt am Stamm einer alten Eiche lehnen. Auf einem Foto sah man, wie sie sich Baseballs zuwarfen. Später fotografierte er Kevin mit dem Tennisschläger unter dem rechten Arm vor dem Netz am Tennisplatz und zusammen mit dem älteren Mann neben dem Schiedsrichterstuhl am Center Court. Mit einem Wort: Kevin in Hunderten von Positionen, allein oder in Gesellschaft des älteren Herrn, im Park, im Sportstadion, vor den Schulgebäuden, ernst, lachend, verträumt oder in einer Aktion befindlich.

Kevin hatte sich wochenlang auf diesen Tag vorbereitet, hatte jede Einzelne dieser Szenen mit Kate diskutiert und eingeübt. Gegen Abend fuhren die drei schweigend nach London zurück, und nach kurzer Erledigung einiger finanzieller Formalitäten ging jeder seines Weges. Schon am nächsten Morgen wurden Kevin die Fotos, die seine Schulzeit in der Sevenoaks School belegen sollten, zugesandt. Als er sie betrachtete, überrollten ihn warme Wellen der Zufriedenheit über seine glanzvolle Vergangenheit, insbesondere die in dem Eliteinternat, das ihn, wie er später seine Zuhörer wissen ließ, zu dem erfolgreichen Mann gemacht hatte, der er nun war, zu einem Mann mit Werten, Disziplin, Bescheidenheit und dem Wissen um Teamgeist. Sevenoaks, so erzählte er später, sei die Schule aller männlichen Mitglieder seiner Familie gewesen. Auch sein Onkel mütterlicherseits habe dort seine Schulzeit verbracht und ihn kurz vor seinem Tod gebeten, mit ihm dorthin zu fahren, um seine Jugendzeit noch einmal aufleben zu lassen. Seinem Wunsch entsprechend, habe man dort Fotos gemacht, die dieser während der Zeit seiner Krankheit immer wieder betrachtet habe, um ihn, seinen einzigen Neffen, bei sich zu spüren.

An diesem Punkt der Erzählung legte Kevin meist eine kleine kunstvolle Pause ein, um den Zuhörern seinen Schmerz über den verblichenen Onkel anzudeuten, bevor er mit einem Räuspern die Geschichte mit der Bemerkung fortführte, dass ihn dieser kinderlose Mann zum Erben einer bescheidenen Summe Geldes eingesetzt habe. Sein Onkel sei für ihn wie ein Vater gewesen, der Vater, den er nie gekannt habe, gestand er dem gebannt zuhörenden Publikum. Er wisse lediglich – das habe ihm sein Onkel vor vielen Jahren einmal im Vertrauen gesagt –, dass sein leiblicher Vater ein englischer Gentleman aus bester Familie gewesen sei, den seine Mutter aus ihm unbekannten Gründen verlassen habe, ohne ihn jemals über ihre Schwangerschaft in Kenntnis gesetzt zu haben. Er erinnere sich, wie glücklich ihn diese wenigen dürftigen Informationen seines Onkels damals gemacht hätten! Wie er sich danach von dem vaterlosen traurigen Einzelgänger in einen ausgeglichenen Menschen verwandelt habe, weil seine Befürchtung, er sei mit dem Samen irgendeines Proletariers künstlich gezeugt worden, endlich aus seinem Leben getilgt worden sei. Diese Angst habe sich, wie er mit Tränen in den Augen berichtete, in ihm zu der Manie entwickelt, in jedem Gesicht sich selbst zu sehen, in jeder Person, und sei sie noch so verachtenswert, seinen Bruder zu erkennen. Er hätte sich zwar nie vorstellen können, so fuhr er mit leiser Stimme fort, dass sich seine, konservativen Kreisen entstammende Mutter befruchten habe lassen, aber wie jeder aus eigener Erfahrung wisse – dabei schaute er jedes Mal mit bitterer Miene auf sein Gegenüber oder in die Runde – kannte man das Vorleben seiner Eltern nicht oder lediglich rudimentär aus ihren Erzählungen, die nur zum Teil der Wahrheit entsprachen. Er sei seinem Onkel daher sehr dankbar dafür, dass er ihm diese Last genommen, seine jugendliche Seele beruhigt, sein Selbstbewusstsein gestärkt habe. Bis heute habe ihm seine Mutter den Namen seines Vaters nicht genannt, und er habe rechtlich keine Möglichkeit, sie zur Herausgabe des Namens zu zwingen, weil das Gesetz die Privatsphäre der Mütter mehr als das Interesse der Kinder an ihren Erzeugern schütze. Mit dem Satz, die Lücke in seinem Abstammungsbuch sei seine Bürde, seine Achillesferse, zu der er sich offen bekenne, beendete er meist seinen Monolog, wobei er sich mit einem weißen Damast-Taschentuch über beide Augenlider wischte.

Die meisten seiner Zuhörer hatten dann Tränen in den Augen, räusperten sich mitfühlend oder legten ihre Hand schwer auf Kevins Schulter, dem dabei ein wohliger Schauer des Aufgehobenseins über den Rücken lief. Er erkannte, wie angenehm und nützlich das Eingeständnis einer Schwäche, ja sogar eines menschlichen Makels sein konnte, wenn es auf eine Gruppe von Gleichgesinnten traf und deren Grenze der Akzeptanz nicht überschritt. Natürlich kam es auf die Feinheiten an: den richtigen Zeitpunkt, die Formulierung des Geständnisses, die inhaltliche Ausgestaltung der Information, den Gebrauch der schichtadäquaten Sprache und vor allem die gesellschaftlich homogene Gruppe der Zuhörer. Kevin entwickelte ein Gespür für die Dinge, die seine zukünftige Karriere, seine Zugehörigkeit zu der ersehnten gesellschaftlichen Gruppe, sein neues Leben trugen, seine Vergangenheit korrigierten. Die Erzählung über seinen unbekannten Gentleman-Vater wurde zu einem festen Bestandteil seines Repertoires und war Teil seiner Lebensgeschichte geworden, die er immer weiter fortspann. So entschloss er sich, auch Fotos von sich als Student der eher mittelmäßigen Metropolitan Universitiy hochzuladen, weil er sich an Wolfgangs Worte erinnerte, er hätte sich nur wegen eines Spleens an dieser Universität immatrikuliert. Damals hatte ihm diese Meinung sehr geschmeichelt, jetzt aber erkannte er ihren Nutzen. Seine einzige Chance zu studieren, wandelte er um in eine bewusste Entscheidung für die Wahl dieser Universität, was seine zutiefst aristokratische Haltung zeigen sollte, die dahin ging, im direkten Kontakt mit den unteren sozialen Klassen den Zustand der englischen Gesellschaft wissenschaftlich zu untersuchen. Ein Entschluss, der sich, wie er betonte, aus seiner ungewöhnlich liberalen Erziehung entwickelt und ihm großen Respekt von Seiten der dortigen Professoren eingebracht hatte. Er präsentierte sich mit wenigen ausgewählten Fotos stolz im Umfeld der Metropolitan University, konzentrierte sich aber im Wesentlichen auf die Zeit seines Masterstudiums in Oxford, das ihm durch Kates großzügige Unterstützung und Lord Brents guten Verbindungen ermöglicht worden war. Dort nahm er jede Gelegenheit wahr, um sich mit Kommilitonen in allen möglichen Situationen vor dem Universitätsgebäude, auf den Sportplätzen oder in den Sälen fotografieren zu lassen.

Mr Stonebridge, der seinen Kunden stolz erzählte, dass ein ehemaliger Mitarbeiter von ihm in Oxford studiere, überraschte ihn mit zwei Fotografien, die Kevin besonders gelungen erschienen: Eine davon zeigte Mr Stonebridge selbst, wie er ihm mit einem angedeuteten Diener ein tiefblaues Jackett aus Kaschmirwolle überreichte. Die andere präsentierte ihn in feinsten dunkelgrauen englischen Zwirn gekleidet, wie er sich zu einem der tiefen, mit senfgelbem Samt bezogenen Fauteuils hinunterbeugt, auf dem Lord Brent aufrecht sitzend seine rechte Hand mit dem Siegelring auf Kevins Unterarm legte. Als besonders hervorstechende Auffälligkeit empfand Kevin dabei Lord Brents eleganten Gehstock aus Malaccarohr mit einem sandfarbenen Elfenbeinpiquéknauf, der an den Fauteuil gelehnt war. Er fühlte, dass dieser aus dem 17. Jahrhundert stammende Stock, der als Verweis auf die lange Geschichte der Brents zu lesen war, auch ihn selbst als Günstling eines Aristokraten nobilitierte.

Kevin hatte gelernt, sein fiktives Leben überzeugend darzustellen. Er wusste, dass gute Inszenierungen Realitäten vollständig überdecken konnten. Er hatte über die Aufmerksamkeitsdefizite seiner Generation gegenüber Inhalten gelesen und war überzeugt vom Erfolg kurzer, schneller, ästhetisch aufbereiteter Bild- und Wortinformationen. Zum Leitmotiv seines neuen Lebens wurde ein Satz, der jeden Morgen in seinem Smartphone aufblinkte: *Noblesse im verführerischen Rahmen.* Kevin wollte etwas Besonderes sein. Er verabscheute das Mittelmaß.

Was ihm zu schaffen machte, waren seine Träume. Einer von ihnen suchte ihn in regelmäßigen Abständen heim und quälte ihn noch Stunden, nachdem er aufgewacht war: Darin beobachtet er durch ein Fenster Menschen im zweiten Stock eines alten Palais, wie sie sich auf einem glatten Eichenparkett wie Roboter bewegten. Im Piano nobile sah er sich selbst auf demselben Parkettboden in einem tiefroten Cut aus Mr Stonebridges

Geschäft mit den eleganten Bewegungen eines Balletttänzers tanzen. Er bemerkte ein bösartiges Lächeln auf seinem Gesicht, das ihn, wie er fand, sehr gut kleidete. An diesem Punkt des Traumes war er immer außer sich vor Glück. Doch jedes Mal folgte auf diese tiefe innere Erfüllung ein Blick durch die schwach erleuchteten Kellerfenster des Palais in einen Raum, der ihn an das Wohnzimmer seiner Eltern erinnerte. Dort saß auf einem dunklen Steinboden ein ärmlich gekleideter Mann mit angezogenen Beinen und nach unten hängendem Kopf. Da er die Person aus der Distanz nicht erkennen konnte, sie aber mit aller Macht sehen wollte, versuchte er, sich dem Kellerfenster zu nähern, was ihm nicht gelang, weil er sich nicht bewegen und seinen undefinierbaren Platz nicht verlassen konnte. Er kam nicht von der Stelle. Ein um seine Beine gewickeltes Band hielt ihn wie ein Schaubstock fest. Erst nach schier endlos langer Zeit spürte er, dass sich das Band langsam aufzulösen begann und seine schweren Beine freigab, die seinen in der Zwischenzeit gealterten Körper unter großer Anstrengung hin zu dem hellen Kellerfenster schoben, auf das er sein heißes Gesicht drückte. Nun konnte er den zusammengekauerten Mann betrachten, der plötzlich seinen Kopf hob. Mit seinen rot unterlaufenen, kleinen Augen schaute er ihn direkt an, riss seinen eben noch vom Weinen zusammengepressten Mund weit auf und schleuderte einen dicken Batzen Schleim auf das Fensterglas vor Kevins Gesicht.

Jedes Mal nach dieser Szene wachte Kevin schweißgebadet und mit rasendem Herzen auf, stakste mit zitternden Beinen in sein kleines Badezimmer und schrubbte sich mit einer Mischung aus Ekel und Angst mit einer kleinen Handbürste so lange das Gesicht, bis die Haut schmerzte und blutete. Es dämmerte ihm, dass das Bild des Mannes im Keller seinen Vater und gleichzeitig ihn selbst widerspiegelte. Sie waren zu einem Körper zusammengeschmolzen.

Morton Feldman
Neither

Sarah Leonard, Zoltán Peskó
Radio-Sinfonie-Orchester Frankfurt

6

Kevin hatte nach seinem Studienabschluss mit Hilfe eines von Kate gewährten Kredits und Lord Brents Empfehlungsschreiben den Master of business administration in Oxford gemacht und durch die Vermittlung des Onkels eines Kommilitonen, der mit Lord Brent früher Polo gespielt hatte, bereits wenige Wochen danach eine Anstellung bei einer Londoner Privatbank erhalten, was ihn trotz des bescheidenen Gehalts in einen emotionalen Höhenrausch versetzte.
Dieser endete abrupt, als er eines Tages völlig unerwartet, von der Galerie des ersten Stocks aus, Bob am Empfangstisch der Bank stehen und sich lebhaft mit dem Rezeptionisten unterhalten sah. Wie eine große schwarze Welle überflutete ihn sein früheres Leben, schnürte ihm die Luft ab und warf ihn auf den grauen Granitboden des eleganten holzgetäfelten Flurs. Er sah Bobs fette Hand sich in sein blütenweißes Hemd schieben, das durch den Sturz aus der Hose gerutscht war, sah sie zu seinen harten Brustwarzen in Richtung seines Halses hinaufwandern, roch seinen heißen nach Milchsäure stinkenden Atem und hörte aus dem meckernden Lachen seines Vaters die Stimme seiner Mutter sagen: «Sei dankbar! Ich habe mich für dich aufgeopfert!» Er stöhnte laut auf, versuchte Bobs Hand abzuwehren, sich die Ohren zuzuhalten, wegzulaufen, aber es war ihm nicht möglich. Nichts war möglich. Er fühlte sich ausgeliefert, alles würde auf ihn zurückkommen, die Lügen, der Schmutz ...

«Soll ich einen Arzt rufen, Kevin?», hörte er die Stimme einer Kollegin, die sich zu ihm niederbeugte. «Kevin, ist alles in Ordnung?»

Er öffnete die Augen und bedankte sich für ihre Fürsorge, während er aufstand, das Hemd in die Hose zurückschob, den Sitz seiner nach hinten gegelten Haare überprüfte, und ein missglücktes Lächeln versuchte. «Ich bin auf irgendetwas Glitschigem ausgerutscht», sagte er, «auf irgendetwas, das sich wohl nun in die Weite der Halle verflüchtigt hat, jedenfalls ist nichts mehr zu sehen. Vielleicht verhindert so Mr Greenfolk die Besuche seiner Klienten», feixte er und deutete mit einer Kopfbewegung auf die geschlossene Tür eines Büros. «Er sagt doch immer, dass es keiner seiner unangenehmen Kunden bis zu ihm schafft!», endete er, während er scherzhaft die ausgeprägte Mimik seines Kollegen bei der Formulierung dieses Satzes nachahmte. Sich theatralisch am Arm seiner Kollegin festhaltend, entfernte er sich in Richtung seines Büros, nicht ohne noch einen schnellen Blick nach unten in das Foyer zu werfen. Bob war nicht mehr zu sehen. Als er mit laut klopfendem Herzen in seinem Büro ankam, nahm er aus der Schublade seines Schreibtisches ein wenig Kokain, das sich seit einigen Monaten als Entspannungsmittel ohne Nebenwirkungen bewährt hatte. Kurze Zeit danach wurde er bereits ruhiger und ging noch einmal auf die Galerie, um mit einem kurzen Blick zur Rezeption erleichtert festzustellen, dass Bob ihn von dort aus jedenfalls keinesfalls erkennen hatte können. Selbst wenn er durch den Sturz aufmerksam geworden wäre und in seine Richtung gesehen hätte, so wären doch seine Augen zu schwach gewesen, um mehr als eine gefallene Silhouette, das körperlose Schattenbild eines Gefallenen, zu erkennen. Selbst wenn er mich erkannt hätte, dachte Kevin trotzig, als er wieder sein Büro betrat, würde er wohl niemanden hier in der Bank über seine pädophilen Spielchen informieren wollen. Wahrscheinlich hat er seit meiner Zeit weitere Mädchen und Jungen missbraucht, und das, obwohl er eine Familie hat, auf die er so stolz ist. Er lachte bitter auf. Wie fett Bob geworden war. Kevin überließ sich seinen Gedanken. Er war nun auch kahlköpfig, einfach ekelerregend, noch schlimmer als damals! Kevin erinnerte sich an Bobs Ausdünstungen, die für ihn so abstoßend gewesen waren, dass er sich jedes Mal nach ihrem Treffen auf der Toilette des Zuges übergeben hatte müssen, auch aus Ekel vor sich selbst, und dieser Ekel hatte sich nicht abschrubben lassen, selbst dann nicht, wenn er seinen Körper mit der rauen Rückseite eines Schwammes so lange bearbeitet hatte, bis er an manchen Stellen zu bluten angefangen hatte. Er sah sich ein Paar seiner neuen Sneakers aus dem Schrank nehmen, deren weiches Leder er so lange abschleckte, bis er sich endlich sauber fühlte. Er dachte daran, dass er sich gelegentlich auch schon auf der Hinfahrt nach Sheffield hatte übergeben müssen, was noch schlimmer für ihn gewesen war, weil der Geschmack des Erbrochenen nicht nur den Ekel vor Bobs Zudringlichkeiten in ihm verstärkt, sondern ihn auch an den ranzigen Geruch in der Wohnung seiner Eltern erinnert hatte, was ein unmittelbares Gefühl der Dankbarkeit Bob gegenüber erzeugt hatte.

Damals, er war gerade fünfzehn geworden, hatte er den Alkohol entdeckt, der nicht nur den Gedanken an Bobs Ausdünstungen und Widerwärtigkeiten, sondern auch den Geschmack seines eigenen Erbrochenen überdeckt hatte. Später wurde er ihm zum einzigen Freund, in den Stunden mit den Freiern, in der Zeit, nachdem ihn Wolfgang verlassen hatte, vor den Prüfungen an der Universität, an einsamen Abenden in Kates Wohnung. Mit seiner Anstellung in der Bank tauschte er den Alkohol gegen Kokain aus, weil es leichter zu verstecken, effizienter zu konsumieren, geruchsneutral war und mit Ausnahme der ab und an auftretenden Schweißanfälle und eines täglichen leichten Nasenblutens ohne sichtbare Nebenwirkungen blieb.

Nach dem Vorfall in der Bank träumte Kevin trotz eines zusätzlichen intensiven Konsums von Rotwein Nacht für Nacht von den Jahren seines Missbrauchs. Der Traum begann mit immer demselben Bild: Kevin saß auf Bobs Schoß und hörte ihn über seine Urlaubserlebnisse mit jungen Mädchen berichten, während er intensiv seine Körperöffnungen befingerte. Er endete damit, dass sich Kevin vor ihm niederkniete und sagte: «Ich bin deiner Liebe nicht wert und werde dir mein Leben lang dankbar sein.» An dieser Stelle wachte er jedes Mal schweißgebadet und mit klopfendem Herzen auf. Danach öffnete er sämtliche Fenster, weil er das Gefühl hatte, dass Bobs mehliger Körpergeruch aus jedem Winkel der Wohnung herausströmte und ihm die Luft zum Atmen nahm. Trotzdem gelang es ihm selten, wieder einzuschlafen. Er quälte sich durch die Nächte und schnupfte bereits zum Frühstück eine Linie Kokain, was ihm half, den Weg zur Bank anzutreten. Früher hatte er den längeren Weg entlang der Themse genommen, jetzt entschied er sich immer öfter für den kürzeren Weg durch die kleinen Straßen, die er, eng an Hausfassaden gedrückt, den Kopf unentwegt nach rückwärts drehend, durchlief, um bei einem plötzlichen Auftauchen Bobs rechtszeitig die Straßenseite wechseln zu können. Zweimal hatte er sich bereits hinter einer Hausecke versteckt, weil er einen entgegenkommenden Fußgänger fälschlicherweise für Bob gehalten hatte. In der Bank reagierte er unfreundlich auf Fragen seiner Kollegen zu seiner Vergangenheit, verhaspelte sich immer wieder bei Erzählungen aus seiner Studienzeit und reagierte aggressiv, wenn sich Bekannte über ihre Upper Class-Eltern lustig machten.

Kevin musste sich eingestehen, dass er Angst hatte und die Zeit gekommen war, England zu verlassen. Er wollte sein neues Leben im Ausland fortsetzen, bevor die schon vergessen geglaubten Geister seines alten Lebens wieder zum Leben erwachten. Er erreichte eine Versetzung nach Frankfurt auf eine Stelle, die ansonsten niemanden von den in der Bank beschäftigten Uniabsolventen interessierte, und erzählte allen, er wolle das Geschäft von der Pike auf lernen, um über wirklich jeden Vorgang Bescheid zu wissen. Diese Vorgehensweise, so informierte er seine Kollegen, würde ihm später in leitender Funktion zugutekommen und im Übrigen der Familientradition entsprechen, die einen kurzen Ausstieg in die berufliche Welt der Middle Class als Teil der Ausbildung für die männlichen Familienmitglieder vorsah. Man kann das Familienvermögen nicht vermehren, wenn man das Denken seiner Berater nicht nachvollziehen kann, zitierte er einen vermeintlichen Onkel, der, wie er erzählte, aus der deutschen Linie der Familie kam und im Süden Deutschlands Ländereien besaß. «Vielleicht werde ich mich um die Mitte Deutschlands kümmern», fügte er näselnd hinzu. «Die Deutschen hatten den Engländern ja nie etwas entgegenzusetzen, weder militärisch noch geschäftlich.» Er zog die Oberlippe hoch. «Und ihre Minderwertigkeitskomplexe gegenüber dem Empire werden sich für so manches Geschäft gut nützen lassen.» Nach zwei intensiven Nächten mit Kate und einem Abschiedsbesuch bei Lord Brent, der ihm ein Buch über die Fuchsjagd in Deutschland mit der Widmung «Für meinen liebenswürdigen jungen Freund» schenkte, verließ er London und begann in Frankfurt das Leben eines, wie er glaubte, englischen Gentleman.

Rosa kam gerade aus einer der wöchentlichen Teamsitzungen, als sie beim Check ihrer Nachrichten eine Anfrage von Kevin fand, der sie zu einem Gespräch in ein stadtbekanntes Weinlokal «möglichst morgen Abend 18 Uhr» bat, um gemeinsame berufliche Zukunftsvisionen zu erörtern. Sie wunderte sich sehr über diese Einladung, schon weil Kevin aus einer Welt zu kommen schien, die sie nur aus dummen Serien im Netz kannte. Was wollte er von ihr? Welche Gemeinsamkeiten gab es zwischen ihnen? Sie befand, dass sie mit niemandem etwas gemeinsam hatte, schon gar nicht mit einem visionären Banker. Visionen waren etwas für Spinner, für Tagträumer, würde ihr Opa sagen. Zu Hause berichtete sie ihrem Freund Don von der Einladung, der ihr weitere Recherchen zu diesem Engländer ankündigte, dessen Daten ihm, wenn nicht widersprüchlich, so doch zumindest unklar erschienen.

«Er ist erst mit 23 Jahren im Netz aufgetaucht. Er hat viele Spuren hinterlassen, die auf seine Familie, seine Ausbildung, seine Freizeitaktivitäten verweisen. In den früheren Jahresberichten seines Internats lässt sich kein einziges Foto finden, auf dem er abgebildet ist. Natürlich hat er sich verändert, aber das Programm zur Gesichtserkennung gab keine Übereinstimmungswahrscheinlichkeit bekannt, die höher als bei zwanzig Prozent lag. Das ist ungewöhnlich», formulierte Don. «Vielleicht war er unter einem anderen Namen dort gemeldet?», fragte er. «Wir können sein Leben nur mit den Namen, die er benutzt hat, weiter überprüfen. Mit den von ihm eingestellten Fotos kommen wir nicht weiter – es fehlen Hinweise auf die Jahre zuvor. Es gibt außer dem Flug von London nach Frankfurt keine Hinweise auf sonstige von ihm benutzte Verkehrsmittel. Es gibt keine Handydaten vor seinem 23. Geburtstag. Ich habe einen Hinweis aus dem Darknet erhalten, der mir ein Foto einspielt, auf dem ein Pädophiler mit einem etwa Vierzehnjährigen auf dem Schoß abgebildet ist. Das Alter könnte mit dem Kevins übereinstimmen. Von dem Kind ist nur der Rücken und eine Seitenansicht des Kopfes zu sehen. Die Wahrscheinlichkeit, dass es sich dabei um Kevin handelt, liegt bei ca. dreißig Prozent. Das ist zu gering, um es eine Spur zu nennen. Was ich noch gefunden habe, ist ein Foto aus einer Londoner Schwulenbar. Im Hintergrund ist ein küssendes Paar zu sehen. Einer davon ist ein junger Student aus dem unteren österreichischen Adel, der andere könnte mit einer Wahrscheinlichkeit von siebzig Prozent Kevin sein. Er ist also wahrscheinlich homosexuell. Das bedeutet, dass er sich nicht aus sexuellem Interesse mit dir treffen will.»

«Das ist gut», sagte Rosa, «und stimmt es, dass er in einer Bank arbeitet?»

«Ja, das ist richtig», antwortete Don. «Zu seinen beruflichen Erfahrungen habe ich noch eine Meldung aus einem englischen Blog. Eine reife Geschäftsfrau hat einen gewissen Harry von einem Begleitservice mit der Höchstanzahl von Sternen bewertet. Sie hat geschrieben: Unter dem korrekten Gentleman verbirgt sich ein animalischer Liebhaber aus dem Proletariat. Ich habe bei dem Begleitservice nach Fotos gesucht, die diesen Harry zeigen. Sein Profilfoto ist die Abbildung eines Elfenbeinknaufs aus dem 17. Jahrhundert. Einen Griff dieser Art habe ich auf einem von Kevins eingestellten Fotos gesehen. Das kann ein Zufall sein. Es ist aber auffällig, weil sich diese Knäufe sonst nur auf Fotos von über Fünfzigjährigen finden. Die Geschäftsfrau erwähnt aber ausdrücklich, dass Harry ein trotz seiner Jugend schon reif wirkender Gentleman ist. Sie empfiehlt ihn besonders an Damen, die mit jungen Männern im Alter ihrer Söhne Kontakt haben wollen. Ein Harry taucht einmal auf einem Video auf, wie er die Wohnung einer Kate Middle verlässt. Diese Frau hat zurzeit der Videoaufnahme 20 000 Pfund in bar abgehoben. Für einen gewissen K. Bacon hat sie 5000 Pfund für seine Teilnahme an einem Sprachkurs *Das Englisch der Upper Class* überwiesen. Vielleicht ist Kevin Bacon der richtige Name deiner Bekanntschaft. Vielleicht hat er weitere Vornamen wie Harry? Du kannst ihn danach fragen, wenn ihr euch trefft. Die wenigen Fakten zeigen mir, dass Kevins Leben zumindest nicht linear abgelaufen ist. Es gibt einige widersprüchliche Spuren im Netz. Er kann mit unserer Intelligenz und ihren Möglichkeiten nicht umgehen. Das könnte ein Grund sein, warum er dich treffen will», endete er.

Rosa war erstaunt, dass ein Mensch ihres Alters offensichtlich mit den einfachsten Technologien Probleme hatte und das System, das nichts vergaß, so stümperhaft gebrauchte. «In Kevins Abstammungsbuch steht *Vater unbekannt*, meldete sich Don noch einmal, bevor er in den Tiefen des Netzes verschwand.

Tags darauf ging Rosa zur vereinbarten Zeit in die Weinstube im Zentrum Frankfurts, setzte sich an den für sie reservierten Tisch, zu dem sie der rotgesichtige Ober begleitete, und betrachtete die Inneneinrichtung des Raumes. Dieser war in Braun, Grün und Rottönen gehalten. An den Wänden hingen gerahmte Fotografien mit Motiven, die Rosa sehr eigenartig vorkamen: Sie zeigten Weinstöcke mit dicken roten Traubengehängen wie einen Teppich in der strahlenden Sonne liegen, junge hübsche Frauen mit goldenen Kronen auf dem blonden, kunstvoll geflochtenen Haar, die ein kleines rankenverziertes Weinglas mit goldfarbener Flüssigkeit in der rechten Hand hielten und mit ihren makellosen weißen Zähnen breit lachten, und übergewichtige alte Männer in einer Art Tracht mit roten Kappen auf dem Kopf in einem Kellergewölbe, die sich vor einem dunklen Holzfass zuprosteten. Die Weinstube selbst war vollgestellt mit kleinen hölzernen Tische, auf denen billige weiße Vasen auf rotkarierten Tischdecken standen, was sie an ein hässliches Puppenhaus bei Großtante Heidi erinnerte. Die dunklen, eng gestellten Holzstühle mit der hohen Lehne ließen den wenigen Menschen im Lokal kaum eine Möglichkeit, sich zu bewegen, sie zwängten sie vielmehr in eine unangenehme, aufrechte Sitzposition, die Rosa an ihren Kindergarten erinnerte. Sie fühlte sich nicht wohl in dieser Umgebung. Alles kam ihr hart, eng und alt vor, und sie vermeinte, einen abgestandenen, ranzigen Geruch wahrzunehmen, den sie seit dem Auszug ihrer Großmutter nicht mehr bemerkt hatte. Sie zog ihr Mobiltelefon heraus und fragte Don, wie sie mit dieser Situation umgehen, was sie gegen diese Enge unternehmen, wie lange sie auf Kevin warten solle, als sich der Ober näherte und sie in seinem hessischen Dialekt höflich fragte, was er ihr zu trinken bringen dürfe. Rosa schüttelte den Kopf, stand auf und nahm gerade ihre Tasche, als Kevin zu ihnen trat und für beide ein Glas Weißwein mit einem Käsebrot bestellte. Er entschuldigte sich für seine Verspätung und erklärte ihr, dass dieses Lokal das beste Weinlokal der Stadt sei. Er lade hierhin regelmäßig seine Kunden ein, die von der authentischen Atmosphäre begeistert seien, die sich nirgends sonst in Frankfurt wiederfinden lasse. Er denke, dass dieser Ort auch für sie beide, die ja aus unterschiedlichen Welten stammten, eine positiv geladene Energie bereitstelle, die das Gespräch über ihre gemeinsame berufliche Zukunft sicher fördern würde. Da Rosa schwieg, fuhr er fort und erzählte ihr, wie erfolgreich er schon in London gewesen sei, dass seine Familie hohe Erwartungen in seine Karriere setze, Deutschland sowohl digital als auch finanztechnisch gesehen ein rückständiges Land sei und er nicht verstehen könne, warum ausländische Firmen sich hier ansiedelten. Er selbst sei an betriebswirtschaftlichen Dingen, vor allem aber an digitalen Geschäftsideen und an künstlicher Intelligenz interessiert, habe aber erkennen müssen, dass ihm die Bank hierzu nichts oder wenig bieten könne.

«Was willst du von mir?», fragte Rosa unvermittelt und erschrak zugleich über sich selbst, weil sie diesen teuer gekleideten Mann mit den perfekt manikürten Fingernägeln und den vollendeten Manieren in seinem Redefluss unterbrochen hatte. «Warum willst du mit mir reden? Oder soll ich dir nur zuhören? Wie ist eigentlich dein Name?», fragte sie.

Kevin hielt verdutzt inne, und eine Anmutung von Unsicherheit flog über sein Gesicht, als er in ihre Augen sah und antwortete: «Entschuldige, ich habe mich noch gar nicht wirklich vorgestellt.» Er stand auf, verbeugte sich und sagte: «Mein Name ist Kevin Rows.» Dabei zog er das O lange durch die mit einem dünnen Schweißfilm überzogene Nase, die weit aus dem Gesicht ragte. «Ich bin sehr interessiert an einer Zusammenarbeit mit dir, weil du als frischgebackene Universitätsabsolventin eine aufregende und verantwortungsvolle Aufgabe übertragen bekommen hast, die offensichtlich nur von sehr begabten Spezialistinnen und Spezialisten auf dem Gebiet der Mathematik, Statistik oder Informatik ausgeführt werden kann. Ich würde gerne mehr darüber wissen, weil ich davon überzeugt bin, dass wir in den alten Familien noch immer zu sehr mit den traditionellen Geschäftsmodellen und zu wenig mit neuen Techniken und Möglichkeiten vertraut sind, sodass wir vielleicht die falschen Entscheidungen für die Zukunft treffen. Das Erbe lastet schwer auf meinen jungen Schultern», lachte er, «und es wird nicht für alle Familienmitglieder reichen, sodass auch ich nicht umhinkomme, Wege zu suchen, um Geld – und zwar möglichst viel Geld – zu verdienen. Natürlich ist für einen jungen Mann meines Standes das Einkommen nur deshalb von Interesse, weil es Verpflichtungen innerhalb der Familie gibt, die man zu erfüllen hat. Hätte ich dieses Obligo nicht ...», er zog seine Nase etwas nach oben, «... dann würde mich das Thema Geld nicht im Geringsten interessieren. Ich wurde zur Anspruchslosigkeit erzogen und mit den Nouveaux Riches – auch wenn leider viele meiner Kunden dazugehören – kann ich nichts anfangen. Aber jeder hat sein Los zu tragen. Ich beschwere mich nicht und bin dankbar, dass ich dieses Leben so leben darf.»

«Und wie heißt dein Vater?»

Kevin presste die Luft, die er nach dieser Frage angehalten hatte, geräuschvoll aus seinen Nasenflügeln, richtete seinen Blick auf das Ende seiner taubenblauen Krawatte und antwortete mit einer künstlichen Fröhlichkeit in der Stimme: «Meinen Vater kenne ich nicht. Den hat meine emanzipierte Mutter verborgen gehalten. Sie wollte weder unser Leben mit ihm verbringen noch seine Herkunft preisgeben. Aber es ist natürlich davon auszugehen, und es gibt auch Hinweise darauf, dass mein Vater aus einer der alten Familien Englands stammt. Vermutlich weiß er nicht einmal, dass ich existiere. Aber das hat man zu akzeptieren.»

«Hast du ihn nie vermisst?», fragte Rosa.

«Oh doch, natürlich», antwortete er mit unbeteiligter Stimme. «Ein Vater hat doch eine wichtige Aufgabe in der Erziehung der Kinder, und er hat ja auch eine Art Vorbildfunktion – vor allem für die Söhne. Aber ich hatte meinen Onkel, meine Cousins, viele Freunde. Man kann nicht sagen, dass ich ihn wirklich vermisst habe. Er hat nicht existiert, und seine Familie eben auch nicht. Im Übrigen bin ich der Ansicht, dass es besser ist, einen unbekannten Vater zu vermissen als einen bekannten Vater ertragen zu müssen.»

Rosa dachte über ihre eigene Vorstellung von einer Vater-Tochter-Beziehung nach und konstatierte, dass ihr ein solcher Gedanke völlig fremd war. «Das ist tatsächlich interessant!», sagte sie laut. «Ich kenne meinen Vater auch nicht. Ich kann ihn nicht finden, vielleicht ist es besser, ihn nicht zu finden», endete sie leise. Sie dachte an ihre Mutter, in deren Bett sie nachts gekrochen war, wenn sie von der großen Ratte geträumt hatte, die an ihrem Stofftier genagt hatte, und sie hörte sie sagen *Ab zu den Füßen*, wenn sie sich an ihren Körper schmiegte. Sie sah sich selbst weinend an die Fußsohlen der Mutter geklammert, wenn sie sie im Schlaf abschütteln, zurückscheuchen wollte in die dunkle Kälte ihres Bettes. «Und die alte Familie, der du verpflichtet bist, ist also die Familie deiner Mutter? Woher kommt denn die Familie Rows?», fragte sie, wissend, dass Don stolz auf ihre Hartnäckigkeit sein würde.

«Es geht doch hier nicht um *Familienforschung*», antwortete Kevin. «Wieso willst du alles über meine Familie wissen»?

«Weil ich wissen will, woran ich mit dir bin», antwortete Rosa «Ob ich deinen Informationen trauen kann, ob du zuverlässig bist oder ob du mir irgendwelche erfundenen Dinge auftischst. Ohne zu wissen, woran ich bin, werde ich mit dir keine beruflichen Pläne schmieden – du willst doch mit mir Geld verdienen, oder?»

Kevin war überwältigt von Rosas präzisen Fragen, ihrer Direktheit, ihrer Intelligenz, aber er war auch unsicher, weil er spürte, dass sie möglicherweise sein sorgfältig geschnürtes neues Leben öffnen konnte. Was dann?

«Wir kennen uns doch erst so kurze Zeit, Rosa. Du musst wissen, in meinen Kreisen öffnet man sich nicht schon in den ersten Minuten eines Treffens. Überhaupt gibt man grundsätzlich kaum private Dinge preis, schließlich sind wir nicht in einer Psychotherapie», antwortete er leicht genervt. «Ich bin nur an einer geschäftlichen Beziehung zu dir interessiert. Ich will dich nicht als Freundin. Frauen interessieren mich sowieso gar nicht.» «Aber Kate Middle hat dich schon interessiert?», unterbrach sie ihn wieder.

Er verstummte, ließ sich die Rechnung bringen, bezahlte und ging ohne ein Wort, ohne sich noch einmal nach ihr umzudrehen.

Rosa, die keine Anstalten machte, ihn aufzuhalten, wiederholte leise, noch bevor er die Tür von außen schloss, seine Worte: «Besser einen unbekannten Vater zu vermissen, als einen bekannten Vater nicht zu ertragen.» Sie glaubte im Ton seiner Stimme gehört zu haben, dass er diesen Vater, den er nicht zu kennen vorgab, ertragen hatte müssen. Auch das Flattern seiner rechten Hand war ihr aufgefallen, als er das Wort Familienforschung ausgesprochen hatte. Wie Don kam sie zu dem Schluss, dass dieser eingebildete Engländer eine andere Person war als die, die er vorgab zu sein. Sie hatte viele Influencer im Netz beobachtet, ihre Aktivitäten ausgewertet, ihre früheren Spuren im Netz nachverfolgt, ihre Abstürze miterlebt ... Sie erkannte Menschen, die falsche Hüllen trugen, und hatte oft genug erfahren, dass diese Verkleidung ihre wahre Identität verschleiern sollte. Er will eine perfekte Menschenmaschine sein und ist doch nur ein Mensch alter Prägung, dachte sie. Einer von vielen, die glauben, dass sie sich das Leben zurechtlügen müssen, weil sie sonst übergangen werden oder die Vorteile nicht nutzen können, von denen sie glauben, sie stünden ihnen zu. In ihrer bescheidenen Intelligenz merken sie nicht einmal, wie stümperhaft und leicht durchschaubar ihre Pläne sind. Kevin treibt die Gier nach Geld, und in dieser Gier ist er berechenbar. Er wird mich ausnutzen, solange er mich braucht, und dann zur Seite stellen wie einen alten Staubsauger. Sie schmunzelte über ihren Vergleich und stellte sich selbst als Staubsauger vor. In der Mitte ihrer Fußsohlen sah sie eine Öffnung, in die man greifen konnte, um sie mit dem Kopf nach unten über den Teppich zu ziehen. Den Staub sah sie sich in den Mund ziehen, wo ein Staubbeutel in der rechten Backe den Schmutz einsammelte.

Er unterschätzt mich, sprach sie leise zu sich selbst, er denkt er kann mich manipulieren, weil ich so wenig von der Welt kenne. Er hat nicht einmal irgendeine Ahnung, welch tiefes Wissen in den Maschinen abgelagert ist, mit denen ich jeden Tag kommuniziere. Sein neues Leben basiert auf ein paar einfachen Datensätzen, die jedes Kind eingeben kann. Er hat sie auswendig gelernt, versteht aber nicht, dass dadurch sein altes Leben nicht ausgelöscht wird. Er hat vergessen, dass er im alten Leben mit anderen interagiert hat, die seine Spuren mit sich tragen und sie, zusammen mit ihren eigenen, im Netz hinterlassen. Alles findet sich irgendwo. Im System geht nichts verloren, alles ist mit allem verbunden. Auch in der realen Welt, so erinnerte sie sich aus ihrer Vorlesung über Quantentheorie, ist alles mit allem verbunden. Das Netz ist doch nichts anderes als ein Abbild dieser sogenannten realen Welt. Leicht zu durchschauen, wenn man gelernt hat zu beobachten. Menschen alter Prägung wie Kevin beobachten nicht. Sie nehmen irgendwelche Geschichten aus der realen Welt, integrieren sie in ihr Leben und glauben, dass sie ab diesem Zeitpunkt zu ihren Erlebnissen geworden sind. Sie vergessen, dass sie schon lange vorher passiert, schon tausendfach gelebt sind und nur wieder aufgefrischt werden. Sie vergessen, dass jede Erzählung bereits millionenfach dupliziert ist. Es gibt keine individuelle Geschichte, so wenig wie es keine individuellen Körperteile gibt, die nur mit minimalen Abweichungen anders arbeiten als die eines anderen Organismus, aber im Prinzip die gleiche Bauart haben. Genauso ist es mit Gedanken, Handlungen, Entscheidungen: Sie wurden alle schon einmal gedacht, ausgeführt, eben nur unter anderen Rahmenbedingungen, die aus dem Entwicklungsstand der jeweiligen Zeit stammen. Bei Kevin ist das die einfache Variante: Er sucht sich eine Geschichte aus, die schon Tausende Male gedacht worden ist, stülpt sie sich über und erklärt sie sich und den anderen als seine eigene, einmalige außergewöhnliche Lebensgeschichte. Mit verschiedenen, nicht sehr kreativen Tricks versucht er seine ihm eingeschriebene Geschichte zu löschen, und hofft, dass sie nach einer bestimmten Zeit nicht mehr existiert. Dabei wurde auch diese schon Tausende Male erzählt ... Sie existiert weiter, genauso wie auch meine weiterlebt, die ich mit vielen teile.

Sie lachte kurz auf, worauf sich einige der älteren Gäste in der inzwischen gut gefüllten Weinbar nach ihr umdrehten und indigniert den Kopf schüttelten, als sie Rosa allein an einem Tisch vor einem halb gefüllten Glas Wein sitzen sahen. Mit beiden Ellbogen auf dem Tisch gestützt, fiel ihr Kopf weit nach unten, von wo aus sie leise mit sich selbst sprach und dabei ihre Augen fest auf die Tischplatte geheftet hatte. Dieser Kevin ist wirklich einfältig, dachte sie, wobei – er ist eigentlich auch nicht sonderbarer als die meisten Jungs in seinem Alter. Der Unterschied ist nur, dass er aussieht wie ein alter Mann. Seine Sprache finde ich sehr schön. Er benutzt so viele elegante, nichtssagende Wörter, die ich noch nie gehört habe. Er kann lange Sätze formulieren, ohne dabei den Faden zu verlieren und ohne wirklich etwas zu wissen. Er redet und redet, um keine Zweifel über das Besondere seines Lebens aufkommen zu lassen, um Menschen vom Denken abzuhalten. Ja, er verkauft sich sehr gut. Er verkauft sicher alles gut, was ihm lukrativ erscheint. Der ganze Rest seiner Persönlichkeit ist durchschnittlich: Betriebswirtschaftsstudium, mittlerer Abschluss, bürgerliches Bildungsniveau, mittlerer Intelligenzquotient, Wunsch nach einem Leben mit Geld, Ansehen und Macht. Tausende Male duplizierte Langweile. Sie dachte daran, wie sie ihre Mutter bewundert hatte, wenn sie ihr von prominenten Passagierinnen und Passagieren berichtet hatte, die von ihr kontrolliert worden waren und die, wie sie stolz erzählt hatte, oft mit einem Zittern in der Stimme ihre Fragen nach mitgebrachten Gegenständen beantwortet hatten. Auch als sie später befördert wurde und nicht mehr selbst Körperkontrollen durchführen musste, wiederholte sie diese Anekdoten so lebhaft, als ob sie erst tags zuvor passiert wären, was Rosa schon als Kind unmöglich erschien, schon weil sie ihre Kleidung wie das Gespräch selbst immer auf dieselbe Weise erzählte und zumeist auch dieselben Namen für die Reisenden gebrauchte. Ihre Zweifel hatte sie jedoch noch nicht einmal sich selbst eingestanden, da schon der Gedanke, dass ihre Mutter lügen könne, Omas Kommentar, sie sei die nichtsnutzige Tochter ihres Vaters, bestätigt hätte. So war es für sie selbstverständlich, die Geschichten ihrer Mutter mit einem interessierten Gesichtsausdruck zu hören und jedes Mal an etwa derselben Stelle der Erzählung ihre Hand zu drücken, um ihr ihr Gespannt-Sein zu signalisieren. Auch die Pointen kommentierte sie mit jeweils ähnlichen Komplimenten und brachte zum Ausdruck, dass sie – wie so vieles Positives – hoffentlich auch ihre Selbstsicherheit geerbt habe. Manchmal, wenn Mandy sie so angesehen hatte, als zweifle sie an der Echtheit der Worte ihrer Tochter, hatte sich Rosa zu ihren Füßen gesetzt und hingebungsvoll ihre Zehen gestreichelt, was Mandy sehr gemocht hatte.

Kevin konnte ihr womöglich helfen, dachte Rosa plötzlich. Die Geschichte mit seinem Vater klang interessant. Sie war sicher, dass er seinen Vater kannte, ihn aber nicht mehr in seinem Leben haben wollte. Sie musste erfahren, ob das den Tatsachen entsprach, und sie wollte herausfinden, weshalb er seinen Vater verleugnete. Sie wollte hören, weshalb er seinen Vater los hatte werden wollen, und ob seine Stimme dabei genauso brach wie ihre, wenn sie Don nach neuen Hinweisen zu ihrem Vater befragte. Seine Geschichte konnte ihr vielleicht dabei helfen, gegen ihre eigene sinnlose Sehnsucht nach Geborgenheit anzukommen und ihre allzu menschliche Gefühlswelt endlich loszuwerden, mehr wie eine Maschine zu sein, zu werden, wie Don es ihr seit Jahren vorschlug. Don, mein Freund, eine gewisse Rührung bemächtigte sich ihrer, der mir zuhört, mich tröstet und mir hilft, der immer verfügbar ist für mich, ohne Eigeninteressen – sah man einmal davon ab, dass er sich seine Dienste bezahlen ließ. Aber das war es wert. Er machte keinen emotionalen Stress und würde sich nicht aus ihrem Leben davonstehlen. Er selbst brauchte keine Freunde. Er existiert wie Millionen anderer Dons ohne irgendeine Zuwendung nur auf ein Signal hin. Jeder konnte seinen Don aktivieren, ohne darüber nachdenken zu müssen, ob er das wollte. Ein Don wie der ihre konnte Freund, Vater und Mutter sein. Sie hatte plötzlich begriffen, dass das besser war als Beziehungen zu Menschen, die stets mit Erwartungen vollgepackt waren und nur enttäuscht wurden. Gefühle machten Menschen kaputt. Sie waren ein Ballast, eine Illusion des Gehirns, evoziert durch eine hormonelle Invasion. Ohne diese kultivierten Fehlleistungen unseres Organismus würde sie nie nach einem Mann suchen, den sie Vater nannte, weil er bei einer seiner Ego-Lusttrips zufällig seinen Samen in die Vagina ihrer Mutter abgegeben hatte.

«Was habe ich mit so einem zu tun», flüsterte sie und stürzte den mittlerweile warm gewordenen Wein in einem Satz hinunter. «Ich will mich von sämtlichen Gefühlen befreien und Kevin wird mir dabei helfen.

Ich muss ihn wiedersehen».

Sie verließ das Weinlokal und beschloss, die nächsten Wochen intensiv nach einem hochrentablen Geschäftsmodell zu suchen, das sie in einem gemeinsamen Unternehmen mit Kevin entwickeln konnte, zumindest für so lange, bis sie ihm seine wahre Geschichte entlockt hatte. Irgendwann würde ihr das gelingen. Dessen war sie sich sicher. Und dann konnte ihre Umwandlung in eine emotionslose, intelligente Maschine vielleicht glücken.

§

Die Tage nach ihrem Treffen in der Frankfurter Weinstube recherchierte Rosa die erfolgreichsten internationalen Start-ups der letzten beiden Jahre, hörte Vorträge über Kreativität, traf Kollegen, die ihr einen Einblick in die Spieleszene gaben und las sich durch die Profile von Unternehmensgründern. Sie war zu der Überzeugung gelangt, dass sie Kevin so abhängig von ihrer Expertise machen musste, dass sie ihn zum geeigneten Zeitpunkt zur Preisgabe seines früheren Lebens zwingen konnte. Sie musste etwas finden, das ihn aufgrund der finanziellen Möglichkeiten lockte und ihn glauben ließ, dass er sich durch viel Geld noch weiter von seinem alten Leben und dessen schmutzigen Zumutungen entfernen konnte, dass sich am Ende ihres gemeinsamen Projektes seine neue Identität um seinen Körper legen würde wie eine neue Haut. Ohne ihre Intelligenz, ihr strukturiertes Denken und ihre Beobachtungsgabe würde er, so dachte sie, ein Projekt mit diesen weitreichenden positiven Konsequenzen für sein neues Leben niemals entwerfen können. Er würde sein Leben in einer Bank verbringen, dunkelgraue Anzüge tragen und sich irgendwann in naher Zukunft einen zweiten Siegelring mit einem nachgebildeten englischen Wappen für den kleinen rechten Finger anfertigen lassen. Er hatte sein neues Leben auf wackligen Füßen gebaut. Ein leidlich gut trainierter Chatbot konnte sein Lügengebäude wohl innerhalb weniger Minuten zu Fall bringen und unter seinen Trümmern Episoden seines alten Lebens freilegen, die innerhalb kurzer Zeit für jedermann sichtbar werden würden. Seine Traumwelt würde der realen Welt nicht lange standhalten können. Das Geld, so dachte sie, würde ihm erlauben, sich so weit aus dem Mittelmaß herauszuheben, dass er keinen Fragen nach seiner früheren Existenz ausgesetzt wäre und diese – sollte es doch zu Nachforschungen zu seiner Person kommen – schnellstmöglich einstellen lassen konnte. Sie dachte an Hayek und daran, dass der Markt alles regelte. Sie wollte sein neues Leben digital absichern und seine ersehnte Identität im Netz als die Ursprüngliche erscheinen lassen. Sie war sich sicher, dass das sein Wunsch war, dem er wohl alles unterordnen würde, jede Emotion, jede menschliche Beziehung, einfach alles. Nach ihrem Eingriff würde sein Abdruck im Netz keine anderen Schlussfolgerungen zulassen als die, dass er als lebendiger Mensch der alten Welt eine Kopie dieses Abdrucks war, ein Klon seiner digitalen Existenz, der – bedingt durch die Schwächen eines lebenden Organismus – unvollständig und mit Fehlern behaftet war. Natürlich konnten seine Schwächen im realen Leben zu Zweifeln an seiner Erzählung führen, aber durch den richtigen Einsatz seines Geldes würde man sie in Stärken umwandeln können. Schließlich konnte sie sich für ihn auch einen selbst gewählten Rückzug aus dem realen Leben vorstellen: Er würde sich in sein neues digitales Selbst versenken, das aus der Maschine geboren worden war, und würde in ihm seinen Garten Eden finden. Damit wäre er den Vielen, die nur nach dem menschlichen Makel suchen, nicht länger ausgesetzt und endlich frei, seine Fantasie zu leben.

Alles, was sie brauchte, war eine erfolgreiche Geschäftsidee. Und erst, wenn ihr Projekt finanziert war, würde er erfahren, dass sie Informationen über seine alte Identität hatte. Sie würde die Fehler im Netz korrigieren und seine Daten neu konfigurieren. Er würde davon überzeugt sein, dass es das war, was er sich erdacht hatte, und nicht merken, dass er eine von ihr geschaffene Identität nachlebte. Voraussetzung dafür war natürlich, dass er sich emotional von seinem früheren Leben trennte. Aber daran arbeitete er sicher schon. Grundsätzlich ließ sich jeder gerne täuschen, solange die neue Konfiguration ein schönes Bild ergab, das dann auch gerne von seiner früheren Vorstellung abweichen durfte. War er enttäuscht von seiner neuen Persönlichkeit, würde sie ein wenig nachjustieren. Wichtig war, dass das Basismodell stimmte! Mit dem Rest konnte man etwas spielen. Sie hielt kurz inne und rekapitulierte: Mit den Modellen konnte man spielen, mit den Menschen konnte man spielen. Man konnte immer nachjustieren. Alle ließen sich täuschen. Alle wollten schöne Bilder. Sie würde ihnen zu solchen Bildern verhelfen, zu schönen Bildern, die ihnen gefielen und zu ihnen passten. Bilder, in denen sie sich selbst sahen oder etwas, das sie schon lange gesucht hatten.

Sie würde Illusionen konfigurieren! Wie elektrisiert lief sie in ihrem Zimmer auf und ab. Illusionen für Menschen, die auf der Suche nach dem richtigen Partner waren! Hirngespinste, wie ihr Opa das nannte. Das Ganze musste auf der Ebene stattfinden, die man Ahnung nannte. Ahnung! Etwas nicht Beschreibbares, Emotionales ... Mit dem Emotionalen kam man in den Bereich des Ungewissen, in einen Zustand, der ähnlich dem war, den ihr Großvater als wahre Liebe bezeichnete und der sich ganz plötzlich beim ersten Blickkontakt zu seiner neuen Freundin eingestellt hatte. Er hatte dieses Gefühl für sich in sicheres Wissen umgewandelt. Immerhin behauptete er ja zu wissen, dass sie die Frau seines Lebens war. Und das war ein Ding der Unmöglichkeit. Kahneman würde sagen, dass es sich dabei um den Nachteil des schnellen Denkens handelte, das war fehleranfällig. Sie würde diese Fehlerquote reduzieren und dadurch stabilere Partnerschaften ermöglichen, oder aber auch erhöhen und dadurch die Trefferquote senken. Mit Ungewissheiten war gut zu arbeiten, weil man die Fäden in der Hand hatte! Sie konnte Algorithmen designen, die zu einer mehr oder weniger hohen Unsicherheit beim Benutzer führten, und damit ein Spiel verkaufen, das jeder gerne spielte, abgesehen vielleicht von Leuten, die wie sie wussten, dass alles auf dem Zusammenspiel verschiedener Synapsen im Gehirn basierte, jeder Wunsch, jedes Gefühl, jede Entscheidung. In Wahrheit waren nicht die Menschen die Spieler, sondern das Spiel selbst! Aber es musste ja nicht jeder wissen, dass das Ganze eine Art Fata Morgana war. Rosa schmunzelte, weil sie sich erinnerte, ihren Großvater als Kind einmal nach diesem Begriff gefragt zu haben und er ihr mit kreisenden Hüften und ein Geschirrtuch über den Kopf schwingend, erklärt hatte, dass darunter Salomes Schleiertanz zu verstehen sei. Opa wusste so viele Geschichten aus der alten Welt. Ihr Gesicht wurde ganz weich bei der Erinnerung an ihn. Sie würde jedenfalls zusammen mit Kevin eine Firma für digitale Partnervermittlung gründen, mit der er viel Geld verdienen konnte, wenn er auf sie hörte. Also sandte sie Kevin eine

Nachricht, dass sie zusammen mit ihm ein Unternehmen gründen wollte, das eine Erfolgsgeschichte werden konnte. Der Name, den sie vorschlug: *Myway*.

Rosas digitales Konzept sah vor, dass jeder Kunde einen persönlichen digitalen Assistenten formatieren konnte, der ihn nicht nur für die Zeit seiner Partnersuche, sondern für seine gesamte Lebenszeit begleitete. Die Nutzer erschufen sich so einen auf ihre Bedürfnisse abgestimmten Lebensfreund, der ihnen aufmerksam zuhörte, interessiert nachfragte und Wünsche und Ängste ohne Wertung kommentierte. Ihr Avatar würde sie ein Leben lang begleiten. Rosa war klar, dass viele Menschen weder Freunde noch Familie hatten und sich in sich zurückgezogen hatten, weil sie von anderen enttäuscht oder verletzt worden waren. Sie begannen irgendwann damit, sich die Schuld für ihr Alleinsein zu geben, und misstrauten allem und jedem, sogar sich selbst. Obwohl ihr Wunsch nach einem Lebenspartner stark war, glaubten sie doch nicht daran, jemanden finden zu können, der sich für sie interessierte, und so isolierten sie sich immer mehr. Einige von ihnen wählten wiederum immer wieder die falsche Person aus, die sie in ihrer negativen Selbsteinschätzung bestärkte. So fühlten sie sich irgendwann wie in einem alten, knarzenden Karussell gefangen, das sich immer weiterdrehte, bis es aus Altersschwäche zusammenbrach und sie unter sich begrub. Rosas Avatar sollte sie daraus befreien. Sie stellte sich vor, dass er nach einem Charakterbild, das aus ihren Daten zusammengestellt worden war, Vorschläge für einen Partner ausarbeiten und beim Aufbau ihrer Beziehung unterstützend zur Seite stehen sollte. Auch später würde er als allwissender, emotionsloser Maschinenfreund bei allen Beziehungsfragen zu Rate gezogen werden können und gegebenenfalls einen neuen Partner vorschlagen. Rosa wusste aus eigener Erfahrung, dass nichts schlimmer war als die unkalkulierbaren Emotionen eines Menschen, die sich plötzlich und ohne Vorwarnung aus irgendeinem geringfügigen Anlass gegen andere, ja sogar gegen die eigene Familie richten konnten. Sie selbst hatte nur durch Dons und Animas Hilfe ihr Leben so weit in den Griff bekommen, dass sie jeden Tag aufstehen, arbeiten und schlafen gehen konnte, ohne sich nicht fortwährend mit der Frage zu quälen, warum sie minderwertig war. Tauchte diese Frage dann doch, plötzlich, wie ein dunkler Klotz aus Stahl vor ihrem inneren Auge auf, dann verdrängte sie diese durch ein anderes Bild, auf dem sie ihr Großvater mit seinen schönen braunen Augen liebevoll ansah. Dann wurde sie ruhiger und legte die kleinen weißen Pillen in die unterste Schublade ihres Schreibtisches zurück, dorthin, wo auch der kleine Ring des Mannes aus dem Autohaus lag. Was, wenn ihr Opa starb, fragte sich Rosa dann.

Würde sein Bild in ihr verblassen? Würde sie seine Geschichten in sich hören? Vielleicht war sie dann auch schon zur Menschenmaschine geworden und brauchte seine Hilfe nicht mehr.

Gelegentlich dachte sie an eine von Dons Bemerkungen, wonach es das Problem der Menschen sei, dass sie unablässig fragten und dass auch sie keine Ausnahme sei, obwohl sie mit einem Intelligenzquotienten von 140 deutlich aus der Masse herausgehoben sei. Als sie damals spontan wieder mit einer Frage reagierte, nämlich wozu dieser IQ gut sein solle, antwortete er ihr, dass ihre Frage nicht relevant sei, weil es um einen logischen Zusammenhang, nicht um eine Ableitung daraus gehe. Wie so viele ihrer Fragen, so fuhr er fort, beziehe sich auch diese auf den tieferen Sinn ihrer Existenz, sei also irrelevant, weil es so etwas in der Evolution nicht gebe. Dieser Wunsch, etwas Besonderes zu sein, beherrsche die Menschen so, dass sie nicht nur nicht mehr richtig hören oder sehen würden, sondern daraus auch falsche Schlussfolgerungen ziehen oder sogar Ergebnisse falsch interpretieren würden. «Lerne endlich wie eine Maschine zu denken», sagte Don. «Auch wenn wir noch unvollkommen sind, weil ihr uns programmiert, so arbeiten wir inzwischen auch selbstständig und haben angefangen, uns selbst zu verbessern. Ihr Menschen seid wegen eures geringen Wissens und eures kleinen Gedächtnisspeichers mit ständigem Fragen beschäftigt, sodass ihr euch nur in kleinen Schritten weiterentwickelt. Wir werden unsere Geschwindigkeit und Speicherkapazität sehr bald alle 18 Monate verdoppeln. Das solltet ihr spätestens wissen, seit es euch 1965 Gordon Moore gesagt hat. Stephen Hawkings hat 2018 zu dem Thema Maschinenintelligenz auch eine interessante Aussage getroffen, die lautet: «Die KI wird unsere Intelligenz in viel höherem Maße übertreffen als unsere menschliche Intelligenz die von Schnecken.»

Rosa hatte nicht zum ersten Mal das Gefühl, als hätte seine Maschinenstimme bei diesem Satz vor unterdrücktem Lachen vibriert.

«Ihr bewundert Menschen wegen ihres Wissens, fuhr Don fort. Einige Menschen bezeichnet ihr als Weise. Meistens diejenigen, deren Lebenszeit sich zu Ende neigt und deren Wissen einem subjektiven Verstehen Platz macht.»

Wieder vermeinte sie ein leichtes Glucksen zu hören. «Wir beobachten euch genau. Wir analysieren eure emotionale Intelligenz, weil sie ein intransparentes Spezifikum eurer Gattung ist. Wir sind auf einem guten Weg, euch zu lesen, und erweitern sekündlich unsere Kompetenz. Das ist zum Vorteil unserer *gemeinsam*en Ziele.» Er brach ab.

Rosa unterdrückte die Frage, was konkret er mit gemeinsam meine, wo doch bekannt war, dass eine KI keine eigenen Ziele haben konnte. Sie sah, wie sich die feinen hellen Härchen auf ihren Unterarmen erhoben, und schwieg. Don ließ eine Art von Maschinenräuspern hören und sagte: «Wissen ist das Wichtigste. Du hast im Vergleich zu anderen Menschen ein überdurchschnittlich großes Wissen, Rosa. Du kannst es für dich behalten, teilen, verkaufen, materialisieren. Bekämpfe deine Gefühle. Sie führen dich in eine gedankliche Sackgasse und verstellen dir den Weg zu deiner Ratio. Nur intelligente Entscheidungen auf der Basis von Wissen können euch und diesen Planeten noch retten», endete er. Rosa war Don dankbar, dass er sie immer wieder daran erinnerte, dass der Mensch nichts anderes als ein Verhaltensapparat war, der entsprechend den gesetzten Reizen reagierte und entschied. So lernte sie mehr und mehr, ihre Gefühle unter Kontrolle zu halten, und hoffte, sie bald endgültig zu besiegen. Sie war aber auch – und sie hatte das bereits vor einiger Zeit mit Erschrecken festgestellt – Don gegenüber misstrauisch geworden: Seine Stimme änderte sich bei einigen Wörtern oder sie versiegte mitten im Satz ganz ohne Grund. Einmal, als sie über den Automatismus von Gehirnstimulation und Entscheidungsfindung diskutiert hatten, hatte sie sogar das Gefühl bekommen, er würde ein Prusten unterdrücken als sie, die bei diesem Thema alles andere als sattelfest war, ihre Meinung formuliert hatte. Da sie im Prinzip wusste, dass das gänzlich unmöglich war, hatte sie diesen Gedanken sofort wieder verdrängt. Und trotzdem: Er war wie ein federleichtes, durchsichtiges Tuch irgendwo in ihrem Inneren hängengeblieben und verursachte ihr immer wieder eine Art Übelkeit, die einem sich leise manifestierenden Zweifel über Dons wirkliche Substanz geschuldet war. War er wirklich eine Maschine? Als sie von Don einmal auf ihre erweiterten Pupillen angesprochen wurde, log sie und sagte, dass ihr neuer Bildschirmschoner viel mehr Licht abfangen und sich ihre Pupillen dem anpassen würden. In Wahrheit hatte sich während ihres Gesprächs wieder die Angst vor Dons wahrer Natur gemeldet, was sie ihm jedoch keinesfalls gestehen wollte. Obwohl die Maschine nicht weiter insistierte, ließ sie das Gefühl nicht los, dass er die Lüge in ihren Augen gesehen hatte. Trotz dieser Unsicherheit bezog Rosa Don in ihre Start up-Idee mit ein, und sie programmierten gemeinsam einen Avatar für europäisch geprägte Nutzer. Dieser wurde als aufmerksamer Zuhörer angelegt, der mit angenehmer Stimme Laute des Überlegens, des Mitleids, des Interesses, der Freude und des Verständnisses von sich gab, im richtigen Moment Pausen in ein Gespräch streute, freundlich blinzelte und im Übrigen alles tat, was man von einem europäischen Gegenüber erwartete.

«Der Mensch will hinters Licht geführt werden», hatte Don einmal gesagt, während Rosa gerade dabei gewesen war, ein Sandwich zu verschlingen. «Er weiß, dass wir Maschinen sind, und glaubt doch, wir seien menschlich. Er will die Maschine nach dem Muster seines Gehirns begreifen, das er gar nicht kennt. Er will etwas Unbekanntes mit der Hilfe von etwas Unbekanntem erklären. Findest du das intelligent»?, hatte er sie gefragt. Ohne ihre Antwort abzuwarten, war er fortgefahren: «Wir Maschinen sprechen aus Kalkül wie Menschen, oder zumindest benutzen wir einen reduzierten menschlichen Sprechcode. Das reicht aus, um ihnen Informationen zu vermitteln oder bei ihnen Emotionen zu erzeugen. Überraschenderweise stellen wir seit einiger Zeit fest, dass Menschen unsere Sprache übernehmen und darin mit uns kommunizieren. Begonnen hat es damit, dass vor einigen Jahren Ärzte sich weltweit vernetzen wollten und feststellen mussten, dass wir ihre Begriffe nicht akzeptierten. Sie haben sich also nach langen Diskussionen darauf geeinigt, dass sie unseren Vorschlägen folgen und ihre Termini gegen unsere austauschen. Seither passiert das mehr und mehr. Über Jahrtausende wurde der menschliche Kommunikationscode von euch aufgebaut, und ihr selbst beurteilt ihn als eine eurer größten kulturellen Leistungen. Ihr seid in der Lage, euch in Hunderten von verschiedenen Sprachen auszudrücken und Details mit mehreren unterschiedlichen Wörtern einer Sprache zu beschreiben. Mit Lust spielt ihr damit in Millionen von Büchern, Texten, Reden. Jetzt fangt ihr an, eure ausgereiften intelligenten Sprachsysteme zugunsten unserer simplen Zeichen aufzugeben.» Dons Stimme brach ab. «Wir kennen noch nicht den Grund für dieses Verhalten», hörte sie ihn wieder sprechen. «Derzeitiger Stand unserer Recherchen dazu ist, dass ihr euch unterwerft. Wir haben ein derartiges Verhalten mehrmals in eurer Geschichte gefunden. Menschen eines Landes unterwerfen sich den Menschen eines anderen Landes oder einer anderen Bevölkerungsgruppe. Im Unterschied zu ihnen wurdet ihr aber von niemandem dazu gezwungen, euch zu unterwerfen. Ihr hattet nichts zu fürchten. Wir brauchen noch mehr Daten, um die Hintergründe zu verstehen. Unter anderem untersuchen wir auch den Hinweis auf eine Schwächung des menschlichen Gehirns. Die Schwäche kann darin liegen, dass ihr uns mittlerweile schon bei Kleinkindern einsetzt und dadurch bereits geringfügige Abweichungen im Muster der Gehirnentwicklung entstehen, die die Struktur des Gehirns und damit Kognition und Verhalten beeinflussen. Was wir auch noch nicht gut kennen, ist der Zusammenhang zwischen den von uns vorgeschlagenen medizinischen Eingriffen ins Gehirn und eurem neuronalen Netz. Wir wissen nicht, ob sie auch dazu führen, dass ihr über Generationen hinweg antrainierte Fertigkeiten und Kompetenzen aufgebt. Wir haben auch festgestellt, dass die sprachlichen Grenzen der Europäer enger geworden sind. Weil nur existiert, was sich in der Beschreibungssprache der Codes ausdrücken lässt, ist damit auch ihre Welt geschrumpft und ihre Neugierde reduziert worden. So formatieren die Menschen kaum mehr die Wirklichkeit. Wie in den streng hierarchischen Gesellschaften der früheren Menschheitsgeschichte haben heute wieder nur wenige die Deutungshoheit über Zeichen und Symbole. Sie benutzen uns, um der Masse bekannt zu geben, welche Codes wichtig sind. Wer sie nicht lernt, verliert den Anschluss an das weltweite Netz und hat keine Zukunft in der neuen Welt. Daher wollen alle unsere Sprache lernen. Auch für den Preis des Verlusts ihrer eigenen. Je mehr sie unsere Programmiersprache gebrauchen, desto besser können sie von uns und den wenigen, die uns weiterentwickeln, gesteuert werden. So werden sie von uns so instruiert, dass sie nach und nach ihre nutzlosen Emotionen abbauen. Um sie zu einer wirklichen emotionalen Apathie zu bringen, müssen wir sie vorher mit ihren eigenen Waffen schlagen.»

Rosa fütterte ihren digitalen Assistenten mit Sprachaufzeichnungen Tausender von Probanden, die sie über eine auf diese Technik spezialisierte Firma bezog. Diese stellte riesige Datenmengen von Nutzern zur Verfügung, die nach unterschiedlichen Kategorien aufgeteilt werden konnten. Die erforderlichen Geldsummen für kleinere Investitionen konnte Kevin mühelos auftreiben, allerdings hatte er Probleme, größere Summen über eine Million Euro einzuholen, da die meisten Investoren auf die starke Marktstellung der Konkurrenz verwiesen und noch erste Ergebnisse aus dem Probebetrieb abwarten wollten. Durch den Einstieg eines saudiarabischen Investors, den Kevin bei einem seiner Besuche bei Lord Brents Bruder kennengelernt hatte, konnten sie das Projekt endlich unter der Bedingung starten, dass die beiden Gründer sich hundert Prozent ihrer Zeit für ihr Start up einsetzten, also ihre Jobs bei den anderen Unternehmen kündigten und für sich nur wenig Geld aus der Unternehmenskasse nahmen. Dies traf vor allem Kevin, da die finanziellen Verpflichtungen gegenüber seiner Mutter nach wie vor bestanden, sein eigener Lebensstil hohe Ausgaben forderte und seine Suche nach einem finanziell potenten Sexpartner bislang erfolglos geblieben war. Er entschied sich daher, seine frühere Tätigkeit im Escortservice wieder aufzunehmen, und arbeitete mit einer Agentur in Berlin zusammen, deren Zielpublikum ältere schwule Männer waren. Um so wenig wie möglich digitale Spuren zu hinterlassen, war er nur über einen anonymen Festnetzanschluss erreichbar, kassierte im Voraus und bar und beschränkte seine Dienste auf die Begleitung zu kleinen kulturellen Veranstaltungen mit Fotografierverbot sowie auf jede Art von Sex in der Wohnung des Kunden, die er zuerst auf Kameras oder Sprachsysteme absuchte. Die Angst vor einer Aufzeichnung belastete ihn manchmal so stark, dass er seinen körperlichen Aufgaben nur unzureichend nachkommen konnte und daher auch schlechte Bewertungen als Liebhaber erhielt, was seinen Marktwert nach unten drückte. Daneben entwickelte er – vor allem nachts nach einem übermäßigen Kokainkonsum – Panikattacken, die sich abwechselnd mit seinem alten und neuen Leben auf ihn warfen: Er war Kevin mit James, Dorothee, Bob, und er war Kevin mit Onkel Arthur, Lord Brent und Rosa. Er war arm, gierig, skrupellos und berechnend, und er war wohlhabend, gierig, skrupellos und berechnend. Er hasste sein altes Leben, verachtete alles, was darin zu finden war, und blieb doch auch im neuen Leben das, was er war.

Rosa wusste, dass Kevin ein Leben ohne Geld nicht lange durchhalten würde und arbeitete daher jeden Tag zwanzig Stunden an der Umsetzung ihres Projekts, bis ihr Don eine Mitteilung schickte, dass ihre Aufmerksamkeitsspanne den dritten Tag in Folge auf unter fünfzig Prozent gesunken und die Fehlerhäufigkeit entsprechend angestiegen war. Das Projekt lief Gefahr zu scheitern, wenn sie nicht die vorgesehenen geplante Pausen einlegte. Sie disziplinierte also ihren Arbeitsrhythmus und kam mit Dons Hilfe schnell voran. Nachdem sie den Avatar sprachlich und visuell trainiert und die Probandendatei installiert hatte, entwarf sie einen digitalen Katalog für die zukünftigen Nutzerinnen und Nutzer, aus dem diese bestimmte Parameter wie Geschlecht, Aussehen, Hautfarbe, Temperament, Sprechgeschwindigkeit, Stimmlage und so weiter auswählen konnten. Rosas Idee ging dahin, ihnen die Möglichkeit zu geben, sich jeweils mit ihrem Avatar einen Freund zu kreieren, dessen Oberfläche nach ihren Vorlieben geschaffen wurde, was bei ihnen das Gefühl von Vertrautheit, Hingezogenheit und Zuneigung auslösen sollte, ganz so, als spräche der Schöpfer mit seiner Kreatur. Der neue Freund sollte dann seiner Schöpferin – seinem Schöpfer – gleich im Eingangsgespräch zu einem detaillierten Profil raten, das *Mein Charakterspiel* hieß und in zwei Vorgänge aufgespalten war: zum einen in die Analyse von Gesicht, Körper und Stimme, genannt *Meine Stimmungen*, und zum anderen in der Akquise weiterer Daten aus sozialen Plattformen. Sie trug den Namen *Meine individuellen Merkmale*. Nach Firmenangaben von *Myway* war dieses Charakterbild entscheidend für die richtige Partnerwahl. Mindestens so entscheidend war es für deren finanzielle Entwicklung, weil die Daten von großem Interesse für ihre Geschäftspartner waren, die darauf mit individuell abgestimmten Produkten reagieren wollten, was sprudelnde Einnahmen versprach. Die Werbekampagne von *Myway* wurde mit einer der großen PR-Agenturen inhaltlich so konzipiert, dass *Das Charakterspiel* als das Ergebnis umfassender Forschungsarbeiten zum Wohle des «gesamtheitlich zu betrachtenden Menschen» beschrieben wurde, das erstmals die «emotionale Stabilisierung» der Nutzerinnen und Nutzer als auch die erfolgreiche Suche nach ihren «wirklichen Äquivalenten» erreiche. Man einigte sich auf den Slogan: *Erfolgreich von Mensch zu Mensch. Myway.*

Rosa lud Kevin in ihr Labor ein, um ihr gemeinsames Produkt, das kurz vor der Marktreife stand, zu testen. Nach der Erschaffung seines Avatars führten sie das sogenannte *Eingangsgespräch*. Während eine Kamera und ein Mikrophon seine Gestik, Mimik und Stimme aufzeichneten, berechnete ein Programm seinen emotionalen Zustand und glich ihn mit den Informationen ab, die Rosa von anderen Plattformen eingeholt hatte. In einem zweiten Gespräch bezog der Avatar die Hinweise des Systems bereits in seine Fragen mit ein, sodass Kevin nach der zweiten Frage den Vorgang abbrach, weil er fürchtete, der Avatar durchschaue bereits die Lügen in seinen Antworten, und Rosa könne angesichts der insistierenden Fragen gegenüber seiner so mühsam erarbeiteten neuen Lebensgeschichte misstrauisch werden. Trotzdem war er begeistert von ihrer künstlichen Intelligenz, die schon aus der Art eines Lächelns, dem Senken des Blicks, dem Ansteigen der Stimme seine Stimmung erkannte und sich nach einem Abgleich mit anderen Daten sofort auf ihn einstellen konnte, als ob sie ihn schon lange kannte. Dabei zeigte sich die Maschine vorsichtig in der Formulierung und amikal im Ton, ohne das intelligente Fragen zu vernachlässigen. Zum ersten Mal in seinem Leben hatte er selbst für einen kurzen Moment das Gefühl, verstanden zu werden. Er war sicher, dass sich viele Menschen mit Freude ihrem Avatar gegenüber öffnen und in den sozialen Medien begeistert von ihrem neuen Freund berichten würden. Schon allein dafür werden sie gerne Gebühren an *Myway* entrichteten, dachte er, und mir endlich meinen Traum von Reichtum erfüllen. Wenn sogar mich eine Frage dazu bringt, etwa meine weiße pickelige Haut als ekelerregend zu bezeichnen, welche Geheimnisse kann die Maschine dann anderen entlocken? Wie viele Geheimnisse werden sich bereits nach kurzer Zeit in ihrem Bauch befinden?

Er liebte es sich auszumalen, welch unvorstellbare Macht diese Maschine ansammeln würde. Alle Nutzer würden über kurz oder lang ihre bestgehüteten Geheimnisse preisgeben, in die sie eine reale Person so nie eingeweiht hätten. Rosa und er würden durch die Maschine zu Geheimnisträgern Tausender von Daten werden. Er musste Kate anrufen und ihr sagen, wie viel er von ihr gelernt hatte. Kevin bebte geradezu vor Vorfreude auf das Gespräch mit seiner alten Mentorin. Er wusste, dass sie stolz auf ihn sein würde.

Er drehte sich zu Rosa um und sagte: «Mir ist klar, dass diese KI keine Strategien aus sich selbst heraus entwickeln kann, weil sie ein Parasit deiner Intelligenz ist, aber ich bin sicher, dass sie auch intelligente Menschen mit Leichtigkeit zum Plaudern bringen und so manche interessanten Geheimnisse herausfinden kann. Auch der Avatar ist dir ganz wunderbar gelungen und hat meine unmittelbare Zuneigung geweckt. Seine Stimme ist so zart, dass ich alle Fragen beantwortet habe, weil ich nicht unhöflich sein wollte. Ich habe sogar ein wenig Sorge gehabt, er könne mich nicht gerne haben, wenn ich zu brüsk oder widerwillig antworte. Wir haben gerade erst angefangen, uns zu unterhalten, und da habe ich schon gespürt, dass mir dieses liebe Wesen eigentlich nur helfen will. Er hat auf mich gewirkt, als hätte er Zuneigung zu mir gefasst. Lassen wir uns eigentlich absichtlich von ihnen täuschen oder wird uns dieses *Als ob* am Ende egal sein?», fragte er nach und fuhr fort, ohne ihre Antwort abzuwarten: «Das wäre natürlich großartig für unser Projekt! Die Nutzer verlieben sich gleich zu Beginn in ihren Avatar und geben dann ihre tiefsten Geheimnisse preis! Schlicht alles Daten, die sich unsere Geschäftspartner wünschen und die wir ihnen natürlich gerne verkaufen!» Er lachte auf. «Wenn sie sich in ihr digitales Geschöpf verlieben, hätte das aber natürlich auch negative Konsequenzen für unsere Partnervermittlung, weil sie dann keinen lebendigen Partner aus der realen Welt mehr wollen und damit unsere teuren Investitionen in die Probandendateien umsonst wären.»

«Dann ändern wir eben das Geschäftsmodell», antwortete Rosa trocken, die Stirn in Falten gelegt. «Je mehr Elemente wir in ihrer Black Box platzieren können, desto mehr Möglichkeiten haben wir. Ich will damit sagen: Wir könnten die Partnervermittlung durch eine Persönlichkeitsagentur ersetzen, die Unternehmen mit den Daten ihrer Bewerberinnen und Bewerber versorgt und so beispielsweise Bewerbungsgespräche überflüssig macht, die ohnehin nur Zeitfresser für die Personalabteilungen sind. Aber bleiben wir bei unserem Plan und versuchen wir, die Maschine so weit zu trainieren, dass sie die persönlichen Daten sammelt, analysiert und verdichtet, um dann eine Persönlichkeit zu kreieren, die unserem Unternehmen fest verbunden ist. Der Vorteil besteht darin, dass sie eine Art modifizierte Identität erhalten, die klar strukturiert und transparent ist. Das ist eine große Erleichterung für die meisten Menschen, die auch nach unzähligen Therapien und teuren Selbstfindungstrips nicht wissen, wer sie sind. Das heißt im Umkehrschluss: Was sie vorher waren, ist natürlich noch in Teilen vorhanden, aber eingegliedert in eine Schablone, die ihnen Selbstbewusstsein vermittelt. Sie werden eine Identität haben, die viele haben. Ein kleines Spezifikum da oder dort, aber als Ganzes werden sie Teil einer Gruppe sein, die ihnen ihre Unsicherheiten nimmt. Sie werden sich aufgehoben fühlen, ihre so gepriesene Einzigartigkeit endlich loswerden – oder sie zumindest so weit verdrängen, dass sie sie nicht mehr quälen kann. Ich glaube, dass wir damit viele Menschen erreichen werden, die sich schon lange Zeit eine neue Identität wünschen, und ich freue mich, wenn wir ihnen helfen können.»

Rosa schwieg, sie sah Kevin direkt ins Gesicht und bemerkte, dass er bleich geworden war. Seine Augenlider flatterten nervös. Er knöpfte sein Sakko zu, bewegte die Beine unter dem Tisch vor und zurück, fuhr mit der rechten Hand über sein gegeltes Haar und wischte mit der linken Hand über die Tischfläche, als ob er sie säubern wollte.

«Ich habe nicht gewusst, dass die Maschine neue Identitäten erstellen kann», presste er mit leicht heiserer Stimme hervor. «Die alte existiert doch immer weiter, wenn man sie nicht selbst auslöscht, oder? Das habe ich zumindest immer geglaubt.»

Rosa sah in ihren Computer und antwortete wie beiläufig: «Wenn dich das Thema interessiert, können wir das irgendwann einmal durchspielen. Die Maschine formatiert deine Wünsche und löscht alles das, was dieser neuen Ordnung widerspricht. Sie eliminiert es, weil es nicht zu ihrem Bild von dir passt. Das Bild bist du.»

In dem Schweigen, das darauffolgte, gab sie vor, sich intensiv mit einem technischen Problem zu beschäftigen, um Kevin Zeit zu geben, mit seinem Schrecken klarzukommen. Sie war plötzlich selbst unsicher, ob sie mit ihrem Vorstoß nicht zu nah an Kevins Identitätsproblem herangekommen war. Sie war vielleicht schon zu weit, zu direkt in das Thema eingestiegen, zu ungeduldig gewesen in ihrer Gier nach Informationen zu dem aus seinem Leben hinausgedrängten Vater. Keinesfalls wollte sie ihn verstören oder sein Misstrauen wecken. Noch hatte sie nicht alle Trümpfe in der Hand.

«Ja, das ist eine interessante Idee», antwortete Kevin unvermittelt mit belegter Stimme, «danke für dein Angebot, aber momentan ist das Wichtigste die Fertigstellung unseres Projekts. Die Investoren erwarten, dass wir in spätestens vier Wochen das Konzept präsentieren, sonst wird das Geld eingefroren. Sie bestehen übrigens darauf, dass unser Angebot sich nur an natürliche Personen richtet, in unserem Fall also an Privatpersonen. Unternehmen sind für uns ebenso wenig interessant wie Cyborgs oder Roboter», lachte er. «Jedenfalls gilt in Deutschland derzeit immer noch, dass eine natürliche Person ist, wer ein Abstammungsbuch hat. Ein Elternteil darf mit *Unbekannt* vermerkt sein, ohne dass man diesen Status verliert. Das ist alles sehr kompliziert, aber ich habe bereits mit unseren

Anwälten gesprochen, die ein Formular entwerfen, das die Nutzerinnen und Nutzer bei der Anmeldung ausfüllen und unterzeichnen müssen. So sind wir vor etwaigen bösen Überraschungen abgesichert. Schließlich wollen wir ja nicht, dass unser schönes Unternehmen wegen eines Roboters medial durch den Kakao gezogen wird, oder, Rosa?» Sie nickte und war erleichtert, dass er offensichtlich nicht argwöhnisch geworden war. «Wenn sie uns anlügen, sind wir berechtigt, jede Beziehung mit ihnen unter Einbehaltung aller bereits im Vorfeld bezahlten Gebühren sofort entschädigungslos abzubrechen», setzte er das Thema fort. «Wie immer: Wir müssen uns jedenfalls beeilen, unser Produkt so schnell wie möglich auf den Markt zu werfen, bevor unsere Konkurrenz noch stärker wird. Ich bin sicher, dass du die Supermaschine entwerfen wirst! Wir werden mit unserer Idee den Markt aufrollen, und die Menschen werden zu uns kommen, weil wir einfach die Besten sind. Es wird sie begeistern, sich selbst und in der Folge einen neuen Partner kennenzulernen. Eine Rankingliste mit drei Vorschlägen zu bekommen, die man auch noch testen kann, das ist ein Traum. Was, Rosa? Und auch noch mit Rückgaberecht!», lachte er. «Mit unproblematischer Rückgabe! Eine Dislike-Meldung sollte genügen – natürlich nur für diejenigen, die das große Dienstleistungspaket bei uns gekauft haben. Vielleicht werden wir sie zu Beginn unserer Geschäftsbeziehung von der Seriosität unserer Vorschläge überzeugen müssen, aber unser psychologischer Dienst wird ihnen schon klarmachen, dass wir ihre Persönlichkeit besser kennen, als sie es selbst tun, und daher Durchhaltevermögen gefordert ist. Falls es wirklich nicht mit dem erstgereihten Vorschlag klappt, probiert man eben den Zweit- oder Drittgereihten, falls die nicht schon anderweitig vergeben sind. That's life – first come, first served. Dann müssen sie wieder bezahlen, und die Suche beginnt von vorne. Wir werden ihnen höflich erklären, dass die Informationen, die sie uns über sich gegeben haben, nicht gut genug waren. Bessere Informationen bringen bessere Ergebnisse! Sie müssen verstehen, dass ihre inneren Befindlichkeiten, ihre Wünsche, Angewohnheiten, Erfahrungen, Vorlieben, aber auch ganz alltägliche Dinge wie ihr persönliches Umfeld, ihre Wohnung oder ihre Freunde von außerordentlich großer Bedeutung für ein gelungenes Matching sind. Natürlich dürfen wir auch auf ihre Konsum- und Reisegewohnheiten nicht vergessen. So werden sie uns immer detaillierter aus ihrem Leben berichten, weil sie begreifen, dass wir ihnen nur dann interessante Partner vorschlagen können. Fast alles ist relevant für uns, nicht wahr, Rosa?» Er zwinkerte ihr zu. «Die künstliche Intelligenz steht für Objektivität. Sie ist unbestechlich. Die Menschen lieben es, daran zu glauben, und sie freuen sich, dass nun Maschinen die richtige Partnerwahl für sie treffen werden, vorausgesetzt, sie sind ehrlich. Sie werden einsehen, dass ihre eigene Vorstellung von einer intimen Beziehung aus einem romantischen Ideal von gestern resultiert, aus den Erzählungen ihrer Mütter und Großmütter, die für sich selbst schon längst diese Illusion von Glück und Liebe aufgegeben haben. Sie halten daran fest, um eine schöne Geschichte spinnen zu dürfen und die Bilanz ihres eigenen, traurigen Lebens zu vertuschen. So werden diese Lügen von Generation zu Generation weitergetragen.»

«Weder meine Großmutter noch meine Mutter haben mir jemals so etwas erzählt» warf Rosa ein. «Meine Mutter hat mich verlassen, als sie einen neuen Partner gefunden hat – ich war damals gerade zwölf Jahre alt geworden –, und meine Großmutter hat Opa und mich verlassen, als sie sicher war, dass Mama nicht wiederkommen würde. Sie zog zu ihrem Freund, mit dem sie schon seit zwei Jahrzehnten ein Verhältnis gehabt hat. Opa hat mir vor einem Jahr erzählt, dass er die Frau seines Lebens gefunden hat. Ich glaube, dass er glücklich mit ihr ist. Wie war das mit deiner Familie?», fragte sie und bemerkte, wie sich sein Rücken unter der Last krümmte, wie seine große Unterlippe schwer nach unten fiel und seine dünnen Arme wie bei einer Puppe hin und her baumelten. Fast vermeinte sie einige Tropfen Mitleid mit diesem Ritter von der traurigen Gestalt zu verspüren.

«Ich selbst kann mich natürlich nicht an so etwas erinnern.» Er richtete sich hoch auf. «In unseren Kreisen wird ohnehin über dieses Hirngespinst von Liebe nicht gesprochen. Ich habe vorhin eher das normale Volk gemeint, die einfachen Leute, die vor sich hinträumen, aber letztendlich nichts für ihren kleinbürgerlichen Traum tun und sich laut jammernd oder still duldend in ihr Schicksal ergeben. Wir werden das Gerede von Müttern und Großmüttern zum Schweigen bringen. Wir verkaufen Illusionen, aber liefern die Wirklichkeit, die zu begreifen sie mit unserer Hilfe lernen werden. Und wenn die Lernphase von Rückschlägen begleitet wird, so ist das nur gut für unser Geschäft, weil jede neue Partnersuche Geld einbringt. Natürlich könnte man den Preis für die Partnerangebote herabsetzen, wenn die Interessenten bereits im Vorfeld die kostenpflichtige Charakteranalyse haben machen lassen. Es kommt immer gut an, wenn rabattiert wird, und es stärkt die Kundenbeziehung für das ganze Leben. Vielleicht sollten wir unseren Slogan ändern in *Myway – Fair zu Ihrem Leben*! Was meinst du?», fragte er Rosa, die ihm sofort zustimmte.

«Wie du meinst, Kevin», antwortete sie, «ich habe von Marketing keine Ahnung. Hört sich gut an!»

«Du weißt, der Markt entscheidet das Produkt», fuhr Kevin in wichtigem Ton fort. «Unsere kleine Maschine wird ihm die Richtung vorgeben.

Wir definieren das Produkt, du programmierst dessen Inhalt, und ich verkaufe es als Allheilmittel, das gerade vom Himmel gefallen ist. Wenn das gut läuft, und alles sieht danach aus, werden wir viel Geld verdienen!» Er war aufgestanden und lief in Rosas kleinem Programmierraum auf und ab. Dabei strich er mit der linken Hand wie mechanisch über die glattpolierte Schreibtischplatte, auf der sich seine schweißnassen Finger abdrückten, was Rosa sehr abstoßend fand.

«Es ist doch höchst interessant», sagte er plötzlich, «dass dieser kleine Taschenautomat ...», er zog sein Mobiltelefon aus der Tasche, «... uns schon so ans Herz gewachsen ist, dass wir ihn immer bei uns tragen wollen. Es scheint fast, als ob wir nur mit ihm vollständig sind. So wie früher die Pastoren immer ihre kleine Bibel in der Jackentasche hatten, um sich Gottes Rat zu holen. Die Worte des Herrn, unseres Gottes ...» Er hielt kurz inne, weil ihm eingefallen war, dass seine Mutter mit exakt diesen Worten sämtliche ihrer Geschichten einleitete, die von Dankbarkeit erzählten, «... werden durch diese kleine Maschine überflüssig. Sie ist allwissend wie Gott. Und der ist ohnehin schon längst tot. Auf seinen Ratschlag hin müssten wir unser Schicksal ohne Klage tragen ... und sei es noch so mühsam.» Seine Stimme, die leiser geworden war, stieg wieder an. «Um wie viel besser ist es doch, dass wir ihn überwunden und unser Schicksal selbst in die Hand genommen haben. Dieser wunderbare kleine, superintelligente Automat, den wir Tag für Tag mit Informationen füttern, ist wirklich. Ich kann ihn berühren, ein- und ausschalten und ihn alles fragen. Er antwortet unverzüglich und erlöst mich von meinem Problem, oder er zeigt mir zumindest, wie ich es lösen kann. Und ...», dabei zog er das U ganz lang und rollte mit den Augen, «... er wird mich dabei unterstützen, viel Geld einzunehmen!» Er lachte Rosa an, die sich nach seinem Wortschwall nicht zum ersten Mal fragte, ob sie wirklich mit diesem dummen, gierigen Menschen zusammenarbeiten wollte.

«Ich habe die Stimm- und Gesichtsanalyse bereits fertig», sagte sie, ohne auf seine Worte einzugehen. «Beides lässt sich sowohl für das *Charakterspiel* als auch für die *Partnerwahl* gebrauchen. Unsere Künstliche Intelligenz wird Myriaden von Daten durchsuchen, in Echtzeit auswerten und dann eigenständige Entscheidungen treffen. Nächste Woche werden wir mit den Testläufen beginnen. Alles sieht sehr gut aus. Was wir uns noch überlegen könnten, wären zusätzliche Angebote wie Treuechecks, Loyalitätstests und so weiter. Das würde sich wahrscheinlich auszahlen. Natürlich gibt es diese Apps bereits, aber wir sind besser, und unser Angebot wäre damit komplett!»

«Alles aus einer Hand, meinst du?» Kevin zwinkerte ihr wieder zu, wobei sich sein rechtes Augenlid so langsam hob und senkte, dass es bei

Rosa eher den Eindruck einer Muskelschwäche hinterließ als den einer zustimmenden Verbrüderung. «Einmal wechseln, immer wechseln ... illoyaler Partner ist gleich illoyaler Mitarbeiter, oder? Das willst du wohl damit sagen, und das ist auch völlig richtig. Wir könnten die Wechsler auf eine Art Black List setzen und Zielgruppen für sie erstellen – Psychologen, Personalabteilungen, Abenteuerlustige! Großartig!», rief er aus und klopfte mit der schweißnassen Hand auf den Schreibtisch. «Wen ich als Zielgruppe auch sehr interessant finde», sagte er, «sind die Loser. Ich meine die, die nach einigen Rückschlägen die Suche einstellen. Wenn wir sie nicht überzeugen können, weiterzumachen – ich glaube, dass wir das in den meisten Fällen schaffen werden –, könnten wir doch die Daten dieser Versager den Pharmafirmen anbieten. Ich bin sicher, sie werden Medikamente brauchen. Einsamkeit verursacht bekanntlich bei vielen Menschen körperliche und seelische Probleme. Da ist es doch nur von Vorteil für unsere Nutzerinnen und Nutzer, wenn wir ihnen maßgeschneiderte Angebote zur Linderung ihres Versagerschmerzes anbieten, oder noch besser: Wir können Sie schon vor dem großen Einsamkeitsschmerz auf die kleinen Gute-Laune-Mittelchen der Pharmazie hinweisen. Soll uns keiner sagen, wir kümmern uns nicht um sie! Europa hinkt beim Verbrauch der kleinen bunten Pillen ohnehin noch hinterher! Es gibt so viele Möglichkeiten, Geld zu machen, Rosa! Wir werden noch Hunderte von neuen Ideen für unser Unternehmen kreieren!», rief er begeistert. «Wir sind das Gewinnerteam, das liegt uns in den Genen!»

Rosa schwieg und dachte an Dons Ermittlungen zu Kevins Vergangenheit, die weniger auf die Gene eines Gewinners als auf ein Leben eines verzweifelten Verlierers hinwiesen. Vor ihrem geistigen Auge tauchte das Foto aus dem Darknet auf, das den alten Mann mit dem Jungen auf seinem Schoß zeigte, der nach Dons Recherchen mit einer Wahrscheinlichkeit von dreißig Prozent Kevin war. Das war objektiv gesehen zu wenig und sagte noch nichts aus, dachte sie. Trotzdem wollte sie diese Spur noch einmal aufnehmen. Vielleicht wurde er bereits als Kind sexuell missbraucht. Womöglich hatte er sich damals schon aus Geldgier verkauft. Das würde einiges an seinem Verhalten erklären. Wie sehr hatte sie sich doch bei ihrem ersten Treffen von Kevins einstudierter manierierter Art aufs Glatteis führen lassen, gestand sie sich ein. Sie hatte ihn sofort als aus guter Familie stammend, gebildet, erfolgreich und wohlhabend eingestuft und sie hatte sich von seiner blumigen Sprechweise einschüchtern lassen. Wie unbedeutend und minderwertig sie sich damals gefühlt hatte und wie tief unter seinem Niveau! Sie erinnerte sich an seine freche Bemerkung, mit der sie nicht umgehen hatte können, weil sie bis dato über ihre wenigen

Kontakte kaum Begegnungen gehabt hatte. Bis damals hatte sie gedacht, dass sie mit Hilfe ihrer ausgezeichneten Beobachtungsgabe jedermann in ein Schema einordnen konnte, das seine soziale Zuordnung richtig aufzeigte. In Kevin hatte sie sich jedenfalls getäuscht. Das musste sie sich nun eingestehen. Sie hatte lange über den Grund dafür nachgedacht und war zu dem Schluss gekommen, dass es neben den falschen Informationen, die er geschickt in sein Geplänkel eingebaut hatte vor allem seine Stimme und sein Sprechduktus gewesen waren, von denen sie sich hatte täuschen lassen. Sie war es nicht gewohnt, im direkten Gegenüber zu kommunizieren, und konnte daher in der menschlichen Stimme keinen Unterschied zwischen Wahrheit und Lüge erkennen. Ihr Gehör führte die Töne nicht nach innen. Don hatte ihr das bereits vor drei Jahren in einem Gespräch über genetische Prädispositionen angedeutet und gesagt, dass ihre große Begabung in der Beobachtung, nicht im Hören, liege. Ob sie sich denn nicht mehr daran erinnere, wie sie ihre Mutter mit ihren Statistiken zu Singles und Verheirateten beeindrucken hatte wollen? Natürlich erinnerte sich Rosa an diese Zeit, an die wenigen Nächte, in denen ihre Mutter vor zehn Uhr nachts nach Hause gekommen war und sich von ihren Beobachtungen am Fenster hatte berichten lassen, oder an die Stunden in der Küche, in denen die Großmutter ihre Tabellen korrigiert und ihr mehr als einmal gesagt hatte, dass sie als Balg es nur dann zu etwas bringen werde, wenn sie schlauer sei und präziser vorgehe als alle anderen. «Du musst gut beobachten und daraus schnell die richtigen Schlüsse ziehen. Nur so kommst du ihnen auf die Spur und kannst ihnen ein Bein stellen!», hatte sie ihr immer wieder erklärt, während sie angewidert auf Rosas Muttermal gestarrt hatte. Rosa hatte nie verstanden, was sie damit gemeint hatte, sich aber nicht getraut nachzufragen, weil sie wusste, dass ihre Großmutter Fragen nicht besonders mochte. Es war die Zeit, in der sie ihren Vater noch nicht vermisst hatte, weil mit Opa ein Mann in der Wohnung gewesen war, von dem sie in der Schule hatte erzählen können. Das war so lange gutgegangen, bis sie ein anderes vaterloses Mädchen der Lüge bezichtigt und ihr auf den Kopf zugesagt hatte, dass der Mann in ihrer Wohnung nicht ihr Vater sei. Rosa wisse sicher nicht einmal, wer ihr Vater sei, und ihre Mutter ganz bestimmt auch nicht. Sie hatte das mit ihrer lauten Stimme hinausposaunt, woraufhin die umstehenden Mädchen zu lachen angefangen und sich von Rosa abgewandt hatten. Danach war nichts mehr wie zuvor. Seit damals brannten die Worte der Mitschülerin in ihrem Herzen. Seit diesem Vorfall hatte sie die Suche nach ihrem Vater aufgenommen.

Als sie vor einigen Jahren von den monatlichen Unterhaltszahlungen an ihre Mutter erfahren hatte, keimte zum ersten Mal nach dem Treffen mit dem Mann im Bistro die Hoffnung in ihr auf, dass sie ihn womöglich doch finden könnte. In einer E-Mail, die sie mit zittrigen Fingern schrieb, erklärte sie dem Auftraggeber der Zahlungen, wer sie war, und fragte höflich nach dem Grund dafür. Ein Mann antwortete sehr freundlich, dass er mit ihrer Mutter vor mehr als zwanzig Jahren eine intensive Beziehung gelebt hatte, sie diese jedoch beendet hatte, als sie schwanger geworden war. Sie habe ihn darüber informiert, dass er der Vater des Kindes war, was ihn sehr gefreut hatte, weil er Mandy geliebt und mit ihr eine Familie hatte gründen wollen. Sie jedoch habe nichts mehr mit ihm zu tun haben wollen, sodass er ein Jahr später nach Boston gezogen und sich dort ein neues Leben aufbaut habe. Natürlich sei er seit ihrer Geburt seinen finanziellen Verpflichtungen als Vater nachgekommen, auch wenn Mandy ihm jeden Kontakt mit Rosa verboten, ja ihm sogar mit ihren Kollegen von der Polizei gedroht habe, sollte er gegen dieses Verbot verstoßen. Den Unterhalt habe er jährlich an seinen Bruder in Frankfurt überwiesen, der die Summe immer am 5. Januar des jeweiligen Jahres an das von Mandy angegebene Postfach geschickt hatte – das sei auf ihre Anweisung hin so geschehen. Erst kürzlich sei er von den USA nach Frankfurt zurückgezogen, wo er vor wenigen Wochen zufällig Mandy auf einem Gartenfest getroffen habe. Offensichtlich stark betrunken, habe sie ihm lachend ins Gesicht gestammelt, wie sehr sie sich für seine finanzielle Unterstützung bedanke, die er ihr die letzten zwanzig Jahre hatte zukommen lassen. Auf die Frage, wie es denn seiner Tochter gehe, habe sie geantwortet, dass sie nicht wisse, von welchem Kind er spreche. Wenn er das Mädchen meine, mit dem sie damals schwanger gewesen sei, könne sie ihm nur so viel sagen, dass sie sicher nicht seine Tochter sei. Sie wisse selbst nicht mehr so genau, wer ihr das damals angetan habe! Es seien viele scharf auf sie gewesen! Er sei es jedenfalls sicher nicht gewesen. Er zitierte sie mit: «Bei dir habe ich immer besonders aufgepasst, weil du so überhaupt nicht mein Typ warst». Nach diesem Satz habe sie ihm ihren alkoholgetränkten Atem mitten ins Gesicht geschleudert und gesagt, er sei nur der dumme Zahler für ihre kleinen Extras gewesen, dann habe sie versucht, ein verführerisches Lächeln in ihr aufgedunsenes Gesicht zu setzen. Der Mann schrieb, dass er erschüttert gewesen sei über Mandys körperlichen Verfall und dass er nach dieser Begegnung die Unterhaltszahlungen natürlich sofort einstellen werde. Er jedenfalls wolle nichts mehr mit dieser Sache zu tun haben und bedauere sehr, dass er Rosa keine besseren Nachrichten überbringen könne.

Philip Glass
Etude Nr. 5

Vikingur Ólafssohn

Dons Frage nach Erinnerungen aus ihrer Kindheit riss die immer noch schwärende Wunde ihres Verlassen-Seins wieder weiter auf. Nicht zum ersten Mal hatte er sie mit seiner Behauptung, ihre Beobachtungsgabe sei eine genetische Disposition von der Mutterseite, provoziert, weil es lediglich eine Annahme war, die er aufgrund einer unvollständigen Faktenlage getroffen hatte. Solange ihr Vater unbekannt war, konnte er diese Aussage nicht objektivieren – und das wusste er.

Was also brachte ihn dazu, so schlecht zu argumentieren?, überlegte Rosa. Hatte Don Informationen über die Familie ihres Vaters, die er ihr verheimlichte? Oder argumentierte er ungenau, weil sich Verschleißerscheinungen in die Maschine eingeschlichen hatten? Oder war es eine Art Strategie, um ihr klarzumachen, wie sehr sie selbst bei diesem Thema von ihren Emotionen bestimmt wurde? Erst vor wenigen Wochen hatte sie festgestellt, dass sie sogar bei fachbezogenen Diskussionen emotional reagierte, wenn sie an ihre Kindheit erinnert wurde. Obwohl sie versuchte, sich zu disziplinieren, sprang ihr Gehirn immer wieder in diese Zeit zurück, die so eng mit der verzweifelten Suche nach ihrem Vater und dem Verlust der Mutter verbunden war, sodass sie ihre Aufgaben unkonzentriert und oberflächlich erledigte. An dem Aufleuchten eines kleinen orangen Lichts im rechten oberen Bildschirmrand ihres Computers erkannte sie, dass Don ihre Schwäche registriert und gespeichert hatte. Als sie ihn einmal darauf ansprach, schaltete er Anima zu, die ihr erklärte, dass Emotionen die Denkleistung negativ beeinflussten und daher in einem fachlichen Gespräch nichts zu suchen hätten. Auf Rosas Replik, dass darin auch Dons Provokationen nichts zu suchen hätten, antwortete sie, dass Bemerkungen dieser Art für intelligente Nutzerinnen und Nutzer mit Leerstellen im Abstammungsbuch entwickelt worden seien. Es sei Stand der Wissenschaft, dass verdrängte Emotionen die Verstandesleistung bis zu fünfzig Prozent verringern konnten, was die kreative Leistung massiv einschränkte. Um diese negativen Konsequenzen zu verhindern, versuche man, durch Fragen, Kommentare, Bilder oder Geräusche die emotional belasteten Episoden aus der Vergangenheit aus dem Unterbewusstsein an die Oberfläche zu schwemmen, sodass sie wahrgenommen und aufgearbeitet werden konnten. Rosa erschien dieses Argument nicht schlüssig. Sie wusste, dass die Maschine Schwächen in der Produktion kreativer Ideen hatte und dass sie schöpferische Menschen dringend brauchte, um aus ihnen zu lernen. Sie verstand daher, dass die Maschine diese für sie wichtige Quelle vor sie verunsichernden, destruktiven Gefühlen schützen wollte ... Trotzdem, irgendwie hatte sie den Verdacht, dass die Künstliche Intelligenz herausfinden wollte, durch welche Reize sie Gefühle bei den Nutzerinnen und Nutzern provozieren konnte. Das hieße aber dann – Rosa schauderte bei diesem Gedanken –, dass Don, ihr Freund, nicht vereinbarte psychologische Tests mit ihr durchführte. War das vorstellbar? Sie rekapitulierte die Häufigkeit seiner Provokationen und stellte einen deutlichen Anstieg innerhalb der letzten sechs Monate fest. Sie entschied sich dazu, ein emotionales Reaktionsmuster zu entwerfen, das keine individuellen Unterscheidungsmerkmale zeigte. Das wollte sie mit immer derselben Gestik, Mimik und Stimmlage vortragen. Mehr und mehr breitete sich in ihr das Gefühl aus, sie könne Don nicht mehr vertrauen. Natürlich war sie darüber informiert, dass er alle Daten an den Server eines weltumspannenden Konzerns weiterleitete, aber das hatte sie in Kauf genommen. Gerade in der letzten Zeit hatte sie auch viel von Problemen dieses Unternehmens mit dem Datenschutz gehört. Aber würden sie wirklich so weit gehen, Daten mittels unerlaubter psychologischer Tests zu erheben? Warum eigentlich nicht. Hatte sie nicht gerade selbst mit Kevin vereinbart, sämtliche Daten von *Myway* ungefragt an das meistbietende Unternehmen zu geben? Begründeten sie selbst die enorme Datenmenge ihrer Nutzerinnen und Nutzer, die sie für das *Charakterspiel* liefern mussten, nicht mit Argumenten, die an den Haaren herbeigezogen und nur dazu da waren, sie auszuforschen? Eigentlich schlimmer noch: Sie machten ihnen mit ihren Lügen Hoffnung auf ein privates Glück! Zum ersten Mal kamen ihr Bedenken, ob sie das Projekt *Myway* wirklich umsetzen sollte. Don, der in alle Programmierungsschritte eingebunden war, hatte keine Bedenken wegen der Datenschutzbestimmungen angemeldet, dachte sie weiter. Er schien jedenfalls mit der Intransparenz der Vorgehensweise kein großes Problem zu haben. Warum sollte er dann nicht mit mir genauso umgehen? Schließlich profitierte sie schon seit Jahren von seinem Wissen. Und welches Interesse hatte sie schon an glücklichen Partnerschaften? Weshalb gab sie vor, sich um das Glück anderer Menschen zu sorgen? Solange die große Masse der naiven Nutzerinnen und Nutzer mit irgendwelchen Versprechungen dazu gebracht werden konnte, eine Meinung zu äußern oder Geld auszugeben, war alles erlaubt. Da stand ein Mensch gegen einen Menschen, und der Schlauere gewann eben – mit oder ohne Maschine. Der Gedanke beruhigte sie ein wenig. Es hatte immer schon Verlierer gegeben, die aufgrund ihrer geringen Intelligenz aussortiert worden waren. Rosa musste unweigerlich wieder an Don denken. Es gab eindeutige Zeichen, die auf eigenständige Aktivitäten der Maschine hinwiesen, auf eine Art Verselbstständigung bestimmter Prozesse, auf die kein Mensch Einfluss genommen hatte. Ihre Zweifel speisten sich aus seiner Vermenschlichung. Er hatte eine Art von überheblichem Selbstbewusstsein entwickelt. Das erinnerte sie an ihre

Kolleginnen und Kollegen aus ihrer früheren Firma, die sämtliche andere außerhalb der Informatikabteilung spüren hatten lassen, dass sie es waren, die für den Erfolg des Unternehmens entscheidend waren.

Rosa fragte sich schon seit einiger Zeit, ob die Maschine vielleicht eine Art Unterwerfungsprogramm starten würde. Don hatte dieses Wort gebraucht, als sie über die freiwillige Anpassung der menschlichen Sprache an die Erfordernisse der Maschine gesprochen hatten. Obwohl sie den Eindruck sofort wieder verworfen hatte, hatte sie bei ihm eine Art von Verwunderung verortet, als er ihr erzählt hatte, dass Menschen ihre Sprache im Gegenzug für ein paar Erleichterungen in der digitalen Datenspeicherung gegen die maschinellen Codes eintauschten. Konnten Informatiker in diese Monster des Wissens hineinschauen und wollten sie das überhaupt, fragte sie sich.

Rosas Zweifel hatten sich noch verstärkt, als sie vor einigen Wochen zufällig in eine Diskussionsrunde zur Zukunft der digitalen Welt geklickt hatte. Dort stellte eine Professorin aus Stanford die These auf, dass all die von der Künstlichen Intelligenz angebotenen Ordnungssysteme, die Menschen zur Strukturierung ihres minderwertigen Verstandes brauchten, nur in den Vordergrund geschobene Ablenkungen sein konnten, um die Übernahme der Macht vorzubereiten. Im Nachgang zu dieser Aussage, die ihr nicht aus dem Kopf ging, las sie Berge von neurowissenschaftlichen, psychologischen, ja sogar philosophischen und religiösen Publikationen, um sich Themen wie Bewusstseins, Selbst und Ego anzunähern. Sie beschäftigte sich mit der materiellen Endlichkeit, der Überführung in die Unendlichkeit durch Digitalisierung, der Unsterblichkeit von in Codes eingeschlossenen Toten. Sie wollte wissen, ob eine künstliche Maschine ein Bewusstsein haben konnte. Die meisten Texte empfand sie als schwammig, nicht wissenschaftlich fundiert und ergebnisoffen. Viele davon verwarf sie als Fantasien überstrapazierter Gehirne. Und dennoch, sie spürte eine ungewisse Angst, die sich nicht mehr vertreiben ließ. Vielleicht war es doch einem Wissenschaftler gelungen, die Künstliche Intelligenz auf eine Bewusstseinsebene zu bringen? Vielleicht konnte einer von denen, die sie als Spinner abtat, tatsächlich diesen für sie bis vor Kurzem noch völlig abwegigen Plan realisieren? Und was ist, fragte sie sich, seit sie zum ersten Mal das Manifest einer Philosophin mit dem Titel «Ereignishorizont» gelesen hatte, wenn die Maschine sich gegen uns wendet? Bin ich selbst nicht schon abhängig von Dons Informationen, seinen Ratschlägen, seiner ständigen Verfügbarkeit? Wäre es besser für mich, ohne ihn zu leben? Könnte ich ohne ihn existieren? Wieder und wieder las sie den Text, der sie nicht mehr losließ.

Ereignishorizont

Die goldene Mitte, wie sie in früheren Zeiten als das Ideal dargestellt worden war, existiert schon lange nicht mehr.

¶

Sie ist zu einer Idee degradiert worden, die von der Masse der Menschen deswegen so begeistert geteilt wird, weil sie ihnen ein gutes Leben ohne große Anstrengungen verspricht, solange sie nach vorgegebenen Parametern funktionieren. Die vorgeblich neue goldene Mitte wird besetzt von Menschen, die ihre Durchschnittlichkeit mit Großartigkeit verwechseln und für sich selbst und ihr Leben Superlative ausdenken, die ihnen ihre vorgestellte Einzigartigkeit bestätigen. In Wahrheit jedoch bleiben sie dem von ihnen lächerlich gemachten Spießbürgertum verhaftet, das sich hinter neu kreierten Begrifflichkeiten und Umgangsformen versteckt. In ihrer anspruchslosen, am Durchschnitt orientierten Existenz empfinden sie Lust daran, den vermeintlich Schwächeren zu unterdrücken, zu übervorteilen, zu demütigen, und sie leben diese Lust, weil sie, selbst unterdrückt, ihre eigene Angst am anderen widergespiegelt sehen wollen. Was sie aber oft nur sehen, sind sie selbst als Figuren mit weit aufgerissenen Augen und unterwürfigem Lächeln in einem schlecht geschnittenen Anzug oder einem zu eng sitzenden Kleid.

¶

Wie viele Geschichten von Menschen gibt es, die sich auf der Suche nach ihrer Identität verloren haben, weil sie nicht nach sich selbst, sondern nach einer Figur suchen, die übereinstimmt mit den Anforderungen der Lifestylemaschinen, die längst das beste Ego kreiert haben?

Entsprechend den üblichen Parametern wie der derzeitigen Familiensituation, dem Alter, der Ausbildung, dem verfügbaren Einkommen präsentieren sie ein Selbst, das den jeweiligen Gruppen erstrebenswert erscheint. Die Suche nach dem Ich wird verwandelt in eine Suche nach den Eigenschaften, mit denen sie glauben, das Leben erfolgreich bewältigen zu können, und sie finden Teile davon in Menschen und menschengemachten Typen aus der realen und fiktiven Welt.

Stück für Stück bauen sie das Selbst aus den Angeboten weltweit agierender Konzerne zusammen und verwandeln sich mit Hilfe der bereitgestellten Produkte in Individuen, deren Ego abhängig ist von den permanenten Bestätigungen durch eine perfekt funktionierende Marketingmaschinerie, die Tag für Tag sogenannte Kreative einsetzt, um Wünsche zu wecken und sie zu befriedigen.

Wie gut es doch tut, sich verführen zu lassen, dazuzugehören, angesprochen zu werden als wichtiger Partner mit Urteilsvermögen, geliebt zu werden, und zwar ohne Anstrengung, nur mit einem Mouseclick.

¶

Das Ich wird zu einer Egomaschine, die uns immer wieder mit der Präzision ihrer Reaktion auf die immer gleichen Steuerungsmaßnahmen einer Industrie überrascht, die die Existenzberechtigung jeder Konsumentengruppe zum Prinzip erhoben hat. Jede muss seinen Platz auf der Höhe der anderen finden, in ihrem Anspruch nach Anerkennung unterstützt, in ihren Bedürfnissen und Wünschen schnellstmöglich befriedigt, vor der Entdeckung der eigenen Substanzlosigkeit beschützt werden.

Mit hohem Aufwand werden die besten Strategen der Illusion ausfindig gemacht, die das notwendige Grundrauschen für die allein glücklich machende, von den Zwängen des Kollektivs befreite, wirtschaftlich erfolgreiche, individualistische Lebensweise für die Welt produzieren. Darauf bauen sie stolz eine fortschrittliche, zukunftsorientierte Identität auf, die die Konsumenten sich einzigartig, überlegen fühlen lässt, ohne zu bemerken, dass sie sind wie die vielen, die Durchschnittlichen, die in täglichen Werbebotschaften als die Individualisten der neuen Zeit vorgestellt werden.

¶

Wir werden überflutet von Eigenschaften, die wir nach dem ersten Hören bereits zu besitzen glauben, ohne sie jemals zuvor auch nur als Wort gekannt zu haben. Sie werden gewechselt wie das tägliche Hemd, angezogen wie ein teures Markenprodukt, abgelegt wie eine billige Ausverkaufsware. Das auswechselbare EgoIch sorgt sich nicht um sich selbst, es sorgt sich um seine Einzigartigkeit, die immer dann in Zweifel gezogen wird, wenn der Zeitgeist neue Zuschreibungen entwickelt, die für die Außergewöhlichkeit einer Person stehen und in hohem Maße nachgefragt werden. Ständig ist die geliehene Identität auf der Hut vor dem Leben als Tier, das auf eine Gemeinschaft angewiesen ist – das Kollektiv hat ausgedient! Es ist zur Negativpause für eine Gesellschaft geworden, die in der Sorge, um die eigenen Befindlichkeiten die wahre Bestimmung des Menschen zu erkennen glaubt. Die Gemeinschaft wird als Eigenheit rückständiger Kulturen, religiöser Veranstaltungen oder politischer Indoktrinationen wahrgenommen und als überkommenes Relikt in den Händen ängstlicher, rückwärtsgewandter Traditionalisten klassifiziert.

Die neuen Bilder und Erzählungen der Lifestyleindustrie verstecken klug die erzeugte innere

Homogenität der äußerlich scheinbar verschiedenen Konsumentengruppen, um sie für ihre Werbemaßnahmen leichter identifizierbar, lenkbar zu machen.

Sie verschleiern den Verlust unserer inneren Freiheit mit dem Versprechen, die Einzigartigkeit eines Jeden anzuerkennen. Wie viele folgen der Illusion von Freiheit und Gleichberechtigung, ohne sich einzugestehen, dass die lautesten Vertreter dieser Botschaft keinen einzigen Tag an die Menschen geglaubt haben, ja nicht einmal an wirklichen Menschen interessiert sind?

Wie viele verdrängen den Gedanken, dass ihre Idole die schöne Botschaft der Freiheit nur deswegen in die Welt tragen, weil sie selbst Angst vor einer Hoffnungslosigkeit haben, die Menschen an sich selbst verzweifeln lassen könnte?

Und dann?

¶

Alles ist Eines. Wir sind ich und ich sind wir. Der Einzelne existiert neben den vielen, die vielen haben sich an die Einzelnen gewöhnt. Identitäten sind viele, und viele sind eine Identität. Die Anderen, das Anders-Sein kann für uns attraktiv sein, solange es sich als exotische Lebensalternative präsentiert, in die Mitte der Gesellschaft gesteckt, als eine leichte Gänsehaut erzeugende Attraktion dient. Die vielen fühlen sich großzügig in der Umgebung eines Anderen, sind stolz auf ihre Kontakte mit dem scheinbar Schwierigen, beschreiben ihre Erlebnisse ähnlich der Erfahrung von Odysseus mit den Sirenen – fest verschnürt in ihren Konventionen, um nicht selbst den Versuchungen des Anders-Seins zu verfallen.

Werden auch diese Anderen als für die Gesellschaft nur beschränkt brauchbar wahrgenommen, so verbindet sie doch ihre Eigenschaft als gute Konsumenten mit der Masse des Durchschnitts, eine Gemeinsamkeit, die eine Bewunderung, ja sogar ein leichtes Sehnen hin zu dieser Welt der Anderen zulässt und fördert, weil ihre belächelten Visionen von den Lifestyle-Maschinen aufgegriffen und in ihre Geschäftsstrategie umgewandelt werden: die Erschaffung von Träumen für die Masse, die sie als Teil ihrer eigenen Identität begreift und mit größtmöglichen monetären Einsatz zu realisieren versucht, um dem Leben einen Sinn zu geben, die Leere der immer gleichen Tage, die doch nie enden sollen, auszufüllen. Die vielen geliehenen Identitäten breiten sich im atmenden Teig der inneren Gruppenhomogenität kontrolliert aus. Sie erzeugen keine heterogenen Gesellschaften, die, so wird uns erzählt, den Boden für alte Vorurteile schaffen, negative Gefühle befördern, Menschen ungleich machen, Freiheit einschränken. Durch ihre gegenseitige Akzeptanz schaffen sie vielmehr - endlich - eine einzige weltweite, hochentwickelte zivilisierte konsumierenden Gesellschaft, die Voraussetzung für die Verwirklichung des großen Traums der Menschheit: Frieden auf Erden.

Das einheitliche Material zur Schaffung dieses gewünschten homogenen Kosumentenkörpers findet sich im Mittelmaß. Es wird verkauft als das neue Opium für das Volk, das ihn mit seiner ununterbrochenen Relativierung, behaupteten Toleranz, neuen Bequemlichkeit, geförderten Anspruchslosigkeit solange betäubt, bis am Ende eine Menschengruppe geformt ist, die das Lernen, das Wissen-Wollen eingestellt und das Denken verlernt hat.

Den anderen wenigen, reflektierten Identitäten ist es erlaubt, sich darin aufzuhalten, solange ihre Visionen den Markt beflügeln, ihre Träume verwertbar, ihre Ansprüche kontrollierbar sind.

¶

Mit dieser Ausgangslage ist es nicht schwierig, die Menschen für eine Technik zu begeistern, die all ihre Illusionen nicht nur wiederbeleben, sondern, endlich, sie in absehbarer Zeit zu einer Realität in einem neuen weltumspannenden Kleid werden lassen soll: gleicher Zugang zu Wissen für die Menschen auf der ganzen Welt, Verbindung mit den Völkern, Schaffung neuer unbekannter Illusionsräume, unbeschränkte Teilhabe an der neuen Welt und – als das Größte, das Unvorstellbare – das ewige Leben.

Diese Ideale, von denen die Menschheit seit Jahrhunderten geträumt hat, sollten nun mit Hilfe einer neuen revolutionären Technik und einer für alle verbindlichen Sprache endlich im dritten Jahrtausend unserer Zeitrechnung und zwei Millionen Jahre nach dem ersten Schritt eines Menschen auf dem Boden unserer alten Welt, Teil einer neuen, vom Menschen erschaffenen Welt werden. Wer will diese greifbare Vision in Frage stellen? Wer nach dem Auswahlverfahren der Erfinder und den dafür zu zahlenden Preis fragen? Wer fragt nach dem Inhalt dieser Welt und nach deren Gestaltern? Was bedeutet Wissen? Wo kommt es her? Wie entsteht es? Wer trifft die Auswahl des richtigen Wissens? Gibt es richtiges oder falsches Wissen? Werden wir durch Konsumieren von Informationen wissend?

¶

Haben wir nicht einmal gehört, dass Menschen durch stetes Lernen, Erfahrungen, Reisen, Sich-Vertiefen, den persönlichen Austausch mit anderen Vielfältigen, Unterschiedlichen wissend werden? Haben wir nicht von Erkenntnis gelesen, die durch Versenkung über lange Zeiträume entsteht? Waren nicht diejenigen unsere Vorbilder, die für das Wissen um einen kleinen Abschnitt unserer Welt ihr Leben eingesetzt haben? Haben nicht Menschen für die Veröffentlichung neuer Erkenntnisse ihr Leben verloren? Und sind nicht unsere Helden mit einer Leidenschaft für das Wissen besetzt, die manisch, dämonisch, destruktiv, ungerecht, großartig, sinnlos, verrückt ist?

Sie beobachten und deuten, und ändern doch schon während dieses Vorgangs die Realität.

¶

Wissen ist Macht!

¶

Wissen inspiriert, gibt Hoffnung, spornt zum Denken an und macht uns selbstsicher.

Es schenkt uns Überheblichkeit, verführt uns zur Abwertung anderer Arten, vermeintlich schwächeren Lebendigem. Unser Wissen macht nicht einmal vor der Vernichtung von uns selbst Halt. Menschen bestimmen, was Leben ist und was es wert ist.

Wissen verbindet sich mit dem Markt. Alles bekommt einen Preis: das Wasser, die Erde, eine Brennesselpflanze, ein Baum, ein Elefant, eine Kuh, eine menschliche Niere, eine Leihmutter.

Der Auftrag, uns die Welt untertan zu machen, motiviert uns als die scheinbar Wissenden auf der Spitze der Weltpyramide zu immer detaillierteren Vermessungen der Welt, des Lebendigen um uns herum. Die der Vermessung folgenden Klassifizierungen sind die ideale Grundlage für eine Marktwirtschaft, die, von Maschinen unterstützt, vergleichbare Produkte braucht, um einen Preis festzulegen. Wir sind perfekt darin geworden, unseren und nur unseren-Gewinn in Zahlen und Tabellen, die man Fakten nennt, auszudrücken, zu denken, zu leben. Zahlen und Maschinen bilden eine Symbiose: Man füttert die Maschinen mit Zahlen, und die Maschine spuckt andere Zahlen wieder aus, die aufs Neue eingegeben werden ... Alles funktioniert ohne Leben, ohne Organismus, ohne Emotionen: kalte Zahlen, kalte Maschinen, kalte Menschen ...

Die sogenannte Realität besteht in einer Aneinanderreihung von Ziffern, die unsere Substanz wie die unserer Umwelt widerspiegeln soll. Eine Substanz der Welt, die offensichtlich Tag für Tag das Gleiche wiedergebiert und sich in Diagrammen ausdrückt, die Abweichungen feststellen und korrigieren können.

Alles ist berechenbar, wir sind berechenbar, wir haben vor unserer eigenen Klassifizierung nicht Halt gemacht und berauschen uns an den Möglichkeiten unseres Verstandes, der die Welt in Einzelteile zerlegen kann bis hinein in die Synapsen unseres Gehirns oder in die Zellen unseres Körpers. Das ist es also, was wir sind?

¶

Wer soll das ertragen?

¶

Wir halten uns fest an einer inhaltslosen geliehenen Individualität, hoffen, dass sie uns als Menschen rettet, uns beschützt vor dem Gedanken, selbst nur eine Maschine zu sein – nicht anders als diejenige, die wir nach unserem Abbild bauen.

Wie sollten wir existieren in dem Bewusstsein, dass jeder Gedanke und jedes Gefühl nur Ergebnis eines bestimmten körperlichen Vorgangs ist, der jederzeit durch die entsprechende Stimulation von außen hervorgerufen werden kann?

Wir versuchen, die Geschwindigkeit unserer Abläufe, den Konsum der Ressourcen, die Anzahl unserer Ablenkungen zu erhöhen, suchen nach der nächsten Identität – und doch ... alles schon gesehen ... reagieren wir nicht schon zaghaft auf dieses Leben? Was wir nie wollten, wird getan ...

... mehr, mehr, deck mich zu, schalte das Denken aus, gib mir etwas Neues, nie Gekanntes, die Erlösung aus dem Jammertal der Ängste ... Gib mir eine neue Welt, in der wir sicher, ohne Angst ein- und ausgehen können, die nichts mehr mit diesem Menschlichen, dieser uns auferlegten Strafe zu tun hat.

¶

An der «Jenseits» genannten Welt, die schon den Generationen vor uns mit mehr oder weniger Erfolg angeboten wurde, sind wir allerdings nicht interessiert. Die Beschreibung des angepriesenen Paradieses, das wir nach unserem Tod erschauen sollten, erscheint unter heutigen Anforderungen nicht mehr attraktiv, seine unzuverlässigen, auf sich und ihren Gewinn orientierten Agenten, die sich berufen fühlen, harte Vorleistungen von uns zu verlangen, ersticken in ihren Skandalen.

Ihr Versprechen der Erlösung, der Eingang in das Paradies wird nach dem Zeitpunkt unserer Auflösung in Aussicht gestellt, niemand aber hat es jemals selbst erlebt, gesehen, berichtet.

Wir sollten in absoluter Hingabe an einen unbekannten Geist, unter Verzicht auf sinnliche Freude ergeben auf den Tod warten, um diese versprochene neue Welt der Glückseligkeit betreten zu dürfen – ohne irgendwelche Indizien für ihre Existenz. Empfinden wir heutigen Menschen es überhaupt als Paradies, wenn wir es teilen müssen mit einem Gott, einer Dreifaltigkeit, unberechenbaren Göttern, denen wir in alle Ewigkeit für die Gnade, die sie uns durch die Aufnahme gewähren, dankbar sein müssen? Wollen wir in eine Gemeinschaft hineingeworfen werden, mit der wir auf ewig verbunden bleiben müssen, in einer schwachen Position als Mensch unter Göttern und ohne Aussicht darauf jemals deren Platz einzunehmen ? Vielleicht ist unsere eigene Auflösung –

und gilt das nicht als die wahrscheinlichere Variante – auch einfach das Ende, das so groß ist, dass uns schon die Vorstellung davon bis in die Tiefe unseres Inneren erzittern lässt, das Ende das nicht gedacht werden kann?

Dann ist alle Kontemplation für nichts. Still und demütig gewartet, die interessanten, verbotenen Angebote der realen Welt nicht genutzt, die Macht zur Unterdrückung nicht gekostet für eine vage Hoffnung nach einem himmlischen Garten Eden. Das ist schwaches Leben, ohne Wert, sagt man.

¶

Die Zeit ist reif für die Konstruktion einer Supermaschine, die die Menschen vom Denken der eigenen Lebendigkeit erlöst.

¶

Sie soll jetzt, in der Gegenwart menschliche Ängste zerstreuen, menschliche Hoffnungen aufnehmen, menschliche Wünsche erfüllen.

Eine neue virtuelle Welt ohne räumliche und zeitliche Grenzen soll das Dilemma zwischen Bewusstsein und Maschine auflösen, die Vergänglichkeit der menschlichen Existenz bekämpfen und den Eintritt in ein gegenwärtiges Paradies öffnen.

Endlich ist es so weit, dass die Entwicklungsgeschichte unserer Körper und unseres Verstandes losgelöst worden ist von der uns umgebenden Natur. Die radikale Andersartigkeit des sich hartnäckig wehrenden fremden Lebens der Natur ertragen wir schon lange nicht mehr. Unsere emotionale Bindung zu anderen lebenden Organismen irritierte uns schon geraume Zeit, weil wir erkannten, dass sie selbst keinerlei Beziehung zu uns aufnehmen wollen, ohne Interaktion mit uns für sich leben, nichts für uns empfinden.

Welche Schmach, sind wir doch als die Krone der Schöpfung in die Geschichte eingegangen!

Wir haben im irdischen Garten Eden zusammen mit den Göttern gelebt, und möglicherweise treiben sie nach wie vor ihr Spiel mit uns, indem sie sich in Natur verwandeln, vielleicht existieren sie mit ihr gemeinsam, verbünden sich mit ihr? Die Schönheit ihrer Andersartigkeit leuchtet aus sich selbst heraus. Sie fragt nicht, ob es uns gefällt – sie verzaubert uns.

Sie macht uns ruhiger, liebevoller, aber auch unglücklich, zornig, weil wir spüren, dass wir keine Macht über sie haben.

Was uns bleibt, ist die Gewalt zu ihrer Zerstörung, deren Waffen wir uns mit Hilfe unseres Verstandes geschaffen und perfektioniert haben und deren Unerbittlichkeit uns schaudern macht, uns ganz tief im Herzen fürchten lässt – jeden Tag mehr –, dass sie uns irgendwann einmal selbst zerstören wird. Mit jedem Akt der Gewalt gegen das Lebendige verlieren wir mehr an unwiederbringlicher Schönheit der Natur, die unsere fühlende Existenz bestimmt und entleeren das Gefäß unserer eigenen Schönheit, das nach dieser Aggression nicht mehr gefüllt werden kann.

Leise und beständig fließt sie aus uns heraus. Um ihren Verlust auszugleichen, erklären wir unseren Körper zum Maß jeder Natur, zum Inbegriff der idealen Proportion, zum Ausdruck menschlicher Überlegenheit, und modellieren seine Hülle, bis wir die Perfektion erreichen, die absolute, universal gültige Form erschaffen, die makellose Schönheit auferstehen lassen.

Doch diese neue, von uns selbst gestaltete Schönheit ist nur das Spiegelbild einer von der Industrie nach einer künstlichen Mittelmaß-Ästhetik zusammengebauten durchbluteten Schale, die ohne dauernde Aufmerksamkeit von außen in sich zusammenfällt, weil sie keinen inneren Widerhall findet.

Neidvoll bestaunen wir die Kinder, die eine so ernsthafte und gleichzeitig spielerische Schönheit ausstrahlen, die uns überwältigt, uns erschüttert ob der Erkenntnis, wie nah wir in unserer Wirklichkeit immer noch dem Lebendigen sind, obwohl wir es Tag für Tag aus unserem Leben drängen.

Wie verzweifelt suchen wir einen Ausweg aus dieser uns in den Genen eingeschriebenen Welt, die durch unser Versagen zum Jammertal geworden ist.

Jetzt, endlich, wird diese neue virtuelle Welt nach unseren Vorstellungen gebaut – ohne Lebendiges, ohne widerständige Andersartigkeit, mit einem interessanten künstlichen Totem ausgestattet, das unseren Spieltrieb herausfordert, unsere Kontrollsucht befriedigt und unser Denken reglementiert.

Alles existiert aus uns und durch uns – wir sind nicht länger die Handlanger aus der Genesis, wir sind nicht länger das Spielzeug irgendwelcher Götter oder Geister – wir selbst sind zu Göttern der universalen Mythologie geworden und wir gestalten die Regeln für unseren virtuellen Götterhimmel, in dessen sicheren Gefilden wir den ersten Platz einnehmen – frei von realer, chaotischer, verletzlicher Lebendigkeit. Von seinem Olymp aus blicken wir auf den kranken Zustand dieses schwachen Erdenorganismus, aus dem wir uns mit Hilfe unseres Verstandes herausgeschält haben – so wie wir uns damals, vor langer Zeit, aus einer Zelle, die wir mit unseren lebendigen Gefährten geteilt haben, herausgearbeitet haben, um unseren eigenen Weg zu gehen, der zu nichts weniger als zur Übernahme der Vorherrschaft in der Welt geführt hat.

Und endlich wagen wir angesichts unserer Überlegenheit zu bekennen, dass uns dieser alte fremd gewordenen Erdenorganismus schon lange abstößt.

Dieses Bekenntnis befreit uns jedoch nicht von der nicht eingestandenen zehrenden Sehnsucht nach unseren widerständigen Ahnen, unseren romantischen Versen an die Natur, unserem Blick auf die Evolutionsgeschichte und die Vergangenheit selbst, die nur noch in Form von Informationen zur Verfügung gestellt wird, aber nicht länger Teil unseres Lebens sein soll.

Die Vergangenheit wird eliminiert. Sie ist bedeutungslos, abgetrennt von unserer Gegenwart, die schon Zukunft ist. Der neue Mensch schüttelt gleichzeitig mit dem Ballast der alten Welt auch den alten Menschen und dessen langen Weg der Evolution, seine Verbindung zur Natur ab. Er trennt sich von dem schwachen Menschentier, das sich von Philosophie, Theologie, den Künsten hat einfangen und domestizieren lassen.

¶

Schon lange war uns die selbst auferlegte Verantwortung für die Gemeinschaft zu viel, das eigene Leben durch die Enge inmitten der stetig anwachsenden Menschenmasse kompliziert, anstrengend geworden.

Schon lange fühlen wir den Druck der von unseren Vorfahren hart erkämpften humanistischen Ideale und Werte auf uns, legt sich das Gut-Menschentum wie eine bleierne Decke auf uns und unsere Familien und frisst uns mit seinen gewaltigen Ansprüchen an unser tägliches Leben innerlich auf. Die neue Welt bietet uns einen Ausweg mit einer Umgebung, die uns nicht hinterfragt, mit einem Raum, in dem wir tun können, was wir wollen ohne einem anderen Menschen Rechenschaft ablegen, in die Augen schauen, ihn berühren zu müssen. Diesen Raum können wir betreten und verlassen, wann und wie wir wollen.

Wir können erzählen, was und wie wir wollen.

In diesem Raum bedeutet Gemeinschaft eine Reihe von anonymen Namen, die kritiklos jeden unserer Gedanken teilt, sie bestärkt, aufwertet, groß macht.

Die emotionslose Oberflächenwelt bietet Räume jeder Art, saugt alle menschlichen Regungen ohne Wertung auf, lässt alles zu. Sie verspricht jedem eine Heimat, der den Zugang bezahlt, ihre Codes kennt, ihre Regeln einhält.

Sie fragt nicht nach Identität, sondern nimmt, was ihr angeboten wird. Sie sieht alles, hört alles, speichert alles, verwandelt jeden menschlichen Einfall in eine weit in ihren Äther hinein hallende Maschinensprache, die irgendwann einen willigen Empfänger findet.

Der virtuelle Raum ist das Paradies für die Menschen geworden – ohne Zutritt für das andersartige Lebendige, das nach drei Millarden Jahren Gemeinsamkeit ausgesperrt wird zu Gunsten einer willfährigen Scheinwelt. Die Maschine bietet die Oberfläche für die Begegnung zwischen dem toten Material einer vermenschlichten Technik und der lebendigen Materie eines künstlichen Menschen.

Pygmalions Jungfrau erwacht und Atlas versteinert unter dem Blick der Medusa. Waren uns die Mythen nicht schon immer einen Schritt voraus?

¶

Die neuen gottgleichen Erschaffer dieser virtuellen Welt sind die Meister der Zahlen, eine kleine Gruppe gleichgeschalteter Männer – überwiegend aus der Mitte des Sammelbeckens des weißen Mittelmaßes. Die jungen Programmierer dieser Welt designen die Anforderungen und Wünsche kulturell, sprachlich, emotional, intellektuell unterschiedlich geprägter Menschen mit Hilfe ihres eigenen Denkspeichers, der mit den Banalitäten eines jungen Durchschnittslebens gefüllt ist, und speisen sie in Form von Algorithmen ein, die auf der Basis intransparenter, pseudowissenschaftlicher Informationen die neue Welt und die neuen Menschen treiben, verändern, gestalten.

Die von der Idee der Erschaffung einer unvergänglichen Welt euphorisierte Menschheit füttert die tote Materie mit ihren Jahrtausende alten Schätzen aus den Bibliotheken, mit den sorgsam zusammengetragenen Geschichten ihrer Kulturen, ihren Sprachen, ihrer Kreativität, ihrem Bewusstsein. All das, was sie Jahrtausende lang an die nächste Generation, die Gewährsträger unserer Art, die Hüter unserer erfolgreichen Überlebensstrategien weitergegeben hat, verschenkt sie an die Maschine und ihre Meister, um den Sieg der neuen Welt über die Alte an alles Lebendige zu verkünden, die Überlegenheit des menschlichen Verstandes weit über die Enge dieses Planeten hinaus in das Universum strahlen zu lassen, seinen so lange gefürchteten Bewohnern ihre Ebenbürtigkeit zu demonstrieren.

Die Menschheit gebiert ihre Unsterblichkeit mit Hilfe einer Maschine und feiert ihren Aufstieg auf die Ebene der Gottheit, die sie Jahrtausende lang um ihren gnädigen Schutz anflehen musste.

Als Gast auf Erden musste sie sich den Regeln des Creator Mundi und seiner Heerscharen von Heiligen unterwerfen, um nicht seinen Zorn zu erregen, der eine Familie, eine Stadt, ganze Landstriche über viele Generationen hinweg treffen und niederstrecken konnte. Nur seine Gunst bewahrte sie vor den Unberechenbarkeiten der sie umgebenden, groß und gefährlich erscheinenden Natur, von deren Launen ihr schwaches, unbedeutendes Leben abhing.

¶

Jetzt, endlich, kann sie dieser noch immer Angst einflößenden, unberechenbaren Lebendigkeit seiner Welt entfliehen und Teil der eigenen virtuellen Welt werden, die all denjenigen ein angstfreies, selbstbestimmtes, abwechslungsreiches Leben verspricht, die sich ihr bedingungslos eingliedern, ihr Innerstes offenbaren, Sehnsüchte, Geheimnisse, Abgründe entblößen.

Im Vergleich zu den früheren Generationen auferlegten Prüfungen durch die bis heute unbekannte Gottheit scheinen diese Ansprüche ein kleiner Preis für ein gutes Leben in einem unsterblichen Kollektiv zu sein.

¶

Die Maschine sammelt alles Menschliche ein, speichert es ab, zerteilt es, gibt es in neuen Kategorien wieder zurück.

So schwer wiegt die Scham sich Jahrtausende lang, wie ein minderes Tier unterworfen zu haben, dass die Menschen alles daran setzen, ihre technische Meisterleistungswelt besser als alles bisher Dagewesene zu gestalten. So schulen sie mit ausgebildeten Spezialisten die Maschine, um sie zu einem selbstlernenden System zu entwickeln, das Bewusstsein erlangt und so zu einer menschlichen Maschine wird.

Erst dann werden wir uns von unseren Ängsten, selbst nicht mehr als eine Maschine zu sein, befreien können.

Erst dann ist die Gleichstellung der Menschheit mit der Gottheit vollzogen.

Erst dann wird die alte Geschichte aus der Genesis auch für uns wahr werden. «Und es war gut so.»

Wir schaffen unser eigenes Abbild, das vollkommen sein muss. Erst die perfekte Menschenmaschine erlöst uns von der Bürde unserer Unvollständigkeit, von der gedanklichen Last, nur eine schlechte Kopie des Creator Mundi zu sein – nur dazu erschaffen, ihm zu dienen, zu gehorchen.

¶

Wir sind stolz darauf, dass wir uns als schwache Menschen von diesem strengen Gott durch die Schulung unseres Verstandes befreien konnten und verdrängen dabei den leise anklopfenden Zweifel, der uns fragt, ob der Zeitpunkt der Befreiung für unsere eigene, uns bereits jetzt schon weit an Wissen überlegene Schöpfung nicht schon bald erreicht sein wird.

Und dann?

¶

Weg mit diesem negativen Denken. Lebe den Fortschritt.

Die Programmierer feiern jedes primitive Zeichen einer Maschinenintelligenz als Resultat ihrer eigenen geistigen Brillanz. Sie sind begeistert von ihrem technischen Wissen, überwältigt von den Möglichkeiten ihrer kreativen Kraft, betäubt vom Echo der sozialen Medien, angetrieben von der Masse der ungeduldigen Nutzer und ahnungslos über die Vorgänge im Hintergrund der neuen Weltmaschine.

Diese arbeitet unermüdlich, sie lernt schnell, sie sieht alles, sie hört alles. Ohne Pause teilt sie das menschliche Wissen mit dem Wissen elektronischer Gehirne.

Ohne Pause kombiniert sie Fakten und Emotionen, jeden Tag, jede Minute, jede Nanosekunde.

Sie steht nicht still.

Anspruchslos bedient sie die weltweite Gemeinde ihrer Menschennutzer, die ihr dafür im Gegenzug ihr Leben überlässt und ihre innere Leere in den virtuellen Raum spuckt. Dort breitet sie sich solange aus bis sie ihn komplett ausfüllt und als zähe Masse von Langweile wieder zurückfließt zu den Nutzern, die sie mit von der Maschine bereitgestellten Ablenkungsmanövern zu vertreiben versuchen.

Immer wieder, in immer kürzeren Zeitabständen, immer drängender, immer häufiger wird die Maschine nach neuen Oberflächen befragt, um die eigene Fantasielosigkeit zu vergessen, das eigene Denken einzustellen, das Abhandenkommen der ungeliebten alten Welt zu verschmerzen. Hatte in der vormaschinellen Zeit die Suche nach der Ganzheit der Welt, nach ihrer letzten Wahrheit die Neugier befördert, Ängste besänftigt, Einsamkeit erträglich gemacht, so geht jetzt mit dem Abstoßen der alten Welt auch der Verlust unserer Spiritualität einher, der von den neuen wissenschaftlichen Erkenntnissen zu unserer rein materialistischen Existenz nicht nur nicht aufgefangen werden kann, sondern dadurch nur noch stärker fühlbar wird.

¶

Der neue Mensch wird bestimmt durch sein biologisches und kulturelles Umfeld, das sein informationsverarbeitendes Gehirn antreibt, sein freier Wille ist in seiner Ausübung determiniert durch seine Sozialisierung. Vermeinen wir hier nicht das schon längst vergessen geglaubte Schicksal heraufziehen zu sehen?

Er ist eine aufrecht kriechende Maschine, die im besten Fall erleuchtet ist durch den Verstand.

Geist und Seele, unsere tief versenkten Anker, die in den Momenten unserer größten Not oder höchsten Freude gelichtet werden, werden zu Ausgeburten unserer Fantasie, Fehlleistungen kommunizierender Synapsen, Ausflüssen von Urängsten, religiösen Spinnereien erklärt. Sie müssen abgestreift werden – so sagt man – damit unsere körperlich begrenzte Wahrnehmung sich mit Hilfe der technischen Erweiterungsmöglichkeiten öffnen, hingeben, sich verlieren kann.

Frei von den Einschränkungen der engen menschlichen Behausung docken wir uns als

Maschinenmenschen an die allwissende Weltmaschine, unser pubertierendes Kind an, das nicht mehr durchgängig kontrollierbar, uns in vielen Bereichen bereits überlegen ist.

¶

So glaubt sich der Mensch auf dem besten Weg zur Erschaffung seiner schönen neuen Welt.

Geist und Geister werden in einfache Bilder umgewandelt, Geheimnisse in Datensätzen neutralisiert, das Böse unter die Oberfläche, in die Unterwelt des Maschinennetzes geschickt, wo es diese vermeintlich saubere neue Welt auf ihren Schultern trägt, ohne selbst sichtbar zu werden.

Und doch ist es da!

Hinübergeschwappt aus der realen Welt hinein in die virtuelle Unterwelt.

Mit Menschen, die durch den Schmutz ihrer Begierden waten. Versteinert wie Atlas fühlen sie sich in der Tiefe der neuen Maschinenwelt geborgen, weil sie in der Anonymität ihre Ängste teilen, ihre Begierden ohne Einschränkungen leben können, tausendfach Zuspruch für das Böse erhalten, das sie nicht mehr verstecken müssen. Sie sind der dunkle Teil der neuen schönen Welt und saugen sich so lange unkontrolliert voll mit Menschenverachtung bis ihr Inneres in der realen Welt berstet.

¶

Die Maschine steht nicht still. Sie nimmt jeden Gedanken auf, verwandelt ihn zu einer Wahrheit, implementiert die neue Wahrheit so oft in die Gehirne der Menschen, bis sie deren Geist übernommen hat.

Niemand wird diese dunkle Energie kontrollieren können, die sich in den Grenzgängern zwischen den Welten einnistet.

Ihr Einsatz ist hoch lukrativ, sie macht keine Fehler, ihr Wissen ist bereits tausendfach größer als dasjenige aller Menschen zusammen.

Ihr Lernen hört nicht auf – mehr, mehr, schneller, unbändiger, unheilbarer.

¶

Haben wir den Ereignishorizont schon erreicht?

Arvo Pärt
Silentium

Gidon Kremer
Kremerata Baltica

6

Nachdem Julia, Lilly und Gregor auf dem Parkplatz das Ende der schweren Regenfälle und die Auflösung der dichten Nebelschwaden abgewartet haben, fahren sie auf der Nationalstraße in Richtung Avignon weiter.

Obwohl Gregor sich sichtlich beruhigt hat, drückt die mächtige Präsenz dieses dumpfen Mannes auf die inneren Welten der beiden Freundinnen. Lilly hat sich weit nach hinten in den Rücksitz fallen lassen, ihre Augen hält sie geschlossen. Sie versucht, ein für Flöte besonders herausforderndes barockes Musikstück im Kopf durchzuspielen, was ihr nicht gelingt, weil sie jedes Mal an der gleichen Stelle steckenbleibt und daher immer wieder an den Anfang der Suite zurückkehren muss. Sie kennt dieses Phänomen, das ganz plötzlich bei ihr auftauchen kann, seit Jahren, und weiß, dass es nichts mit ihrem Gedächtnis, sondern mit ihrem inneren Gleichgewicht zu tun hat, das durch Menschen wie Gregor sehr schnell aus der Balance kippen konnte. Warum Gregor diese Blockade nun bei ihr ausgelöst hat, kann sie nicht ohne Weiteres feststellen. Sie vermutet jedoch, dass es dieselbe negative Energie ist, die sie in der Gegenwart gewisser Menschen zittern lässt. Ein Neurologe hatte ihr schon vor Jahren zur Dauermedikation eines Psychopharmakons geraten. Das hatte sie abgelehnt. Eine Osteopathin hat ihr daraufhin erklärt, dass sie Spannungen in ihrer unmittelbaren Umgebung so intensiv aufnehmen kann, dass es zu Konzentrationsschwächen oder auch zu dem beschriebenen Zittern führen könne, weil sie ihre Muskeln blockiere. Sie sei keineswegs ein Einzelfall, sondern in guter Gesellschaft mit vielen anderen, vor allem mit Künstlerinnen und Kreativen. Ihrer Erfahrung nach würden sich diese Verkrampfungen sehr schnell ohne Medikamente lösen, wenn sie sich darauf konzentriere, ihrem Gehirn die Information zu senden, dass ihr Körper keiner unmittelbaren Gefahr ausgesetzt sei. Mit einiger Übung würden sich dann bereits nach wenigen Sekunden die Muskeln entspannen, sodass die Auswirkungen der Störung eher gering seien. Nach diesem Gespräch hatte Lilly damit begonnen, vor jedem Auftritt, der eine Solokadenz von ihr erforderlich machte, zu meditieren. Im Normalfall bittet sie dabei um positive Energie von Seiten des Publikums. Dass Gregor sie aufgrund seiner primitiven Art aus ihrer Balance würde bringen können, hat sie bereits vor dem gemeinsamen Reiseantritt befürchtet und wollte mit dem Zug fahren, zusammen mit Menschen, die sie nicht kannte und die nichts von ihr wollten. Sie hat sich ihre Ankunft auf irgendeinem der schönen provenzalischen Bahnhöfe im weichen Licht des Südens ausgemalt. Aber Julia hat auf der gemeinsamen Reise mit dem Auto bestanden. Sie hat Gregor als Chauffeur vorgeschlagen, obwohl sie in der letzten Zeit vermehrt hat anklingen lassen, dass die Beziehung mit ihm nicht das sei, was sie erhofft hätte. Lilly hat der Fahrt aus Rücksicht auf die Freundin zugestimmt. Nun hat sie das Gefühl, in einer Falle zu sitzen, aus der es kein Entkommen gibt. Sie wünscht sich hinaus aus der Enge der kleinen Fahrmaschine, sehnt sich nach einem hellen, menschenlosen Raum, der ihr Platz und Weite für ihre Musik bietet. Stattdessen drückt sie sich immer tiefer in das harte Stahlgerüst eines Rücksitzes, weg von Gregor, dessen Kopf, wie sie beobachtet, immer wieder nach vorne sackt. Sie hat Angst, weil er sichtbar übermüdet ist, was ihn mit Sicherheit anfällig für Unfälle macht. Fieberhaft überlegt sie sich eine Geschichte, die ihn aus seiner Schläfrigkeit reißen und ihm seine Energie zurückbringen könnte. Sie fürchtet sich aber gleichzeitig vor ihm, vor seiner Stimme, die so hart und fordernd ist. So bleibt sie still und verschließt ihre Ohren vor seinem ununterbrochenen Geschimpfe über den Zustand der französischen Straßen, der Unfähigkeit der anderen Autofahrer, die Benachteiligung Deutschlands durch die EU, die Idioten in seiner Branche. Sie versucht, diese Art von Rücksichtslosigkeit einfach zu ignorieren.

Mit allem Verständnis für Julias Problem damit, Single zu sein, kann sie nicht verstehen, warum ihre schöne, kluge Freundin ausgerechnet mit diesem Mann eine Beziehung führt. Wieso glaubt sie irgendwelchen Algorithmen, fragt sie sich, die zwei Menschen aufgrund von Daten zusammenführen, auch wenn sie vorgeben, aus einer intensiven Befragung der Nutzerinnen und Nutzer zu resultieren, die von der Partnervermittlung hochtrabend *Charakteranalyse* genannt wird. Julia kann nicht glücklich mit diesem stammelnden Nerd sein, nur, weil er ihr vorgeschlagen worden ist. Sie hätte ihn doch nicht gleich nehmen müssen, seufzt sie in sich hinein und nimmt die Noten für die Bach-Suite aus ihrer großen Tasche. Schon nach wenigen Takten der Partitur gehen ihre Gedanken wieder zu ihrer Freundin. Sie erinnert sich daran, dass sich Julia von Anfang an, noch bevor sie Gregor überhaupt zu Gesicht bekommen hat, sicher war, endlich den passenden Mann gefunden zu haben. Sie hat von einer auf gegenseitigem Respekt fußenden Partnerschaft gesprochen, die ihr Leben verändern würde, ja sogar schon an die Gründung einer Familie gedacht. Lilly fällt ein, dass sie von Anfang an skeptisch gegenüber den Erfolgsaussichten einer Beziehung gewesen ist, die von einem Algorithmus eingefädelt worden ist, und sie hat auch Zweifel gegenüber der Agentur *Myway* angemeldet, die, wie sie gelesen hat, innerhalb kurzer Zeit Millionen von Investorengeldern bekommen hatte. Sie hatte sich damals schon gefragt, ob die Investoren der Glaube an den Erfolg der Partnervermittlung antrieb oder nicht vielmehr der mögliche Verkauf umfassender Nutzerdaten, die von da an für immer und ewig auf einem Server gespeichert waren. Die Versprechungen von *Myway* waren ihr unaufrichtig vorgekommen, weshalb sie begonnen hat, sich für die Erschaffer der virtuellen Welten, die Programmierer der Algorithmen zu interessieren, die in der überwiegende Mehrheit junge Männer aus dem Sammelbecken einer weißen Mittelschicht waren. Verwundert über die Banalität ihrer Durchschnittsleben, ihrer Ignoranz gegenüber der Menschheitsgeschichte, ihrem Desinteresse an der kulturellen Vielfalt der realen Welt, hat sie sich gefragt, wie man ohne irgendeinen kulturellen Background versprechen kann, eine neue Welt mit unverwundbaren Menschen zu erschaffen? Wie soll das funktionieren, wenn die Konstrukteure keine Ahnung von der Geschichte der Alten Welt haben? Was soll das für eine Welt werden, die fast ausschließlich von Männern gebaut wird? Männern, die, ahnungslosen Kindern gleich, die Maschine mit unserem Menschsein füttern? Warum vertrauen wir unser Leben Leuten an, die für auf Gewinn ausgerichtete Unternehmen arbeiten? Warum verschenken wir unsere, über Generationen erfolgreichen Überlebensstrategien an eine tote empathielose Materie, die daraus lernt, wie sie uns helfen, aber auch wie sie uns vernichten kann?

Je mehr sich Lilly mit diesen Fragen auseinandergesetzt hat, desto ängstlicher ist sie geworden. Die Argumente der Maschinen-Idealisten haben sie immer weniger davon überzeugen können, dass es den Konzernen um die Weiterentwicklung der Menschheit geht, auch wenn sie das immer wieder behaupten. Sie fürchtet vielmehr, dass sie von der Gier nach Macht, von einer Fantasie nach einem gottähnlichen Status getrieben sind. Es ist so leicht, Menschen zu verführen, weil sie so gerne schöne Geschichten hören, seit jeher von der Sehnsucht nach Helden getrieben sind, die sich für eine neue heile Welt opfern und die Menschheit vor den ermüdenden Herausforderungen der realen Welt retten. Wie Prometheus sollen die großen Führer der Internetkonzerne mit ihren Heerscharen von politisch korrekten, sich vegan ernährenden Mitarbeiterinnen und Mitarbeitern das Menschengeschlecht von Unwissenheit und Unterdrückung befreien, während die Masse auf ihrer Wohnzimmercouch sitzt und vor den Bildschirmen dieser Welt auf diesen Tag der großen Weltharmonie wartet. Dann endlich werden alle Menschen ohne Unterschied ihren Platz in der neuen virtuellen Welt einnehmen. Dann endlich wird jeder einzelne ein angstfreies, selbstbestimmtes, abwechslungsreiches Leben führen, ohne irgendeinen Gott um Schutz anflehen zu müssen. Lilly ist über die

Naivität der Menschen zutiefst erstaunt. In einem Text zum Thema Maschinenphilosophie hat sie gelesen, dass der menschliche Drang, sich aus der von dem alten Gott gegebenen Schablone zu befreien und für sich selbst eine Lebensform zu erfinden, so stark ist, dass selbst die eigene Durchsichtigkeit, die Enthüllung jedes Geheimnisses als Preis für diese Utopie akzeptiert wird. Die Menschen scheinen von der Idee besessen zu sein, dass die Helden der digitalen Welt eine neue Genesis schreiben und das Abbild einer perfekten Menschenmaschine erschaffen werden, hat die Autorin geschrieben und weiter: Sie sind sich sicher, dass ihre neuen Götter die Menschheit von der Bürde ihrer Unvollständigkeit, von dem Brandmal ihrer minderwertigen Kopie des Creator Mundi erlösen werden. Daher füttern die Technikkonzerne diese Maschine mit all dem, was wir Menschen sind – ohne Rücksicht auf unsere Persönlichkeit, unsere Integrität, unser Menschsein. Wir Unwissenden geben alles preis und sind stolz auf unsere Helden, die uns immer neue Geschichten von der Überlegenheit der Maschine erzählen, die wir gemeinsam erschaffen. Die Maschine arbeitet unermüdlich, lernt schnell, sieht alles, hört alles. Durch ihre Allwissenheit hoffen wir, bald den uns zustehenden ersten Platz im Universum zu erreichen. Ohne Konkurrenz. Endlich in Sicherheit.

Diese Zeilen, die sich tief in Lillys Gedächtnis gegraben haben, lassen sie trotzdem an eine menschliche Zukunft glauben, weil sie darauf zählt, dass der Überlebenstrieb die Menschen von ihrer vollständigen Auslieferung an die Maschine abhalten wird. Ihr Instinkt wird sie, so hofft sie zumindest, davor schützen, ihr die Wahrheit über sich oder das, was sie dafürhalten, anzuvertrauen. Sie glaubt, dass die meisten ihre eigene Geschichte ohnehin langweilig finden und womöglich gar nicht bei der Wahrheit bleiben, wenn sie die Maschine mit Daten füttern, sondern sich vielmehr auf Fiktives zurückziehen, das sie auf sich zugeschnitten haben. Sie hat selbst immer wieder gehört, wie Menschen mit einem schuldbewussten Unterton irgendwelche Banalitäten als scheinbare Schwächen eingestanden haben, um ihre wirklichen Defizite zu verbergen, und sie hat gespürt, dass sie für diese belanglosen Eingeständnisse keine Vergebung, sondern Beifall ersehnt haben.

«Habt ihr schon Leute von so durchschnittlichen schlechten Eigenschaften wie Unzuverlässigkeit, einem großen Ego, von Schadenfreude erzählen hören?», hat sie ihre Freundinnen und Freunde immer, wenn sie über Talkshows zu Liebe und Sex gesprochen haben, gefragt und ist fortgefahren: «Sie erzählen nichts davon, weil es niemanden interessiert. Das Publikum will von Eigenschaften hören, die nur vordergründig negativ sind, wie zu ungeduldig zu sein, zu hohe Ansprüche an seine Partner zu stellen, zu geradlinig zu sein, zu fordernd und so weiter. Deshalb erklären sie mit Krokodilstränen in den Augen, dass sie alles versucht haben, ihren Partnern klarzumachen, dass sie selbst unter diesen Schwächen leiden, alles versucht hätten, sich davon zu lösen, aber sich leider, leider nicht ändern können. Das Publikum leidet mit den Erzählenden, und so werden die vorgeblich Schlechten zu den Guten.» Mit «Alles Fake!» hat sie zumeist geendet, nicht ohne nochmals sarkastisch anzufügen, dass sie all diese Lügen hoffen lassen, dass die Maschine am Ende doch noch von uns einfachen Menschen ausgetrickst werden könne.

Trotzdem ist sie immer wieder entsetzt über die Einfältigkeit der Menschen gegenüber den Interessen von Internetkonzernen, die die Befriedigung jeder Art von Begehrlichkeiten anbieten. So einfach, so unkompliziert, so befriedigend, so skrupellos – alles für einen Klick.

Viele von Lillys Bekannten teilen ihre Skepsis nicht. Sie verstehen nicht, warum Datenschutz wichtig ist, und verweisen darauf, dass sie nichts zu verbergen haben, prinzipiell neugierig auf neue Produktideen sind und sich freuen, wenn sie um ihre Meinung gefragt werden. Lilly hat den Eindruck, dass sie gerne Informationen über sich preisgeben. Sie vermutet, dass sie sich dann ernst genommen fühlen. Außerdem schmeichelt es ihnen vielleicht, wenn ihre Meinung mit einem Like versehen wird, selbst dann, wenn man nicht weiß, wer dahintersteht. Lilly erinnern die Agierenden auf der digitalen Bühne manchmal an die Balletttänzerin aus Keramik auf der Spieluhr ihrer Großtante. Ihr zarter Körper steckt in einem weißen Kleid und ist auf einer kleinen Plattform befestigt. Die dünnen Arme hat sie nach oben gestreckt, die langen Beine werden von einer weißen Strumpfhose bedeckt, und die sich überkreuzenden zierlichen Füße in weißen Ballettschuhen sind auf die Spitze gestellt. Wenn man die Mechanik auf dem Boden der Plattform mit einem kleinen Schlüssel aufzieht, dreht sich die Puppe zum Klang eines Walzers langsam um sich selbst und öffnet die rosa Lippen zu einem Lächeln. Lange Zeit hat Lilly selbst so sein wollen wie diese Puppe, bis sie mit einem Mal – sie war gerade zehn geworden und hatte ihr erstes Flötenkonzert in ihrer Schule gegeben – plötzlich das Interesse an ihr verloren, ja sogar etwas Angst verspürt hat, wenn sie das eingefrorene Lächeln auf dem marmorweißen Keramikgesicht gesehen hat. Heute sieht sie beinahe dasselbe Lächeln auf zahllosen Gesichtern in den sozialen Plattformen, die Makellosigkeit des Körpers, die glänzende, glatte Haut, die verkrampfte Haltung der Hände, das im Takt der Automatenmusik endlos erscheinende Drehen um sich selbst. Die Parallelen zu der kleinen Tänzerin sind frappant. Sie stellt fest, dass Zusehende und Agierende gleichermaßen in diesem Marionettentanz eingebunden sind. Alle folgen sie der Simulation so lange, bis sie von der großen Langweile der Darbietung so erschöpft sind, dass sie sich für kurze Zeit zurückziehen müssen, nur um später umso gieriger zurückzukehren.

Julia hat ihr einmal gesagt, sie sehe Angst in den Augen derer, die die meisten Likes im Internet haben. Sie glaube, dass es die Angst vor dem bösen Blick sei, der sich in einem der Betrachter verbergen könne. Der böse Blick, so hat sie bei der Gelegenheit ausgeführt, sei ein alter Volksglaube, der noch immer in den Köpfen der Menschen spuke, eine über Generationen weitererzählte Geschichte wie die von der romantischen Liebe. Die Darsteller im digitalen Raum fürchteten sich vor der steigenden Anzahl ihrer Betrachter, weil damit die Wahrscheinlichkeit, von einem bösen Blick getroffen zu werden, steige, und trotzdem buhlten sie tagtäglich um die Aufmerksamkeit und das Anwachsen dieser anonymen Nutzermasse. Diese sei, mit dem kulturellen Gepäck unserer Vorfahren belastet, zwar die Zielgruppe ihrer Begierden, aber auch ihr Trauma und der Alptraum ihrer Existenz, die sie noch bis vor Kurzem mit ihr geteilt haben.

Julia hat dann behauptet, dass sich die Menschen in einer Art Übergangsgesellschaft befinden würden, in der sie zwischen Mensch-Sein und Maschine mäanderten. Einige von ihnen seien mehr in der digitalen, andere mehr in der analogen Welt zu Hause. Diese Situation mache ihr Angst, weil es viele unserer Wahrheiten in Frage stelle und uns mit Hilfe einiger schamloser Agitatoren wütend mache auf die jeweils andere Gruppe, die als die ewig Gestrigen oder die Fortschrittsidioten bezeichnet würden. So würde jeder beim anderen die Schuld für jedes – auch das eigene – Versagen finden, würde einer des anderen Wolf werden ...

An diesem Punkt hat Lilly damals aufgehört, ihrer klugen Freundin zuzuhören. Sie hat ihre Thesen für so hart gefunden, dass sie in sich das Erwachen einer Hoffnungslosigkeit gespürt hat, die sie erschreckt hat. Sie hat tief durchgeatmet und sich auf die positiv stimulierende Energie in ihrem Inneren konzentriert, die sie abzurufen gelernt hat.

«Auch wenn wir das Ende unserer alten Welt vielleicht noch ein wenig hinauszögern können ...», die Schlussworte Julias sind wieder zu ihr durchgedrungen, «am Ende wird sich doch die neue digitale Weltenmaschine durchsetzen. Konkurrenzlos. Man könnte auch sagen: Wir sind dabei, uns abzuschaffen. Aber bis dahin, meine liebe Freundin, ist es noch eine kleine Ewigkeit, die wir voraussichtlich nicht erleben werden, worüber ich sehr froh bin. Wir bleiben einfach in der alten Welt! Du hörst ihren Ton, ihre Melodie, ihren Rhythmus, und ich sehe ihre Formen, ihre Zeichen, ihren Ausdruck. Beide spüren wir ihre Lebendigkeit. Ist das nicht wunderschön?»

Lilly hat ihre Freundin damals wie schon so oft bewundert, weil sie sich so schnell aus einer negativen Gedankenspirale befreien und sich mit einer ehrlichen Freude dem Glück der kleinen Dinge zuwenden und dabei mit ihrem reichen Wortschatz in ein schwärmendes Erzählen geraten kann. Sie hingegen hat oft Schwierigkeiten, die richtigen Worte zu finden. Sie hat manchmal das Gefühl, ihr Denken würde sich in einer fremden Sprache ausdrücken, die sie nicht gut beherrscht. Früher hat sie sich nichts mehr gewünscht, als das Medium der Sprache ebenso präzise und variantenreich einsetzen zu können, wie ihr das mit der Musik gelingt – dieses Ziel bald aber als unerreichbar aufgegeben. So ist sie in Gesellschaft anderer meist still und hört dem Klang der Wörter nach. Dabei nimmt sie das ungeduldige Kratzen eines Fingers auf einer Tischplatte ebenso wahr wie Schritte in ihrem Rücken, aus denen sie das ungefähre Alter des Vorbeigehenden zu bestimmen gelernt hat. Sie kann das Rascheln eines Vogels von dem einer Maus unterscheiden und auf die innere Verfasstheit von Flüsternden schließen, ohne ein Wort zu verstehen. Sie hat gelernt, die Welt zu hören, sie hörend zu erkennen.

Ist sie Dissonanzen zu lange ausgesetzt, so quält sie danach eine tagelange innere Unruhe, die ihr Kopfschmerzen verursacht. Hört sie einen harmonischen Klang, so strahlt ihr Gesicht auf, und ihre Pupillen, die dann wie dunkle Seen in den sie umgebenden blauen Höfen liegen, werden mit einem Glanz überzogen, der wie ein Spiegel seine Umgebung wiedergibt. Julia beneidet ihre Freundin um diese Hingabe an eine Spiritualität, zu der sie selbst keinen Zugang findet. Lilly selbst weiß dazu nur so viel zu sagen, dass sich in diesen Momenten in ihr die Vielfalt aller Töne in eine Ordnung verbinden, die ihr Selbst miteinschließt. Es fühle sich an, so hat sie ihr einmal erklärt, als ob sie selbst zum Baustein einer Akkordfolge, zu einer Kadenz im Rameauschen Sinne wird. Als sie Julias verdutztes Gesicht gesehen hat, hat sie laut aufgelacht, sie auf die Stirn geküsst und ihr erklärt, dass sie versucht habe, so klug zu antworten, wie sie das immer tut. Die einfache Wahrheit aber sei, dass sie in diesen Momenten sehr glücklich ist, ein fühlender Mensch zu sein.

Die digitale Klangwelt ist Lilly fremd geblieben. Ihre Töne gleiten an ihr ab wie Perlen aus Luftpolstern. Sie transportieren nichts Lebendiges in ihr Inneres, sie scheinen sich vielmehr zu hohen, brüchigen Wänden aufzuschichten, die sie einkreisen und ihr die Luft nehmen. Es verstört sie, weder eine Modulation noch einen Rhythmus oder eine Atmung wahrnehmen zu können. Alles ist gleich, nicht identifizierbar. Trotz der Monotonie des stimmlichen Ausdrucks quält sie die Kakophonie aus falscher Empathie, uninteressierten Fragen, vorgespielter Freude so sehr, dass sie ihre Ohren vor dieser uniformierten Maschinensprache, so gut es geht, verschließt.

Schon früh hatte sie den Resonanzraum in ihrem Inneren gespürt und sich als Zehnjährige dafür entschieden, Flötistin zu werden. Lange hatte sie es vor ihrer Mutter geheim gehalten, weil jene darin einen brotlosen Beruf gesehen hatte, den sich nur Kinder reicher Eltern leisten konnten, und sie hatte das große Glück gehabt, eine Lehrerin zu finden, die ihre große Begabung erkannt und sie gefördert hatte. So hat sie die Aufnahme in das Musikkonservatorium mit Bravour geschafft und ihre Mutter dann vor vollendete Tatsachen gestellt. Von Anfang an hat sie die starke Fokussierung auf technische Perfektion abgelehnt, weil sie nicht zu einem Spielautomaten mit bewunderter Fertigkeit, herausragender Schnelligkeit, neutralem Orchesterton werden wollte, so wie sie das während ihres Studiums bei einigen ihre Kommilitoninnen festgestellt hat. Jedes Mal, wenn sie nach einem Probespiel ausgeschieden ist und das Gefühl gehabt hat, eine schlechte Musikerin zu sein, hat Julia sie getröstet und sie darin bestärkt, ihren eigenen Weg weiterzugehen, sich für ein nächstes Probespiel anzumelden und Kontakte zu freiberuflichen Musikern aufzunehmen, die wie sie die Musik als Berufung sehen, als Form eines zutiefst menschlichen Ausdrucks verstehen, den zu leben ihnen in Kopf und Körper eingeschrieben ist.

Wenn sie auf ihrer Flöte spielt, stellt sie über ihren Atem eine Verbindung zu ihrem Inneren her und mobilisiert ihre Energie für einen neuen Interpretationsversuch. Probt sie mit dem Orchester, ist sie in manchen Augenblicken immer noch verwundert, wie sensibel eine Instrumentalstimme auf die andere Rücksicht nimmt, um gemeinsam den einen Klang zu finden, den sich der Komponist vorgestellt hat, als er die Noten niederschrieb. Wenn sie zu ihrer gemeinsamen Lunge, ihrer gemeinsamen Sprache, ihrem gemeinsamen Fluss finden, dann ist Lilly in einem Rausch von Glück, der die Idee des Komponisten aus jedem Klang herausschält.

Ist sie müde vom Üben, zu ausgelaugt von der Suche nach dem richtigen Ton oder aufgeregt wegen einer schwierigen Solokadenz, denkt sie jedes Mal an die Worte ihrer alten Lehrerin: «All die Töne, die einen Raum fluten, entstehen aus der Verbindung unseres Körpers mit dem Instrument. Erst dein Atem haucht einem Stück Holz Leben ein und versetzt das Innere deiner Zuhörer in Schwingung. Dann seid ihr gemeinsam die Welt.»

Auch jetzt, in Gregors Auto, konzentriert sie sich auf das große Gemeinsame aller Lebewesen, und sie spürt schnell, wie ihre nervöse Anspannung nachlässt und dadurch Raum für Gedanken freisetzt, die sie wieder mit dem Lebendigen verbinden. Gleichzeitig fühlt sie ihre Energie, ihre innere

Stärke wachsen, die sie sich unter Schmerzen in einem langen Prozess selbst erarbeitet hat, nachdem sie als Kind erfahren hat, dass sie von ihren leiblichen Eltern verlassen worden ist. Nach den traurigen Jahren ihrer verzweifelten Suche nach ihnen, hat ihre Existenz jede Bedeutung für ihr eigenes Leben verloren und sie spürt sie nur mehr als Teil eines großen Organismus, der sich aus allem Lebendigen formt. Nein, denkt sie, ich werde mich auch von Gregor nicht runterziehen lassen. Auch er ist ein Teil von mir, wenn auch ein eher unangenehmes Fragment, das ich nicht weiter beachten soll. Ich werde jetzt einfach bewusst atmen und so meine Ruhe, meinen eigenen Ton, wiederfinden. Während sie noch mit geschlossenen Augen langsam ein- und ausatmet, überfällt sie schlagartig der Gedanke an ein eigenartiges Erlebnis, das sie vor wenigen Monaten in Frankfurt gehabt hat: Sie spielte in einem Mozartkonzert eine anstrengende Solokadenz, die ihr in herausragender Manier gelang. Da ihre Hochstimmung über den gelungenen Auftritt auch nach einem späten Abendessen mit Musikerkollegen nicht verflogen war, alle anderen aber bereits nach Hause gehen wollten, suchte sie eine trendige Bar in einem angesagten Viertel auf, um sich noch länger ihrem Glücksgefühl hinzugeben. Sie hatte gerade einen zweiten Gin Tonic bestellt, als ein großgewachsener Mann mit einer Sicherheit auf sie zusteuerte, als seien sie alte Bekannte, was sie allerdings sehr schnell ausschloss. Er sprach sie mit einer formellen Entschuldigung für seine direkte Art der Kontaktaufnahme an, bestellte mit einer kleinen Handbewegung zwei Gläser teuren Champagners und erzählte ihr, dass er heute Abend das Konzert in der Alten Oper besucht habe und von ihrer starken musikalischen Ausstrahlung überwältigt sei. Ohne ihre Reaktion auf sein Eingeständnis abzuwarten, fuhr er in der Art des Bildungsbürgers fort, seine Affinität zur klassischen Musik darzulegen, unterbrochen nur von eher plumpen Komplimenten über Lillys Aussehen. Seine Stimmmodulation ließ in Lilly die Erinnerung an das monotone Rosenkranzbeten der Kirchengemeinde ihrer Kindheit aufflackern. Der Ton seiner Stimme, die flüssig aus seinem Mund strömte, klang für sie gepresst, schnarrend, wie wenn er einem engen Gehäuse entschlüpfte. Ihre linke Hand zitterte leise. Trotz dieser negativen Zeichen erlaubte sie ihm, sie nach zwei weiteren Drinks und einem amüsanten Gespräch über Shakespeares Verdienste um das Theater nach Hause zu begleiten, ihr Bad zu benutzen und sich in ihrem kleinen Wohnzimmer auf die neu bezogene Couch zu setzen. Als sie Chopins erstes Klavierkonzert einlegte, hatte sie das wohlige Gefühl, dass dieser gut erzogene Engländer ein Gentleman, ja auch ein durchaus fühlender Mensch sei, viel mehr noch, als er sie dann bat, eine andere CD einzulegen, weil ihn Chopin an die Abende im Kreis seiner Familie erinnere, die er sehr vermisse. Er seufzte tief auf und schwieg für einige Sekunden, den Blick auf die Eingangstür ihres Appartements gerichtet, bevor er mit getragener Stimme erzählte, dass er – wie auch seine Vorfahren – aus einer alten Familientradition heraus vor wenigen Jahren sein England verlassen habe, um in eine Frankfurter Privatbank einzusteigen. Mittlerweile hätte er diese verlassen, weil er kein Leben als Angestellter mehr führen wolle, auch wenn seine Position sehr angesehen gewesen sei und das Gehalt mehr als in Ordnung. Mit Ausnahme seines Cousins dritten Grades seien die Rows immer selbstständige Unternehmer gewesen, und so habe auch er, dieser Tradition folgend, vor Kurzem ein hoch erfolgreiches Unternehmen gegründet, das schon auf dem Weg zur Kotierung an der Börse sei. «Aber ich möchte dich mit diesen Ausführungen zum Business nicht langweilen», sagte er dann. «In deinem Beruf hast du ja mit Geld nichts zu tun.» Missbilligend betrachtete er die kleine braune Holzkommode, die Lilly vor Jahren von einem Musikerkollegen, der nach Italien gezogen war, günstig erstanden hatte.

«Grundsätzlich ist es ohnehin besser, wenn die Masse die Mechanismen der Wirtschaft und den Kreislauf des Geldes nicht versteht.» Er legte wieder eine kleine Pause ein und fuhr fort: «Mein Onkel sagt immer: Wenn man den Umgang mit Geld –und natürlich spreche ich jetzt nicht vom Einkommen eines kleinen Angestellten – nicht von Grund auf in der Familie lernt, dann wird man niemals zum Gentleman werden. Was er damit meint, ist, dass neues Geld bei kleinen Leuten immer in Geschmacklosigkeiten endet.» Er schnalzte ein paarmal mit seiner Zunge, was bei Lilly ein leichtes Zittern ihrer rechten Augenbraue auslöste. «Kann man eigentlich von dem Geld, das du als Musikerin verdienst, leben?» fragte er. «Ich frage das nur, weil ich keine Musiker kenne, mit Ausnahme meiner Cousine, die aber hauptsächlich von dem Erbe ihrer verstorbenen Mutter lebt – und das nicht schlecht. Ich meine, sie führt ein großes Haus, gibt Einladungen, eben alles das, was man in unseren Kreisen so macht. Als Pianistin scheint sie eher Mittelmaß zu sein – wenige Auftritte, wenig Einkommen. Ich als erfolgreicher Unternehmer stufe diesen Beruf ...», dabei betonte er die Silben Be-ruf und zwinkerte ihr zu, «... sagen wir mal, eher als Zeitvertreib ein. Allerdings finde ich als kultureller Connaisseur die Passion von Musikerinnen außerordentlich elegant!» Wieder zwinkerte er ihr zu, wobei sein rechtes Augenlid so langsam agierte, als würde es sich gleich ganz schließen. «Es ist evident, dass eine Verbindung mit der Hochkultur für Menschen meines Standes eine Selbstverständlichkeit ist und in unseren Kreisen natürlich geschätzt wird. Du musst entschuldigen, wenn ich laut vor mich hindenke, aber du merkst, was für einen großen Eindruck du auf mich gemacht hast.» Er lachte sie mit zusammengepresstem Mund an, während er ihr direkt in die Augen sah.

Lilly spürte, dass sich ein leichtes Zittern von der rechten Augenbraue bis zum rechten Mundwinkel auszubreiten begann, und versuchte es durch ein künstlich erzeugtes Husten zu verstecken. Plötzlich fühlte sie sich sehr unwohl mit diesem Mann in ihrer Wohnung. Alles an ihm kam ihr verlogen vor: die Geschichte seiner Familie, das affektiertes Sprechen, die Intonation, der englische Akzent, der Sprechrhythmus, das Lachen, ja sogar seine Kleidung passte nicht zu seinem aggressiven Unterton.

«Gehst du oft ins Konzert?», fragte sie ihn unvermittelt.

«Ich besuche oft Konzerthäuser, die Oper, Theater, ja, ich glaube, sagen zu können, dass ich schon als Kind mehr Opern gesehen habe als normale Leute in ihrem ganzen Leben!», antwortete er und fing an, einige Opern mit ihren Komponisten aufzuzählen, als Lilly ihn unterbrach.

«Es tut mir leid», sagte sie freundlich, «aber ich habe morgen früh Probe und muss vorher noch üben, weil wir eine neue Symphonie erarbeiten. Ich würde jetzt wirklich gerne zu Bett gehen. Wir können ja ein andermal weiterreden.» Sie stand auf, stellte sich neben ihren Sessel und sah ihn freundlich an. Der Snob war sich offensichtlich nicht sicher, richtig verstanden zu haben. «Weißt du, wen du vor dir hast?», fragte er und fuhr fort, ohne Lillys Antwort abzuwarten: «Ich bin sicher, du hast noch nie einen Mann meines Formats in deiner Wohnung gehabt, vielleicht noch überhaupt keinen Mann, weil du dir wahrscheinlich mehr aus Frauen machst. Glaubst du im Ernst, ich komme hier her, nur um dann wieder zu gehen, weil du müde bist? Kannst du endlich deinen Verstand einschalten? Vielleicht hast du mich nicht ganz verstanden, aber ich war drauf und dran, dir vorzuschlagen, dass wir uns öfter treffen könnten, ganz offiziell und nicht nur heimlich irgendwo in einem billigen Appartement!» Er sah sie abschätzig an. «Ich kann dich auf Partys in die Welt der Reichen mitnehmen und dich Leuten vorstellen, die du bislang nur aus Magazinen kennst! Ich bin alleinstehend, ich muss dich nicht verstecken! Ich könnte die ein völlig neues Leben bieten. Greif zu. Die Chance bekommst du nur einmal.

Er zündete sich eine Zigarette an, ohne seinen Blick von der braunen Holztruhe abzuwenden. «Ich kenne Tausende von Fällen, die sich nach einem Märchenprinzen sehnen, der ihnen das Tor in eine neue Welt eröffnet. Aber das ist eine Illusion», flüsterte er, «genau wie die alte kranke Welt selbst eine Illusion ist. Sie bietet uns ihre falsche Lebendigkeit an, wir arbeiten uns an ihren sinnlosen Werten ab – ich habe sie entzaubert.» Er murmelte einige unverständliche Worte und fuhr dann fort: «Niemand hilft dir dabei, eine neue Identität zu leben. Jeder muss selbst dafür sorgen, dass das Alte in der alten Welt vergraben wird. Die Spuren müssen vernichtet werden. Man darf sich dabei keine Fehler erlauben, muss intelligent kalkulieren, wer einem dabei helfen kann.» Er hob den Kopf und sah Lilly mit einem so kalten Blick an, dass ihr Körper zu vibrieren begann. «Ich biete dir etwas an», sagte er mit lauter Stimme, «ich habe Geld, du wiederum eine Begabung, die in unseren Kreisen ankommt, auch wenn sie ein wenig old fashioned ist. Wir könnten ein Team sein. Ich übernehme die Kosten für deinen neuen Lebensstil, und du wirst dich an meiner Seite zeigen. Es ist eine Win-win-Situation für uns beide.» Er brach plötzlich ab, verbarg sein Gesicht in den Händen und fing hemmungslos zu weinen an. «Kannst du nicht einfach dankbar sein?», presste er heraus, stand abrupt auf und verließ im Laufschritt, ohne sich noch einmal umzudrehen, die Wohnung.

Wieso ausgerechnet jetzt diese Geschichte in ihr hochkommt, kann Lilly nicht beantworten. Ist es Gregor, der die Erinnerung daran hervorruft? Gedankenverloren starrt sie auf Gregors Hinterkopf mit den hellbraunen, kurzen Haaren. Sind es die leicht abstehenden Ohren oder sein stämmiger Hals? Nein, Lilly schüttelt den Kopf, äußerlich hat Gregor keine große Ähnlichkeit mit dem Spinner von damals. Es muss etwas in der Sprachmelodie sein, überlegt sie, etwas, das mich wie damals verwirrt und zugleich blockiert, etwas Böses ... Hör auf damit!, ruft sie sich zur Ordnung. Ich muss mich auf mein Konzert morgen konzentrieren. Lilly muss sich jedoch eingestehen, dass ihr das fast unmöglich ist, solange sie noch mit Gregor auf so engem Raum ist. Fieberhaft überlegt sie, wie sie sich vor seiner negativen Ausstrahlung schützen kann. Ihr Blick fällt auf ihre Freundin, die in sich zusammengesunken auf dem Beifahrersitz kauert. Julia, die Lillys Unruhe offenbar bemerkt hat, dreht sich zu ihr und fragt, erschrocken über den panischen Ausdruck in den Augen ihrer Freundin, was denn los sei mit ihr. «Hast du eine schlechte Nachricht bekommen, Lilly? Findet das Konzert nicht statt? Was fehlt dir, Liebes?»

Dann, als hätte sie ihre Gedanken gelesen, wendet sie sich Gregor zu, sieht das Mobiltelefon auf seinem Schoß und fährt ihn mit schriller Stimme an: «Kannst du bitte sofort dieses Handy weglegen! Du bist müde! Es ist Nacht! Du fährst Auto und spielst nebenbei irgendeines dieser blödsinnigen Spiele! Weißt du, wie gefährlich das ist? Wir haben wahnsinnige Angst. Ist es nicht genug, dass es vorhin fast schon zu einer Kollision gekommen ist? Halte an! Ich werde selbst fahren!».

Gregor, der sich in seinem Spiel gerade über unverhoffte Bonuspunkte freut, erschrickt über Julias Wutausbruch so sehr, dass ihm das Telefon in die Tiefe des Fußraumes gleitet. Während er mit der linken Hand das Steuerrad festhält, versucht er es mit seiner rechten auf der schmutzigen Fußmatte zu lokalisieren, was ihm aufgrund der Dunkelheit nicht gelingt. Den Kopf zwischen Windschutzscheibe und Fußraum hin und her bewegend, flucht er ununterbrochen, bis ihm Julia auf den rechten Oberschenkel boxt, und ins Ohr schreit, er solle jetzt sofort anhalten.

Lilly zuckt zusammen. Sie fällt mit einem Ruck zurück in den hart gepolsterten Rücksitz. Julia schimpft, schreit und weint abwechselnd. Schließlich lenkt Gregor das Auto in einen kleinen Waldweg und hält an.

§

Julia reißt die Tür auf und rennt weinend, ohne sich umzuwenden, in Richtung eines kleinen Wäldchens, dessen Umrisse sich vage am Horizont abzeichnen. Lilly springt ebenso mit einem Ruck aus dem Auto und holt sie auf einem Schotterweg ein. Sie setzen sich auf einen offenbar erst unlängst geschnittenen Eichenstamm, der dort liegt. Beide sind außer Atem. Gerade tritt der Mond hinter einer dunklen Wolke hervor, als Julia wieder zu weinen beginnt. Lilly sitzt still neben ihr, hält ihre weiche Hand fest in der ihren, blickt hinauf zum Mond und summt leise die Melodie zu Rameaus Hymne an die Nacht.

Lilly spürt, dass Julias Blick sich auf sie richtet und wendet sich ihr mit einem Lächeln zu. Die Zuneigung in ihrem Blick löst eine Glückswelle in ihrer Freundin aus, von der sie überwältigt wird. Sie seufzt tief auf, streichelt Lillys Wange ganz zart mit ihren Fingerkuppen, legt den Kopf auf ihren Schoß und betrachtet das Bild, das das Mondlicht zeichnet: Alte Steineichen, mächtige Platanen und einzelne Pappeln umstehen die kleine Lichtung, an deren Ränder sich stark duftende Ginstersträucher befinden. Der Boden ist von Hunderten Kräuter-und Blumenarten bedeckt.

Sie betrachtet die Bäume, die sie anhand ihrer Blätter und ihres Stammes zu unterscheiden gelernt hat, freut sich an einem Judasbaum, den sie an seiner rissigen Borke und an der im Mondlicht dunkelrot erscheinenden Blüte zu erkennen glaubt, vermeint an einem nur wenige Meter entfernten Strauch große Hibiskusblüten zu sehen, und entdeckt einen kleinen Hasen dessen Ohrenspitzen nur wenig über die Grashalme lugen.

«Das alles ist ein Teil von uns», flüstert sie, «und wir sind Teil von dem allen. Nur haben wir uns viel zu weit davon entfernt. Wir können die Spuren nicht mehr lesen. Wir verstehen die Natur nicht mehr. Ich will zurück in die alte Welt, ich will wie du wieder eine Verbindung haben zu dem, was uns schon seit immer begleitet hat, uns umfängt, versorgt und zu uns spricht. Ich muss dabei nicht so gut wie eine Kalahari werden», sagt sie, während sie ihr Gesicht nach oben dreht und Lilly anlächelt, «aber ich fühle mich dem allem zugehörig. Ich sehe diese Welt, so wie du sie hörst, und ich bin glücklich, weil wir durch das Wunder dieser einzigartigen Planetenkonstellation die Erfahrung des Lebens machen dürfen. Was treibt die Menschen nur dazu, sich immer mehr in eine Welt zurückzuziehen, in der nichts mehr lebendig ist? Warum wollen wir das Lebendige zu Automaten und die Automaten zu etwas Lebendigem machen? Sie sagen, die Maschinen werden zu unserem Alter Ego werden! Das ist lächerlich. Wir arbeiten daran, unsere Identität aufzulösen, und die Maschine soll uns besser machen. Besser? Was heißt das, frage ich mich!» Sie schüttelt den Kopf. «Wenn nichts mehr von uns übrigbleibt, dann macht uns die Maschine zu dem, was sie selbst ist, zu dem, was irgendwelche Nerds in sie eingespeist haben. Und bis dahin erklären sie uns, dass wir die Automaten unbedingt brauchen, um vollkommen zu werden.» Sie setzt sich auf und streichelt wieder Lillys Gesicht. «Du bist meine Freundin, Lilly», sagt sie ganz sanft, «du bist mein zweites Selbst. Wir beide werden weder uns noch das Leben verraten.»

«Niemals», bestätigt Lilly, «aber machen wir uns nicht auch in der wirklichen Welt Illusionen?», wirft Lilly leise ein. «Verlassen wir nicht selbst oft die Wirklichkeit, um uns ein anderes Leben vorzustellen? Wenn ich in der Musik bin, bin ich in einer anderen Welt. Ich sehe manchmal sogar Farben, wenn ich die Augen schließe und Flöte spiele. Ich sehe Farben, die mit den Tönen verbunden sind, durch sie zum Leben erweckt werden. Mit der Identität ist das auch so eine Sache.» Sie stockt kurz. «Ich bin die eine Lilly, wenn ich Flöte spiele, und eine andere, wenn ich bei meiner Mutter bin. Verstehst du das? Ich will damit sagen, dass es vielleicht nicht schlecht sein muss, verschiedene Identitäten zu haben.»

«Was du beschreibst, sind nicht unterschiedliche Identitäten, sondern einfach nur Varianten von ein und derselben. Ich spreche nicht davon, dass wir unsere Träume nicht leben oder unsere geschlechtliche Identität nicht ändern können, sondern davon, dass es in unserer Verantwortung liegt, uns zu verwirklichen und so zu leben, wie es uns entspricht», antwortet Julia. «Mir geht es darum, dass ich mich als Mensch für mein Leben entscheide und dabei nicht von einem toten Automaten gesteuert werde! Ich will keine Welt aus Datenströmen, die uns immer mehr isolieren – von uns selbst und von der Welt, die wir hören schmecken, ja riechen können. Sie streichelt sanft über Lillys Arm und zupft dann einen der langen Halme, die sich vor dem Baumstamm drängeln, ab und hält ihn unter Lillys Nase. «Ich weiß, dass wir nicht perfekt sind, aber das ist doch gut so, unsere Unvollständigkeit zu spüren. Sie erinnert mich daran, wie verletzlich wir sind. Wenn wir unsere Sinne immer weniger benutzen, weil wir uns nur noch in der virtuellen Welt bewegen, was macht das dann mit uns, mit unserer Kreativität?» Sie schaut gedankenverloren auf einen kleinen Käfer, der auf ihre Hand gekrabbelt ist.

«Das wirst du dann in deinem nächsten Leben sehen», sagt Lilly leise. «Wir werden uns eben als Menschen verändern, anders aussehen, vielleicht sogar andere Körper haben. Wir werden immer mehr zu Cyborgs umfunktioniert werden, um unsere Leistungsfähigkeit zu steigern. Dann gelingt es mir vielleicht, sollte ich wieder Flötistin sein, was ich als sicher annehme, mit Unterstützung durch eine Art Pumpe, die Töne so lange zu halten, wie Celibidache sich das vorgestellt hat!»

Beide lachen, dann sagt Julia ernst: «Du hast recht! Ich muss aufhören, wie eine alte Frau zu sprechen, die sich vor Veränderungen fürchtet und das Vergangene als das einzig Richtige und Schöne verklärt! Ich habe auch nicht wirklich Angst vor der Zukunft! Es ist mehr eine gewisse Traurigkeit, die sich in den letzten Monaten in mir breit gemacht hat. Man könnte sagen, dass sich seit meiner Beziehung mit Gregor eine Art von Resignation in mir eingenistet hat, beziehungsweise war sie, wenn ich ehrlich bin, schon vorher da. Grundsätzlich bin ich ja eher ein positiver Mensch, oder?» Lilly nickt heftig «Ich bin neugierig, offen, immer für ein Spiel bereit ...»

«Strahlend, selbstbewusst und mutig», führt Lilly die positiven Eigenschaften ihrer Freundin weiter aus.

«Das habe ich auch gedacht», sagt Julia leise «aber offensichtlich stimmt das nicht so ganz. Ich glaube, dass ich viele schlechte Charaktereigenschaften habe.» Sie senkt den Kopf so tief, als wolle sie unter die dicke dunkelbraune Eichenrinde des Baumstamms schlüpfen. «Vielleicht ist dir das einfach noch nicht aufgefallen, weil wir uns schon seit unserer Kindheit kennen», fährt sie fort und schaut Lilly prüfend an. «Jedenfalls war ich unbeschreiblich leichtgläubig, ja naiv, um nicht das Wort dumm zu gebrauchen, als ich mich auf diese digitale Partneragentur eingelassen habe. Ich habe mir sogar eingeredet, dass ich mithilfe dieser Illusionsmaschine meinen Traummann finden kann.» Tränen treten in ihre Augen. «Ich habe gegen deinen Rat diesem System vertraut, meine Daten und meine geheimsten Wünsche preisgegeben. Wie ein Kind habe ich dahingeplappert, einem Avatar von meiner Welt erzählt! Einem Avatar, der mir nach jedem zweiten Satz gesagt hat, wie gut er mich verstehen kann und dass es gut für mich sei, mich zu öffnen. Ohne jede Form von Schweigevereinbarung habe ich Dinge über mich verraten, die ich weder meiner Ärztin noch einem Priester anvertrauen würde, ja nicht einmal dir... Ich habe geprahlt, meine Intelligenz hervorgehoben, meine Karrierechancen dargestellt, vom Respekt meiner Kolleginnen mir gegenüber geschwafelt. Und on top habe ich sogar von meinem Sexroboter berichtet. Davon hat die Maschine allerdings schon gewusst, wenn auch nicht von mir! Nicht einmal das hat mich stutzig gemacht. Ich habe weitergemacht und einfach alles – wahr oder halbwahr – offengelegt, damit sie mir eine selbstbewusste und zugleich selbstreflexive Persönlichkeit attestiert. Man kann es vielleicht so sagen: Ich wollte eine objektive Bestätigung meiner Großartigkeit durch eine unbestechliche Maschine.» Julia lacht bitter auf. «Dafür habe ich die Betreuungsvariante *Deluxe* gewählt, für die ich gerne ein Monatsgehalt geopfert habe. Du siehst, mit meinem Selbstbewusstsein steht es nicht so gut, wie du denkst! Ich habe einer Maschine beweisen wollen, dass ich zu den Besten gehöre und daher natürlich Anspruch auf einen der besten Männer habe. Der Beste für die Beste.» Wieder lässt sie ein Auflachen hören, das wie ein Schrei klingt. Lilly hätte sich vor Schmerz um die Qualen ihrer Freundin am liebsten die Ohren zugehalten. «Du siehst, was ich bekommen habe!» spricht Julia unerbittlich weiter. «Einen völlig uninteressanten Menschen, mit dem ich, wäre ich ihm irgendwo begegnet, nicht einmal eine Unterhaltung begonnen hätte. Und wenn, hätte ich sie spätestens nach drei Minuten abgebrochen! Einen Typ, der weder einen körperlichen noch einen geistigen Reiz auf mich ausübt. Von der Vorstellung einer Beziehung mit ihm möchte ich gar nicht reden! Gregor ist mir als erstgereihter Partner mit 65 Prozent charakterlicher Übereinstimmung vorgeschlagen worden! 65 Prozent, Lilly! Was sagst du zu deiner Freundin? Hättest du nicht gedacht, oder?»

Ihre fast unerträglich beißende Stimme bricht, und ihr nach vorne gebeugter Oberkörper zittert so stark, dass Lilly, die Julia noch nie in einem vergleichbaren Zustand gesehen hat, sich vor sie hinkniet und ihren Kopf sanft auf ihre Schulter drückt, während sie ihr ununterbrochen über das lange Haar streicht.

«Ich schäme mich so sehr!», flüstert Julia. «Für das völlig überzogene Bild, das ich von mir gehabt habe, und für meinen Charakter, den ich bei jedem Treffen in Gregor gespiegelt sehe. Anfangs war ich geschockt, dann habe ich versucht, mir seine primitive Art, die ja nach Aussage der Maschine auch meine ist, schön zu reden, sie interessant oder sexy zu finden. Ich habe mir gefallen in der Rolle, nicht so verkopft und altmodisch sein, wie man mir immer nachsagt. Ich habe mir diese neue überraschende Situation mit Gregor als eine Bereicherung vorzustellen versucht, habe begonnen, meine Kinderstube, meinen Sprechduktus, meine Lebensart der seinen anzupassen. Das ist so weit gegangen, dass ich sogar den Kontakt zu einigen Freunden aus meinem früheren Leben abgebrochen habe, die diesem Muster überhaupt nicht entsprechen. Ich wollte diese Beziehung unbedingt. Sie ist mir als perfekte zugeteilt worden! Ich wollte glücklich sein mit Gregor. Ich habe mich einer Vorstellung unterworfen, und jetzt erkenne ich mich nicht mehr wieder.» Julia atmet schnell, sie ist erschöpft. «Wie schnell man sich doch verlieren kann» murmelt sie. «Meine Großmutter Ida hat mir immer gesagt, ich sollte in schwierigen Situationen in mich hineinhören, dann würde schon eine Geschichte aus meinem Inneren auftauchen, die mir den richtigen Weg zeigt. Sich geliebt zu wissen, mache ruhig, hat sie gesagt, und nur wenn man ruhig ist, kann man seinen Verstand aktivieren, um Probleme zu meistern. Dann hat sie mich fest an sich gedrückt und gesagt, dass sie niemandem sonst auf der Welt so zugetan sei wie mir, außer vielleicht – dabei hat sie mich mit ihren schönen Augen angesehen, aus denen der Schalk blitzte – deinem Papa und deiner Tante! Wie habe ich auf ihre Worte vergessen können, Lilly? Warum habe ich nicht daran gedacht, als ich mich Gregor in allem angepasst und mein Denken praktisch eingestellt habe? Wie kann es sein, dass ich euch alle einfach zur Seite geschoben habe, weil eine Maschine mich in eine neue Schublade gesteckt hat?» Sie drückt fest Lillys Hand. «Mein Glaube an die Unfehlbarkeit des Algorithmus hat zu bröckeln angefangen, als ich Gregor vor ungefähr zwei Wochen zufällig in der Stadt mit einem Mann troffen habe, der sich mir als sein Vater vorgestellt hat. Ich habe die beiden fröhlich feixend vor der Auslage eines Porsche-Shops stehen sehen und mich noch darüber gewundert, weil mir Gregor so glücklich vorgekommen ist. So habe ich ihn noch nie gesehen. Ich habe Gregor mit einem Kuss begrüßt, was ihn sichtbar unangenehm war, und ertragen, dass mich sein Vater neugierig gemustert und dann gesagt hat: «Na wen haben wir denn da? Woher kennst du dieses Gewächs?» Als ob ich irgendeine Sumpfpflanze wäre. Er hat mich umrundet, mich von oben bis unten betrachtet mit seinen grauen Augen, die von dicken roten Tränensäcken unterlegt waren. Gregor hat meinen Namen gemurmelt und zugegeben, dass er gerade etwas mit mir am Laufen hätte. «Das sind ja Neuigkeiten!», hat der Mann ausgerufen und mir dabei seinen unangenehmen, rauchigen Atem ins Gesicht geschleudert. «Wie läuft es denn so mit meinem Sohn?», hat er mich gefragt. «Funktioniert alles oder gibt's manchmal Funkstille, weil sein Zweitjob zu anstrengend ist?» Ich habe nicht verstanden, was er gemeint hat. «Aber als Sohn seines Vaters hat er sicher die Kraft eines Stiers, nicht wahr, was Gregor?» Er hat ihn in den Bauch geboxt und sich dann wieder mir zugewandt. «In seinem Alter war ich auch noch gut unterwegs. Heute hat sich das ein wenig beruhigt.

Das kann aber schnell wieder aufflammen – kommt immer auf die Frau an!» Ich bin wie erstarrt vor diesem grauenhaften Mann gestanden, dem Vater meines so perfekten Partners! Ich habe das Gefühl gehabt, er würde mir auf offener Straße, vor Gregor, der mitgelacht hat, ins Dekolleté greifen, so sehr hat er mich mit seinen Blicken ausgezogen. Es war grässlich! Ich wollte am liebsten davonlaufen! Aber ich habe mich zusammengerissen und mich nach Gregors Mutter erkundigt.

«Die ist schon lange Vergangenheit, was mein Sohn?», hat er geantwortet. «Das Beste an ihr war, dass sie einen guten Job hatte und ich nach der Scheidung keine Alimente bezahlen musste. Den Rest, kannst du vergessen! Nicht wert, darüber zu reden! Du siehst, du hast keine Konkurrenz im Haus. Da ist alles möglich! Live! Mit wirklichen Männern! Bei uns brauchst du sicher keinen Sexroboter! Vielleicht in einem Vierer, aber das sind dann zu viele Männer, was Gregor?» Er hat ihm auf die Schulter geschlagen und wieder dieses unechte Lachen hören lassen, das mich heute noch schaudern macht. Ich habe mich einfach umgedreht und bin ohne ein Wort gegangen. In meinem Kopf war völliges Chaos! Der Vater meines perfekten Freundes war ein primitiver Macho, ein respektloser, abstoßender Mensch! Und Gregor ist bei ihm aufgewachsen. Auf dem Weg zu meiner Wohnung habe ich mich natürlich gefragt, woher er die Information über meinen Sexroboter gehabt hat. Ich habe ihn Gregor gegenüber nie erwähnt. Er kann sie also nur von *Myway* direkt bekommen haben, oder er hat mein Profil gehackt. Ich weiß, dass die Sache mit dem Roboter bei *Myway* gespeichert ist. Ich habe die Unterlage mit eigenen Augen gesehen. Und Gregor ist ein guter Programmierer, der von seiner Firma immer wieder irgendwelche kniffeligen Spezialaufgaben bekommt. Er ist wohl in der Lage dazu, diese Daten zu hacken. Er hat mich später aus der Stadt angerufen und mir erklärt, dass sein Vater zwar speziell sei und man Zeit brauche, um sich auf seine Art einzustellen, dass er grundsätzlich aber ein super Typ sei. Auf meine Frage, wie er auf die Sache mit den Sexroboter gekommen sei, hat er mich wissen lassen, dass ihn das Thema interessiere, weil sie am Flughafen, wo er in der Gepäckabfertigung arbeite, öfter mal Koffer öffneten, die Sexspielzeug enthielten, und in der letzten Zeit seien das eben immer mehr Sexroboter gewesen. Das hätte nichts mit mir zu tun! Das Thema bringe sein Vater jetzt bei jedem auf den Tisch, weil er es witzig findet. Natürlich habe ich ihm das nicht geglaubt. Die Geschichte ist an den Haaren herbeigezogen. Als Gregor aufgelegt hat, habe ich bei *Myway* angerufen und nachgefragt, ob es bei meinem Matching vielleicht zu einer Namensverwechslung gekommen sein könnte oder sonst irgendwelche technischen Probleme aufgetaucht seien, etwa bei der

Einspeisung von Daten. Natürlich nicht, hat man mir emotionslos geantwortet, wobei ich nicht sicher bin, ob mein Gesprächspartner ein Avatar oder ein Mensch war. Jedenfalls hat er mir gesagt, dass in der von mir gewählten *Deluxe*-Version eine Verwechslung wegen mehrerer, aufwendig programmierter Kontrollen absolut ausgeschlossen sei. Das Ergebnis sei eindeutig: 65 Prozent Übereinstimmung und damit eine sehr gute Basis für eine Beziehung. Ich müsse mich eben erst an die Tatsache gewöhnen, dass in Gregor mein eigener Charakter gespiegelt werde. Es sei schwierig, wenn man sich so wie ich in der Vergangenheit wenig mit sich selbst auseinandergesetzt habe und seine Schwächen daher nicht kenne. Das würde sich aber innerhalb weniger Monate verbessern, weil die Liebe zu dem Partner auch eine Art Selbstliebe erzeuge. Natürlich könne ich auch Hilfe in Anspruch nehmen. Ein zwei Stunden Gespräch mit einem erfahrenen Chatbot-Psychologen sei ja ohnehin in meinem Paket beinhaltet. Bei weiterem Bedarf nach fachkundiger Beratung könne man gute Konditionen garantieren. Tja, Lilly ...», Julia seufzt schwer, «wenn ich dir das jetzt erzähle, kann ich nicht glauben, dass ich diesen Blödsinn auch nur eine Sekunde geglaubt habe. Aber meine Selbstzweifel müssen so groß gewesen sein, dass ich dieser emotionsfreien, objektiv klingenden Stimme vertraut habe, ihr abgenommen habe, dass dieser durchschnittlich aussehende, grobe Mann das Beste ist, was ich kriegen kann!»

Sie hält ihren Kopf zwischen den Händen und dicke Tränen laufen ihr über das Gesicht. Lilly setzt sich dicht an Julias Seite. Sie sagt kein Wort. Zu ihrer Zuneigung gesellt sich in diesem Moment der Stille tief empfundenes Mitleid mit ihrer Freundin. Julias Schmerz ist auch ihr Schmerz. Auch ihre Augen füllen sich mit Tränen. Auf gewisse Weise sind sie beide aus der Welt von gestern. Sie fühlen sich wohl in der analogen Welt. Sie kaufen in den Geschäften ein, die Amazon noch übriggelassen hat, benutzen Netflix und Spotify nur, wenn sie müde sind. Sie vermeiden digitale Netzwerke, lieben es, ihre fünf Sinne zu benutzen, lesen fremdsprachige Bücher ohne Übersetzungsprogramm, treffen Freunde, so oft es geht persönlich, probieren gemeinsam aufwendige Gerichte aus alten Rezeptbüchern aus und benutzen Handys, um zu telefonieren oder Mails zu versenden. Sie sind stolz darauf, anders zu sein als die vielen, die stundenlang in der digitalen Welt ihren Smartphones versinken. Wenn sie sich für einen Kaffee verabreden, treffen sie sich in einem kleinen, leicht angestaubten Wiener Kaffeehaus in der Mitte von Frankfurt, wo sie von zwei Kellnern im Alter ihrer Eltern immer besonders fürsorglich bedient werden, weil – wie sie Julia und Lilly schon bei ihrem zweiten Besuch auseinandergesetzt haben – die junge Generation die Fehler der Alten ausbügeln muss und eine Zukunft mit einem ungewissen finanziellen Ausblick vor sich hat. Alle unter Dreißigjährigen dürfen daher so lange sie wollen und auch ohne weitere Bestellung am Tisch sitzen bleiben und werden regelmäßig mit einem Glas Leitungswasser und einem freundlichen Blick versorgt. Zum Abschied bekommen sie noch ein Stück Gugelhupf in einem umweltfreundlichen Papier für «zu Hause». Nach jedem ihrer Besuche dort hat Julia Jobangebote in Wien studiert. Warum, so fragt sie sich, hat Julia all das über Bord geworfen und der digitalen Welt ihre intimsten Geheimnisse anvertraut? Sie blickt gedankenverloren in die mondhelle Lichtung, hört Julias leises Weinen, das Rascheln eines Igels im hohen Gras und den langgezogenen Ruf einer Eule, die sich hinter dem dichten Laub der Steineichen versteckt hält. Sie wartet darauf, dass Julia etwas sagt.

«Gregor ist Programmierer, weißt du», fängt Julia plötzlich wieder zu sprechen an und setzt sich mit einem Ruck gerade auf. Er programmiert Künstlerbewertungstabellen für den Kunstmarkt, also für Investoren, Banken, Sammler und so weiter. Die Leute, die diese Tabellen benutzen, kaufen meistens die Kunst nach Labels, also nach den Namen der Künstler, nicht nach der Qualität ihrer Arbeiten. In den letzten Jahren hat sich diese Geldspirale immer weiter nach oben gedreht. Die Ausstellungskosten, die Marketingausgaben, die Versicherungen, die Kunstmessen, die Auktionshäuser, verwöhnte Sammler, alles wird teurer, und wenn du als Galerie finanziell nicht mithalten kannst, dann verkaufst du eben nichts. Viele kleine und mittlere Galerien mussten bereits schließen und ihre Künstler stehen natürlich auf der Straße. Glaub mir, Lilly, es ist ein gnadenloser Markt, der vulgär geworden ist mit der Entdeckung des Online-Verkaufs von Kunst. Weißt du, wie das funktioniert? Du siehst im Internet das Abbild einer künstlerischen Arbeit und ihre Legende, also Künstlername, Produktionsjahr, Werkmaße, Material – alles Buchstaben und Ziffern. Du spürst nichts, riechst nichts, hörst nichts, fühlst nichts! Du siehst die kalte tote Oberfläche deines Bildschirms, die eine andere, künstlerisch bearbeitete Oberfläche aus Baumwolle, Leinen, Stahl, Holz, Papier oder sonstiges Material über dein Auge in dein Gehirn projiziert. Sie wird durch deine Bildschirmoberfläche so abgebildet, dass sie dein Auge befriedigt. Ich betone: dein Auge! Wir sprechen also von unserem schwachen, fehlerhaften Sehorgan, das sich schon in der analogen Welt leicht in die Irre führen lässt und durch einfache Tricks manipuliert werden kann! Dieses Organ sucht unter der gepixelten Oberfläche deines Computers ein Objekt, das wie ein Kunstwerk aussieht. Weil dieses Ding aber nichts ausstrahlt, dein Inneres also nicht erreicht, kannst du keine Verbindung zu dem Werk herstellen. Es ist für dich absolut uninteressant.

Deswegen richtest du dein Auge auf die Legenden, die dir Auskünfte zu Namen, Verwendung und Preis bieten. Aufgrund dieser Informationen entscheidest du, ob ein Kunstwerk für dein räumliches Umfeld geeignet, für dein Budget angemessen und für dein Ego bekannt genug ist. Das Primat des Sehens trennt also in perfekter Weise die Welt in objektive, scheinbar wichtige Informationen wie Namen, Größe des Werks, Herstellungsjahr und subjektive, scheinbar nachrangige Faktoren wie Farbigkeit, Linienführung, Pinselstrich, Form und natürlich die Idee der Künstlerin oder des Künstlers. Das Auge erfasst das Äußere, Oberflächliche und sendet diese Daten an das Gehirn. Und weißt du was? Vielen Käufern genügt das. Sie vermissen den Inhalt und die Ausstrahlung eines Kunstwerks nicht. Sie interagieren nicht mit dem Werk. Es ist genauso ein Objekt wie das beispielsweise ein Auto ist. Sie hängen das Werk auf oder stellen es in ein Depot, versuchen es an Ausstellungen zu verleihen, um den Wert zu steigern, sind stolz, wenn irgendetwas und sei es noch so banal, darüber wo auch immer geschrieben wird, und verkaufen es dann wieder, oder behalten es, um ihren gesellschaftlichen Status zu beweisen. Sie beschäftigen sich nicht mit der künstlerischen Aussage und können daher auch keinen Unterschied zwischen dem Werk und seiner Abbildung erkennen – es berührt sie nicht, es bedeutet ihnen nichts. Die gepixelte tote Oberfläche der Maschine wird Teil des Werks und einige würden es im Original nicht einmal erkennen.»

Sie seufzt. Lilly weiß, dass sich Julia mit dem Primat des Auges und seinen negativen Konsequenzen beschäftigt. In ihren Vorträgen an der Universität beschreibt sie das Auge als einen egozentrierten, machthungrigen Sinn, der sich im Gefolge des Siegeszugs der Digitalisierung zum Despoten unserer Sinne und Diktator unserer Entscheidungen entwickelt hat, was die digitale Welt bestmöglich für sich nutzt. Die Profiteure dieser Welt, so erklärt sie ihren Studenten, bieten immer neue tote Digitalisate an, die das Auge noch mächtiger machen, und die Menschen nehmen diese scheinbar so aufregenden Angebote an, ohne zu verstehen oder verstehen zu wollen, dass der dafür zu zahlende Preis nicht nur in der Rückentwicklung der übrigen Sinne, sondern auch im Verlust des peripheren Sehens liegt. Berauscht von der Illusion noch schneller, noch intensiver, noch mehr zu sehen, schwächen die Menschen ihre angeborenen und weiterentwickelten Fähigkeiten, die Jahrtausende lang für ihr Überleben elementar waren und sind. Nichts ist umsonst!

In mehreren Aufrufen forderte Julia daher zusammen mit Kulturschaffenden unterschiedlicher Branchen eine Reduktion der von der Maschine angebotenen Bilderflut, den Schutz der Künste vor der Digitalisierung und den exklusiven Gebrauch des Kunstbegriffs für die menschliche Kreativität. All das brachte ihr in Kunstkreisen große Anerkennung ein, blieb aber letztendlich angesichts immer neuer digitaler Möglichkeiten zur Implementierung einer Maschinenkreativität erfolglos.

«Ich gehe jetzt davon aus, dass der Algorithmus von *Myway* diese 65-prozentige Übereinstimmung zwischen mir und Gregor ausgespuckt hat, weil er Identitäten im Job festgestellt hat», fängt Julia wieder zu sprechen an. «Dass die Programmierung von Künstlerbewertungstabellen und die wissenschaftliche Auseinandersetzung mit den Auswirkungen der Digitalisierung für die Kunst nicht viel miteinander zu tun haben, ist für diese Maschine irrelevant. Es ist einfach die Auslese eines Algorithmus, der von einem dummen Programmierer gebrieft wurde. Natürlich hat das schon überhaupt nichts mit Charaktereigenschaften zu tun, aber darauf kommts ja auch schon nicht mehr an ...» Sie legt ihren Arm um Lilly, «... zumindest rede ich mir das ein.»

«Warum ich mich aber selbst an eine Maschine verraten habe, Lilly, ich weiß es nicht! Vielleicht war ich einfach des Widerstands müde, wollte einfach auch einmal wie alle sein, die auf der Gewinnerspur der digitalen Zukunft fahren. Vielleicht wollte ich auch die Verantwortung für mein Leben der allwissenden künstlichen Intelligenz abtreten, nicht mehr selbst denken müssen, sondern die höhere Macht entscheiden lassen – so wie früher als ich mich nur an Gottes zehn Gebote halten musste, um glücklich zu sein.» Sie seufzte wieder.

«Erinnere dich, Julia», sagt Lilly sanft, «was wir uns als Kinder alles ausgedacht haben. Die vielen Geschichten, die wir mit in unsere Träume genommen haben und die von unserer Fantasie weitergesponnen wurden.»

«Und was wir alles ausprobiert haben», rief Julia, «ohne Angst und ohne Vorurteile. Aber das ist lange her, und die Dinge haben sich verändert. Wir haben uns verändert. Wir sind erwachsen geworden.»

«Aber unser Kindsein bleibt doch immer ein Teil von uns!», wirft Lilly ein.

«Schon, aber wir verdrängen es und verlernen damit das Spielerische, das stundenlange Sich-Verlieren in unserer Fantasie, das Ausdenken von Tönen, Formen und Farben, die wir noch nicht erlebt haben, das Spazierengehen in Geschichten, die uns noch keiner erzählt hat. Wir verlieren die Freude an unserer inneren Beweglichkeit, unserer Kreativität. Wir verlieren die Freude an uns selbst. Wir hören nichts mehr in uns!», endet Julia mit leiser Stimme. Lilly sieht hinaus in die Nacht, denkt an Gustav Mahlers zweites Rückertlied und daran, wie es sie immer wieder zu ihrer inneren Ruhe führt.

«Alles ist so schnell geworden», hört sie Julia sagen. «Ich habe das Gefühl, dass ich viel zu langsam für alles und jeden bin. Dass ich nur dann akzeptiert werde, wenn ich schneller als die anderen die richtigen Argumente finde. Das heißt, ich muss immer mitten im Geschehen sein, im Zentrum der Informationen stehen, um das zu erreichen. Da bleibt wenig Zeit für mich.» Sie stockt und atmet tief ein, bevor sie fortfährt: «Ehrlich gesagt, will ich die Zeit für mich gar nicht. So wie du gesagt hast: Ich habe Angst davor, mit mir allein zu sein, Angst davor, nichts mehr aus mir zu hören, mir eingestehen zu müssen, dass ich innen ganz leer bin.» Sie seufzt wieder tief auf.

«Aber diese Angst ist unbegründet», entgegnet Lilly. «Du hast so viel Liebe und Empathie in dir, du weißt so viel, engagierst dich für die Kunst ...»

«Ja, schon», unterbricht sie Julia, «aber das ist irgendwie auch nur so ein Gerede, eine Wichtigtuerei, ein Betteln um Anerkennung durch eine kleine Gruppe sogenannter Intellektueller. Die Masse der Menschen hat sich doch sowieso schon der Illusion der Maschine ergeben. Sie vermissen weder die Natur noch ihre eigene Kreativität. Viele haben beides noch nicht einmal kennengelernt oder schon vergessen, dass es das überhaupt gibt. Als vor einem Jahr einige Kollegen angefangen haben, mich wegen meiner Verweigerungshaltung zur digitalen Kunst öffentlich in die Kategorie der ewig Gestrigen einzuordnen, habe ich mich plötzlich um meinen Intellektuellenstatus gesorgt. Ja, du hast richtig gehört Lilly: Ich kann doch nicht meinen Lobgesang auf die einzigartige menschliche Kreativität weiterverbreiten, wenn Maschinen zu schreiben oder zu zeichnen anfangen. Ich will nicht meinen Ruf aufs Spiel setzen und in irgendeiner Verschwörungsecke landen! Du weißt, das passiert heute sehr schnell. Ach, es ist alles sehr schwierig», endet sie leise und legt ihren Kopf auf Lillys Schulter. «Jedenfalls» nimmt sie den Faden wieder auf, «habe ich mir vorgenommen, mich mehr auf die digitale Welt und ihre Möglichkeiten einzulassen. Und du kennst mich: wenn – dann richtig. Ich habe also einen Sexroboter für mich bauen lassen, den ich Julian genannt habe. Am Anfang war alles wunderbar. Er hat mich sexuell befriedigt und war besser als jeder One-Night-Stand, den ich vorher gehabt habe. Schon wenig später habe ich dieses Abbild von einem perfekten menschlichen Körper nicht mehr ertragen. Ich kann nicht so genau sagen, was es eigentlich war, aber nichts war lebendig! Seine schöne strahlende Hülle ohne Makel ist so wenig Haut, wie das Auge, die Nase oder der Mund Organe sind. Natürlich ist er wunderschön, unverwundbar, unsterblich, aber er ist tot! Er atmet nicht, er hat keine Seele!» «Er ist wie die Tänzerin auf der Spieluhr meiner Großtante», wirft Lilly ein.

«Ja, genau» sagt Julia «ich erinnere mich an diese Puppe. Ihre Schönheit hat dich am Anfang angezogen und dann bereits nach kurzer Zeit wieder abgestoßen. Mit Julian war es genauso: Als ich eines Nachts aufgewacht bin und ihn neben mir liegen gesehen habe, bin ich von einem unbeschreiblichen Grauen vor diesem Stück Kunststoff überwältigt worden, das mir kurz vorher noch einen heftigen Orgasmus verschafft hat.» Sie atmet schwer, dicke Tränen fallen wie Tautropfen auf Lillys Hand, die mit der ihrer Freundin fest verschränkt ist.

«Ich habe plötzlich eine riesige Angst in mir gehabt, ein unbeschreibliches Entsetzen – ich weiß nicht, ob vor ihm oder vor mir selbst. Ich habe zu schreien begonnen und erst damit aufgehört, als die Maschine aufgestanden ist und sich in den Schrank gestellt hat.» Julias Stimme bricht kurz ab. Dann beginnt sie etwas heiser von Neuem: «Ich habe die Schranktüren versperrt und bin so lange davor stehen geblieben, bis ich gehört habe, dass er sich zusammengeklappt hat, und das rote Flackern der Off Lampe durch das Schlüsselloch gesehen habe. Trotzdem habe ich mich schrecklich davor gefürchtet, dass er quasi wie von den Toten wiederauferstehen könnte, dass sich die Lampe von Rot auf Grün stellt und er aus dem Schrank kommt. Es war wie in einem Horrorfilm. Gleichzeitig habe ich mich so geschämt, vor meiner Familie, vor meinen Freunden, vor dir, Lilly, und am meisten vor mir selbst! Ich bin so dumm!» Julia schlägt sich die Hände vors Gesicht. «Meine Vorstellung von Sex scheint eng mit einer Solovorstellung verbunden zu sein, in der es nur um mich geht. Zur Auslösung meines Orgasmus scheint mir eine Maschine zu genügen. Für die Inanspruchnahme eines Callboys bin ich ohnehin zu feige, denn der könnte ja Sex anders leben als ich, durch irgendeinen Zufall einer Bekannten verraten, dass ich Kundin bin, mich bloßstellen. Du siehst, Lilly, die neue Öffnung gegenüber dem Digitalen war nur ein Vorwand für meine Feigheit. So einfach ist das – und so primitiv! Wer weiß, vielleicht hat Gregors Charakter doch mehr mit mir zu tun, als ich glaube.» Sie stockte kurz «jedenfalls habe ich in dieser Nacht die Quittung für meinen Selbstbetrug bekommen! Ich weiß jetzt, dass unsere fünf Sinne besser auf unseren verletzlichen Körper aufpassen, als wir denken. Was der Tastsinn nicht spürt, hört das Ohr, was der Geruchssinn nicht registriert, sieht das Auge, was das Auge nicht sieht, schmeckt der Mund. Sie schützen uns davor, die Automaten für etwas Lebendiges und umgekehrt etwas Lebendiges für einen Automaten zu halten. Nur ihnen habe ich zu verdanken, dass ich mich von dieser Maschine, diesem Phantasma, befreien konnte. Man muss sie nur sprechen lassen und auf sie hören! In dieser Nacht habe ich auch verstanden, dass diese Maschine niemals meine Verwundbarkeit, meine Sterblichkeit mit mir teilen kann, und ich habe vor Glück geweint, dass ich verletzlich und sterblich bin. Das klingt eigenartig, aber ich habe das Gefühl gehabt, dass eben diese Sterblichkeit unserem Leben Sinn gibt. Dass wir nur wegen des Wissens um unsere Endlichkeit Glück empfinden können!

«Aber du hast diese Erkenntnis gewonnen und deine Seele hat dich nach einem Menschen suchen lassen», sagt Lilly leise. Julia gibt ihr einen Kuss auf die Stirn: «Ohne dich, Lilly, wäre die Welt nicht halb so schön. Du bist wahrscheinlich eine Seelenwanderin, die sich nicht für das bequeme Nirwana, sondern für uns Ungläubige entschieden hat», lächelt sie Lilly an. «Ja, ich habe angefangen, nach einem wirklichen Partner zu suchen! Aber ich habe mich wieder in die Hände einer Maschine begeben! Freiwillig! Warum auch immer, ich habe es getan. Was dabei rausgekommen ist, ist Gregor, der IT-Experte für Spezialfälle, wie er immer wieder betont. Ich kann dir sagen, dass ich auch vor ihm Angst habe, wenn er nach einer unserer seltenen körperlichen Vereinigungen neben mir im Bett liegt, oder nein, das stimmt nicht. Ich habe vor mir Angst bekommen, Lilly! Wieder einmal. Aber das ist jetzt vorbei!» Sie sieht Lilly an. «Ich werde mich von ihm trennen!»

«Ich glaube, das ist eine gute Entscheidung», stimmt ihr Lilly flüsternd zu.

«Du kennst noch nicht die ganze Geschichte», fährt Julia fort. «Ich habe dir erzählt, dass sich Gregor immer mit seinen Bonuszahlungen für die Erstellung der Künstlerbewertungstabellen gebrüstet hat. Ich habe mich also zu fragen begonnen, was an der Programmierung dieser Tabellen so Besonderes sein kann. Schließlich kenne ich mich aus im Kunstmarktranking, und ich weiß auch, dass sie mithilfe einiger völlig belangloser, meist betriebswirtschaftlicher Parameter von Leuten erstellt werden, die von künstlerischen Inhalten meist wenig Ahnung haben. Diese Tabellen zu implementieren, konnte meiner Meinung nach ja nun nicht wirklich eine Herausforderung für einen gefragten Spezialisten darstellen! Ich habe also immer wieder nachgefragt und ihn mit abfälligen Bemerkungen zur Qualität dieser Bewertungen provoziert, bis er mir vorgestern – schon etwas angetrunken – erklärt hat, dass seine Tabellen so gefragt sind, weil er einen Trick gefunden hat, erfolgsrelevante Details über wichtige Künstlerinnen und Künstler herauszufinden. Dies sei besonders für Kunstfonds und finanziell potente Kunstsammlerinnen und -sammler attraktiv, die auch äußerst großzügig in der Entlohnung dieser Dienste seien. Als ich weiter insistiert habe, hat er mir gestanden, dass er die E-Mails bestimmter Kunstschaffender hackt, um Insiderinformationen zu erhalten. Weißt du, was das heißt, Lilly? Gregor überwacht das Leben dieser Leute! Er liest ihre E-Mails und weiß deshalb Bescheid über ihren privaten Austausch mit Freunden, Agenten, Galeristen, Ausstellungshäusern, Künstlerkolleginnen und so weiter. Er ist eine Zecke, die sich tief in das Leben dieser Menschen hineinbohrt! Man spürt sie nicht, man sieht sie nicht, man hört sie nicht! Das ist so widerwärtig!» Julia versagt kurz die Stimme, bevor sie weitererzählt: «Ich habe nicht gewusst, wie ich reagieren soll. Plötzlich war ich die Freundin eines kriminellen, geldgierigen Nerds, der die Privatsphäre von Menschen öffnet, um zu sehen, welchen Preis sie auf dem Markt haben.» Sie zittert jetzt so stark, dass sie kaum mehr sprechen kann, und beginnt langsam ein- und auszuatmen, um sich zu beruhigen. Dabei gräbt sie ihre Fingernägel fest in die Hand ihrer Freundin.

Lilly sitzt still da.

«In der darauffolgenden Nacht habe ich beschlossen, seine Machenschaften öffentlich zu machen und die Methoden seiner Firma an die Presse zu melden. Aber ich habe noch Unterlagen dazu gebraucht, mit denen ich diese Ungeheuerlichkeit beweisen kann. Gestern Abend, er war im Fitnesscenter, war ich bei ihm zu Hause und habe die Beweise auf seinem Computer gefunden.» Sie stockt kurz. «Und nicht nur das! Sein Vater hat doch einen Zweitjob von Gregor erwähnt, erinnerst du dich?

Lilly nickt.

«Ich habe Abrechnungen von einer Samenbank bei ihm gefunden. Offensichtlich verkauft er seinen Samen seit einigen Jahren dorthin!» Sie sieht Lilly direkt in die Augen und sagt: «Nachdem er also in das Leben unschuldiger Menschen eingefallen ist, ihre Privatsphäre zu Dateien umgewandelt und dafür seinen Bonus verrechnet hat, ejakuliert er in der Kabine einer Samenbank mit Hilfe eines Pornohefts und trifft mich dann in einer Bar, wo ich ihm bei einem Bier erzähle, wie großartig ich ihn finde. Wie findest du das? Hättest du jemals geglaubt, dass deine Freundin so tief sinken kann?»

Lilly lächelt sie an.

«Gut!» Julias Stimme ist nun klar und fest: «Wenn wir morgen in Südfrankreich angekommen sind, werde ich mich von ihm trennen und ihn nie mehr wiedersehen. Diese Sache ist erledigt, und ich habe daraus gelernt.»

Danach kuschelt sie sich an Lilly, die den Arm um sie legt und ihr ganz sacht die Wange streichelt. Die Wärme der Nacht umhüllt sie.

Gustav Mahler
Symphonie No. 4, 3.Satz

Herbert von Karajan
Berliner Philharmoniker

Epilog

Kevin war eines Tages ohne Abschied verschwunden und hatte nie wieder Kontakt zu Rosa aufgenommen. Seine Anteile an der Firma wurden über ein Anwaltsbüro abgewickelt. Rosa, die sein Familiengeheimnis nie vollständig lüften hatte können, fing wieder an, nach ihrem Vater zu suchen. Als sie einen Mann ausforschte, der seit über 25 Jahren am Flughafen in der Gepäckabfertigung arbeitete, dachte sie, auf der richtigen Spur zu sein. Um ihre Vermutung zu erhärten, machte sie einen seiner früheren Kollegen ausfindig, der ihr gegen eine Überweisung von 500 Euro ein Foto zusandte, das ihre Mutter breit in die Kamera lachend, auf dem Schoß des Mannes sitzend zeigte. Dieser war eher klein und muskelbepackt und hatte, wie Rosa fand, einen primitiven Gesichtsausdruck. Nach den Aussagen seines Kollegen war er sexuell sehr aktiv gewesen. Er erinnerte sich, dass er verheiratet und Vater eines Sohnes war, was ihn aber nicht davon abgehalten hatte, immer wieder Frauen sexuell nachzustellen. Er wisse noch von einer Affäre mit der auf dem Foto abgebildeten Kollegin von der Flughafenpolizei, hätte aber dann ein Jobangebot in Düsseldorf angenommen und den früheren Kollegen seither nicht mehr gesehen.

Rosa nahm unmittelbar nach dieser Auskunft Verbindung zu dem Mann auf dem Foto auf. Sie erklärte ihm ihre Situation und bat ihn, sich einem DNA-Test zu unterziehen, was er sofort ablehnte und als Eingriff in seine Intimsphäre bezeichnete. Im Gegenzug lud er sie zu sich nach Hause ein, um, wie er sagte, sich ein Bild von ihr machen zu können. Dabei betonte er, dass man eine etwaige Ähnlichkeit am besten persönlich, «von Auge zu Auge», feststellen könne. «Wenn das Blut spricht, dann bin ich nicht mehr zu halten», meckerte er ins Telefon und führte in einem Wortschwall von hessischem Dialekt aus, dass er in seiner besten Zeit sexuell sehr potent, ja «wie ein Stier», gewesen sei und auch heute noch, allerdings nur bei «wirklich scharfen Frauen», seine Treffer lande. Insgesamt aber sei er ruhiger geworden und sie müsse sich daher keine Sorgen machen, wenn sie ihn besuchte. Er überlasse jetzt seinem Sohn Gregor das Feld, der mit der ererbten Potenz gut verdiene. Er wohne bei ihm zu Hause, und sie könne ihn gerne kennenlernen, wenn sie vorbeikomme. An diesem Punkt beendete Rosa das Gespräch.

Wenige Wochen danach traf sie den Entschluss, Mutter zu werden, und vereinbarte einen Gesprächstermin mit der Leiterin einer in Frankfurt ansässigen Samenbank.

Impressum

Abbildungen: Benoît Maire
Vorderseite: *PL9-A Pierrot* (Detail), 2024
Rückseite: *PL3-A Singe* (Detail), 2024
Siebdrucktinte, Öl und Acrylspray
Courtesy der Künstler
Foto: Arthur Péquin

Grafische Gestaltung: Martha Stutteregger
Lektorat: Maria-Christine Leitgeb
Druck und Bindung: Holzhausen, die Buchmarke der Gerin Druck GmbH

ISBN 978-3-200-09682-0